MEU PASSADO NAZISTA

MEU PASSADO NAZISTA

ANDRÉ DE LEONES

1ª edição

EDITORA RECORD
RIO DE JANEIRO • SÃO PAULO
2025

CIP-BRASIL. CATALOGAÇÃO NA PUBLICAÇÃO
SINDICATO NACIONAL DOS EDITORES DE LIVROS, RJ

L599m Leones, André de, 1980-
    Meu passado nazista / André de Leones. - 1. ed. - Rio de Janeiro : Record, 2025.

    ISBN 978-85-01-92332-5

    1. Romance brasileiro. I. Título.

24-95634
    CDD: 869.3
    CDU: 82-93(81)

Meri Gleice Rodrigues de Souza - Bibliotecária - CRB-7/6439

Copyright © André de Leones, 2025

Texto revisado segundo o Acordo Ortográfico da Língua Portuguesa de 1990.

Todos os direitos reservados. Proibida a reprodução, armazenamento ou transmissão de partes deste livro, através de quaisquer meios, sem prévia autorização por escrito.

Direitos exclusivos desta edição reservados pela
EDITORA RECORD LTDA.
Rua Argentina, 171 – Rio de Janeiro, RJ – 20921-380 – Tel.: (21) 2585-2000.

Impresso no Brasil

ISBN 978-85-01-92332-5

Seja um leitor preferencial Record.
Cadastre-se no site www.record.com.br
e receba informações sobre nossos
lançamentos e nossas promoções.

Atendimento e venda direta ao leitor:
sac@record.com.br

Aos meus suicidas

(o passado nunca é uma justificativa, apenas uma desculpa esfarrapada; ele não confere nenhum direito, e não endireita erro algum; ele é ainda mais cruel do que Hitler)

William H. Gass, *The Tunnel*

Literatura é teratologia.

Mircea Cărtărescu, *Nostalgia*

1.
"Meu passado nazista."

Meu avô foi um nazista e eu arrebentei a cabeça dele a marteladas, *sic semper* nazis, mas não é disso que quero falar agora. Não. Ainda não. Pois há muito mais sobre o que falar, coisas importantes e desimportantes, desimportantes em sua maioria (aviso desde já), coisas por mim vivenciadas, testemunhadas, especuladas, imaginadas, reimaginadas, tudo misturado e amontoado, e a minha única preocupação é chegar inteiro à última palavra da última frase deste que (obviamente) é o registro derradeiro ou, no momento (não sejamos (muito) dramáticos), o único registro possível. Ou seja: também penso no final, é importante pensar no final, vislumbrar o ponto de chegada ou, na pior das hipóteses, fingir que sei para onde estou indo. Bom, ao menos sei onde estou *agora* (sempre um bom começo) (onde estou?) (não importa), e não é que eu queira descrever ou delinear um círculo, não, não se trata (exatamente) disso (um círculo), mas, sim, de um esforço de espiralamento, sendo o *aqui* e o *agora* apenas pontos (sempre fugidios) (as paredes atravessáveis do quarto) de referência, um lugar (onde?) (não importa) e um momento (o "presente") aos quais volver para retomar o fôlego entre um passeio e outro, entre uma espiralada e outra, se e quando possível e/ou factível, mas — e quanto a *isto*? E quanto a *este* início? "Os inícios são sempre irreconhecíveis", versejou Montale. E Wittgenstein: "É extremamente difícil encontrar o *começo*. Ou melhor: É difícil começar pelo começo. E não tentar ir ainda mais para trás." (Citações descontextualizadas tendem a se conformar ao que quer que seja, são *obrigadas* pelo autor a se conformar ao que quer que seja, e (sinto muito) não adianta espernear.) Eu digo que: alguns deles (alguns inícios) são reconhecíveis, embora arbitrários (uma linha traçada no nada: *aqui* também é um início ou *daqui* (re)inicio), confusos, *hover(ing) through the fog and filthy air* — os inícios são imprecisões, tumores em estado larvar, entulhos, uma biblioteca desorganizada, frases soltas no limbo, uma arma desmontada, a primeira explosão no pesadelo, a cidade sitiada mas ainda não invadida (Troia à espera do cavalo) (Troia *sempre* esteve à espera do cavalo, disse-me certa vez um professor, o cavalo era a razão de ser de Troia, sem o cavalo Troia não seria Troia, sem a invasão final, sem a matança derradeira, sem a destruição, Troia não seria nada, Troia é (para nós) a destruição de Troia, assim como Cartago está paradoxal e umbilicalmente ligada aos dizeres de Catão, o Velho — *delenda est*), a ereção do enforcado (aos olhos ávidos de quem assiste ao enforcamento) (aproveito o ensejo para apresentar aqui uma petição pelo retorno das execuções públicas, pois dispomos em nossas cidades de todas essas praças ociosas (elefantes brancos quase tão brancos quanto os estádios superfaturados construídos para a gloriosa Copa do Mundo vencida, sim, pelos alemães), e há tantas pessoas exaustas e merecedoras de alguma distração saudável e inofensiva, sem falar (é claro) nos condenados merecedores do patíbulo — que diabo estamos esperando?), o dinheiro sobre a cômoda da(o) puta(o), a palavra ainda presa na garganta do Messias, o roteiro de um filme por realizar, os atores pornográficos ainda vestidos no (sim) início da cena, a trincheira a ser cavada na guerra declarada há pouco, a nascente oculta ou não localizada do rio em cujo leito alguém se afoga, as sombras na parede da caverna (não se vire, não olhe para trás, não se levante, não seja idiota, não há nada ali fora). A primeira ideia que bater, disse Augie March. O problema é que há muitas primeiras ideias batendo. Por exemplo: Cristian quer matar a namorada e o sujeito com quem ela está trepando, mas a situação ainda não me parece desesperadora. Ou: Eleonora acorda nua ao lado do sátiro. Ou: Ele parava no alto da escada, erguia o braço direito e. Não. Ainda não. É cedo para isso ou aquilo ou aquilo outro. É cedo e ainda não me decidi. Melhor tergiversar mais um pouco. (Você está com pressa? Espero que não.) Melhor (fingir) começar pelo básico, pelo elementar, pelo mais-próximo-impossível. Não. Melhor emular e parodiar ou, parodiando, informar o leitor de que: sou brasileiro, nascido em Goiás — Goiás, aquele estado sombrio —, e faço as coisas do jeito que aprendi (sozinho?) a fazer (às marteladas?). (Contemple os estilhaços, contemple os estilhaços e imagine que houve algo (minha cabeça, minhas lembranças), e então esse algo (minha cabeça, minhas lembranças) foi pelos ares e os fragmentos voaram por aí (proteja os olhos), fragmentos que (também) são (ou estão n)estas páginas.) Então, como não poderia deixar de ser, farei o registro à minha maneira: a terceira ideia que bater será a primeira a entrar (risos), e Heráclito também me servirá aqui, não exatamente como serviu a Augie March, mas, sim, porque ele (Heráclito de Éfeso) adentrou a maldita "noite mística" na qual, segundo Friedrich Nietzsche, encontrava-se encoberto o problema do vir-a-ser, ele (Heráclito de Éfeso) adentrou a maldita "noite mística" e a iluminou com um "relâmpago divino" e denegou "a dualidade de mundos inteiramente distintos", implodindo (lá vamos nós de novo) a distinção entre um mundo físico e um mundo metafísico, e por tudo isso "denegou, em linhas gerais, o ser", pois o "único mundo que lhe sobrou — escudado ao seu redor por leis eternas não escritas, fluindo de cima a baixo conforme a brônzea batida do ritmo — não mostra, em nenhum lugar, uma persistência, uma indestrutibilidade, um lugar seguro na correnteza". É (também) *disso* que se trata. Não há lugar seguro *neste* (ou em qualquer outro) RIO-CORRENTE. Logo, não procure pelas margens aludidas por Wittgenstein em outra passagem, e mesmo ele (Wittgenstein) afirma que essas margens estão sujeitas à alteração, à mudança, essas margens não são a-históricas, essas margens *não* podem ser confundidas com o "núcleo central maciço do pensamento humano" (Strawson), núcleo que "não tem história" ou "nenhuma história registrada nas histórias do pensamento", núcleo constituído pelas "categorias e conceitos que, no seu caráter mais fundamental, não mudam nada". Inalteráveis ou não, as margens e o *fundo* NÃO estão ao nosso alcance aqui. As margens não estão sequer à vista e os pés se movimentam, livres. Estamos no leito do riocorrente. Estamos sempre em movimento. Deixe-se levar. Mas talvez seja (fosse) melhor me fixar em uma determinada paisagem e em um determinado momento (é tarde demais?) (não, ainda é cedo, mal começamos), ocupar-me de uma coisa (e depois de outra, e outra, e outra) com mais vagar, uma paisagem e um momento a cada vez, não desacelerando a correnteza, o que é obviamente impossível (podemos desacelerar ou, com sorte, controlar minimamente a nossa descida (não quebre os remos, não vire a embarcação), mas não a correnteza, óbvio que não), mas desacelerando o olhar. (Outro bom começo: Mereço um chute no saco, mas não um tiro na cara.) Colocando de outra forma: uma vez que ninguém lançou mãos à obra de compor uma narrativa ou antinarrativa sobre os assuntos que se cumpriram entre nós, em conformidade com o que não transmitiram aqueles que, desde o início, foram testemunhas oculares e prestaram desserviços à palavra por meio de comentários maliciosos, exagerados ou abertamente mentirosos, eu (que relembrei e investiguei tudo não desde o princípio, pois, já citamos isso, "os inícios são sempre irreconhecíveis") decidi escrever desordenadamente uma narrativa para ninguém ou para os incautos, eu os vejo por aí fuçando nas livrarias e tecendo juízos peremptórios nas redes sociais, sim, nas redes sociais, pois escrevo sobre o passado no presente *e* no tempo presente, falo (relativamente ao que é narrado) do futuro, estou *aqui*, mais de um quarto de século se passou desde que vivenciei aquelas e outras coisas, mais de um quarto de século se passou desde aquele 7 de setembro de 1995 (por exemplo) (e aquele sequer foi o Primeiro Dia, o Dia do Cloro, Suor e Mijo; este se deu alguns meses antes) (houve, a rigor, muitos primeiros dias, mas não me ocuparei de todos eles, fiquem tranquilos). Seja como for, a intenção do registro é, de saída, suplantada pela ânsia de fabulação. O mero registro é tedioso, e prefiro ser traído pela malícia e pelo cinismo a ser chifrado pela memória. No limite, prefiro trair outrem a trair a mim mesmo, embora perceba (após matutar um pouco) que não traio ninguém, não mais, não *agora*. Aqueles que se importariam, para o bem ou para o mal, eles estão mortos, literal ou figurativamente falando — em todo caso, estão mortos para mim, a começar pelo meu avô, cuja cabeça arrebentei a marteladas, *sic semper* nazis,

(...)

Havia um inseto na parede, enorme e preto, mas ninguém parecia vê-lo. Como? Parede branca, inseto preto. É que os olhos de todos estavam voltados para mim. Eu estava no carrinho. Três pares de olhos. Mãe, pai, tia. Então, a mãe sumiu. A porta escancarada da sala; chovia bem forte. O pai estava à porta, depois sumiu também. Ficamos eu e minha tia. Ela sorria e acenava. O inseto não se movia. Enorme, preto. O pai reapareceu à porta, ensopado. Tirou o chapéu. Então, o inseto desapareceu, meu pai e minha tia desapareceram, e tudo ficou escuro. Eu ouvia vozes. Elas vinham de outro cômodo. No berço agora. Formas dançando no quase breu. As vozes vinham de longe. Formas. Fechei os olhos, apavorado. Não ouvia mais a chuva. Não ouvia mais nada. O inseto engolira o mundo.

(...)

Cristian quer matar a namorada e o sujeito com quem ela está trepando, mas a situação ainda não me parece desesperadora: a arma, uma pistola .380, continua no porta-luvas, e a minha presença no carro é um bom sinal, certo? Talvez. Sim? Tento me convencer disso — ele vai se acalmar, daqui a pouco a gente dá o fora daqui, não vai acontecer nada e. Não? Calma. Vai dar tudo certo. (Não, não vai.) Em resumo: a minha cabeça oscila entre o otimismo infundado e a certeza de que ele também me matará. Estou fodido. Uma explosão de fúria homicida culminando em uma implosão de mansidão suicida. A placidez da autoanulação seguindo-se à turbulência da heteroanulação. Pode acontecer. Acontece o tempo inteiro. Acontece em toda parte. Mas *comigo*? Por que Cristian faria uma coisa dessas *comigo*? Eu não tenho nada a ver com a trepada em curso. A culpa não é minha. De quem é a culpa? Pessoas armadas tendem a procurar culpados. Olho para ele e sinto vontade de dizer, a voz estrangulada pela raiva: A culpa não é minha, filho da puta. Depois, sinto vontade de acotovelá-lo. E, por fim, sinto vontade de abrir a porta do carro e ir embora. Mas continuo ali. E nada digo. Então, penso que, se fosse o caso, se ele tivesse *mesmo* enlouquecido, se ele também quisesse *me* matar, estourava a minha cabeça tão logo apareci no portão de casa, certo? Ou na estrada, o corpo alvejado e despejado do carro em movimento, uma leve desaceleração, o tiro, a porta aberta — boa viagem. Não, não. Ele não faria uma coisa dessas comigo. Ele não *fará* uma coisa dessas comigo. De jeito nenhum. E, quer saber? Provável que também não faça nada com Eleonora e o sujeito. Respiro fundo. Reanalisar a situação. Vejamos: se Cristian estivesse *mesmo* decidido, eu só ouviria falar do duplo homicídio (seguido ou não de suicídio) no dia seguinte pelo *Giro de Notícias* da Rádio Rio Vermelho de Silvânia, ou quando algum conhecido ligasse, esbaforido, para me informar do ocorrido. Ou não. Sim. Talvez ele faça, sim. Talvez *ainda* faça. Faça *tudo*. Comigo, com eles, consigo. Talvez ele mate todo mundo. Mas. Que diabo. Será mesmo? É assim que tudo termina? Com uns gemidos e vários estrondos? (Embora não dê para ouvir os gemidos de Eleonora daqui.) A mecânica infernal dessas coisas. Há quem seja mais lento para lidar com elas. Há quem precise de tempo para se colocar em movimento. Tudo é possível. (Acho.) Em meio ao silêncio instalado no carro (Cristian parou de choramingar há uns cinco minutos), olho de novo para ele. *Me* matar? Bom, quem sabe. Vejamos todas as coisas ruins que fiz com o infeliz desde que nos conhecemos aos 6 anos de idade: pregar um cartaz escrito FAVOR CHUTAR A MINHA BUNDA nas costas dele (percebeu após o terceiro pontapé) (vingou-se esvaziando os pneus da minha bicicleta); esconder as roupas dele no meio do mato, era Carnaval e estávamos acampados às margens do rio Preto (ele encontrou as roupas dependuradas nos galhos relativamente altos de uma árvore qualquer, a quase um quilômetro do nosso acampamento) (eu me esforcei) (foi engraçado vê-lo circular de sunga azul e chinelos pelo lugar, irritadíssimo, xingando as pedras, xingando tudo e todos, xingando o rio, os peixes, xingando a árvore, os galhos, as folhas, não vou mentir, foi engraçadíssimo) (vingou-se esvaziando a minha boia, ou melhor, a câmara de ar (pneu de caminhão) que eu usava como boia); beijar (e ser masturbado por) Rejane, a menina por quem ele era apaixonado (o desgraçado tem vocação para a cornitude, vamos concordar), tínhamos o quê?, 13, 14 anos, ele era apaixonado por Rejane, mas insistia em dizer que não (era gordinha, creio que sentisse vergonha e odiasse a si mesmo por 1) gostar dela e 2) sentir vergonha por gostar dela) (vingou-se furando os pneus da minha bicicleta). Fiz muitas outras coisas ruins com ele. Fui grosseiro, fui arrogante. Fui condescendente. Sardônico. Espalhei em um churrasco da faculdade de agronomia (ao qual não fôramos convidados) que o desgraçado tinha herpes. Colei um adesivo do Goiás no para-choque traseiro do carro dele pouco antes de irmos ao Serra Dourada ver um confronto do Vila Nova contra o esmeraldino, este jogando como visitante (arranharam a lataria do Gol, o que achei pouco, confesso que esperava um para-brisa estourado a tijoladas ou pelo menos dois pneus rasgados) (o hooligan goiano é antes de tudo um fraco). Não, não sou uma boa pessoa, mas nunca saí por aí armado com a intenção de cometer um duplo homicídio. Em todo caso, no que diz respeito a esses trotes e essas patacoadas similares, deixei de cometê-los há um tempinho (todo mundo precisa crescer em algum momento), e, desde que se mudou para Goiânia a fim de continuar os estudos (isso foi há dez anos), um bom colégio particular, depois a faculdade de direito, e porque lá permaneceu depois de se formar, trabalhando em um escritório de advocacia que o pai dele sempre descreve como *conceituado*, Cristian e eu só nos vemos nos finais de semana e em feriados como hoje, ou quando vou a Goiânia assistir a um jogo no Serra Dourada (eu sei, eu sei), ver um show, visitar a minha mãe ou para o casamento, o aniversário ou o enterro de algum parente ou conhecido. Assim, não obstante as dores eventualmente provocadas por mim (imagino que, pelo teor do troco (pneus furados em vez de apenas esvaziados), minhas traquinagens com Rejane tenham doído para valer) (Rejane, uma galeguinha de bochechas grandes e lábios finos, mudou-se para Santa Catarina no ano seguinte; aos 13 anos, beijava como ninguém e fez comigo (ou para mim) o que Nora Barnacle teria feito com (ou para) Sunny Jim quando de seu primeiro encontro em 16 de junho de 1904) (segundo encontro, na verdade; eles se conheceram no dia 10 de junho), acho melhor repetir: assim, não obstante as dores eventualmente provocadas por mim em circunstâncias diversas e ao longo dos anos, depois de repassar a presente situação mais uma vez, não encontro nada que justifique um tiro na cara. Talvez eu mereça um chute no saco, mas não um tiro na cara. Doravante tranquilizado, e tranquilizado de vez (quanto à possibilidade de ser assassinado, bem entendido), começo a pensar sobre o que farei para impedir que Eleonora e o sujeito com quem ela (supostamente) trepa tenham uma sorte diversa da minha. Torço para que nenhum dos dois deixe a casa nos minutos seguintes. Trepadas extramuros (metaforicamente falando) (que tal "além-cercas"?) costumam demorar mais do que trepadas intramuros (não é uma regra) (tampouco é uma asserção filosófica ou cientificamente fundamentada, mas). A namorada de Cristian, segundo testemunhos do próprio (e de um ex-namorado dela) (outro conhecido meu) e da própria (uma desbocada) (nada contra pessoas desbocadas) (eu e Eleonora também nos conhecemos desde a infância), gosta de trepar. Quem não gosta?, alguém poderia inteligentemente inquirir, mas o fato é que, gostando ou não (imagino que goste) (*torço* para que goste), Cristian é ruim nisso (trepar), a julgar por coisas ouvidas, entreouvidas e comentadas, o que talvez explique a aventura em curso e outras (ouvidas, entreouvidas, comentadas) (vivenciadas) aventuras eleonôricas anteriores. Anote aí (é uma regra): as pessoas tendem a, mal ou bem, procurar aquilo que querem e/ou aquilo de que precisam. Assim, não obstante a minha longa amizade com Cristian, e lamentando as dores afetivas e o sofrimento do amigo, eu jamais "culparia" Eleonora. Não nos termos com que as pessoas tendem ou tenderiam a culpá-la, pelo menos. Óbvio que seria melhor se eles (Cristian e Eleonora) tivessem uma conversa séria sobre o que falta e o que sobra de lado e lado, e chegassem a um acordo: aceitação mútua ou término do relacionamento. Sei que a minha opinião não seria muito bem recebida nos arredores centro-oestinos da República Federativa do Brasil (a rigor, sejamos justos, em quaisquer arredores da República Federativa do Brasil), mas Eleonora não merece levar um tiro na cara por (supostamente) procurar aquilo que quer e/ou aquilo de que precisa. Foder é o tipo de atividade recreacional que não deveria redundar em violência, salvo em circunstâncias específicas, sadomasoquistas e consensuais, envolvendo ambientes controlados, roupas de couro e determinados apetrechos, como algemas, chicotes e, com sorte (vivemos na República Federativa do Brasil) (pior: vivemos nos arredores centro-oestinos da República Federativa do Brasil), imaginação. Foder é o tipo de atividade recreacional que, quando muito, deveria resultar em casamento (estudei em colégio salesiano) (nós três estudamos), procriação, chifres e divórcio (fui um péssimo aluno) (não sou católico). É o que eu acho. Claro que, na estrada e nos minutos seguintes à chegada, eu não disse nenhuma dessas coisas para Cristian. Disse outras. Não me orgulho de algumas delas. Por exemplo: concordei quando ele xingou Eleonora. Mas discordei quanto ao curso de ação escolhido. E argumentei que, sendo Eleonora todas aquelas coisas que ele vociferava, e sendo ele um sujeito bacana, jovem advogado, filho de um comerciante muito bem-sucedido, irmão de uma vereadora, sendo ele todas essas coisas boas, muito boas, quiçá excelentes, para que arruinar a própria vida por causa de uma puta safada boqueteira cretina filha duma égua vaca sifilítica piranha? Isso não me parece lá muito inteligente, né? Não seria melhor dar meia-volta e esfriar a cabeça? Não seria melhor terminar o namoro? Seguir com a vida? Essa vadia que se dane? Você ainda é novo? Daqui a pouco presta aquele concurso de que tanto fala (mas para o qual não estuda) e alcança (milagres acontecem) a tão sonhada magistratura? Não seja burro?

É que eu amo a desgraçada, ele disse, voltando a chorar.

Isso passa. Muita mulher por aí.

Foi nesse momento (ainda estávamos na estrada) que o berreiro e o nariz escorrendo comprometeram um pouco a dicção do meu amigo: Eu bou batar ela. Eu bou batar todo bundo. Eles bão ber. Eu bou entrar lá e bou batar todo bundo. Bou batar todo bundo e depois be batar.

Mas, passados uns vinte minutos dessa comovida declaração de intenções, a pistola continua no porta-luvas (em nenhum momento Cristian fez menção de alcançá-la) e todos permanecemos vivos. Claro que isso (pegar a pistola) passou pela minha cabeça ainda na estrada, quando os objetivos da expedição e a presença e a localização da arma foram anunciados, mas (eu discretamente tentei, descobrindo que) o porta-luvas está trancado. O que mais podia (ou posso) fazer? Se a coisa adernar mesmo para o pior dos rumos (duplo homicídio seguido de suicídio) (perceba que, momentaneamente tranquilizado, não me incluo mais entre as vítimas), tentarei impedi-lo de destrancar o porta-luvas. Poderia, quem sabe, descer do carro e correr até a casa, aos berros, alertando Eleonora e o sujeito do perigo iminente. Não. Isso seria inútil. Acho. Não sei. Inútil e perigoso. Seria o caso de ele me dar um tiro nas costas? Melhor aguardar. Melhor ficar por aqui, diante do porta-luvas trancado, atento e tenso e suando frio como um padre assistindo a um desfile pré-escolar. Cristian terá de me deitar no soco para pegar a arma. É isso. Sendo ele maior e mais forte do que eu, creio que, na melhor das hipóteses, nosso entrevero (planejo gritar bastante) dará tempo para que o sátiro e a bacante percebam que há algo de errado e deem no pé (talvez ela reconheça a voz do namorado e corra ainda mais rápido) (Eleonora é esguia e gosta de correr; foi uma handebolista acima da média na adolescência). Mas, a cada minuto, parece mais claro que não chegaremos a tanto. A rigor, dados os estertores da choradeira (eu abo buito ela bocê dão endende por gue ela vaz isso vomigo), parece que não chegaremos a nada. Bom, justiça seja feita, chegamos a esse bairro relativamente periférico de Vianópolis, Goiás. Sim, aqui estamos. Uma rua ainda não asfaltada, grandes terrenos baldios, lotes com casas em construção, poucas residências prontas e habitadas. Cristian estacionou o Fiat Tempra 94 do papai (dele) (embora seja um advogado e trabalhe em um escritório *conceituado*, Cristian ainda não tem condições de adquirir um carro desse naipe; ele tem um Gol 88, mas, em Silvânia, prefere usar o carro do papai, por que não? Olha eu no Tempra do papai indo pra Vianópolis matar dois filhos da puta. Não, espere. Acho que soa melhor assim: Olha eu no Dembra do babai indo bra Bianóbolis batar dois vilhos da buda) quase defronte à casa onde se dá o *ato*, do outro lado da rua, e é uma coisa boa que as luzes dos postes mais próximos estejam queimadas ou sequer instaladas. Não se ouve nada. Nem mesmo gemidos esparsos (conforme já especificado antes). Talvez o quarto fique nos fundos. Eleonora não é de gemer alto. A casa não está pronta. Uma lâmpada pende de um fio preto (improvisado, remendos de fita isolante aqui e ali) sobre a porta da frente.

Acesa. As paredes rebocadas, mas não pintadas, aquelas venezianas vagabundas (fechadas, pelo menos), e um monte de areia, alguns tijolos empilhados e outros entulhos. No limiar entre um canteiro de obras e uma residência. Presumo que o sátiro seja o dono. Construindo a casa para a noiva, quem sabe. Casório marcado. A trepada (supostamente) em curso será uma despedida de solteiro? Há pessoas que têm sorte. Talvez a noiva apareça e poupe Cristian do trabalho. Talvez a noiva apareça armada e poupe o sátiro do trabalho. Talvez a noiva apareça armada, mas (oremos) poupe Eleonora. Olho outra vez para Cristian. Está com o cotovelo esquerdo apoiado na porta, a mão tapando os olhos feito um kardecista em transe mediúnico. *Nossos chifres*, ditado pelo espírito fulano de tal. Quem? Vejamos. Malatesta? Sim, é uma boa. Espero que ele não peça papel e caneta para psicografar um livro ditado pelo espírito Gianciotto Malatesta (*Caina attende*, disse Francesca da Rimini para Dante quando este passou pelo segundo círculo infernal). Há pessoas que não têm sorte. E se deixam levar pela patetice. Não, Cristian não voltou a chorar. Pelo menos isso. E o pior é que o choro combina com ele. Mas havia bastante tempo que não chorava. Desde o título do São Paulo em 86 (ou *de* 86, mas vencido em 87) (curioso que não tenha chorado com as Libertadores em 92 e 93) (sim, ele é vilanovense *e* são-paulino, coisa que acho deveras estúpida, isso de torcer para dois clubes de futebol; ninguém tem dois corações ou dois cus, mas que diabo). E aqui estamos. Que situação. Ligou-me uns quarenta minutos atrás, passava das dez e meia, pedindo que fosse "ali", era uma emergência. Pelo tom de voz, parecia mesmo uma emergência. Fechei o livro (Philip Roth, *Diário de uma ilusão*) e fui trocar de roupa; ainda amarrava os cadarços quando ouvi o Tempra subindo a rua. Meu avô cochilava no sofá; não me viu saindo. Nem sinal de Magda, provável que na casa da vizinha, bebendo Dreher com Coca, fumando e papeando. Saí para me deparar com aquela figura humilhada, chorosa e catarrenta, e, dentro do carro, com um litro de Jack Daniels ainda cheio, jogado no banco traseiro, e a notícia sobre o que estaria em curso na cidade vizinha. Cristian declarou suas intenções duplo-homicidas quando já estávamos na rodovia, vencendo os dezenove quilômetros que nos separavam da (suposta) trepada além-cercas. Referiu-se à pistola no porta-luvas. Arma do pai dele. Arma que o velho Cristian (sim, o meu amigo é, na verdade, um membro da tribo dos *juniores*, mas eu me recuso a chamá-lo assim, acho indigno que um pai nomeie o herdeiro com essa *marca*, como que para certificar-se de que o rebento não passe de um apêndice) nos mostrou certa vez, meia dúzia de moleques passando de impressionáveis a impressionados em um piscar de olhos. Uma pistola no porta-luvas e a namorada (supostamente) trepando com outro na cidade vizinha. Entrei em pânico. Até ali, pensava (com nervosismo, mas não em desespero ou temendo pela minha própria integridade física) que iríamos apenas flagrar a brincadeira, armar um pequeno escândalo, constranger Eleonora, empatar a foda e/ou, se necessário (e possível) (a possibilidade e o tamanho do sujeito avaliados no momento oportuno), dar uns sopapos no sátiro. Mas Cristian falava em matar, matar todo mundo, ou melhor, em batar, batar todo bundo. TODO MUNDO? Meu pânico virou outra coisa. Foi quando me passou pela cabeça que até mesmo eu entraria na dança (ou na mira). Mas já discorri sobre tais momentos e pensamentos. Em suma, não foi uma viagem agradável, assim como não foram agradáveis os primeiros momentos nessa rua escura, diante da casa. Felizmente, passou. Sim, repito para mim mesmo, nada de grave vai acontecer. Todos calmos, na medida do possível. Talvez seja uma sorte danada que Eleonora esteja em Vianópolis; acaso trepasse em Silvânia, creio que não haveria tempo para Cristian esfriar a cabeça. Posso estar enganado, mas crimes passionais tendem a ser *imediatos*, não? Aquilo da *subitaneidade*, da insanidade temporária (que conceito). Entre a recepção da notícia e o trucidamento alheio, não há muito tempo para descompressões, desabafos, choros catarrentos e hesitações variadas. É a impressão que tenho. Há certas *urgências* que só um par de chifres é capaz de instaurar. E, caso queira obter sucesso em quaisquer ações sanguinárias, o corno (excluindo-se os psicopatas) não pode ter muito tempo para pensar e repensar. A diferença entre o cometimento de um duplo homicídio e a criação de uma dupla sertaneja é uma questão de minutos. O tempo é o jardim desses caminhos que se bifurcam. E, no caso de Cristian, passado o choque inicial, talvez seja mais uma questão (inconsciente?) de *encenar* a coisa. Pegar a arma e o carro (ambos do papai), uma testemunha (eu), ir até o local onde Eleonora supostamente trepa com outro, ficar ali sentado no escuro, imaginando o que aprontam lá dentro, tentando matar dentro de si qualquer afeição que ainda sinta pela namorada, e então desistir — ou se matar (que também é desistir, mas de forma geral, irrestrita e, sim, não me venha com crendices e fantasmagorias, *definitiva*). Ela devia estar na fazenda da mãe. Eleonora. O início de um feriado prolongado. Hoje. Quinta-feira, 7 de setembro de 1995. (Quase sexta, 8.) Cristian em Silvânia, na casa dos pais ou enchendo a cara com o amigo (eu), e ela na fazenda, ao menos até sábado, quando voltaria para Silvânia a fim de ter com o namorado; ele a semana inteira em Goiânia, trabalhando, e ela em Brasília, estudando cinema, esperou até os 22 para prestar vestibular, queria ter certeza (e também precisou convencer a mãe, cinema, minha filha, e isso se estuda?, vai trabalhar com o quê?, por que não faz medicina direito odontologia administração qualquer coisa assim mais *normal*?). Algum problema entre as famílias, e os estilhaços voam para todos os lados. Na verdade, algum problema entre a mãe dela e a mãe dele: provável que Cristian Sênior tenha aprontado naquilo que, em priscas eras, as pessoas costumavam chamar de, bem, priscas eras. Foi o que Magda sugeriu certa vez. Cristian não comenta nada. Magda sabe de alguma coisa, mas não quis me contar. Deixa pra lá, disse. Magda sempre diz isso. Deixa pra lá. Beleza. Mas, e hoje? O que será que houve? Como, diabos, Eleonora veio parar aqui, (supostamente) debaixo de (ou montada em) um cretino qualquer? Quando voltou de Brasília? A fazenda da mãe a poucos quilômetros de Vianópolis. Ou seja (especulo) (gosto muito de especular), é possível que Eleonora tenha vindo à cidade comer uma pizza, beber uma cervejinha, relaxar. Feriado prolongado, o longo fim de semana à frente. Olho para o lado pela enésima vez. Minha cabeça dói um pouco. Cristian parou de chorar há um tempinho. Talvez esteja pronto para falar. Por onde começar? É preciso tato. Ah, que se foda: Me diz uma coisa. Como é que ela veio parar aqui com esse sujeito?

Gianciotto Malatesta respira fundo.
Se não quiser falar, não precisa.
A mão desce até o colo.
A gente não precisa falar nada.
Ele olha para a mão.
A gente pode só ficar aqui, quieto, sem falar porcaria nenhuma.
A mão treme.
Ou ir pra outro lugar. Ir pra outro lugar talvez seja uma boa ideia. Não. Ótima. Uma ótima ideia. É, ir pra outro lugar. Sair daqui.
Sair daqui, ele repete, levantando a cabeça.
É. Bora?
Olha para a rua, o asfalto e as luzes dos postes mais à frente. Não.
Não? Beleza.
Não.
Fico em silêncio. Quero mesmo saber como ela veio parar aqui? A não ser que tenha sido sequestrada, há gente maluca por toda parte, gente maluca fazendo maluquices, violência à espreita, assaltantes, estupradores, sequestradores, clérigos, advogados, bancários, traficantes, funcionários públicos. Não, não, não. Conhecendo Eleonora, sei que é mais fácil ela sequestrar alguém do que ser sequestrada por quem quer que seja (incluindo gente maluca). Está mais para Cunizza da Romano do que para Helena de Troia. E isso é um tremendo elogio.
Ela... ela veio pra cá com a prima dela.
Qual prima?
Maria.
Mesmo?
Mesmo.
E aí?
E aí ela... ela me ligou.
Eleonora te ligou?
Não, porra, a... a Maria.
Te ligou?

É, ela veio e... tavam juntas, aconteceram umas... umas... coisas... então a Maria vazou e... me... me ligou e...

Hum.

Cristian respira fundo outra vez e conta que o sátiro (ele não usa o termo) (isso sou eu colorindo a história) (gosto muito de colorir as histórias) é um conhecido de Maria, um cliente do banco (ela é subgerente na agência vianopolina do Bradesco), que Maria estava interessada nele, que as duas vieram da fazenda para comprar algumas coisas e aproveitaram para espairecer, beber um pouco, que o sátiro passou por ali e viu as duas e Maria o chamou para se juntar a elas, que o trio bebeu e conversou e riu por um bom tempo, até que ele as convidou para dar o fora dali, e então elas foram (vieram) para a casa dele, a casa que temos agora diante dos olhos, e, ao que parece, pelo que Cristian entendeu do relato ligeiro e atabalhoado da prima da namorada, o sátiro não agarrou Maria (conforme ela planejara e esperava), mas foi Eleonora (que não é de planejar e muito menos de esperar) quem agarrou o sátiro, a coisa escalou rapidamente, todos meio bêbados, o casal recém-atracado achou que seria uma ótima ideia incluir Maria na brincadeira, e Maria se deixou levar até certo ponto, até se dar conta de que não era bem aquilo que pretendia fazer, tirar o seio esquerdo da boca do sátiro (isso sou eu colorindo a história etc.) e externar a vontade de ir embora, voltar para a fazenda, vambora, Eleonora, o povo deve estar preocupado com a gente (sendo "povo" o pequeno bando de familiares que curte a ideia de passar mais um feriado prolongado na fazenda de dona Maria Cecília Veiga-Faria, com cerveja, piscina, muita carne para assar e uma quantidade estonteante de nadas para fazer) (não sei se ela usou esse termo, "povo", especificamente, mas é provável que sim).

E aí?

E aí que ela pegou o carro e foi embora.

E te ligou.

Me ligou e contou tudo.

De onde?

Dum orelhão. Ligou a cobrar.

E você acreditou?

Como assim?

Uai. Sei lá.

Maria não ia inventar uma trenheira dessas. Você conhece a Maria.

É a minha vez de respirar fundo.

O quê?

O quê?

Acha que é mentira?

Não acho nada.

Nada?

Bom. Acho que a gente tem é que ir embora. Nada de bom vai acontecer se a gente continuar aqui. Devia nem ter vindo, pra ser franco.

Fala isso porque não é com você.

Não é mesmo. Mas, olha só, se ela está mesmo ali dentro com outro sujeito, fazendo o que a Maria disse que ela está fazendo, a melhor coisa que *você* pode fazer é ir embora, esfriar a cabeça, e depois resolver o problema assim com calma.

Não, não é… não é assim… não é simples.

Ah, não?

Não.

E pegar a pistola e entrar ali naquela casa e atirar na cabeça de todo mundo? Isso é simples?

Eu não ia… eu não… eu… eu ia…

Ia matar todo mundo. Você mesmo falou. Matar todo mundo. Isso é simples?

Cristian volta a tapar os olhos, dessa vez com as duas mãos.

Penso em Maria. Ele está certo. Acho. Fosse qualquer outro parente de Eleonora, eu colocaria em dúvida a veracidade da informação. Mas, a pedido de Cristian, Magda cuidou do processo de separação de Maria (o então marido dela engravidou a filha de 16 anos da vizinha. Segundo apurou-se à época, o sujeito vinha trepando com a menina havia uns dois anos, ou seja, desde quando ela estava com 14 — ah, os arredores centro-oestinos etc.) sem cobrar quase nada, e o pai dele empregou um dos irmãos dela na loja vianopolina da família. Maria não é uma cretina. Maria gosta de Cristian. Ela não inventaria algo assim, nem tomaria parte de uma brincadeira dessas, caso se tratasse de uma brincadeira, um trote ou algo do tipo. E não é uma brincadeira, um trote ou algo do tipo. Que maluquice. Que cena. Maria coestrelando um *ménage*. Justo ela, tão tímida, tão introvertida, tão... tão *bancária*. Bêbada, imagino. E então caindo em si. No interior (nos arredores centro-oestinos) da República Federativa do Brasil, no intestino grosso de Goiás, em certos círculos e circunstâncias, inconformar-se envolve sair armado pela rodovia visando o cometimento de um duplo homicídio (seguido ou não de suicídio), e também implica (por exemplo) (diante de uma possível defecção feminina) arriar as calças, exibir o pau duro e perguntar: E que diabo eu faço com *isso*? Não é difícil imaginar (e colorir) a cena. Não é difícil imaginar o sátiro, em um derradeiro esforço, diante da evasão anunciada, implorando por uma ação paliativa ou aliviadora por parte da parceira reticente ou hesitante, uma punheta ou, com sorte, um boquete rápido, mesmo que de má vontade (os meninos tendem a não se incomodar). E Eleonora, a fim de deixar bem claro que a prima seria a única a abandonar o set, de joelhos no tapete (haverá um tapete ali dentro daquela casa interminada?), abocanhando o caralho de forma tal que o sátiro se esqueceu bem rapidinho da hesitação e dos protestos de Maria, que deu o fora sem dizer mais nada (imagino), ligou para Cristian e informou sobre o que acontecia, onde e de que formas (até onde acompanhara os procedimentos), retornando para a fazenda da tia em seguida (presumo) (talvez tenha ido para outro lugar, talvez tenha ido para casa, talvez ainda esteja em Vianópolis, talvez tenha ligado para uma amiga, menina do céu, cê não sabe o que aconteceu, nem eu tô acreditando, sabe a Eleonora, minha prima, né, pois ent). E cadê a Maria?, pergunto.

Deve ter voltado pra roça. Ela disse que ia voltar, pra mãe da Eleonora não ficar preocupada. Inventar uma desculpa. Por quê?

Sei lá. Seria bom falar com ela pessoalmente, né?

Ela voltou pra roça.

E a gente?
Que que tem a gente?
Já falei.
O quê?
A gente não pode ficar aqui a noite inteira.
Tem ideia melhor?
Ideia melhor? Eu só tenho ideia melhor. Qualquer ideia é melhor do que isso, pelo amor d

Cara, eu vo

Você vai ligar esse carro e a gente vai sair daqui. Chega dessa merda. Bora pra minha casa. Tem bastante cerveja lá, meu avô já foi pra cama e a minha tia não dá a mínima, capaz até que encha a cara com a gente. Bora. Beber, chorar e esquecer.

Você não entende.

Entendo que essa história de batar, batar todo bundo já era, certo?

Ele tenta, mas não consegue conter o riso.

Falando sério, parceiro. Entendo que tenha entrado em parafuso, não consigo nem imaginar a merda que deve ser isso, mas parece que já voltou a raciocinar. Chega dessa palhaçada. Bora.

Eu...

A não ser que você queira *mesmo* sair desse carro, atravessar a rua, entrar por aquela porta e ver qual é.

...

O que não dá pra fazer é ficar aqui parado desse jeito. Você vai enlouquecer. *Eu* vou enlouquecer.

Ele olha para o outro lado da rua, para a luz dependurada sobre a porta, como se dali viesse uma resposta.

(...)

O sobrenome da Eleonora é Veiga-Faria, disse Cristian. Estávamos no bar do Tinheiro, sentados a uma mesa na calçada, comendo lambaris à milanesa e entornando doses de Velho Barreiro com limão galego. Isso foi em Silvânia, o ano era 1994, poucas semanas após a final mais chata da Copa do

Mundo mais chata de que tivéramos notícia até então e alguns meses antes do Dia do Cloro, Suor e Mijo. Eu ainda estava puto pelo que fizeram com o Maradona e não queria papear sobre futebol. Por sorte, Cristian também não queria papear sobre futebol. Por azar, Cristian queria choramingar por causa de Eleonora. E emendou: Com hífen, sabe?

Eu sei. E daí?

Pra que a frescura desse hífen aí?

Não acho que foi escolha dela.

Foi escolha de alguém.

Abri um sorriso. É por isso que o namoro de vocês é essa merda? Por causa do sobrenome dela?

Não, seu jumento.

Você fala coisa com coisa e o jumento sou eu.

Ela é meio porca comigo.

Como assim?

Não sei se devia te contar isso...

Não conta, então.

... mas a gente foi pra Minas no ano passado, na Semana Santa.

Eu sei. Eu me lembro.

A gente foi pra Ouro Preto.

Eu me lembro. Eu sei.

Ela queria ver as porras das esculturas, das igrejas, toda aquela merda barroca do Aleijadinho e de não sei mais quem.

Merda barroca. Que conceito.

Odeio Minas. Minas é uma desgraça. Lugarzim de merda.

Eu gosto de Januária. E de BH. BH é muito bacana.

Me escuta.

Tô escutando.

Bom, pra ir direto ao ponto...

Por favor.

... foi quando eu descobri que ela caga com a porta do banheiro aberta.

Eu gargalhei.

Te juro. Não fez, não fazia e até hoje não faz a menor cerimônia. Você ficava com a porra de uma mulher dessas?

Você ficou.

Por enquanto.

Uns três anos de namoro, pelas minhas contas, e não que seja da minha conta.

Isso na primeira vez que a gente viajou junto, só nós dois. Tá doido. Cagar com a porta aberta. Não tem intimidade no mundo que justifique um trem desses, não.

Mas tem um lado bom, né?

Qual?

Ela se sente bem à vontade com você.

Ah, nem. Cagar é uma coisa real demais. É igual homicídio. É ato pra se cometer sozinho, sem testemunha, ou o cidadão tá enrascado.

Outra cachaça. Cadê o Tinheiro?

Parece que faz sem pensar. Na primeira vez, a gente tava no quarto da pousada, tirando um cochilo depois do almoço, ela se levantou da cama, entrou no banheiro, não fechou a porta, pior, nem *encostou* a porta, deixou a porta assim escancarada, sentou no vaso e mandou ver.

Nada como acordar de um cochilo e deitar um barro.

Minha vontade era sair correndo.

Saísse.

Fiquei paralisado. Achei que ela estivesse sonolenta, sabe? Que tivesse acordado meio desorientada. Mas depois ela fez de novo. E de novo. E não parou mais de fazer. E a digestão dela funciona que é uma beleza, porque dá um pulinho na privada umas três vezes por dia.

Fibra.

Hein?

Tem que comer fibra.

Foda-se. Cagar é um troço real demais. Mijar com a porta aberta, tudo bem. Eu mijo com a porta aberta. Todo mundo mija com a porcaria da porta aberta, não é nada de mais. Agora, cagar? Tem que ter uma etiqueta, porra. Um *modus operandi* ou coisa parecida.

Modus cagandi.

Se tiver alguém no cômodo vizinho, você fecha a porta, *tranca* a porta, depois abre a torneira ou o chuveiro pra abafar os... sabe como é, a barulheira envolvida no... na coisa. Questão de educação. Etiqueta.

E usa desodorizador. Não esquece do desodorizador.

Hein?

Bom Ar.

É. Bem lembrado.

Não tô concordando com você, não.

Se não tiver um desses, acende um fósforo. Não é assim que a gente aprende a fazer desde pequeno? Questão de educação, questão de humanidade. Por que você acha que na cadeia e no exército todo mundo caga na frente de todo mundo? Não tem divisória, não tem porta, não tem reservado, não tem nada do tipo. É todo mundo cagando na frente de todo mundo. Por quê? Porque é pra ser real, entendeu? Faz parte da porra da experiência. Tem que ser *real*.

Você não quer que o seu namoro seja *real*?

Quero, mas não desse jeito. Namorar é a mesma coisa que cumprir pena, por acaso? É a mesma coisa que prestar serviço militar? Porra, acho que nada se compara com isso, com essas... com essas coisas. Não quero ver a pessoa cagando. Mesmo que a gente fosse casado. Podia ser minha mulher desde sei lá quando. Trinta anos de casamento, quarenta, *oitenta*. Não, não. Não quero ouvir, não quero saber. Não quero nem ter que pensar nisso. Pra todos os efeitos, a pessoa *não caga*. A gente já tem que lidar com a própria merda, imagina ter que lidar com a merda dos outros também. Fedeu, cara.

Costuma feder mesmo.

Fedeu pra cacete.

É da essência da coisa. A merdidade da merda. É o que Heidegger diria, eu acho.

Quem?

Heidegger. Lembra dele? Trabalhava no açougue do Zé Melquíades.
Vai tomar no meio do seu cu.
Ele no balcão e a Hannah no caixa, mas aí a Hannah teve que fugir.
Que conversa é essa? Fugir de quem?
Dos nazistas.
Lá vem você com essa desgraça de conversa de nazismo.
Melhor que a desgraça da sua conversa.
O nazismo acabou. O cara lá acabou com o nazismo.
O cara lá. Foi. Acabou mesmo. Grande cara.
Hiroshima e Kawasaki.
Ah, eram dois caras?
Não, porra, a bomba atômica e…
E cê estudou direito, bicho. Passou no vestibular, fez a merda do curso inteiro, tem diploma, não comprou o diploma, não, depois passou na prova da OAB, tem carteirinha e tudo, trabalha em escritório…
Vai tomar no meio do seu cu. Me escuta.
… trabalha em escritório *conceituado* e tal.
Esquece isso, caralho, me escuta!
Fala, desgraça.
Mesmo que não tivesse fedido, mesmo que não fedesse nada, mesmo que ela cagasse cheiroso, que porra é essa, caralho?
Não dá pra falar com ela?
Mas eu falei, uai.
Falou?
Falei com jeito.
Aposto que sim.
Sabe o que ela respondeu? Disse que era frescura da minha parte. Vai tomar no cu, porra. Falei com todo o jeito do mundo, expliquei que me incomodava, e ela desandou a fazer um discursinho cheio daquelas ironias, sabe? Você sabe como ela é, sempre foi insolente.
Inteligente. Eleonora sempre foi inteligente.
E eu não sou?

Não.
Vai tomar no meio do seu cu.
O que mais ela falou?
Disse que o mundo tá mudando bem rápido, e que gente como eu, assim meio travadinha, vai ser engolida pela onda.
Ou vai surfar outra onda.
Que outra onda?
Reacionária.
Hein?
Continua a história, vai.
Eu... tá bom. Eu falei pra ela: Minha filha, o mundo tá mudando o tempo todo, o mundo não para de mudar, a única coisa que a merda desse mundo faz desde sempre é mudar, mas isso não quer dizer que, a partir de agora, contrariando todos os meus *instintos*, eu vou adorar te ver e ouvir peidando e cagando.
Falou com jeito mesmo.
Não falei?
Um lorde.
Porra. Eu não quero ter o vislumbre da pessoa mandando ver sentadinha no trono, não.
Vislumbre.
Isso lá é frescura?
É.
O mundo tá mudando pra *isso*?
Vamos torcer pra que sim.
Eu gosto mesmo da maldita. Mas devia saber, né? Devia ter imaginado.
Imaginado o quê? Ela caga com a porta aberta. E daí?
Sei lá, moço. Uma pessoa que caga com a porta aberta é capaz de qualquer coisa.
Essa é a sua *tese*?, perguntei, voltando a rir.
Não é uma tese, não. É um *fato*.
Para com isso.

Por isso que não me admira essa fofocaiada.
Esquece essa merda. O povo daqui fala demais.
Vieram me dizer que ela dava até pro tio.
Isso é conversa fiada.
Raimundo.
Raimundo morreu faz uns cinco anos. Isso é conversa fiada.

Cristian olhava para baixo, para o chão, e balançava a cabeça, desaprovando não sei o quê, se o meu juízo (é conversa fiada) ou o boato de que a namorada trepava com o tio, morto em um acidente de trânsito no mesmo dia em que Fernando Collor de Mello decretou o confisco da poupança dos brasileiros.

Mas olha só que maluquice.
Ele continuou cabisbaixo.
Dizem que Leonor da Aquitânia dava pro tio dela, Raimundo de Poitiers.
Cristian levantou a cabeça e me encarou.
Falando sério.
Vai tomar no meio do seu cu, não vem com essa porcariada tirada de livro outra vez pro meu lado, não.

Dizem que, por causa dessa indiscrição, o marido dela, Luís VII, rei da França, sim, ela era rainha da França, dizem que foi por isso que Luís VII não enviou ajuda militar pro tio Raimundo de Poitiers lutar contra os zênguidas lá na Antioquia, e o tio Raimundo de Poitiers ficou vendido no meio dos inimigos.

Morreu?
Morreu na Batalha de Inabe.
Morreu.
Os zênguidas cortaram a cabeça do tio Raimundo, botaram numa caixa de prata e mandaram de presente pro califa de Bagdá.
Zênguidas.
Eles avançaram até o Mediterrâneo, acho. Os zênguidas.
E o que o Luís corno fez depois? Matou a vadia?
Que nada. Agilizou o divórcio, e Leonor se casou de novo.

Com quem?
Com outro sujeito que virou rei. Henrique II, da Inglaterra. Leonor era uns bons anos mais velha do que ele.
Eu sou Henrique II, então?
Você não é nada.
Vai à merda.
Ela é a matriarca da dinastia Plantageneta, que governou a Inglaterra por mais de trezentos anos.
A Inglaterra que se foda, e você também.
Mas isso nem é o mais importante.
Nada disso é importante.
Ela aparece nuns cantos do Pound.
Cristian bufou. Isso não tem absolutamente a menor importância pra mim ou pra qualquer pessoa com a cabeça no lugar.
Cê acha mesmo que tem a cabeça no lugar, fera?
Nem sei por que tô ouvindo essa porcariada. Por que eu tô ouvindo essa porcariada?
Alcancei o copo de cerveja e respirei fundo ao me recostar na cadeira. Sei lá. Ajuda a aliviar o clima. E eu queria outra cachaça, mas o Tinheiro sumiu.
A cabeça de um maluco que comia a própria sobrinha pulou pra fora de uma caixa de prata e veio quicando pra aliviar o clima, é isso?
É. Mais ou menos.
Puta que pariu. Tem hora que não dá pra conversar com você, não.
Eu sei. Eu me esforço.
(...)
(...) estava com o meu avô assistindo ao *Jornal Nacional* e eles noticiaram o atentado em Lyon, a explosão de um carro-bomba na porta de uma escola judaica. Villeurbanne. Notícias dos Bálcãs. Iéltsin. Também mostraram o presidente Fernando Henrique Cardoso assistindo ao desfile de 7 de setembro. E fazendo um discurso. Isso (assistir ao telejornal com meu avô) foi horas antes de Cristian ligar, horas antes de zarparmos para Vianópolis. Magda não estava em casa. Na vizinha. Poderia ir até lá, ficar

um pouco com as duas, falar e ouvir besteiras, encher a cara, mas não fui. O jornal acabou. Fui para o meu quarto, peguei o livro do Roth e li sobre um sujeito imaginando que a moça que acabou de conhecer, hospedada na casa do escritor que admira, é Anne Frank, e ri bem alto, tão alto que o velho Konrad Helfferich foi me perguntar o que era tão engraçado. Eu olhei para ele e disse q

(...)

LEANDRO?

Eu me voltei, assustado. Estava ali. Ainda. Na área. A casa que o meu avô construiu. Chovia, chovia muito. Abri um sorriso torto.

Cristian me encarava com aqueles olhos vermelhos e pequenos, bebera demais, mas estava recuperado, o corno, dormira na rede por horas, e sorria para mim de um jeito sacana, vitorioso, superior. Travou geral?

Eu? Não, eu...

Terceira vez que te pergunto se quer outra cerveja.

... quero. Quero, sim. Valeu.

Meio fora do ar hoje, hein? Indo e voltando, parece a porcaria dum rádio estragado.

Eu o encarei, incrédulo. Olha quem fala.

HEIN?

OLHA QUEM FALA.

Como assim?

Ah... desmaiou aí na rede... umas duas horas de sono.

Mas agora tô inteiro. Já você...

Eu? Só meio distraído... e...

E bêbado.

É, bêbado. Foda-se.

Eleonora trouxe outra cerveja para mim. Estávamos à mesa, eu à cabeceira, ela no extremo oposto, Cristian sentado junto ao CD player, fuçando nos discos. Se eu dormisse por meia hora, ficaria em melhores condições. Olhei para Eleonora. Ela também não dormira nada. Foda-se. Não precisava dormir. Comer alguma coisa? Mais tarde. Beber devagar, em todo caso. Cerveja. Só cerveja. Nada de destilados. Goles pequenos, conscienciosos. Responsáveis. Meu pai bebia assim. Eu me lembro, pensei. Eu me lembro. Devagar e sempre, ele dizia. Eu me lembro. Beber pouco para beber muito, ele dizia. Eu me lembro. E, ao me lembrar disso naquele momento, virei a latinha.

    Onde é que cê tá com a cabeça?

    Dentro da sua namorada, pensei (mas não falei).

    Não vira tudo desse jeito, pediu Eleonora.

    É, porra. Melhora um pouco antes.

    Sorri para eles. Eu vou... ficar bem, não... não esquenta, não.

    Não dá mais cerveja pra ele por enquanto, Cristian disse a Eleonora.

    Eu sei, ela respondeu, meneando a cabeça de um jeito incerto.

    Ele riu. Cê também parece meio travada.

    O único que dormiu aqui foi você.

    Porra, cheguei muito bêbado da AABB. Virei umas cachaças com o... até esqueci o nome do viado.

    Eu sei. Eu vi. Que ideia.

    Não vomitei, pelo menos. E virando-se para mim: Por que não vai ali no banheiro e enfia o dedo na garganta? Aposto que vai dar uma melhorada.

    Olhei para ele. Não tô passando mal. Só tô... bêbado.

    É só cerveja, disse Eleonora. Ele bebeu rápido demais. Daqui a pouco passa.

    É. Daqui a pouco... é.

    Só não vira mais latinha desse jeito.

    Ouve o que ela tá falando.

    Sim, senhor doutor e... senhora doutora e... não. Ei, sabe o que... aquele dia lá em Goiânia, eu... lembrei.... eu... eu tava pensando naquele dia lá.

    Que dia?

    Aquele rapaz, o...

    Rapaz? Que rapaz?

    Aquele, uai.

    Falando coisa com coisa.

O filho do cara que atropelou e... aquele pessoal todo. Matou e...

Eleonora sorriu. Do que é que ele tá falando?

Ah, disse Cristian. Daquele caso. Comentei contigo, lembra? Deu na televisão e tudo, foi um puta escândalo.

Ééééé. Esse mesmo. Porra. O cara... o cara atropelou e matou uma família inteira ali perto de... Bulhões?... foi... o negócio foi feio. Lembra?

Lembro, disse ela. Lembrei agora. Mas por que tá pensando nisso?

É que... ele... o rapaz falava de um jeito engraçado, todo...

Quem?, ela perguntou, confusa.

O filho... era o filho do cara. Eu conheci o filho do cara que atropelou, ele... o Cristian aqui tá... você sabe. Explica pra ela.

O processo tá com o Abrão, esclareceu Cristian. O Leandro tava lá em Goiânia um dia desses e conheceu o rapaz, o filho do réu. Faz um tempinho, na verdade. Acho que foi em março, por aí. Ou antes, não sei. Enfim. Eu, o Abrão e o rapaz... não, porra, sem essa. Deixa a minha latinha. Dá um tempo, não bebe mais agora. Isso. O que eu... ah, a gente tava no Árabe e o Leandro foi me encontrar lá. O que cê foi fazer em Goiânia mesmo? Foi prum enterro?

Não, um colega meu... o cara enfartou, tava no hospital, mas... não morreu, não... ainda. Hehe.

Ele tem a nossa idade?

Tem. Cuida do coração, pessoal. A gente precisa cuidar do... porra, eu quero outra cerveja.

Ainda não. Me fala desse rapaz.

Ah, ele contou uma... que história era aquela, Cristian?... Ele falava de um jeito engraçado, meio... sei lá... falava como se fosse velho, não sei... não sei explicar. Todo formalzão.

Era meio esquisito mesmo.

Que história ele contou pra vocês?

Besteira, interveio Cristian. Ele viu uma luta de boxe amador lá no DF, nada de mais. Era mais o jeito como ele falava mesmo.

É, o jeito que ele... era... sei lá.

Formalzão, sorriu Eleonora.

Olhei para a direita, na direção do quintal. Chuva. Que horas eram? Esquecera o relógio lá em cima. Eleonora não esquecera nada. O som ligado em volume baixo. Era tarde, era cedo. Que horas? Uma maldita balada sertaneja. Cristian tomara conta do som. Eu ainda sentia aquele gosto na boca. Cloro e suor e mijo. Cristian acordara. Cristian não percebia nada. Cristian estava tranquilo. Cristian estava inteiro. O pai dele, falei, o cara... o cara é cartola do time do seu pai.

Não é mais, não. Foi afastado por causa do que aconteceu.

E o dinheiro que ele lavava lá no... no clube? Acabou a festa?

Tomara que não, porra. Meu velho torce praquela joça e ia ficar triste.

Esse é o futebol tetracamp... do mundo.

Ele gargalhou, depois levou a lata de cerveja à boca, virou quase tudo. Inteiro, o filho da puta. Sacana, vitorioso, superior: Me diz uma coisa.

Sim, senhor doutor.

Mesmo depois desses anos todos... você ainda chora quando pensa na final da Copa de 90?

Achei melhor entrar na brincadeira (talvez me ajudasse a acordar): Todos os dias, todos os dias.

Nunca vou me esquecer da sua cara de choro.

Respirei fundo. Aquela final foi roubada, informei, firmando a voz.

Tá, mas e daí? Em 86 marcaram até gol de mão.

Sim, mas no... no mesmo jogo... naquele mesmo jogo do gol de mão... também rolou o gol mais bonito da história das... das Copas. Maradona é o maior jogador de futebol de todos os tempos.

Bom, é isso. Cê tá oficialmente travado.

Esteja eu bêbado, sóbrio ou em coma alcoólico, Maradona continua sendo o maior... ééé... jogador de futebol de todos os tempos.

Pelé jogava vôlei, lembrei agora.

Pelé jogava futebol, mas o... é... presta atenção, o... o Maradona é maior do que o Pelé.

Ah, para.

Pra variar, Cristian, cê não tá prestando atenção. Eu preciso que cê preste bastante atenção. Eu não disse que Maradona é *melhor* do que Pelé, eu não... eu nunca disse isso. Eu jamais diria isso. Ninguém é *melhor* do que Pelé. *Ninguém*. O que eu disse e... disse, digo e repito é que... Maradona é *maior* do que Pelé. Presta atenção, tem... tem uma diferença aí. São duas coisas diferentes.

Pra mim, disse Eleonora, parece a mesma coisa.

É, concordou Cristian. Pra muita gente, maior, melhor, é tudo a mesma porcaria.

Eu não... eu não sou muita gente. Eu contenho multidões.

O que é isso?, ela perguntou.

Algum poeta viado que ele lê e depois fica arrotando pra cima da gente.

Isso é Whitman, seu... seu bacharel asinino.

Ela gargalhou. Asinino.

Houve um tempo... em que... advogados conheciam poesia.

Acho que não, pontuou Eleonora.

Ainda bem, disse Cristian.

Por que você gosta tanto do Maradona?, ela perguntou.

Encolhi os ombros. Sei lá. Foi o meu primeiro ídolo, assim... pra valer e... ele foi aquele...

Aquele?...

Respirei fundo. Endireitei o corpo. E continuei: Ele foi aquele jogador capaz de... de iluminar as minhas retinas com uns lances que pareciam... assim... impossíveis. Eu não vi Pelé e o que os caras fizeram em 70 e... em 82 foi bacana e tudo, mas todo mundo sabe o que... o que aconteceu e... além do mais... eu sempre achei ducaralho o que a Itália aprontou no Sarriá.

Cê não torce pela seleção, disse ela.

Ah. Não é isso, é que... acho legal quando ganha, mas não dou a mínima quando... quando perde.

Ele não dá a mínima pro Brasil, disse Cristian para Eleonora, como se eu não estivesse mais ali. O viadinho chorou quando a Argentina perdeu pra Alemanha em 90 e ficou putaço quando expulsaram o Maradona da Copa no ano passado.

Chorei e... é, fiquei putaço mesmo, mas... mas não foi por causa da Argentina. Foi por causa dele, por causa do... do Maradona. Queria que ele ganhasse mais uma, mas... caralho... os caras foderam com ele.

Efedrina. Ele fodeu com ele mesmo.

Porra, em 86... o que foi aquele gol? Aquilo é uma obra-prima de... de selvageria e resiliência. O cara... ele destroça meio time inglês quatro anos depois daquela patacoada que foi a guerra... Malvinas... é de uma genialidade absoluta, aquele... aquele gol.

Por quê?

Porque Maradona refundou a porra do próprio país com aquele gol.

Nossa, sorriu Eleonora.

A Argentina... porra... o país se recuperava de uma ditadura e da estupidez daquela... daquela guerra imbecil, e ele... ele refundou a porra do próprio país aos 55 minutos de um jogo de futebol.

Você se lembra até do minuto.

Eu me lembro de tudo. Tudo. E só de lembrar... o coração... aqui na... sinto o coração aqui na boca. Aquilo foi uma maluquice... um cara sozinho, empurrado pela... pela história, pelos mortos, pelos... pelos fantasmas e... sofrimento, sabe? E pela expectativa, empurrado pela alegria, ele... ele correu com a bola dominada na direção do gol e não fez isso só pra vencer e... e se vingar, talvez, mas... é um troço assim ex... exprimível só daquele jeito e... e naquelas circunstâncias. Muito maior, sabe? Muito maior que a ocasião. Não... não é só um gol, não é só isso, é... é outra coisa... tô meio bêbado, não sei explicar, mas... é o que é, porra.

Amém, irmão.

Em 90, foi... foi diferente.

Como assim?

Eu vi os jogos da seleção com você.

Os jogos do Brasil, sim. E daí?

Eu... eu me lembro daquele Brasil e Argentina. Eu me lembro de você indignado com os gols perdidos e com... o Careca... foi ele, né?... e aquele cruzamento bizarro de Müller... Dunga cabeceando e... todos esses lances. E eu me lembro do Maradona chamando o jogo, transformando o jogo numa... numa coisa dele e de mais ninguém.

Eu não me lembro, disse Eleonora. Lembro que o Brasil perdeu, e só.

Maradona, ele... ele domina a bola no meio-campo. Dá um corte seco no Alemão. Escapa do carrinho do Dunga e... atrai, é... atrai toda a defesa brasileira e deixa... deixa o Caniggia livre pra receber e... e arrematar. Vou... olha só... vou dizer uma coisa pra vocês...

Diz, pediu ela, sorrindo.

... naquele... naquele momento, no momento em que a Argentina ejetou o Brasil de uma Copa do Mundo... porra... naquele momento, eu... eu sorri.

Eu sei. Eu tava lá. Viado.

Mas eu não sorri por... porque torcia "contra o Brasil", não, eu... eu sorri porque era o Maradona. Porque era futebol. Porque aquilo tudo era bonito demais da conta. Foi um lance... a beleza e... todo o resto se apequena, sabe? Até as... as camisas, a rivalidade, toda... toda essa merda. A beleza ignora toda essa merda. A beleza... presta atenção... vou tentar falar isso direito... a beleza diz respeito ao que é essencial, mas nunca ao... ao que é fácil.

Sei nem o que isso quer dizer.

Porra, é só... é só pensar nas coisas que ele fazia em campo. Não, porra... a beleza... a beleza tem a ver com o gesto, com... a sequência de gestos assim... imprevisíveis... contrain... tuitivos... criação do espaço... ele cria o espaço, ele controla o tempo, ele...

Puta merda, Leandro, vai tomar no meio do seu cu, vai.

Pelo menos ele acordou, sorriu Eleonora.

Maradona era alígero.

HEIN?

O ritmo dele não... não se infiltra no adversário, não... não entorpece o adversário porque... porque não há tempo pra isso nem... nem necessidade disso. O ritmo dele aleija... estrangula, deixa... deixa todo mundo pelo caminho, os... os pés velozes... o impulso do corpo... corpo diminuto... abrindo clareira após clareira pra... pra deslizar, sabe?

No cu, Leandro. Vai tomar bem no meio do s

Maradona é um fenômeno peck... peckinpahniano.

Adoro o Peckinpah, atalhou Eleonora, olhos repentinamente arregalados.

Eu sei.

Quem?, perguntou Cristian. Que merda é essa agora?

Peckinpah é um cineasta.

Cineasta? Que caralho uma coisa tem a ver com a outra?

Acho que eu sei responder essa. Se eu entendi o que o Leandro quer dizer, Maradona é um fenômeno peckinpahniano porque acelera e desacelera como e quando quer.

Isso, concordei. Ele... ele fragmenta um mesmo drible em dribles menores, ele... ele adianta um gesto só pra resgatar esse gesto mais adiante. Ele adianta o gesto e resgata o gesto e... adensa o gesto. É como se ele... não... ele cria um mundo cheio de... inversões e im... impossibilidades. Um mundo dele, com as... com as regras dele e... os outros que se virem e...

Essa sua conversa é que parece rolar num mundo cheio de inversões e impossibilidades.

... a beleza é tamanha que me sinto estrangulado. Não é que me faltem palavras, não... o que me falta é fôlego.

Graças a Deus.

O que me falta é oxigênio.

Eleonora gargalhou, feliz. Respira, Leandro.

Mas restam os olhos pra ver, felizmente, e... e neles eu me fio.

Fio?

É.

Caralho. Fio.

E por que você falou que em 90 foi diferente?

Eu falei?

Falou.

Não sei. Acho que foi porque ele não ganhou a Copa. Eu... eu achava que ele fosse ganhar, mas... mas não ganhou, então... então me agarrei nesses outros momentos.

Como a desclassificação do Brasil?

É. Por exemplo. E também porque... é isso, o grande momento dele nessa Copa, pra mim, não foi um gol, foi... foi aquela jogada e... e o passe pro Caniggia.

Por que não fizeram falta no filho da puta? Por quê?

Porque... porque não dá pra derrubar deus.

Cê não é ateu, viado?

Eu não falei Deus, eu falei deus.

HEIN?

Eu entendi o que ele quis dizer.

Que porra ele quis dizer?

Deixa pra lá, pedi.

Com prazer.

Eu... acho que... eu preciso comer alguma coisa.

Tá se sentindo melhor?, ela perguntou.

Tô, sim. Meia horinha e tô zerado.

Vou fazer um sanduíche pra você.

Não precisa, eu mesmo...

Pode deixar. Fica aí. Joga uma água na cara. Tem presunto na geladeira, né? Maionese?

Tem tudo.

Eu faço.

Valeu, senhor doutor.

Vou cuspir dentro dele.

Eu sei.

(...)

Anne Frank? O SS-Oberscharführer Karl Josef Silberbauer, do Sicherheitsdienst des Reichsführers-SS, prendeu Anne Frank na. Ela morreu em. Silberbauer nunca foi. Morreu em Viena, em 19. Imagino que. Tifo. Em paz. Nazistas. Nazistas em toda parte.
(...)
Cristian dá a partida e acelera. Adeus à casa inacabada do sátiro, à rua mal iluminada, à expectativa funesta. Mas, nos minutos seguintes, ele dirige a esmo por Vianópolis, ignorando os rumos do trevo. Ruas meio vazias. Bares e restaurantes fechados, em sua maioria. Passa da meia-noite. É um feriado prolongado, as pessoas foram para o meio do mato, para as chácaras e fazendas, ou para Goiânia, para Caldas Novas, para Brasília, para a casa de algum desconhecido (trepar), as pessoas desapareceram e a cidade parece morta, morta e perfeita para que um sátiro e uma bacante trepem a noite inteira, morta e perfeita para que um corno e seu escudeiro (cúmplice?) circulem sem rumo, tentando esfriar a cabeça, fingindo ignorar o que acontece em uma casa inacabada não muito longe dali (é uma cidade pequena, todas as casas são próximas) (talvez próximas demais). Ele contorna a praça principal, passa defronte à estação ferroviária, dobra à esquerda e segue na praça. Seria melhor que fôssemos embora, mas Gianciotto Malatesta ainda não parece pronto. Não chora mais. Pelo menos isso. Os rumos do trevo, cadê? Passamos por um boteco. Mesas na calçada. Um velho lá dentro, ao balcão, gesticulando. Cabelos brancos, braços finos. Lembra o meu avô. Mais cedo, eu e ele assistíamos ao *Jornal Nacional*. E o que nos trazia o *Jornal Nacional*? Corpos. Corpos despedaçados. Corpos despedaçados do outro lado do oceano. Onde mesmo? Na França. Lyon. Um atentado. A explosão de um carro-bomba na porta de uma escola judaica. Villeurbanne. Mais de dez pessoas feridas, incluindo três crianças. Por sorte, não foi uma carnificina: a explosão ocorreu cinco minutos antes da saída dos setecentos alunos (o relógio da escola atrasou, pelo que entendi). Grupo Armado Islâmico (GIA). Uma série de atentados na França. Meses e meses de terror. Esse da escola foi o quê? Quinto, sexto atentado? Eu e meu avô e um atentado (mais um atentado) do outro lado do Atlântico. A notícia de um atentado

ligado a outros atentados. Uma série de atentados, disseram (e reitero). Uma bomba dentro de um botijão de gás, explodindo em uma estação de metrô. Essa matou alguns. Outro botijão cheio de pregos e parafusos, no Arco do Triunfo, na hora do rush. Turistas feridos. Uma bomba dentro de uma panela de pressão, numa frutaria. A pessoa escolhendo uma maçã e, de repente, BUM, tudo vai pelos ares. Atentados, ameaças, bombardeios, conflitos. O telejornal estava agitado. O telejornal convulsionava. Violência, violências. Todo século estertora AOS BERROS? Iéltsin ameaçando o Ocidente. O Ocidente bombardeando a Sérvia. Os sérvios estuprando (os campos de estupro nos quais as mulheres de outras etnias são aprisionadas e torturadas e sistematicamente violadas para que gerem crianças sérvias ou pelo menos meio sérvias, isto é, filhas de sérvios e, portanto, do ponto de vista sérvio, crianças um pouco mais sérvias e, por decorrência, um pouco menos estupráveis e matáveis) e matando tudo que não era sérvio. Corpos, corpos, corpos. E pedaços de corpos. Enquanto isso, em Vianópolis, Goiás, um corno quase assassinou a namorada e o fodedor dela. Uma panela de pressão cheia de pregos: o mundo. Ou a cabeça de Cristian. Ou a minha cabeça. Ele está dizendo alguma coisa. Não quero saber, mas: O quê?

Tem o uísque aí no banco traseiro.

Ora, parece que eu quero saber, sim, pois acendo a luz interna e me viro, braço esquerdo estendido — Jack Daniels. Dois terços, um pouco mais. Pego, abro, dou um gole. Sim, eu digo, e dou mais um gole. Sim, sim, sim.

Não, diz ele quando ofereço. Já bebi demais.

Quando?

Mais cedo, com meu pai.

Ele te viu saindo naquele estado?

Não, tava vendo um filme com a minha mãe.

Onde ele guarda a porcaria dessa arma?

No escritório. Na gaveta.

E você tem a chave?

Tenho, porra. Esqueceu? Fiz uma cópia quando era moleque pra fuçar nas coisas dele. A gente achava que ele escondia umas revistas pornôs.

A arma não ficava lá nessa época. Eu não me lembro de ver nenhuma arma naquela gaveta.
Ele guardava no cofre da loja.
E agora guarda em casa?
Ele comprou outra pra deixar na loja e levou essa pra casa.
Qual arma ele deixa na loja? Uma Luger?
Ele não responde.
Enfim, os rumos do trevo. Outro gole. Sinto o corpo relaxar. Goles curtos, saboreando a bebida. Cristian não voltou a chorar. Fecho os olhos. Conto até cem. Quando termino, estamos na rodovia, o trevo de Vianópolis ficando para trás. Rumo a Silvânia. Seu pai não devia ter uma Luger?, cogito insistir. Ele não acharia graça. E quem sou eu para falar? Olho para a frente, a faixa (não ultrapasse), o asfalto escuro e gasto, depois olho para o lado, a noite ao redor também escura e gasta. Tudo é gasto. Goiás: gasto. Noite: gasta. Mundo: uma panela de pressão gasta e cheia de pregos gastos, prestes a explodir e trucidar inúmeros cidadãos gastos. Luger. Se eu conheço Cristian Sênior, ele talvez tenha, sim, uma Luger. O desgraçado tem dinheiro e interesse por esse tipo de coisa. Desgraçados com dinheiro e interesse por esse tipo de coisa compram pistolas Luger. Com interesse pelo nazismo, bem entendido. Nazistas. Nazistas em Goiás. Nazistas em toda parte. Nazistas na escola, nazistas na fila do banco, nazistas sentados às mesas dos botecos, nazistas no puteiro, comendo as putas (que também são nazistas) (nem todas, pelo amor de). Nazistas engolindo hóstias. Nazistas querendo matar as namoradas (nazistas) e os fodedores (nazistas) das namoradas (nazistas). (Eleonora não é nazista.) Meu avô: nazista. Margarete e Magda? Nazistonas. Carol: nazistinha. Beth: gaúcha nazista. Diógenes? Não saberia dizer, mas (aposto) nazista. Nazistas brotando do chão. Agricultores nazistas, freiras nazistas, padres nazistas. A soja daqui é nazista. Plantio, colheita: práticas nazistas. Tratores nazistas. Agrimensores nazistas. Veterinários nazistas. Peões nazistas. Pastores e fiéis: nazistas. Kardecistas nazistas (kardezistas). Pombos nazistas nos telhados, arrulhando nazismos e transmitindo doenças nazistas. Carteiros nazistas trazendo correspondên-

cias nazistas. Cristian Sênior e Cristian Júnior: nazistas. Cristina (respectivamente filha e irmã dos precedentes): vereadora nazista (talvez não) (Cristina é legal). Prefeito e vice-prefeito nazistinhas. Pecuaristas? Nazistas. Gado leiteiro nazista. Açougueiros nazistas. Frangos nazistas cacarejando nazismos em granjas nazistas. Torneiro mecânico nazista, vigias nazistas, churrasqueiros nazistas, bancários nazistas, relojoeiros nazistas, juiz e promotor nazistas, oficial de justiça nazista. Taxistas nazistões. Tabeliões nazistas. Escrivão de polícia? Nazista. Carroceiros nazistas. Delegado nazista. Cavalos nazistas. Sacristão nazista. Farmacêutico (meu avô) (reitero): NAZISTAÇO. Nazistas em toda parte. Goiás: naziestado. Chega. Abro os olhos: agora quem já ficou para trás é a estátua do Cristo Redentor, engolida pela noite (nazista) (e gasta). Sim, voltamos a Silvânia. Voltamos para Silvânia e Gianciotto Malatesta não matou ninguém. Vitória do povo de. Mais um gole. Que susto desgraçado, hein, seu filho de uma. Outro gole. Olho para Cristian. Aquela vontade de acotovelá-lo. Não. Seria pouco. Preciso pensar em algo pior. Em algo *melhor*. Passamos pelo Ginásio Anchieta. A pista se duplica alguns metros à frente. Ele entra na contramão e dobra à esquerda, depois à direita. Não sei em que está pensando. Talvez queira dar um tempo. Não quero, não vou perguntar. Estaciona o carro no meio do nada, terrenos baldios e escuridão, abaixa o vidro e coloca a cabeça momentaneamente para fora, como se precisasse de oxigênio. Olho ao redor. Poeira, cascalho. Que não diga nada. Olho para a frente. Rua mal iluminada (outra) alguns metros adiante. Que não me encha mais o saco. As luzes fracas dos postes. Que permaneça em silêncio. A mão direita pegando a garrafa, tomando a garrafa de mim. Vai beber, então? Vai, sim. Um gole longo. Seu nazipapai não tem uma Luger? Velho cretino. A porra do pai dele. O dono das lojas, o dono do Tempra, o dono da(s) arma(s). Aquele desgraçado. Uma família de desgraçadinhos. (Não: Cristina é e sempre foi legal comigo. E não é nazista. Acho. Tomara. Não precisamos de mais uma vereadora nazista.) *Heil Hitler.* Eu me lembro. Cristian liga o som do carro. Música sertaneja. Penso em xingá-lo, mas permaneço em silêncio. O volume alto, mas não alto demais. Meu estômago vazio. Nenhum enjoo, contudo. Bourbon. Uma embriaguez, um relaxamento. Posso ir embora ou posso ficar, ou posso ficar, fazer alguma coisa e depois ir embora. Não me sinto enjoado. Bebi muito e rápido, mas estou bem, eu me sinto bem. Fazer alguma coisa. Relaxado. Sorrio ao pensar no que preciso fazer antes de ir embora. Uma balada sertaneja. Chifres, claro. Ela fez isso, ela fez aquilo, e eu aqui sozinho, bebendo e chorando e cantando esses versos de corno. Goiás. Desgraça. Sorrio ao pensar que Cristian ouvir música sertaneja nas circunstâncias presentes é algo tão apropriado quanto um neonazista saborear Endstufe em um 20 de abril qualquer. Poderia dizer isso a ele, mas não teria graça, pois certamente nunca ouviu falar de Endstufe e não sabe por que caralho a data é importante para os neonazis. Li a respeito em uma revista que Magda trouxe dos Estados Unidos tempos atrás, uma longa, preocupada e preocupante matéria sobre bandas neonazistas. Quase mostrei para o meu avô. Esqueça Wagner, diria para ele (embora meu avô não goste de Wagner; prefere Schubert e, a exemplo do Führer em seus derradeiros dias no bunker, Chopin). Nazistas. O velho Konrad. O velho Cristian. Endstufe. Enquanto a maldita balada sertaneja castiga os meus ouvidos, esqueço o meu avô e me concentro no pai dele, o velho Cristian, lembro do pai dele, Cristian Sênior, nazipapai, alto e gordo e barbudo, um comerciante dono de lojas de roupas e calçados em Silvânia, Vianópolis e Orizona. Cristian Sênior chegava do trabalho e, ao se deparar com a molecada na área dos fundos, parava no topo da escada e fazia a saudação nazista para todos que estivessem ali, o braço direito estendido e a voz altissonando: *Heil Hitler!* Não era algo isolado. Acontecia sempre que o velho chegava. Acontecia sempre, e a gente ria porque tinha 10, depois 11, depois 12 anos, e a gente ria porque aquele era o único Pai que tentava fazer alguma gracinha, os outros Pais não faziam ou diziam nada, ou simplesmente entravam e resmungavam um cumprimento qualquer antes de desaparecer. Mas não o velho Cristian. Não Cristian Sênior. Ele surgia no topo da escada ou aparecia na porta do cômodo em que estivéssemos (é uma casa grande, ainda vivem nela) (Cristian Sênior e a esposa, no caso) (o filho advogado mora em um apartamento no Setor Leste Universitário de Goiânia, e a filha vereadora vive noutra casa em Silvânia, ela e o maridão, um engenheiro elétrico nazistinha), ele surgia no topo da escada ou no cômodo onde estivéssemos, erguia o braço e dizia: *Heil Hitler*! A gente ria e ele às vezes dava um tempinho por ali, participava (dando pitacos) da brincadeira com bolinhas de gude, Banco Imobiliário, War ou o que fosse, perguntava coisas (com um interesse aparentemente genuíno) (ainda faz isso, é um sujeito muito simpático) (fez campanha com e pela filha, óbvio que Cristina foi eleita com folga para a câmara municipal nas eleições de 92 e será reeleita no ano que vem), talvez tenha dificuldades de sair do papel de vendedor, demonstrando um interesse aparentemente genuíno pelos outros (incluindo crianças) mesmo após o expediente, que tal a vida?, estudando bastante?, cadê seus livros, Leandro?, só não pode exagerar, quem estuda demais enlouquece, já lancharam? Era o único Pai que fazia todas essas coisas quando éramos moleques, e nós (a turminha do Filho) não desgostávamos nem tínhamos medo do sujeito, o que naquela idade significava muito, vamos concordar, e mesmo agora, após todo esse tempo, significa alguma coisa, sim, *ainda* significa, por que não? Demorou algum tempo para que eu entendesse certas coisas, sorte que tenha estudado até (quase) enlouquecer (não que seja preciso estudar até (quase) enlouquecer para entender essas coisas, basta um pouquinho de informação e um mínimo de bom senso), mas ainda era o mesmo amigo, a mesma casa, o mesmo Pai, o mesmo *Heil Hitler*, que deixou de ser engraçadinho ou "diferente" depois que aprendi uma coisinha ou outra, meio que sem querer, e me inteirei de alguns fatos que, certo dia, Cristian — estávamos de novo na casa dele, onde mais?, sentados no tapete da sala, fazendo um trabalho de Organização Social e Política do Brasil (OSPB) ou algo parecido — negou: Não foi bem assim, meu pai me explicou, pergunta pro seu avô, porra, ele vai saber, ele vai te falar, ferraram muito a Alemanha com aquele tratado lá, como é que era o nome?, o cara só fez o que precisava fazer, e esses judeus, bicho, ah, puta que pariu, deixa eu te falar desses judeus. E escutei em silêncio, com interesse genuíno, talvez ele soubesse de algo que eu sequer imaginasse, talvez o pai dele fosse tão bom em história europeia quanto em vender cintos, meias e sapatos, mas a conversa morreu pouco depois, quando ficou evidente que Cristian não tinha muito o que falar *desses judeus*, nada além de ideias genéricas e obscuras, aproveitadores, sacanas, meu pai, meu pai me explicou tudo, meu pai me explicou tudinho, você não faz ideia, porra, não faz ideia, eles são uns filhos da puta, pergunta pro seu avô, o seu avô vai saber te falar, por que não pergunta pro seu avô? (Não perguntei porque não era necessário. Nas duas oportunidades em que o velho Konrad Helfferich bebeu além da conta e eu estava presente (no Natal de 1979 e no aniversário de Magda em 1984), eu o ouvi discorrer sobre a história da Alemanha na primeira metade do século XX, com ênfase no período que foi de Weimar ao trágico (para ele) colapso do que chamava (enchendo o peito e a boca) de *Volksgemeinschaft*.) O desconforto aumentou gradativamente, fosse pelas coisas que Cristian dizia e/ou ensaiava dizer sempre que determinados assuntos surgiam, na escola ou fora dela, fosse porque o pai dele não se cansava do *Heil Hitler*. A essa altura, acho que foi pouco antes de Cristian se mudar para Goiânia a fim de continuar os estudos (como não me interesso por direito, medicina, odontologia, engenharia ou nada "difícil", meu avô e minha tia concluíram que seria um desperdício gastar dinheiro com um colégio particular, pois (palavras do velho Konrad Helfferich) qualquer idiota consegue passar na porcaria desse vestibular de letras que você tanto quer fazer. Ele também disse: Este País não precisa de intelectuais. Este País precisa de trabalhadores. Este País precisa de mão de obra!), eu já não conseguia rir ou disfarçar ou embarcar na "brincadeirinha", mas nenhum deles parecia se importar, ninguém ali parecia se importar, por que haveriam de se importar?, a palhaçada se dava do mesmo jeito, os outros colegas riam do mesmo jeito, os futuros agricultores, pastores, bancários, assaltantes, comerciantes, políticos, odontólogos, assassinos, taxistas, médicos, traficantes, padres, aspones etc. riam do mesmo jeito, a vida seguia do mesmo jeito, a vida segue do mesmo jeito, mas não sei se o velho nos cumprimentaria assim hoje, não consigo me lembrar de quando foi a última vez que ele parou no alto da escada ou na entrada do cômodo em que por acaso estivéssemos e fez a desgraça do *Heil Hitler*, talvez quando estávamos na oitava série, ou seja, há mais de dez anos. Encaro Cristian. Cogito perguntar a ele: E aí? Seu pai ainda faz aquela palhaçada? A garrafa estendida na minha direção, como se fosse isso que eu quisesse ao encará-lo. Falta pouco. Bebo um gole curto, depois outro. Ele continua em silêncio, o cotovelo esquerdo na janela. Devolvo a garrafa. Ele bebe todo o resto de uma só vez, depois chacoalha a cabeça e fica ali parado, como se tivesse adormecido ou estivesse prestes a adormecer, os olhos fechados, o litro vazio largado no colo, a balada sertaneja digressionando sobre chifres, claro, o que mais?, sobre o que mais essas desgraças insuportavelmente oleosas digressionariam? Olho para as minhas mãos. Elas estão aqui. Eu estou aqui. Há quanto tempo? Meia hora? Uma hora? Preciso ir para casa. Será que ele ficará bem? Há muitos suicídios em Silvânia. Será que eu me importo? Bem acima da média nacional. Será que eu *realmente* me importo? Quem me disse isso? Sim, eu me importo. Magda, acho. Claro que me importo. Pessoas próximas cometendo suicídio. Meu único amigo. Uma amiga dela se matou no ano passado, por exemplo (dívidas; pílulas). Apesar de tudo. Afogamentos também são comuns. Nazistas. Rios e córregos na região. Mas do que é que eu. As pessoas gostam de acampar. Sim, elas gostam de acampar. Encher a cara no meio do mato, à beira de um rio. Eu e Cristian e Eleonora e outros conhecidos já acampamos. Maria? Sim, ela também acampou com a gente certa vez, ela e seu então marido (que, pelos meus cálculos, já comia a filha adolescente da vizinha). Ninguém se afogou na ocasião. Rio Preto. Foi quando escondi as roupas de Cristian no meio do mato, nos galhos relativamente altos de uma árvore qualquer, a quase um quilômetro do nosso acampamento. Ele ficou muito irritado. Todos gargalhamos. Todos. Eleonora riu. Maria riu. Suicídios. Eu e Carol falamos sobre suicídio ontem. Falamos, sim, de passagem. Por causa do conto que ela leu. Salinger. Estávamos a caminho de casa e falamos sobre suicídio. Peixes-banana. Falamos de passagem sobre a *passagem* autoinfligida. A *passagem* para o Nada ainda é uma passagem, certo? Você está aqui e mete uma bala na cabeça e então não está em lugar nenhum. Tchau. Ir embora. Preciso ir embora. Quero. Uma boa caminhada pela

avenida Dom Bosco. Entrar em casa, tomar um banho. Um banho quente. A casa que o velho Konrad Helfferich construiu. Para si, a filha caçula e, inadvertidamente, o neto. Estarei a salvo no meu quarto ou na biblioteca-alcova. Saudades de Carol. A salvo de quê? Do gosto dela. Sorrio. Tem gosto de feriado. Exausto, bêbado. Foda-se. Fodam-se. Mas não saio do lugar. Vou te levar pra casa, diz Cristian.
    Fico em silêncio.
    Beleza?
    Fico em silêncio. (Por quê?! Eu *quero* ir embora!)
    TÔ FALANDO COM VOCÊ.
    Tá bom. Beleza.
    Eu... tenho que ir embora.
    É o que você quer?
    Acho que sim.
    Acha?
    Cristian faz que sim com a cabeça, mas não dá a partida, não se mexe, fica meia balada sertaneja calado, olhando fixo para a frente. E então: O que você... o que que eu faço?
    Não sei.
    O que você faria no meu lugar?
    Terminava o namoro e seguia em frente.
    Fácil assim?
    Eu não disse que é fácil.
    Eu... eu gosto dela.
    Eu sei que gosta. Conhece ela a vida inteira. Ela é sensacional, cagando ou não com a porta aberta. Essa situação é uma merda. Dá pra desligar essa joça?
    Ele demora um pouco para entender a que me refiro. Desliga o som com um gesto pesado, lerdo. E diz: Eu não sei o que fazer.
    Não quer ir lá pra casa?
    Não, não, acho que... pra casa dos meus... não sei.
    Não sabe?

É, eu...
Não tá pensando em voltar pra Vianópolis, né?
Não, não. De jeito nenhum.
Mesmo?
Mesmo, porra, mesmo.
Porque seria idiotice.
Eu sei. Eu não vou voltar pra lá.
Quer ir pra casa dos seus velhos? Vai pra casa dos seus velhos. Quer ir pra *sua* casa? Quer ir pra Goiânia, tomar distância dessa merda toda? Não precisa ir sozinho, não. Eu vou com você. Pego umas roupas, você troca de carro, deixa esse, pega o seu, e a gente vai, descansa hoje, pega um cinema amanhã, vê um futebolzinho, enche a cara, faz qualquer coisa. Tenho mesmo que visitar a minha mãe, podia aproveitar pra fazer isso, dar uma passada na casa dela.
Não, eu... não. Não. Tô exausto.
O que você quer fazer?
Acho que vou mesmo pra casa dos meus velhos. Daí eu penso e... amanhã. Amanhã eu vejo o que faço.
Vai ficar bem?
Não esquenta. Desculpa aí por hoje.
Você não fez nada.
Fiz papel de idiota.
Isso cê faz todo dia.
Vai se foder.
Vai chorar de novo?
Vai tomar no meio do seu cu, Leandro.
Melhor assim.
Babaca.
Algo me diz que ele não vai para a casa dos pais. Mas algo também me diz que ele não voltará a Vianópolis. Assim, minutos depois, quando entro em casa, estou tranquilo. Em paz. O que deixei lá fora? Mais um corno bêbado, dirigindo sem rumo, ouvindo música sertaneja e chorando? Desde

que inofensivo, não vejo problema nenhum. Essa gente é o sal d(est)a terra. Meu avô está dormindo. Magda ainda não chegou. Devoro um pão francês com queijo branco e maionese, bebo uma cerveja. Fico sentado à mesa da cozinha. Não sei que horas são. O relógio de parede não informa nada, as pilhas acabaram e ninguém percebeu ou se lembrou de trocar.

(...)

"Comprei esse livrinho outro dia pra ver se apareço nele, mas não estou lá."

(...)

Nazistas. Nazistas em toda parte. Nazistas: Cristian Sênior chegava do trabalho e, ao se deparar com a molecada no alpendre, parava no topo da escada e. E meu avô. E Karl Josef Silberbauer. Ouve só essa. SS-Oberscharführer Karl Josef Silberbauer, do Sicherheitsdienst des Reichsführers-SS, prendeu Anne Frank na manhã de 4 de agosto de 1944. Ela morreu em Bergen-Belsen em fevereiro ou março de 1945, provavelmente de tifo; houve no campo uma epidemia que matou cerca de 17 mil prisioneiros por aqueles dias. Bergen-Belsen seria liberado por tropas britânicas em 15 de abril de 1945. Silberbauer (21 jun. 1911-2 set. 1972), vienense, soldado do exército austríaco, depois policial (como o pai), depois membro da Schutzstaffel (SS), depois agente do Bundesnachrichtendienst, o serviço de inteligência da Alemanha Ocidental, depois outra vez policial em Viena, depois & agora defunto, que não descanse em paz. Juntou-se à Gestapo em 1939. Eventualmente, foi transferido para o Sicherheitsdienst, em Haia, e logo em seguida realocado para Amsterdã. Ali, trabalhou na Sektion IV B4, unidade subordinada ao RSHA IV B4 de Eichmann e formada por policiais austríacos e alemães cuja missão era localizar e prender judeus nos Países Baixos, os quais eram despachados para os campos de concentração e de extermínio. Em abril de 1945, Silberbauer retornou a Viena, onde foi sentenciado à prisão por uso excessivo da força contra membros do Partido Comunista da Áustria. Passou catorze meses na cadeia. Livre, foi recrutado pelo Bundesnachrichtendienst e trabalhou dez anos infiltrado em organizações neonazistas e pró-União Soviética. Um nazista infiltrado em organizações neonazistas. Em 1954, Silberbauer foi reintegrado à Kriminalpolizei (Kripo) vienense e promovido ao cargo de Inspektor. O *Diário* de Anne Frank fora publicado em 1950 e os negacionistas de plantão começaram a dizer que tudo não passava de uma farsa, que ela (Anne Frank) sequer existira. Disposto a comprovar a veracidade da história, o sobrevivente da Shoah e caçador de nazistas Simon Wiesenthal (que nunca passou por Silvânia, que nunca identificou e localizou e expôs meu avô, mas tudo bem, eu entendo, peixe pequeno etc.) pensou que a melhor maneira de alcançar tal objetivo seria identificar e localizar e expor aquele que prendera Anne Frank. Em 1948, após uma pequena investigação, a polícia holandesa divulgara o nome do oficial responsável pela operação como "Silvernagel". A única pista de que Wiesenthal dispunha, além do nome errado, era o fato de que o sujeito ostentava um sotaque da classe trabalhadora de Viena. Foi só em 1963 que Wiesenthal teve acesso à lista telefônica da Gestapo, utilizada durante a ocupação dos Países Baixos, e ali encontrou o nome "Silberbauer" como alguém lotado na infame Sektion IV B4. O responsável pela investigação dos crimes nazistas em Viena era Josef Wiesinger, que trabalhava para o Ministério do Interior austríaco. Segundo ele, havia vários policiais em Viena com o sobrenome "Silberbauer", e Wiesenthal teria que fazer uma solicitação por escrito. Esta foi apresentada em 2 de junho de 1963. E ignorada. A polícia vienense identificou de imediato o Inspektor Silberbauer como o indivíduo que Wiesenthal procurava, mas, horrorizada com a péssima publicidade que resultaria do caso, além de não atender à solicitação de Wiesenthal, aproveitou a oportunidade para cometer outro erro: aplicar uma suspensão não remunerada a Silberbauer e ordenar que ele ficasse de bico fechado. Humilhado pelos superiores, o Inspektor se queixou com um colega que, por acaso, era membro do Partido Comunista da Áustria. O tal colega vazou (alegremente, imagino) a informação para o jornal oficial do Partidão, e a notícia foi publicada pelo *Izvestia* em 11 de novembro de 1963. Wiesenthal decidiu alimentar a fogueira e informou o endereço de Silberbauer para a imprensa holandesa. Quando viu a casa cercada por jornalistas, Silberbauer confirmou que era mesmo o oficial que prendera Anne Frank. Alguém perguntou sobre o *Diário*, e ele: "Comprei esse livrinho outro dia pra ver se apareço nele, mas não estou lá." Quando um repórter disse que ele poderia ter sido a primeira pessoa a ler o *Diário*, Silberbauer achou a ideia muito engraçada e respondeu que "talvez devesse tê-lo pegado do chão". Ele se lembrava muito bem das circunstâncias da prisão. Quando ouviu de Otto Frank que a família estava escondida ali havia mais de dois anos, expressou incredulidade e só acreditou quando o homem mostrou as marcas que fazia na parede para medir o crescimento de Anne. "O senhor tem uma filha adorável", teria dito a Otto Frank. Silberbauer não sabia, contudo, quem era o colaboracionista que fornecera a dica sobre o esconderijo. Segundo ele, a ligação fora atendida por seu superior, o SS-Obersturmführer Julius Dettmann, e Dettmann cometera suicídio na prisão em 25 de julho de 1945. Para o governo austríaco, não havia motivos para julgar Silberbauer por crimes de guerra. Em todo caso, a polícia vienense convocou uma audiência disciplinar, na qual ninguém menos que Otto Frank testemunhou que ele apenas cumprira seu dever e se comportara com correção, mas: "Só peço para não ter de ver esse homem outra vez." Assim, Silberbauer não foi acusado de porra nenhuma e teve a suspensão revogada. Morreu em Viena, em 1972. Imagino que em paz. Nazistas. Nazistas em toda parte. Nazistas: Cristian Sênior chegava do trabalho e, ao se deparar com a molecada no alpendre, parava no topo da escada e. (Não era algo isolado. Acontecia sempre.) E meu avô. Meu avô foi um nazista e eu arrebentei a cabeça dele a marteladas, *sic semper nazis*, mas (...).

Porra, vou ficar com cãibras.

(...)

Você, Guilherme. De que lado ficou Totó Caiado na Segunda Revolta da Armada?

Do governo, professor.

Muito bem. E quem estava no poder?

Deod... não, era o... é... Floriano? Peixoto.

Isso. E então?

Teve umas batalhas.

Sim. Onde?

O rosto cheio interrogou o mural repleto de desenhos. A mesma sala usada por uma turma do Jardim II no período vespertino.

Leandro sorriu olhando para o menino. Gostava dessas aulas sobre a história de Goiás. Os alunos mais interessados do que o normal. Coisas e pessoas de cidades e lugares que muitos deles conheciam ou que, pelo menos, pareciam mais próximos.

Esqueci, professor. Desculpa.

Não tem problema.

Mas foi em 1893, ele disse após uma olhadinha mal disfarçada no caderno.

Isso. As batalhas aconteceram na Fortaleza de São João, no Rio de Janeiro, e em Niterói.

Agora eu lembrei.

Ótimo.

E depois ele foi preso, disse uma menina sardenta, sentada nos fundos. Qual era mesmo o nome dela? Ruth? Romilda? Alguma coisa com *r*. Leandro ainda não decorara todos os nomes. Não lecionava para essa turma no primeiro semestre (e corria o boato de que não lecionaria para ela no derradeiro bimestre do ano).

Sim, mas bem depois. Na Revolução de 30.

Ah.

Eles confundem as datas, pensou. Qual o sentido de tudo isso? Conhecer bem o passado para foder menos com o presente e com o futuro? Mas eles foderão com o futuro de um jeito ou de outro. 1893, 1909, 1930. Datas para decorar. Tiros, revoltas, cadáveres. A doce história brasileira. A dulcíssima história goiana. Totó Caiado estudava em São Paulo, ele prosseguiu.

Na Lagoa de São Francisco, disse a sardenta.

Largo. Largo de São Francisco.

Risos gerais. A sardenta não parecia incomodada. Como se não fosse com ela. Largo, ela repetiu depois que os colegas pararam de rir. Na faculdade de advo... direito.

Exato. E o que eles fizeram?

Manoel, o mais velho da turma, repetente reincidente recidivo, como brincara uma colega de Leandro, a simpática professora de geografia, Manoel levantou o braço: Formaram o Batalhão Ecumênico e marcharam pro Rio, que é onde tava acontecendo a bagunça.

De novo, risos gerais. Ele ficou intrigado. *Ecumênico* é uma palavra mais difícil do que: *Acadêmico*, Manoel. Batalhão *Acadêmico*. Porque eles eram todos estudantes universitários, isto é, acadêmicos.

Ecumênico, repetiu a sardenta, rindo.

Transformar a História em histórias. Em um conto como outro qualquer. Interessá-los. O que Manoel dissera quando ele falou sobre o Batalhão Acadêmico pela primeira vez? Ah, sim: Estudante faz qualquer coisa pra matar aula, até ir pra guerra, né, professor. Todos riram *com* ele então. Todos riam *dele* agora como riram *da* sardenta um pouco antes. Eis a vida. Risos ecumênicos.

Eles marcharam pro Rio, insistiu Manoel, meio sem graça por causa das gargalhadas, tentando retomar o fio. Mãos enormes. Ajudante do pai. Erguendo paredes. Alguns ali trabalhavam. A maioria. Comunidade de pequenos trabalhadores braçais. Crianças.

Que é onde tava acontecendo a bagunça, disse Leandro, usando uma expressão do aluno (seria uma boa forma de estimulá-lo? Veja, eu falo como você. Eu e você falamos a mesma língua).

Sim, sim. Batalhão Acadêmico, professor. Totó Caiado tava lá no meio deles tudo.

Professor, eu não ia gostar desse apelido.

Será que ele gostava?

Nome de cachorro.

Mais risos. Pronto. A atenção indo para o espaço. Ele olhou para o relógio: está na hora. Esse Batalhão Acadêmico prestes a marchar para a rua. Semana da Pátria. Feriado prolongado pela frente.

Eu tive um cachorro chamado Biriba.

Quinze segundos.

Que raio de nome é esse, Rosinei?
Rosinei: eis o nome da sardenta. Doze segundos.
Morreu atropelado.
Dez.
Ai, credo.
Que triste.
Oito.
Não se esqueçam da tarefa. A participação de Totó Caiado na Segunda Revolta da Armada. Quinze linhas. Eu vou olhar o caderno de cada um, hein? E vale ponto.
Três.
Pra aula que vem?
O sinal. Batalhão Acadêmico em debandada. Ele organizou os diários, livros, a caixa de giz. Alunos de direito pegando em armas para defender uma causa inconstitucional: Brasil. Ao sair da sala, lembrou-se da diretora. Uma palavrinha depois da aula? Te espero. Ele parou junto à parede do corredor. O fluxo de estudantes rumo à saída mais próxima, alguns lançando sorrisos e acenos. Manteve o sorriso no rosto. Podia ir à sala dos professores e deixar o material e só depois procurar a diretora. Mas os colegas estariam todos lá, fazendo a mesma coisa, e talvez perdesse algum tempo. Melhor ir logo à diretoria. Assim, passado um minuto, desgrudou-se da parede, deu meia-volta e caminhou para o escritório da freira.

Tinha até me esquecido, rapaz. Senta aí, vai.

Sentada à mesa com os óculos na ponta do nariz. Corpulenta, cabelos longos em um penteado rastafári, sorridente. Usava camiseta de uniforme e jeans e tênis. A senhora queria falar comigo?

Quero. Quero, sim.

Ele se sentou.

A Diana vai reassumir as aulas de história de Goiás.

Pensei que eu fosse continuar com elas até o final do ano letivo.

Pois é. Não vai. Ela não pôde neste bimestre porque se enrolou com outras coisas, problemas de saúde na família, você deve saber. Mas, felizmente, tudo isso passou. Ela vai reassumir as aulas.

Entendido.
Tudo bem?
Tudo bem. Eu gosto dessas aulas, mas é a área dela, fica tudo assim mais do que certo, cada coisa em seu devido lugar.
Ela reassume no começo do bimestre que vem.
Tá bom.
E aí, pra você não perder aulas... você fala inglês, não fala?
Falo, sim.
Pois é. O Adriano vai embora, arranjou trabalho em Brasília, passou num concurso e...
Que bom.
... ele vai agora, não pode esperar.
Certo.
Mas, por causa disso, a gente vai ficar sem professor de inglês na sexta e... deixa eu ver... na sétima. Você?...
Sem problema.
Que bom, que bom. Tudo vai se ajeitando.
Tudo vai se ajeitando.
E...
Sim?
A mulher parecia incomodada com alguma coisa. É que... bom, aproveitando que você está aqui, queria te falar sobre... sobre outras coisas.
Tô ouvindo.
Você ainda é jovem e tudo o mais.
Ele sorriu: Eu sou. E tudo o mais.
Esse é um colégio salesiano. A gente acha importante que os professores e funcionários que trabalham aqui tenham uma certa... como é que eu posso dizer?... uma maneira de se portar e...
Nunca faltei às aulas e reuniões. Nunca atrasei a entrega de notas. Nunca tive qualquer tipo de problema com alunos, pais, funcionários ou colegas professores.
Eu sei. Eu sei. Não se trata disso.

E do que é que se trata?
É... como é que eu posso dizer?... a vida.
A vida?
A vida não acaba aqui dentro.
Ele pensou: Ainda bem. Ele disse: Certo.
E existem todos esses comentários sobre você e... bom. É uma cidade pequena. Seria mais fácil se... se você... não sei como dizer isso... Farreasse menos?
A diretora sorriu, meio envergonhada.
Pode falar, irmã. Eu aguento.
É... sim. É um jeito de colocar o problema.
Ele pensou: Problema, o escambau. Ele disse: Certo.
Ela pigarreou e: Chamaram a minha atenção para isso e... é... ser um pouco mais discreto, né? Cada um tem a sua própria vida, mas um professor precisa... as pessoas veem, elas... é complicado.
É complicado, ele concordou, pensando que muito provavelmente teria de dar aulas em outra escola a partir do ano seguinte. Ou, quem sabe, arranjar outra coisa para fazer da vida. Um mestrado?
Quantos anos você tem? Vinte e...?
Cinco, irmã. Vinte e cinco.
Sua mãe, ela... sua mãe foi uma excelente professora.
Ela foi, sim.
É uma pena que...
O quê?
...
Desculpe, eu não entendi. O que é uma pena?
Não, é que... bom. Resumindo, a gente... você... é...
Sim?
Você... me faz esse favorzinho?
Bancando o idiota: Qual favorzinho?
Ah, isso... essa...
Irmã, posso ser franco com a senhora?

É... claro, claro.

Eu entendo o que senhora me diz, entendo que tem gente por aí falando coisas sobre mim, falando pelas costas e querendo me ver pelas costas, mas vou ser bem franco com a senhora. A minha vida particular não é da conta de ninguém. Se tem gente por aí que se incomoda com isso, não é problema meu. Se a senhora acha que alguém com a minha postura não se encaixa no colégio, não faz bem pra *imagem* do colégio, paciência. Dou aula aqui desde antes de me formar. Seis anos, já. A senhora ainda nem era a diretora, nem vivia em Silvânia. A diretora era a irmã Divina, que nunca veio com esse tipo de conversa pro meu lado, e olha que aos 19, 20 anos, eu farreava bem mais do que hoje, e as pessoas falavam bem mais. Então, com todo o respeito, eu não vou mudar, não. Eu até podia falar o que a senhora quer ouvir, dizer que vou ser mais discreto, dizer que vou me comportar, dizer isso e aquilo, mas continuar agindo do mesmo jeito, ganhar tempo, sabe? Só que eu não vou fazer isso, não. Eu gosto da senhora, apesar de tudo. A senhora sempre me tratou direito. Não consigo nem imaginar o quanto te encheram o saco pra coisa chegar a esse ponto, pra senhora me chamar aqui e falar sobre isso. Bom, mas eu sou o que sou e não vou mudar. Vou levar a porcaria da minha vida como sempre levei. Então, pra facilitar o seu trabalho, e como falta um bimestre e meio pro fim do ano letivo, eu proponho o seguinte: eu termino o ano, faço tudo direitinho, dou as aulas, as provas, fecho tudo, e aí vocês procuram outro professor de português e inglês pro ano que vem. Que tal? Assim, eu não prejudico o colégio, não prejudico os alunos, não prejudico ninguém, e a senhora ainda se livra de mim e de toda a encheção.

Mas eu... Leandro, o que é isso...

Falando sério, irmã. Sei que a Edivânia quer isso. Sei que ela te azucrina por minha causa. Nem sinto raiva dela. Acho que leva uma existência miserável por se preocupar tanto com a vida alheia. Então, vou dar essa *vitória* pra ela. Ela vai poder falar pra todo mundo que me botou pra correr daqui. E talvez seja o caso mesmo. Ela vai ter uns dois minutos de alegria, e depois, sabe o que vai acontecer depois? Ela vai encontrar outro infeliz ou outra infeliz pra encher o saco, e vai bater aqui na sua porta com a mesma conversa, fulano ou fulana não presta, fulano ou fulana não tem *postura*, a senhora precisa decidir o que fazer com fulano ou fulana.

Mas ela não... ela...

Vamos fazer assim, irmã? Eu termino o ano com essas aulas que a gente combinou e depois caço o meu rumo. Tô pensando mesmo em fazer um mestrado. Enfim. Acho que chegou a hora.

Eu não queria que...

Tá tudo bem.

... eu tenho que pensar em muitas coisas.

Eu sei.

Tenho que pensar no que é melhor pro colégio.

Amém. Posso ir?

Eu... claro. Sim. Bom feriado.

Deixou a sala da diretora com um sorriso besta e uma sensação de leveza. Foi à sala dos professores, guardou o material, pegou as avaliações que precisava corrigir no feriadão, fechou o armário e deu o fora. Muito trabalho pela frente. Mais provas a serem aplicadas e corrigidas, diários a serem preenchidos, notas a serem entregues, conselhos de classe e reuniões com os pais a serem frequentados. E depois um bimestre inteiro pela frente, o derradeiro, mas não se sentia mal ou desanimado. Uma mudança se anunciava. Adeus, freiras. Olá, fosse lá o que fosse. Talvez Goiânia. Mestrado, doutorado. Ou Brasília. Eleonora parecia feliz estudando em Brasília. Quem sabe? Mas: uma coisa de cada vez. As avaliações na mochila, por exemplo. Setenta e nove. Corrigiria tudo naquela tarde, por que não? A casa inteira para si, a tia e o avô só voltariam de Goiânia à noite, ela com algumas audiências, ele com exames e consultas de rotina, vamos ver a quantas anda o colesterol e os triglicerídeos do senhor, imaginou o médico dizendo com a condescendência e a falsa intimidade habituais, daqui a pouco chega aos 85 e não queremos nenhuma surpresa, não é mesmo? Mas é impossível chegar aos 85 e não ter nenhuma surpresa, ainda mais no caso dele, com sua dieta de cigarros e cerveja e carne de porco, era incrível que fosse tão magro (talvez pelo cigarro) e longevo. Os dois também aproveitando a oportunidade para visitar Margarete, claro, as três ou quatro visitas anuais, Margarete não se sentiria à vontade com uma frequência maior, e ele conseguia imaginar (*ver*) o pai e as filhas sentados no sofá, a janela escancarada, o apartamento mal arejado no Setor Oeste, cheiro de café e fritura e peido, os três sentados e suando enquanto bebericam e mexericam e assistem à reprise de *Renascer* em *Vale a pena ver de novo* (nem sempre vale; quase nunca, na verdade) — divirtam-se, senhor e senhoras. A casa inteira para si até as nove, dez da noite. Ligará a televisão, colocará algum filme longo no videocassete, talvez *Lawrence da Arábia*, talvez *O poderoso chefão: parte II*, e, acomodado no sofá, corrigirá tudo e registrará todas as notas nos diários de classe, mesmo que leve a tarde e a noite inteiras. Não. Que exagero. Quatro ou cinco horas para corrigir (caso não se distraia muito), mais duas horinhas para registrar as notas, a não ser que lance a nota a cada prova corrigida, sim, é um bom sistema, e logo estaria livre das obrigações e pronto para deslizar pelo feriado adentro. Cristian virá? Eleonora? Talvez assar uma carne no sábado, pensou caminhando pela calçada, o muro do colégio à direita, e também pensou que precisava visitar a mãe, talvez no feriado seguinte, em outubro, dia 5, aniversário da cidade, ou talvez deixasse para dezembro, sim, uma visita natalina, ela não se importaria, sempre meio incomodada com as visitas, em que dia da semana cairá o dia 5 de outubro? *Saudemos com alegria*, diz o hino, *nossa Silvânia querida, pois nela sempre encontramos* (cantarolou mentalmente) *calorosa e boa acolhida*, o que é verdade, uma cidade com três puteiros nas proximidades do trevo certamente oferece calorosa e boa acolhida, ele pensou e riu sozinho, parando na calçada para fazer o que devia ter feito ainda na sala dos professores: abriu a mochila e guardou as provas entre o livro (Ezra Pound, *Poesia*) e os diários de classe, *e os peixes nadam no lago*, diz um dos poemas, ajeitou a mochila nas costas e seguiu pela calçada. Vou de preto pela rua ensolarada. Tradução de Mário Faustino. Ele não morreu? Sim, ele está morto, os poetas morrem no ar (foi um acidente de avião, certo?) (certo) e não possuem (mais) nem o que vestir, ou melhor, e não *mais* possuem o que vestir (achou que assim ficava melhor), morto em um acidente de avião e deixou um livro de poemas chamado *O homem e sua hora*. Que coisa, não é mesmo? Duas coisas, na verdade: o homem e sua hora. Carol. Será que a veria no feriado? Todo cuidado é pouco. Olhou ao redor, os vazios da cidade. Carol: a intimidade possível nesse deserto. Coçou a barriga pensando que estava muito magro, qual era mesmo o nome da música que ouvira naquela manhã enquanto se vestia? "Wish I Was Skinny." Na estante, dois discos com o mesmo nome: *Giant Steps*. Teria coragem de fazer uma coisa dessas, caso tivesse uma banda? Talvez os caras nem soubessem, não é todo mundo que ouve jazz. Mas, porra, Coltrane? Músicos que não conhecem Coltrane têm algum tipo de problema, seria como escrever um livro de contos e chamá-lo de *Nove estórias* ou escrever um romance e chamá-lo de *Finnegans Wake* ou *Passeio ao farol*. Não há faróis em Goiás, o oceano tão distante que as pessoas tratam de se afogar de outras formas ou da mesma forma, mas em água doce, e agora ele não entendia em que estava pensando, talvez na amiga da tia que morrera afogada, Magda ainda lamentando aqui e ali, as duas se conheciam desde o primário. Não pense nessas coisas. (Descanse em paz.) Conseguiria caminhar sem pensar em nada?, a cabeça vazia, os olhos no chão, as rachaduras na calçada, o barulho de um ou outro carro, o aceno de um conhecido, quantos passos entre um colégio e outro?, meio tarde para começar a contar, menos de trezentos metros, com certeza, entre o colégio das freiras, onde lecionava, e o colégio estadual para onde migravam muitos ex-alunos depois de se "formar" na oitava série (outros iam estudar fora, alguns sumiam pelo mundo). Ali. Via alguns deles à frente, uma pequena aglomeração diante do portão. Estava disposto a trocar cumprimentos, olás e ois e gracejos? Cogitou dobrar à direita, depois viraria à esquerda e seguiria direto pela Aprígio José de Souza, era o caminho mais curto, na verdade, mas então alguém se desgarrou do grupo e, sorriso aberto, parecia esperá-lo. Carol. Não tinha escolha. Seguir na avenida Dom Bosco. Cumprimentos, olás, ois e gracejos. Mas, de repente, a aglomeração debandava. Que ótimo. Não seria necessário trocar cumprimentos, olás e ois e gracejos. Em todo caso, ela se desgarrara e esperava por ele sozinha, os cabelos presos atrás, a camisa de uniforme meio folgada, magra e nanica, as olheiras pelo que chamava de jornada dupla, segundo ano do ensino médio pela manhã e cursinho à noite, em Anápolis. Não consigo dormir na estrada, dizia, aquele ônibus velho faz uma barulheira desgraçada. Parou diante dela e: O quê? Tô sem trocado.

    Ah, vai se catar.

    Eles riram e ela o beijou no rosto. Não usava perfume, mas o cheiro era sempre agradável. E aí? Não estuda mais?

    Me disseram que é perda de tempo.

    Mentiram. Eu estudei e olha só aonde eu cheguei.

    A gente tá literalmente no mesmo lugar.

    Não *literalmente*, criatura. Seu professor de física não explicou isso?

    Isso o quê?

    Que dois corpos não podem ocupar o mesmo lugar no espaço ao mesmo tempo.

    O professor de física faltou.

    Sempre? Ele *nunca* veio? Nunca apareceu pra explicar *nada*?

    Faltou hoje. O corpo dele não ocupou nenhum lugar no espaço do colégio hoje, e consequentemente não nos ensinou que dois corpos não podem ocupar o mesmo lugar no espaço ao mesmo tempo.

    Acho que ele ensinou isso no primeiro ano.

    Não me lembro de nada do primeiro ano. O primeiro ano foi um ano difícil, talvez por ser o primeiro.

    Se você não se lembra, como sabe que foi difícil?

    Me contaram e eu acreditei.

    Você não sabe o que te espera no último.

    Ela sorriu. Tô com o livro aqui. Terminei de ler no recreio.

    Que tal?

    Gostei mais do outro.

    Quase todo mundo gosta mais do outro.

    Então por que me emprestou esse?

    Porque você já tinha lido o outro, mas ainda não estava pronta pra ler o que vem a seguir.

E você acha que eu vou gostar do que vem a seguir?

Gostar? Você vai *adorar* o que vem a seguir. Inclusive, acho que está pronta pra ele. Quer ir lá em casa comigo buscar?

Por que acha que eu tava te esperando até agora?

Pra ir lá em casa comigo buscar.

É, ela riu. Vou lá com você. *Buscar.*

A aglomeração se desfizera e ele ficou feliz por não ter de trocar cumprimentos, olás e ois e gracejos, sem falar nos olhares maliciosos e nos comentários depois que dobrassem a esquina, o professor e a ex-aluna, aonde é que eles vão?, ela mora pro outro lado, não mora?, esses dois aí, hein, não sei, não. Ele não dava a mínima; ela talvez desse, mas não demonstrava.

Gostei mais do outro, repetiu.

É que o outro é melhor mesmo.

A primeira história do outro, caramba. Todas as histórias são legais, mas a primeira história, quando o cara se mata, sabe? Ele se mata na frente da mulher. Fiquei... sei lá.

Ela está dormindo.

E vai acordar com o *tiro*. E ver o corpo ali. Olha só que legal. Nunca que eu fazia uma coisa dessas com a pessoa. Por que ele não se matou na praia? Nunca que eu fazia uma coisa dessas.

Eu não sei como faria, se fosse o caso.

Ela ficou séria de repente.

O quê?

Nada.

Fala.

Você... você pensa nisso?

Não seriamente. Você?

Não.

Que bom. Quer que eu leve a sua mochila?

Obrigada.

Eu sou um cavalheiro. Mas isso tá bem pesado.

Esse outro tem muita bobajada zen.

Já pensei em matar gente, ele disse, ainda circulando pelo assunto anterior, mas não em me matar.
Matar quem? A minha mãe?, ela riu.
Ainda não.
Pois devia pensar.
Por quê?
Porque a vida dela é andar por aí fazendo a sua caveira.
Bom, é uma cidade pequena.
E daí?
Todo mundo anda por aí fazendo a caveira de alguém. É o esporte mais popular da região. Pra alguns, é a única ocupação interessante.
Ela te transformou num projetinho especial.
Não sei o que fiz pra ela.
Carol gargalhou.
Ela não sabe.
Ela desconfia. E ela acha que você não é sério. Ela acha que você é um moleque. Ela acha que você é um bêbado.
Mas eu sou tudo isso aí mesmo.
Ah, para.
Eu sou um monte de outras coisas, mas também sou isso aí.
Besta.
Ela foi minha professora no primário.
Eu sei.
Foi antipatia à primeira vista.
Ela riu outra vez. Adorava isso nela: como o riso vinha fácil.
Eu era terrível, impertinente, malcriado, provocava o tempo inteiro, e ela era muito estressada.
Ainda é.
Eu sei.
Não, não. Você não faz ideia. Os cabelos dela caem. Ela fica tão nervosa com as coisas que os cabelos dela caem. E ela não dorme direito, também. Cheia dos pesadelos, acorda berrando toda noite.

Eis aí a descrição de uma existência miserável.

Acho que a minha mãe odeia tudo o que existe.

Ela não odeia você, Carol.

Odeia, sim. Mãe solteira, né? A desgraçada acha que eu só vim ao mundo pra acabar com a vida dela.

Agora cê tá sendo dramática.

Sem mencionar o falatório que ela teve de aguentar.

É o esporte mais popular da região, já falei.

Ela te odeia, Leandro. De verdade. Ela faz isso, às vezes. Concentra a raiva em alguém, sabe? E você é a bola da vez.

O que é que eu posso fazer?

Ficar esperto.

Não sei o que isso significa.

Bom, fica amiguinho dos outros professores, puxa o saco das freiras, faz o pessoal lá do colégio gostar de você.

Isso vai resolver o problema?

Talvez.

Como?

Se você fizer isso, quando a minha mãe virar pra irmã Elisângela e falar que você é um degenerado que não devia dar aula em lugar nenhum, quanto mais num colégio católico, pode ser que a freira te dê o benefício da dúvida.

Eu não sei fazer isso. Não sei puxar o saco de ninguém.

Então, só lamento.

Mas faço o meu trabalho direito, elas não têm do que reclamar.

As pessoas sempre têm do que reclamar, larga mão de ser besta.

E talvez eu seja um degenerado.

Ela riu de novo, as costas da mão direita roçando nas costas da mão esquerda dele bem de leve. Isso você é, mas ninguém precisa saber.

Cogitou contar a ela sobre a conversa com a freira, sobre a decisão tomada, sobre a "vitória" da mãe dela, mas a troco de quê? Ficaria sabendo, cedo ou tarde. Acho que chegou a hora de você ler um Nabokov, disse.

O que o senhor achar melhor, professor.

Não sou mais seu professor.
O que você é, então?
Amigo. Não sou seu amigo?
Amigo. Amigos.
É isso aí.
Fui numa festa ontem.
Em Anápolis? Cabulando aula?
Eu tenho 16 anos, faço 17 em dezembro. Que espécie de pessoa eu seria se não cabulasse aula?
Uma pessoa responsável?
Quem quer ser responsável com a minha idade?
Ninguém que seja interessante. A festa foi boa?
Ela respirou fundo, balançando a cabeça.
O que foi?
Eu faço as coisas e depois me sinto mal.
O que você fez?
Te conto depois, se prometer não ficar bravo comigo.
Por que eu ia ficar bravo com você?
Ah, eu...
O quê? Fala logo.
Eu transei com um cara lá.
E?
Sei lá. A gente encheu a cara.
Bom, era uma festa, né?
O que eu quero dizer é que não sei se teria transado com esse cara se não tivesse bebido.
Você e 79% das pessoas do sexo feminino em situações similares.
É, mas...
Falando sério. Agora mesmo, numa festinha em Melbourne, tem uma menina bêbada tomando a decisão irrefletida de transar com um idiota qualquer.
Mas é que depois eu me senti meio mal.

A trepada foi ruim?
Pensou um pouco. Não. Foi ok pruma rapidinha no banheiro.
Quero detalhes.
Você é um pervertido.
O cara é um babaca?
Não pareceu.
Ele te tratou direito?
Ele me tratou direito.
Se não foi ruim e o cara não é um babaca e te tratou direito, qual é o problema, minha querida?
Sei lá. Não quero ficar com essa fama.
Não fique.
É fácil pra você falar.
Basta ser discreta e ir à missa todo domingo.
E me confessar de vez em quando?
Melhor não. Acho que esses padres são todos fofoqueiros.
Haha.
Acho mesmo.
Mas não tinha ninguém de Silvânia na festa, e nem era uma festa, pra falar a verdade, era só meia dúzia de gente bebendo, fumando e conversando, ouvindo música. Eu é que fiquei encanada.
Ninguém sai ileso da educação salesiana.
Só sei que é bem mais fácil pros homens.
O quê?
Tudo.
Tudo?
Tudo, tudo.
Bom, deve ser mesmo.
Tô te dizendo que é.
Eles passaram pela praça D. Bosco e pela praça Americano do Brasil e agora margeavam a praça Rui Barbosa, a cidade como uma sucessão de praças, praças pequenas, médias e grandes, quem foi Americano do Brasil?

Ele lecionava, corrigia provas e trabalhos, e convivia assim intimamente com alunas ou ex-alunas? Provável que sim, ouvira algo nesse sentido, um rabo de saia aqui, outro ali, uma intriga rolando na cidade, qual cidade? Santa Luzia. Ele morreu em Santa Luzia, não em Bonfim/Silvânia, embora seus restos mortais tenham eventualmente sido transportados para Bonfim/Silvânia. Certo dia, chamaram-no à porta, ele foi atender e levou vários tiros (foram tiros mesmo? Ou facadas?). Houve uma discussão antes. Qual era mesmo o nome do assassino? Não se lembrava. As histórias sempre distorcidas porque o morto era ou passou a ser encarado como uma espécie de Poeta Estadual, e, nesses casos, a parte feia e suja da existência é ignorada ou edulcorada. Em geral, ninguém é morto a tiros a troco de nada. E, em se tratando de marmanjos, a questão quase sempre se reduz a dinheiro ou (o que parece ser o caso) buceta. Será que Edivânia gostaria de me esfaquear?, ele pensou ao tirar a chave do bolso. Ou descarregar um revólver na minha fuça? Talvez não tenha arma de fogo em casa, talvez prefira mesmo me esfaquear. Ele destrancou o portão, um cheiro forte de produtos de limpeza na área e na garagem, tudo tinindo, dona Marieta fizera um belíssimo serviço antes de dar no pé, tenho que sair mais cedo hoje, seu Leandro, mas deixo comida procê, tá bom?

Carol espirrou.

Gesundheit.

É a mãe.

Entraram na casa. Quer almoçar? Deve ter almoço.

Cadê a dona?... esqueci o nome.

Marieta. Ela foi embora mais cedo hoje. Dentista.

Tô sem apetite. Mas pode comer, se quiser.

Não. Depois.

Sem apetite também?

A casa que o avô construiu: um sobrado de quatro pavimentos, a boa solução que encontraram porque o lote era estreito e desnivelado; havia o nível da rua, no qual fizeram a sala de estar e outro cômodo que Leandro usava como biblioteca e escritório, havia o nível mais inferior, com a cozinha, a copa e a área de serviço, além de um pequeno gramado nos fundos, muito bem cuidado, e havia os dois níveis superiores, o primeiro com a sala de TV, uma sacada que dava para o quintal e o quarto da tia, o último com a suíte do avô e o quarto de Leandro (Magda escolhera o quarto no pavimento abaixo porque não suportava os ruídos que chegavam da rua), embora ele passasse mais tempo na biblioteca e não raro dormisse ali, o colchonete enrolado sob a escrivaninha, disponível para quando precisasse.

Aqui tá fresquinho, disse ela.

A casa é bem arejada.

É mesmo.

Quer água? Qualquer coisa?

Carol tirou os óculos e os colocou em uma das prateleiras da estante, depois se sentou na poltrona e, sem dizer nada, soltou os cabelos, descalçou os tênis e as meias, levantou-se, tirou as calças, a camisa de uniforme, e abriu um sorriso: Quero, sim. Qualquer coisa.

Ele trancou a porta, depois foi até a escrivaninha, abaixou-se e puxou o colchonete, que desenrolou e estendeu no meio do cômodo, sobre o tapete.

Qualquer coisa, repetiu.

Ela se livrou da calcinha e do sutiã. Vou te contar o que eu fiz ontem, seu pervertido.

Vai me contar ou vai me mostrar?

Os dois, ela riu e se colocou de quatro e engatinhou até o colchonete, e, de fato, contou e mostrou, ou, melhor dizendo, contou enquanto mostrava. Cinquenta e sete minutos depois, deitados no colchonete, disse que vinha pensando em fazer uma festa de aniversário.

Quando é mesmo?

Ainda demora um pouco. Quinze do doze.

Legal. Quer fazer aqui em casa?

Uai. Não sei. Não ia dar muito na cara?

Ia, mas e daí?

Não quero dar mais motivo pra minha mãe encher o meu saco. Ou o seu.

Você quer é andar por aí farreando.

Também. Não sou sua namorada.
Ele sorriu.
Desculpa.
Pelo quê? Você não é minha namorada.
Minha cabeça é uma desgraça.
Não é, não. Eu adoro a sua cabeça.
Você adora é a minha...
Uma coisa não exclui a outra.

Ela riu e buscou a mão dele, deitados lado a lado, de costas, olhando para o teto; como o colchonete era estreito, metade do corpo de Leandro estava para fora, no tapete. Vai fazer o quê no feriadão?

O de sempre.
Beber?
Pra começo de conversa. Acho que o Cristian vem pra Silvânia amanhã.
Ela fez uma careta. Eu gosto da Eleonora.
Eu também.
Esse Cristian eu acho meio babaca.
Ele é meio babaca mesmo.
É, não é?
É, sim.
Então.
Mas, fazer o quê, conheço o cara desde pequeno.

Ela soltou a mão dele e segurou o pau ainda meio duro. Eu não ia conseguir manter amizade com gente babaca.

Você é uma pessoa melhor do que eu.
Obrigada por não dizer que eu ainda sou muito nova.
Mas você é muito nova. E também é melhor do que eu.
Eu sou?
É, sim.
Por quê?
Olha só o que tá fazendo agora.
Não tô fazendo nada de mais.

Só pessoas boas fazem isso.
Ela começara a masturbá-lo bem devagar. Não tô fazendo nada.
Esse negócio de babaquice tem um lado engraçado.
Qual?
A gente se acostuma.
O pai dele me cantou uma vez.
Onde?
Na loja. Fui lá comprar uma blusa, os vendedores tavam ocupados e ele mesmo me atendeu. Cheio de conversinha.
Que filho da puta.
É gostoso desse jeito?
É gostoso de qualquer jeito.
O cara ontem tinha o pau meio torto assim pro lado.
Mas você chupou mesmo assim.
Não sou sua namorada.
Talvez seja namorada do cara do pau meio torto.
Talvez eu não seja namorada de ninguém.
Não vou te julgar por isso.
Se julgasse, também, não ia fazer a menor diferença.
Com quem você aprendeu a falar desse jeito?
Com você.
Verdade. Sabe o que o pai dele fazia?
Pai de quem?
Do Cristian.
O quê?
Heil Hitler.
Sério?
Sério.
Caramba.
Ele parava assim na nossa frente, levantava o braço direito e falava HEIL HITLER!
Que idiota.

Te juro. A gente estava, por exemplo, na sala ouvindo som, ele chegava do trabalho, ia lá e fazia isso. Era assim que o pai dele cumprimentava as visitas.
Que imbecil.
Também acho.
O babaca e o filho do babaca.
Ele ofegava.
E você é praticamente da família.
A gente se conhece a vida inteira.
Isso não é desculpa. Vai demorar pra gozar?
Acho que não.
O que a Eleonora tá fazendo com um cara desses?
Acho que isso que cê faz comigo.
Eu não sou sua namorada.
Já fui informado disso.
O pessoal comenta que ela dá uns pulos por aí.
O pessoal é maldoso.
O pessoal é maldoso, mas nem sempre é mentiroso.
Foda isso.
Cristian nem desconfia?
Acho que sim, mas é complicado.
Por quê?
Porque ele gosta dela pra valer.
E ela não gosta dele pra valer?
Ela também gosta dele, mas eles são animais muito diferentes.
Fico com pena dele, não.
Acho q
Ela sorriu, diminuindo o ritmo e olhando na direção da barriga dele.
Caralho.
Obrigada. Meu braço já tava doendo.
Caralho, essa foi... caralho.
Ela lambeu o esperma na barriga dele e na mão que punhetava. Tem gosto de feriado.

Você sempre diz isso.
Eu sei. Mania.
Não superou o primeirão até hoje, né?
Nada. É só mania mesmo.
Mania.
É, às vezes tem esse gosto. A sua, por exemplo, tem.
Feriado?
Feriado.
E a porra do cara de ontem?
A porra dele não tinha gosto de nada.
Não deve ser amor, então.
Não achei que fosse.
A senhorita é muito gentil.
Nesse caso, professor, o senhor poderia gentilmente me oferecer alguma retribuição?
É possível.
Obrigada.
Vou te oferecer uma senhora chupada.
Obrigada, professor.
Vou te dar uma chupada *pedagógica*.
Pode recuperar o fôlego primeiro, se quiser.
Essa é a minha ideia de nebulização.
Besta.
"E os peixes nadam no lago / e não possuem nem o que vestir."
Oi?
Abre logo essas pernas, vai.
Sim, senhor.
Introibo ad altare Carol.
Cala a boca e chupa.

Mais tarde, na cozinha, os dois finalmente almoçando, Leandro contou a Carol sobre um sonho que tivera, Eleonora amarrada aos chifres de um touro enlouquecido, amarrada pelos cabelos e sendo arrastada, o corpo terrivelmente machucado, ela quase morta, em vias de morrer. Foi um pesadelo daqueles, disse.

E de onde você acha que veio isso?

Acordei e acendi a luz e vi *Os cantos* do Pound em cima da mesinha de cabeceira. Eu peguei o livro e folheei e folheei e folheei, e então dei de cara com os versos: "Dirce et Ixotta e che fu chiamata Primavera / no ar intemporal." Canto LXXVI.

E daí?

Bom, eu me levantei e fui à escrivaninha recorrer ao Terrell.

Quem?

Eu tenho um livro com um monte de notas sobre cada um dos poemas, sabe? Notas e explicações feitas por um estudioso do Pound, esse tal de Terrell.

O livro é tão sem pé nem cabeça que precisa de outro maluco pra dar algum sentido pra coisarada?

Não é bem assim.

Perdão, não quis ofender.

Traduzindo, o verso é "Dirce e Isotta e ela que se chamava Primavera / no ar intemporal".

Não conheço nenhuma Dirce. Me passa a salada?

Dirce era a esposa de Lico, o rei mitológico da antiga cidade que depois viria a se chamar Tebas.

Ok, massa. Muito prazer, dona Dirce.

A sobrinha deles, Antíope, foi estuprada por Zeus e deu à luz os gêmeos Anfião e Zeto. Dirce maltratava Antíope e queria matá-la. Então, Antíope e os filhos se vingaram.

Como?

Eles mataram Lico com a ajuda de alguns pastores.

E o que fizeram com a Dirce?

Os gêmeos amarraram os cabelos dela nos chifres de um touro, que saiu arrastando a infeliz.

Até matar?

Até matar.
Caramba.
O poema cita Dirce e Isotta.
Também não conheço nenhuma Isotta. Ela é de Ipameri?
Quase. Rimini. Isotta degli Atti foi amante e depois a terceira esposa de Sigismundo Pandolfo Malatesta. Eles se casaram em 1456.
Peraí, quem? Sujismundo?
Sigismundo foi um líder político e militar italiano.
Sigismundo cai no vestibular?
Dificilmente. Quando ele foi excomungado pelo papa Pio II, Isotta governou Rimini em nome do marido.
Rimini é uma cidade. A cidade deles.
Isso.
O nome não me é estranho.
Amarcord. Fellini. Te emprestei a fita.
EU QUERO UMA MULHEEEEEER.
Esse mesmo.
Que eu adorei. Eu te devolvi a fita?
Boa pergunta.
Eu esqueço. Você precisa me lembrar.
Tá bom. Devolve o meu *Amarcord*.
Pode deixar. Mas e o Clarimundo?
Sigismundo.
Sujismundo.
Sigismundo morreu em 1468, e depois disso a Isotta governou em nome do filho deles, Sallustio. Mas Sallustio foi assassinado em 1470 pelo meio-irmão, o bastardo Roberto Malatesta.
Nossa, esse bastardo apareceu do nada.
Bastardos costumam fazer isso.
Bom saber. E a Isotta?
Ela morreu em 1474, dizem que foi envenenada pelo tal do Roberto.
Aonde é que você espera chegar com esse monte de histórias?

Lugar nenhum. Só tô falando do poema.

Ah, é, você teve um pesadelo com a Eleonora e o pesadelo te fez lembrar desse poema.

Isso. No poema, Pound também fala em "Primavera".

Mas não é a estação.

Não, é uma pessoa. Ela era a amada de Guido Cavalcanti, um poeta medieval italiano muito importante. Guido compôs várias canções pra "Primavera".

Três mulheres, então.

Três mulheres. E essas três mulheres estão "no ar intemporal" porque foram cantadas por poetas.

Massa.

Né?

Mas será que isso serve de consolo para alguma delas?

Dificilmente.

Dificilmente.

"E os peixes nadam no lago / e não possuem nem o que vestir."

(...)

O casarão, aquele. Não a casa que meu avô construiu. O casarão que pertencera aos meus pais. O casarão do qual me esqueço um pouco a cada ano que passa. O casarão em que morávamos, depois vendido pela viúva, minha mãe. E demolido, por fim. E então eu vejo três pessoas paradas na calçada defronte ao casarão, em silêncio. São parentes esperando por outros parentes. É tarde. É cedo. O caixão está lá dentro, na sala de estar — um contrassenso. Estão atrasados, diz alguém. É cedo, outro retruca. O enterro é só às onze, resmunga o terceiro. Então relembram histórias, histórias sobre Diógenes, o morto, e histórias sobre eles mesmos, reavivadas pelo frio. Depois, quando o sol ameaça raiar, não dizem mais nada. Três pessoas paradas na calçada, em silêncio agora. Eu as observo desde o alpendre. Ninguém dá pela minha presença. Essa é a pior hora, alguém diz. Logo antes de amanhecer. Talvez se refira ao frio, penso. Talvez não. Meus dentes batem, mas não quero entrar. Um certo cheiro. Velas queimam lá dentro,

próximas ao caixão. A sala, um útero do avesso. Três pessoas paradas na calçada, em silêncio; três pessoas cansadas demais para chorar ou rezar, enquanto lá dentro, na sala, o defunto Diógenes, meu pai, incha em silêncio. (...) Todos inchamos em silêncio em algum lugar. E todo mundo (...).
(...)
Bom, foda-se.
(...)
Eleonora acorda nua ao lado do sátiro. Ele dorme, descoberto, com a boca aberta e o pau mole. Ela se levanta, esfrega os olhos com os indicadores, depois olha ao redor, bocejando — o banheiro contíguo. Estamos na suíte, pensa ao enxaguar o rosto. A suíte inacabada de uma casa inacabada. (No outro banheiro da casa, ela viu na noite anterior, há latas de tinta e fios enrolados e sacos de cimento, e nem sinal de uma pia ou vaso sanitário operantes.) Ele disse algo sobre o confisco da poupança, mas isso foi há mais de cinco anos, antes de todos os escândalos de corrupção, antes da reforma na Casa da Dinda, antes do Fiat Elba, antes do impeachment, antes da modelo sem calcinha ao lado do presidente no sambódromo, antes do Plano Real, antes das eleições, antes de tudo. A obra parada desde então? A casa precisará de uma reforma antes de ser concluída. Um pouco de pasta dental na ponta do dedo. Enquanto esfrega os dentes, vê pelo reflexo no espelho que o sujeito acordou. Qual é mesmo o seu nome, elegantíssimo cavalheiro? Adiclei, Aderlei, Adirlei? Algo do tipo. Algodotiperlei. Está olhando para a bunda dela, satisfeito, aquela expressão sacana. Leva a mão ao pau, um gesto meio instintivo, parece. Primatas. Ela fecha a torneira e, sem enxugar o rosto, senta-se na privada. É uma pena que não consiga ver a cara dele enquanto peida e caga. Quase certo que afastou a mão do pau. Arruinando o clima. Sem tempo para mais uma. Sem tempo, sem vontade. Ele não tem mais segredos, mais nada a revelar. Um homem simples, o que não é ruim: a maioria dos que conhece é de simplórios ou coisa pior. Isso é tudo? Um momento. Vamos ver. Não. Ainda não. Ainda algo dentro de si. Mas quase lá. Terminando. Sim, um derradeiro esforço é requerido. Muito boa a pizza que comeram na véspera. Agora transfor-

mada *nisso*. Fecha os olhos enquanto libera os derradeiros. Opa, opa, opa. Prontinho. Enquanto se limpa, olha para a direita: um chuveiro elétrico. Tomar banho aqui ou em casa? Fios enrolados acima, um excesso de fita isolante, o teto manchado, preto. Opta por tomar banho em casa. Estará sozinha. A família inteira na fazenda. Depois de se limpar (três camisinhas usadas na lixeira) e dar descarga, lava as mãos na pia e retorna ao quarto. Não há mais resquício da expressão sacana, mas ele tampouco tem aquele olhar perplexo e enojado de alguns. (Há quem diga (como Cristian): Porra, custa fechar a porta antes de cagar?) Uma expressão neutra. Olhando para o teto. Não se cobriu. Ela sorri. Ele sorri: belos dentes, meus parabéns. As roupas estão espalhadas pelo chão do quarto. As roupas dele ficaram na sala. Ela só se despiu junto à cama. Uma pena que Maria tenha ido embora. Veste a calcinha, depois as calças, a blusa, e coloca os sapatos. A bolsa na sala. Adiclei, Aderlei ou Adirlei continua estirado na cama, agora com os olhos fechados. Bom, meu senhor, é isso. Obrigada por tudo. Use fio dental, vá ao dentista regularmente. E adeus. Ela sai do quarto sem dizer nada. A bolsa no chão, próxima do sofá. Antes de pegá-la, vai à cozinha. Sede. Filtro de barro, copo que outrora foi uma embalagem de requeijão cremoso ou geleia de goiaba. Na geladeira, fotos de Adiclei, Aderlei ou Adirlei na praia, na beira de um rio, em uma piscina, gosta de água, pelo jeito, e em um churrasco com amigos no que parece uma chácara. Vascaíno. Um cartão-postal de Alcobaça-BA: "A gente sofre mas se deverteeeee. Beijos, Mariluce." Quem, diabos, é Mariluce? Irmã, prima? Alguém da família. Louça suja na pia. Azulejos rachados. Fios à vista, lâmpadas dependuradas, reboco escurecendo nas paredes, entulhos na entrada. Casa inacabada precisando de reforma. Confisco. O governo collorido não pode ser culpado por todas as casas inacabadas do Brasil. Bom, talvez pela maioria. Tio Raimundo morreu na época do confisco, ela se lembra. As pessoas só falavam disso no velório, algumas soavam desesperadas. Zélia Cardoso de Mello. Nenhum parentesco com Fernando Collor de Mello. Cinco anos atrás, mas parece que foi há muito mais tempo. Um país tão exaustivo que é como se cada ano tivesse 48 meses. Ela deixa o copo vazio junto ao filtro.

Saciada. Hora de ir embora. Na sala, checa a bolsa: dinheiro, documentos, um pequeno estojo de maquiagem, maço de cigarros, isqueiro, talão de cheques: tudo em ordem. Não que um bom sujeito como Adiclei, Aderlei ou Adirlei fosse furtá-la ou coisa parecida. Beberam bastante na véspera. Sempre o risco de perder ou esquecer alguma coisa aqui ou acolá. O que é aquilo no chão? Um brinco. Maria esqueceu um brinco. Eleonora sorri. Achou que não ia deixar nada para trás, priminha? Todo mundo sempre deixa alguma coisa para trás. A questão é o que você está disposta a deixar. Maria deu no pé, óbvio que não queria deixar nada. Mas deixou. É inevitável. Ela respira fundo, destranca e abre a porta. Claridade. Cedo, mas não tão cedo. Não se lembra do horário exato do primeiro ônibus para Silvânia. Torce para que não o tenha perdido. Seria o caso de ligar para Cristian? Vem me buscar em Vianópolis, amor. Briguei com a sua sogra. Ele viria, claro que viria. A não ser que Maria. Não, não. Em todo caso, melhor pegar o ônibus. Um passo à frente e está fora, no pequeno reino dos entulhos, um jardim feito dos restos de uma obra suspensa, parada, inacabada. Confiscada? Em parte, segundo ouviu. Fecha a porta atrás de si, contorna os tijolos e a areia e os pedaços de fios e os sacos vazios, e chega à rua. O asfalto alguns metros adiante. Ali a terra acaba e principia outra dimensão: a dimensão asfáltica, superfaturada, mas relativamente funcional. Calcula uns oitocentos metros até a rodoviária. Abre a bolsa, pega um cigarro, acende. A primeira tragada do dia. E só então começa a caminhar. Não olha para trás. Leandro parou de fumar. Cristian nunca fumou. Cascalhos, poeira, entulhos em toda parte. Nunca olha para trás. Havia meses que não trepava. Desde a maluquice com Leandro. Que desde então fingiram não ter acontecido. Uma pena. Mas o que poderiam fazer? Cristian montando nela todo desajeitado e gozando após três ou quatro minutos não é bem trepar. Às vezes, ela tenta prolongar a brincadeira, mas há algo de fundamentalmente travado no homem. Por exemplo: três anos e meio de namoro e ele ainda não aprendeu a chupar. E viram filmes juntos. Os atores com a língua no lugar correto, fazendo os movimentos apropriados. Não é tão difícil. Não entende que diabo ele apronta lá embaixo.

Movimentos confusos. Será que sente nojo? Há pobres-diabos que sentem. Adiclei, Aderlei ou Adirlei não sente nem um pouco. Quando consegue gozar com Cristian, não é graças a Cristian. Em uma dessas ocasiões em que não conseguiu e resolveu terminar o serviço por conta própria, o panaca se sentiu ofendido. Deitados na cama, ele ofegando ao lado, vencido, e ela ainda trabalhando. Isso é esquisito, ele resmungou. Cala a boca, ela respondeu, fechando os olhos, me deixa. Uma mulher gozando é esquisito? Panaca. Mas, desde Leandro, tentava contornar a frustração, ignorava as possibilidades que surgiam, um esforço em nome da fidelidade e da monogamia. Por quê? Não sabe ao certo. Gosta dele? Sim, claro. Por quê? É gentil, trabalhador, um futuro razoável como advogado, talvez juiz. Ou talvez esteja mentindo para si mesma, prolongando a agonia de um namoro que já durou (muito) mais do que devia. Mais de três anos, que diabo. Mas vinha tentando. Um esforço em nome da fidelidade e da monogamia. Até que Maria teve a brilhante ideia de ligar para Adiclei, Aderlei ou Adirlei e convidá-lo para o bar. E logo ficou evidente que, embora gostasse de Maria, quem não gosta de Maria?, ele preferia ser comido por Eleonora. Em princípio, um tanto bêbada, Maria não rejeitou a sugestão ventilada por Eleonora, e aceita entusiasmadamente por Adiclei, Aderlei ou Adirlei, de uma *terceira* possibilidade. Foram para a casa dele, começaram a se beijar, primeiro ele e Maria, depois ele e Eleonora, e Adiclei, Aderlei ou Adirlei arriou as calças, Maria tirou o vestido, ele chupava os peitos de Maria enquanto Eleonora chupava o pau dele, os três no sofá, quando Maria saiu do personagem, ou melhor, caiu em si e percebeu que *aquilo* não era bem o que queria, afinal. Foi a primeira tentativa de evasão. Que isso, prima. Relaxa. Essa é a parte engraçada da coisa, porque Maria tentou relaxar e o trio retomou os procedimentos, que evoluíram para o seguinte quadro: Adiclei, Aderlei ou Adirlei de quatro no sofá, Maria sentada com as pernas abertas no braço do móvel, sendo chupada, e Eleonora posicionada atrás, lambendo o cu e o saco de Adiclei, Aderlei ou Adirlei enquanto punhetava o pau duro, como se ordenhasse o distinto sedutor. E houve o momento em que Maria soltou um gritinho meio engasgado, era evidente que gozava, e logo também ficou evidente que nunca tinha gozado antes na vida, não com aquela intensidade, pelo menos, o corpo tremendo inteiro e com tamanha força que quase despencou do braço do sofá, os olhos virando, um filete de baba escorrendo da boca, tudo está bem quando acaba bem, certo? Errado. Ao gozo seguiu-se o choro, e a segunda tentativa de evasão foi bem-sucedida. A essa altura, tanto Eleonora quanto Adiclei, Aderlei ou Adirlei estavam de saco cheio, e, enquanto Maria se vestia, chorosa, eles foram para o quarto e deram prosseguimento à jornada. Nem ouviu a prima deixando a casa. O que terá feito? Voltado para a fazenda, claro, mas não só isso. Não teria coragem de ligar para Cristian, teria? Talvez. Não, caso esfriasse a cabeça. Sim, caso o fizesse de imediato, naquele estado de espírito em que abandonou o conclave. Eleonora puxou Adiclei, Aderlei ou Adirlei pela mão, foram para o quarto, ela se despiu, ele já estava nu, e tudo correu muito bem. Agora, enquanto caminha para a rodoviária, está cansada demais para pensar no que virá, se é que virá alguma coisa; talvez não venha nada, talvez Maria venha sozinha a Vianópolis e, saudosa da língua no lugar correto e fazendo os movimentos apropriados, procure Adiclei, Aderlei ou Adirlei. Seja como for, Eleonora chega à rodoviária. O guichê está aberto.

Bom dia.

Bom dia. Uma pra Silvânia, por favor.

O homem sonolento pega o dinheiro, entrega a passagem e devolve o troco. Prontinho.

Obrigada.

Até mais.

Ela se senta em um dos bancos. A lanchonete aberta, mas não sente fome. Na boca, os gostos ainda se misturam: cerveja, pizza, cachaça, cigarro, pele, pelos, saliva, pau, cu, porra. Levanta-se, compra um café, volta ao mesmo banco. Bebe o café rapidamente. Temos um cinzeiro. Abre a bolsa, outro cigarro. Engraçado como, ainda no sofá, Adiclei, Aderlei ou Adirlei se encolheu por um instante quando ela começou a passear com a língua pelo cu. Foi só por um segundo. Uma espécie de reflexo. Homens e cus. Mas Adiclei, Aderlei ou Adirlei foi corajoso e se permitiu isso. Sim. Mérito dele que tenha se deixado levar. E que, mais tarde, quando já estavam no quarto, não tenha saltado para fora da cama quando ela meteu o indicador e o anular. Parabéns, meu caro. Você acaba de descobrir (ou talvez já soubesse) que um cu é apenas um cu. Um cu só se torna algo mais do que um cu se você quiser ou deixar. Esses dedos que estão enfiados no seu cu não estão enfiados na sua cabeça; não, eles não estão socados na sua cabecinha: eles só estão enfiados no seu cu. Claro, coisas bem diferentes são ou seriam (por exemplo) os dedos de outro homem. Ou (por exemplo) o pau de outro homem. Aí, sim, por meio do cu, a sua cabeça estaria lhe informando algo diferente *mesmo*. E tudo bem. E, no caso, essa informação já circularia de antemão, ou você não levaria esses dedos e esse pau e esse homem hipotéticos para a sua casa e para o seu quarto e para a sua cama e para o seu cu, certo? Agora, os dedos de uma mulher com quem você está transando? Apenas relaxe. Adiclei, Aderlei ou Adirlei relaxou. Cristian não relaxou. Cristian soltou um gritinho estranhíssimo e se virou quando Eleonora enfiou os dedos no cu dele. Com a urgência e o desespero de um cruzado defendendo os portões de Jerusalém do exército de Saladino (uma batalha perdida, como se sabe). Não, o panaca não disse nada. Primeiro, sentiu a língua da namorada no cu e se encolheu todo; quando ela introduziu os dedos, gritou e se virou na cama, aquela expressão perdidaça e meio ofendida. Panaca. Eleonora se vingou sentando na cara dele. Ah, não gosta de chupar? Sente nojinho? Bom, vamos fazer de um jeito que você não tenha para onde correr. Porque ele jamais a empurraria. Não assim. Em geral, isto é, na maior parte do tempo, Cristian é *bom*. Honesto. Educado, relativamente falando (em contraposição à média dos espécimes masculinos soltos pela região). E, sentada ali, pôde direcionar mais ou menos o contato com a língua, como se dissesse: Você não sabe chupar, mas eu sei como ser chupada. Mantenha a língua para fora e tente não atrapalhar. Panaca. Adiclei, Aderlei ou Adirlei beijava bem. Adiclei, Aderlei ou Adirlei chupava bem. (Maria que o diga, certo?) (Leandro é talentoso, sabe mais ou menos o que faz, mas ainda precisa de treino e orientação adequados.) Adiclei, Aderlei ou Adirlei metia talvez um pouco forte e rápido demais. Tanto que a coisa melhorou bastante quando montou nele. Controlar o ritmo. Só conseguiu gozar assim. Quando Adiclei, Aderlei ou Adirlei a colocou de quatro foi, talvez, o momento menos prazeroso — e mais entediante — da noite. A parede indo e vindo, indo e vindo, indo e vindo. Aquele reboco esquisito. Quando é que você vai pintar a porcaria dessa casa? Esperou que se cansasse. Até mesmo Cristian gosta de meter assim. Não por acaso: Eleonora sabe a bundinha que tem. Maria tem o corpo mais apetitoso para os gostos centro-oestinos, pena que não saiba o que fazer com ele. Eleonora é magra e mais alta do que a média, e bem-proporcionada, esguia, exceto pela bunda — um pouquinho maior do que o resto do corpo prenuncia, por assim dizer, mas não grande demais, não grande modelo capa de revista masculina, nada disso. Mas, dado o acentuado imprevisto da protuberância, é como se tivesse uma bunda maior do que realmente tem. E os homens adoram colocá-la de quatro. Mas raríssimos são aqueles que sabem foder uma mulher nessa posição. A maioria se entrega ao bate-estaca. Que falta de traquejo e sensibilidade. Por que não foder devagar? Por que não lançar o corpo para a frente, peito contra as costas, puxar lentamente os cabelos e lamber a nuca da donzela? Por que não esticar o braço e acariciar os seios? Mesmo puxar os cabelos exige certo cuidado, certa *nonchalance* fingida; é um gesto algo teatral. Não é simplesmente puxar. A parceira não é uma égua. Isso não é uma crina. Você não está no rodeio, seu paspalho. E o engraçado é que a maioria deles fode como se estivesse no rodeio, mas *se fode* quando está, de fato, *no* rodeio: animais vencidos por animais. No geral, Adiclei, Aderlei ou Adirlei foi bem. Não tentou comer o cu; sequer pediu. Não que ela desgoste. É apenas diferente. Outro tipo de envolvimento, de enlace, de encontro. Mas há ocasiões e ocasiões, e há paus e práticas que se encaixam melhor em determinadas ocasiões. Há paus que pedem para ser chupados, há paus que pedem para desaparecer buceta adentro, há paus que se encaixam, felizes, em qualquer buraco, e há paus que imploram, à revelia do dono: Por favor, não olhe para mim, dê meia-volta e vá embora daqui antes que seja tarde demais. Estes são os paus grandes ou pequenos e/ou feios demais. Cristian tem um pau que não é grande, nem pequeno, nem feio demais. Mas Cristian também tem um pau que não pede nada. É um pau que apenas está lá, como se isso fosse o bastante. Um pau silencioso, e também ansioso. Eleonora já tentou de tudo, mas, de algum modo, em questão de minutos, ele acaba montado nela, metendo, prestes a gozar. Às vezes, ela nem entende como foram parar na posição-de-sempre. Está, por exemplo, chupando o pau e oferecendo a buceta, nada de mais, um 69 protocolar, do tipo que se aprende no banheiro do colégio, folheando publicações informativas, ou em casa, assistindo a vídeos de inegável qualidade educacional, mas, de repente, quando dá por si, não encara mais os genitais, encara os olhos fechados do panaca, e ele está metendo, prestes a gozar, e dali a pouco gozando, incapaz de se segurar por mais um minuto que seja. Fantasias, brincadeiras, novas posições, não importa, é como se houvesse uma força magnética incontornável que o impele a colocá-la debaixo de si, com as pernas abertas, para oferecer uma, duas, três, quatro, cinco arremetidas, e pronto. Não. Seja justa. Ele demora um pouco mais do que isso. Mas não *muito* mais. Tentou conversar, mas é arredio, o menino. Tentou variações, alugou vídeos, você fica ali e eu fico aqui, e a gente só vai se tocar quando estiver com muito tesão, quando não der mais pra segurar, e o que aconteceu? O tonto esporrou sozinho na outra poltrona, antes que, na televisão, o casal terminasse as preliminares. Ele não consegue segurar. Ela sugeriu técnicas. Pensar em outra coisa. Mas, quando ele pensou em outra coisa, pensou com tamanha vontade que o pau amoleceu. Cristian é ruim de cama. Simples assim. Claro que ele é ruim de cama desde sempre. Mas a pessoa acha que o cidadão vai melhorar, aprender uma coisinha ou outra, talvez ouvir alguns conselhos dos amigos menos imbecis ou atentar para as histórias contadas por outrem, anedotas educativas que sugiram outras possibilidades. Será que Leandro não pode dar uns toques? Não. Leandro tem coisas mais importantes com que se preocupar. Em vias de ser demitido do colégio. O avô e a tia enchendo o saco. As pessoas falando um monte de coisas. Que ele cheira cocaína no banheiro da sala dos professores, em pleno horário de expediente, entre uma aula e outra. Que empresta livros inadequados para uma ex-aluna e talvez esteja trepando com a moça. Eleonora nunca viu Leandro usar cocaína, mas vai saber, não é mesmo? As pessoas fazem coisas loucas e burras, mesmo as pessoas inteligentes são capazes de qualquer idiotice, e cheirar cocaína no banheiro da sala dos professores do colégio das freiras nem é a pior delas. Cristian jurou que era mentira, que Leandro não faria uma coisa dessas. Ele nem usa droga, disse. Você sabe disso, porra, conhece o cara a vida inteira, já viu ele cheirando ou parecendo cheirado?, pelo amor de Deus. Eleonora respira fundo. O ônibus já não devia ter chegado? Mais ninguém para embarcar. Vindo de Orizona, parece. Rumo a Goiânia. Ela descerá na cidade vizinha. Ligará para Cristian? Talvez. Maria saiu transtornada da casa de Adiclei, Aderlei ou Adirlei. Mas seria capaz *disso*? Contar para Cristian, dar todo o serviço, dedurar a brincadeira, mesmo que tenha feito parte da brincadeira (até certo ponto)? Talvez. As pessoas fazem coisas loucas e burras. Discrição. Precisa aprender a operar com discrição. Ou talvez termine o namoro, encerre essa história. A única maneira que uma mulher tem de sobreviver em Goiás: separando paus e homens. Use os paus, ignore os homens. Se o pau de sua preferência pertencer ao namorado ou marido, meus parabéns. Se o pau de sua preferência pertencer a outrem, ora, e daí? Quem se importa? Homenzinhos, em sua maioria. De uma forma ou de outra. Em Cristian, pau e namorado constituem a soma de dois nadas. Por que continua com ele, então? Por que não termina? Eleonora não faz a menor ideia. Seria bem melhor se Cristian fosse bom de cama, mas, em geral, ele não é (tão) cretino, grosseiro e babaca como tantos outros por aí. Não, Cristian não é a soma de dois nadas. É, talvez, meio nada. E, sendo meio nada, merece uma boa conversa e algum nível de franqueza. Talvez um arranjo. Eleonora não quer machucá-lo. Não quer vê-lo sofrendo. Talvez Maria tenha mesmo contado tudo para ele. Talvez seja melhor assim. Porque Maria, estando envolvida na brincadeira (até certo ponto), caso fale com alguém, será com ele, e apenas e diretamente com ele. Dariam um belo casal, não? Cristian e Maria. Dois travados, dois panacas. Ou talvez ela não fale nada justamente por isso, por estar envolvida na brincadeira. Que espécie de pessoa tem uma crise de choro depois de gozar? Que raio de alma perturbada apronta uma coisa dessas? Eleonora está se perguntando isso no momento em que o ônibus chega. Ainda sozinha no terminal. Ela se levanta, joga o copo descartável com as cinzas e a guimba na lixeira, atravessa a plataforma e espera. O motorista se posiciona junto à porta. Simpático, pançudo, sorridente. Ela estende a passagem.

Bom dia.

Bom dia.

Ao devolver uma das vias: Sem bagagem, moça?

Sempre, ela responde.

O motorista olha para ela e diz q

(...)

Cristian não matou ninguém naquela noite. Eu não matei ninguém, nunca. Eleonora não matou ninguém. Carol não matou ninguém. Magda não matou ninguém. Margarete não matou ninguém. Diógenes não matou ninguém. Quantos *Herr* Konrad Helfferich matou?

(...)

(...) foi um nazista e eu arrebentei a cabeça dele a marteladas, *sic semper nazis*, mas não é disso que quero falar agora. Até porque é mentira. Não matei meu avô, vocês estão loucos? A questão é anterior e mais profunda do que um mísero assassinato: eu *sabia*, e *ele* sabia que eu sabia. Mas isso ainda não explica muita coisa. Não: isso não explica nada. Talvez um exemplo ajude a esclarecer um pouco: eu me sentava na poltrona e ele no sofá, forçando as vistas (recusava-se a usar óculos), eu me sentava na poltrona, cruzava as pernas e o encarava e abria um sorrisinho sacana sempre que o *Jornal Nacional* falava sobre Israel chutando traseiros no Oriente Médio ou algum judeu famoso era celebrado pelo que quer que fosse, um filme, um livro, uma peça, um Prêmio Nobel (mesmo que o sujeito não fosse identificado como judeu, eu fazia questão de dizer: Olha esse sobrenome, vô. Deve ser judeu, né?), eu o encarava e abria um sorrisinho sacana e ele fechava a cara, putíssimo, às vezes olhava para o outro lado como se fosse desferir uma cusparada, levantou-se em algumas oportunidades com a desculpa de beber um pouco de água ou mijar, refugiou-se na cozinha ou no banheiro, um homem eternamente em fuga, qualquer coisa para escapar da minha encarada e do meu sorrisinho sacana e dos meus comentários, sempre em fuga, eu soube, eu sabia, eu ainda sei, sempre. Reitero: a questão é anterior e mais profunda do que um mísero assassinato: eu *sabia*, e *ele* sabia que eu sabia. Mas isso ainda não explica muita coisa. Isso não explica nada. Talvez outro exemplo ajude a esclarecer um pouco: quando o filme de Steven Spielberg sobre a Shoah foi lançado, embora eu o achasse em grande parte melodramático (o lance do relógio no final, a choradeira para quebrar os espectadores que ainda não tivessem *entendido* (e há muita gente por aí que ainda não teria *entendido*, aqueles indivíduos que passam a vida com a cabeça socada no próprio cu ou que vegetam como abacaxis numa estufa, como diria o narrador de um grande conto de Rubem Fonseca), coisas que nem aconteceram na vida real, o cara deu o fora na calada da noite, nem se despediu de ninguém, os russos chegando a qualquer momento, era fugir ou morrer, pegou o que pôde e deu o fora, adeus) e até meio canalha (a mulherada chegando a Auschwitz, toda aquela tensão, onde já se viu fazer suspense com uma coisa dessas?, os canos esguichando água em vez de gás para que a plateia (os abacaxis na estufa) respire(m) aliviada(os), que porra é essa?), confesso que aluguei o VHS (*sic*) (procure conhecimento) e deixei o filme rodando no videocassete (*sic*) durante um final de semana inteiro. O troço terminava, ירושלים של זהב (*Yerushalayim Shel Zahav*, "Jerusalém de Ouro". O engraçado é que essa canção, composta pela cantora e compositora israelense Naomi Shemer em 1967, não tem qualquer relação com a Shoah. Na verdade, tornou-se uma espécie de hino não oficial da Guerra dos Seis Dias e da anexação de Jerusalém oriental por Israel. Mas é claro que não comentei nada disso com o meu avô.) torando na trilha, eu apertava STOP e REWIND no controle, o aparelho rebobinava (*sic*) a fita (na verdade, sendo longo (195 minutos), o filme foi lançado em VHS duplo. Então, o que eu fazia era rebobinar a segunda fita, ejetá-la do aparelho, guardá-la no estojo, pegar a primeira fita, colocá-la no videocassete, rebobiná-la (caso não estivesse rebobinada) e, aí, sim, apertar PLAY. Na verdade, a função PLAY era automática, bastava colocar a fita que o aparelho começava a rodá-la automaticamente, de tal forma que, para rebobiná-la (caso não estivesse rebobinada), eu primeiro apertava STOP e depois REWIND etc.), eu apertava PLAY e lá íamos nós Cracóvia adentro mais uma vez. Claro que o velho não ficou comigo na sala, aquilo não era o *Jornal Nacional*, ele só passava por ali de vez em quando, emburrado, e fingia não olhar para a televisão. Eu poderia dizer que ele sorriu numa dessas passadinhas ao flagrar Amon Göth praticando tiro ao alvo nos prisioneiros do campo, mas isso seria uma inverdade, e aqui não mentirei mais do que o estritamente necessário. Tempos depois, eu o ouvi dizendo para o vizinho que o filme era um absurdo, que as coisas não foram bem assim, que nada aconteceu *daquele* jeito, e o vizinho deu de ombros, o que poderia dizer? Era um homem muito solitário, o meu avô. Raivoso. Enviuvou muito cedo. Não tenho muito o que dizer sobre a minha avó. Sei pouco sobre ela. Mas sei que não era nazista, e sei que ninguém a matou a marteladas. Ela talvez nem soubesse direito o que é o nazismo, não se importasse, por que uma moça do interior de Goiás, nascida e criada (e eventualmente morta e enterrada) em uma cidade de 10 mil habitantes (menos à época), filha de padeiro e esposa de farmacêutico, precisa(ria) saber o que é o nazismo? Ela morreu aos 26 anos de idade por complicações no parto da segunda filha, Magda. Não sou médico, mas acho que o fato de ela não saber direito o que é o nazismo não teve nada a ver com as tais complicações que a levaram à morte. Margarete, minha mãe, nasceu um ano antes de Magda. Não sei se houve complicações nesse parto. Não sei se, antes de Margarete, a minha avó sofreu algum aborto. Margarete nasceu com 2,229 quilos e morreu com 176 quilos (eis uma forma escrota de resumir a biografia da própria mãe). Diógenes, meu pai, tinha 85 quilos quando foi assassinado na área de serviço da fazenda, fazenda que Margarete achou melhor vender (ótima decisão, pois quem cuidaria daquilo? Eu era muito novo à época e, mesmo depois de adulto, jamais levaria jeito para a agricultura) (também vendeu o casarão em que morávamos). Ela aplicou parte do dinheiro para garantir o meu futuro (eu tinha 14 anos de idade e pesava 64 quilos quando mataram o meu pai) e adquiriu um apartamento no Setor Oeste de Goiânia, onde viveu até morrer. Quando Diógenes foi assassinado, Margarete pesava 76 quilos e, até então, era uma mulher extrovertida e muito simpática, do tipo que ri bem alto até das piadas ruins, do tipo que adora receber visitas e organizar churrascos e festas de toda espécie, das juninas às natalinas, do tipo que usa roupas coloridas e sorri para estranhos e conhecidos na fila do banco; depois que Diógenes morreu, Margarete se isolou do mundo e desenvolveu (não sei se o termo é esse) (não sou médico, não sou psiquiatra, não estudei psicologia) uma compulsão alimentar. Eu a visitava a cada três meses, em média. Teria ido mais, se ela deixasse, mas já aconteceu de não autorizar a minha subida quando apareci sem avisar e/ou antes do intervalo de tempo que considerava razoável entre uma visita e outra. A cada visita, ela parecia maior. As únicas pessoas com quem convivia cotidianamente eram a empregada, Ninica, e uma amiga de décadas, Flávia, também viúva (o marido enfartou em 1987, acho, jogando como lateral-esquerdo em uma pelada domingueira na Associação dos Servidores do Banco do Estado de Goiás, em Goiânia). Houve um tempo em que Margarete ainda saía do apartamento, consultava-se com um terapeuta junguiano e almoçava fora pelo menos uma vez por semana com Flávia. Isso parou de acontecer por volta de 1990 ou um pouco depois, não sei ao certo. Ela morreu em 2001. Mas eu não matei o pai dela a marteladas. E, já que estou falando (um pouco, depois falo mais) sobre isso, já que *isso* não nos deixa em paz, talvez seja bom esclarecer logo que: o meu avô se matou. Cometeu suicídio. Meteu o DFW. Zerou-se. Mamou na Cleópatra. Chutou o tamborete. Mordeu o cano da espingarda de Hemingway. Agitou os pezinhos. Fez cosplay do Führer. Pulou sem cair. Dançou feito Judas. Arroxeou a língua. Brindou com Sócrates. Testou a corda. Lambeu a *tantō* do Mishima. Fez a viga gemer. Ok, acho que vocês entenderam: o puto se matou; *ergo*, eu NÃO matei o puto a marteladas. Querem saber como foi? **REKONSTRUKTION**:[1]

meu avô acordou bem cedo, como de hábito, era dezembro, calor, umidade, ele acordou bem cedo, foi ao banheiro, fez um esforço desgraçado para mijar uma ninharia, escovou os dentes, vestiu-se como se fosse trabalhar (embora estivesse aposentado havia alguns anos, a farmácia vendida para uma rede de drogarias) (ele sempre se vestia como se fosse trabalhar, mas passava o dia ouvindo música clássica (Schubert,[2] de preferência, e também apreciava Chopin, Bruch, Brahms, Grieg, Janáček, odiava Mahler, dizia não entender Wagner (e eu brincava com ele: É por isso que vocês perderam a guerra) e tolerava Bruckner, desde que regido por Karajan), cuidando do gramado, lendo, assistindo à televisão, essas coisas que os aposentados fazem quando não têm amigos e quase não saem de casa) e *não* foi (como de hábito) à cozinha colocar a água para ferver, não passou o café para a filha (Magda) e para o neto (olá) (eu já vivia em Goiânia, iniciara o mestrado no começo daquele semestre, mas estava em Silvânia, férias etc.), não ligou a TV para assistir ao telejornal matutino, não, ele foi até um cômodo que usávamos como despensa, um cômodo escuro e empoeirado que fora projetado para ser mais um banheiro (não precisávamos de mais um banheiro), próximo das escadas que levavam à sala de televisão, com as janelas emperradas

---

[1] Optei por utilizar a fonte Antiqua nesta seção porque a célebre 𝔉𝔯𝔞𝔨𝔱𝔲𝔯 foi banida em 1941 em uma *Schrifterlass* assinada por ninguém menos que Martin Bormann. Segundo Bormann, a 𝔉𝔯𝔞𝔨𝔱𝔲𝔯 (muito utilizada até ali pelos nazistas, frise-se) era mais uma dessas "letras judaicas" (*Judenlettern*). No entanto, a ordem para que a 𝔉𝔯𝔞𝔨𝔱𝔲𝔯 deixasse de ser utilizada nos informes, cartazes, propagandas, jornais nazistas etc. também se devia a outros dois fatores: 1) Hitler não gostava da 𝔉𝔯𝔞𝔨𝔱𝔲𝔯; 2) julgou-se que a Antiqua seria lida com mais facilidade nos territórios ocupados.

[2] Schubert era antissemita? Não sei. Chopin era.

e um cheirinho desagradável que nos remetia a todos os ratos que morreram ali, envenenados ou presos nas ratoeiras, meu avô foi até esse cômodo, pegou o revólver .357 que deixara preparado desde a véspera (ou sei lá quando, boa parte do que narro aqui é uma reconstituição ancorada em evidências e inferências válidas ou, no mínimo, verossímeis) (não sejam chatos) (ele podia ter deixado o revólver no armário, no quarto, ou sob o travesseiro, podia ter se matado no quarto, sentado ou deitado na cama, mas, por alguma razão, deixara-o ali, naquele quartinho escuro, e soubemos disso porque a porta do quartinho estava destrancada e aberta (coisa que nunca acontecia, o cheirinho desagradável etc.), e porque encontramos o estojo do revólver e a caixa com munição sobre uma banqueta, entre outros apetrechos, ele limpara a arma na véspera ou noutro momento (não naquela manhã, não nos momentos anteriores ao suicídio, pois minha tia ouviu quando ele veio do andar superior e passou pela sala e desceu as escadas, ela estava na cama, acordada, fumando, e ouviu os passos do pai circulando pela casa, descendo um lance de escada e depois outro), limpara e (imagino) carregara e deixara tudo pronto), saiu, desceu o último lance de escadas até a cozinha, abriu a porta, saiu para a área, seguiu caminhando, chegou ao gramado (do qual cuidava tão bem), deu uma boa olhada ao redor, respirou fundo e sorriu, satisfeito (provável que sim), depois deu meia-volta, retornou à área, sentou-se à cabeceira da mesa, olhou para o revólver, colocou o cano na boca, engatilhou, respirou fundo (provável que não) e disparou. Magda ouviu o tiro, ainda estava na cama, acordada, fumando após se masturbar (eu a ouvi certa vez, bêbada, comentando com uma amiga, descrevendo o ritual de todas as manhãs quando desacompanhada ou caso não tivesse trepado na noite anterior: Uma siririca e um cigarro ou não consigo enfrentar o dia), o rádio-relógio ligado em volume baixo, ela ouviu o tiro e, embora não soubesse (no momento em que ouviu) tratar-se de um tiro, achou que o pai tivesse derrubado alguma coisa na cozinha ou na área, ela desligou o rádio-relógio, levantou-se, vestiu um roupão e desceu os dois lances de escada, estranhando a porta aberta do quartinho, estranhando não sentir cheiro de café, será que o velho quebrou a cafeteira? Meu Deus, disse ao ver o corpo, meu Deus. Passado um momento (ela não saberia precisar quanto tempo ficou ali parada à porta da cozinha, olhando para fora, para a área, para o corpo sentado à cabeceira da mesa, a cabeça do velho Konrad Helfferich lançada para trás, a boca aberta, alguma fumaça, o cheiro de pólvora e sangue), ela deu meia-volta, subiu os três lances de escada e foi me acordar. Abri os olhos e vi Magda ali junto à cama, pálida, a mão direita na cintura e a esquerda massageando a testa, o roupão meio aberto e desalinhado, um seio dela aparecia, olhei para ela e pensei que alguma coisa tivesse acontecido com a minha mãe, pensei que a má notícia que obviamente carregava ou trazia dissesse respeito à minha mãe, e então ela abriu a boca e disse: Meu pai. Eu me levantei e a abracei, lembro de sentir o seio descoberto contra o meu peito, lembro de sentir o cheiro de cigarro, lembro de pensar, ainda bem que foi o velho e não a minha mãe, abracei a minha tia, o seio dela contra o meu peito, o cheiro de cigarro, abracei a minha tia e disse: Vou ligar pra minha mãe. Margarete não foi a Silvânia para o enterro do pai; no velório, conversando com alguém a esse respeito, Magda disse que entendia. Nas semanas seguintes ao enterro, como talvez seja comum nesses momentos, Magda mergulhou em uma fase nostálgica, passava horas manuseando velhas fotografias, mexendo em caixas e mais caixas de velharias e quinquilharias. Certo dia, eu já voltara para Goiânia, ligou-me e disse: Encontrei sua primeira obra-prima. E, com uma voz infantil, leu às gargalhadas

"VLAD, O EMPALADOR"

Leandro 4a.B

A figura histórica que eu vou falar é o Vlad Drácula. Esse era o nome dele mesmo, pode acreditar. Vou explicar tudinho. Assim. Vlad Drácula ou Vlad, o Empalador viveu faz muito muito tempo, ele viveu lá no século XV. Isso tem vários séculos porque a gente está no século XX agora, tem bastante tempo mesmo mais de quinhentos anos. Vlad, o Empalador foi um líder militar muito famoso. Ele foi governante da região da Valáquia lá na Romênia. E vocês acharam certo, o nome dele virou o nome do vampiro conde Drácula. Mas esse nome, o nome dele tem uma história. É um sobrenome na verdade. Minha tia explicou que isso se chama patronímico, que é assim um sobrenome tirado do nome do pai da pessoa só que nesse caso não é bem um patronímico porque não veio assim do sobrenome do pai dele, veio do apelido do pai dele. O apelido do pai dele era "Dracul". Na língua do romeno medieval "dracul" quer dizer "dragão", então Vlad Dracula quer dizer "Vlad filho de Dracul". Aí muito tempo depois um escritor irlandês chamado Bram Stoker ficou sabendo das maldades que o Vlad Drácula aprontou e resolveu usar o nome dele pra chamar o vampiro conde Drácula que todo mundo conhece. foi assim que ele inventou o vampiro conde Drácula e escreveu um livro com ele que depois virou vários filmes. Como eu já falei o apelido do pai do Vlad era "Dracul" e "Dracul" quer dizer "dragão". O pai do Vlad tinha esse apelido porque fazia parte de um negócio chamado Ordem do Dragão. A Ordem do Dragão era uma sociedade de cavaleiros que foi criada por um cara chamado Sigismundo de Luxemburgo. Esse Sigismundo tinha esse nome engraçado mas era soberano do Sacro Império Romano-germânico. Sigismundo criou a Ordem do Dragão pra ajudar nas lutas contra os otomanos que viviam querendo invadir as terras do Sacro Império Romano-germânico e tomar tudo pra eles. Era bastante terra minha tia me mostrou no mapa. É por isso que o pai do Vlad tinha esse apelido de "Dracul" era por causa da Ordem do Dragão. Já o apelido do Vlad "Empalador" era o apelido dele era porque ele gostava de empalar pessoas. Não tem um jeito fácil de explicar o que é empalar pessoas. Empalamento que chama. É um jeito muito ruim de matar alguém. É um jeito muito doido da pessoa morrer. Empalamento era quando eles pegavam uma estaca com uma ponta bem afiada e enfiavam assim no traseiro da pessoa, desculpa a palavra mas era assim desse jeito mesmo eles pegavam a estaca e enfiavam tudo mesmo no fiofó da pessoa, iam enfiando, enfiando, enfiando a estaca era enorme, enfiavam até não dar mais e deixavam a pessoa lá pra morrer assim igual um frango assado na padaria só que em pé. A estaca atravessava o corpo da pessoa, pegava as tripas e era tudo muito terrível deve doer demais. E o Vlad, o Empalador adorava empalar os inimigos e é por isso que o apelido dele era "Empalador" porque com ele não tinha jeito, ele saía mesmo empalando todo mundo. Minha tia falou que ele era fissurado em empalar. Ele gostava tanto de empalar que teve uma vez que ele foi preso por um inimigo, virou prisioneiro desse inimigo e sabe o que ele fazia na cadeia pra passar o tempo? Ele fez umas estacas pequenas de madeira uns espetinhos assim e ficou empalando os ratos, tinha muito rato lá na cadeia era tudo bem sujo e o Vlad pegava e empalava os coitados dos ratinhos assim era o passatempo dele. Minha tia disse que era porque não tinha televisão naquela época. Pois é. Mas voltando aqui teve uma vez que Vlad, o Empalador também empalou dois monges. Ele falou que queria ajudar os monges a chegar mais rápido no Céu e então empalou os dois monges. Minha tia é brincalhona demais, chega a ser meio boba mas me ajudou muito na hora de fazer este trabalho sobre Vlad, o Empalador. Vlad, o Empalador lutou muitas guerras e muitas batalhas, ele passou um tempão lutando contra um monte de gente sempre tinha alguém pra brigar com ele. Teve uma vez que um sujeito chamado Bassarabe III Laiotă queria dominar a Valáquia e matar o Vlad ou no mínimo botar o Vlad pra correr. Então esse tal de Bassarabe conseguiu o apoio de outros inimigos do Vlad e acabou vencendo o Vlad só que ninguém sabe direito como foi que o Vlad morreu. Tem um homem que falou que o Vlad foi assassinado por um inimigo que entrou disfarçado no acampamento do Vlad e pegou o Vlad desprevenido. Tem outro homem que falou que fez uma visita pros familiares do Vlad e os familiares do Vlad contaram que o Vlad tava lutando contra o tal do Bassarabe e foi confundido com um inimigo e foi assim que mataram ele, quer dizer me deixa explicar isso direito, os soldados do Vlad mataram o Vlad por engano ali no meio da batalha. É um jeito meio idiota de morrer mas a minha tia falou que é até comum porque a guerra é muita confusão e as pessoas não enxergam as outras direito e acabam matando uns amigos junto com os inimigos, fazer o quê. Bom, o que interessa é que o Vlad morreu e os inimigos dele cortaram a cabeça dele fora e depois exibiram a cabeça dele em tudo que foi lugar igual um troféu sabe? Eles exibiram a cabeça dele até em Constantinopla que era a cidade mais importante da região e ela existe até hoje mas com outro nome, o nome de Constantinopla agora é Istambul. Ninguém sabe onde enterraram o Vlad. Pra terminar eu quero falar de outra guerra do Vlad porque ela tem a ver com o apelido dele "Empalador". Teve uma vez que ele e o rei Matias Corvino esse homem era o rei da Hungria e teve uma vez que o Vlad e esse Matias invadiram umas regiões da Bulgária que na época eram dominados pelos otomanos que eram os inimigos, quer dizer os inimigos do Vlad e do Matias. Eles invadiram essas terras dos otomanos e botaram pra quebrar. Aí um sultão chamado Maomé II achou que eles tinham passado do limite e era bom dar o troco. Aí o sultão Maomé II reuniu um exército pra invadir a Valáquia e dar uma lição no Vlad e no Matias, cês tão pensando o quê. Vlad era mau mas não era burro e não encarou os otomanos de peito aberto não, ele preferiu entrar disfarçado no acampamento deles e tentou matar o sultão Maomé II, só que deu errado ele não conseguiu matar o sultão e fugiu. É claro que o sultão Maomé II ficou ainda mais bravo do que já tava e invadiu a capital da Valáquia uma cidade chamada Târgoviste. Só que o Vlad já tinha imaginado que o sultão Maomé II ia fazer isso e fez o povo sair da cidade e se esconder longe noutros lugares. O sultão Maomé II chegou lá e tinha pouquinha gente em Târgoviste, nem dava graça conquistar uma cidade assim vazia sem quase ninguém. Mas aí o sultão Maomé II e o exército dele viram uma coisa que deixou eles tudo de boca aberta, o que eles viram foi o seguinte: assim fora da cidade eles encontraram 23.844 otomanos empalados. Era gente que o Vlad tinha capturado quando invadiu aquelas terras na Bulgária junto com o Matias, como vocês devem se lembrar. O Vlad invadiu lá e fez um monte de prisioneiros e aí ele pegou esses prisioneiros e empalou eles todos perto de Târgoviste que era assim pra todo mundo ver o que ele fazia com os inimigos. Esse número não é exagerado porque o Vlad mesmo contou vantagem dele numa carta pro Matias e também outras pessoas da época contaram a mesma coisa, quer dizer essas outras pessoas também estavam lá e viram os empalados e confirmaram tudo, não é mentira nem exagero isso que estou contando aqui pra vocês. Era gente empalada pra dedéu. Tem um historiador de nome engraçado o Laônico Calcondilas que viu aquela gente toda empalada e falou que parecia uma floresta de empalados. Assim era Vlad, o Empalador. Ainda bem que ele já morreu porque era pior até que o vampiro conde Drácula.

FLM.

(...) "Think of the long trip home."
(...)
(...) porque é preciso imaginar Carol feliz.
(...)
As digitais nas lentes. Carol tirou os óculos e olhou para os dedos da mão direita agora espalmada sobre o tampo da mesa. Como você é ridícula, resmungou. Acontecia de ela, querendo coçar os olhos, inadvertidamente esfregar as lentes dos óculos. E era constrangedor, pois acontecia com certa frequência. No meio da rua ou parada na calçada, esperando para atravessar, ou nos corredores do colégio, a caminho do pátio ou da capela ou do banheiro ou de volta para a sala de aula, ou em um boteco no centro da cidade, fingindo interesse no que quer que os colegas estivessem discutindo, e eles estavam sempre discutindo, o tempo todo e sobre qualquer coisa, acontecia de ela esfregar, distraída, com as pontas dos dedos indicador e médio, não os olhos, mas as grossas lentes dos óculos. E ela sempre se sentia ridícula. Ou quase sempre. Mas não só em relação a isso. Na sala de aula, falando entusiasmada com alguém sobre coisas pelas quais se interessava (Pearl Jam, Sonic Youth, *Star Trek*, Asimov, quadrinhos, algum novato bem-apessoado e que ainda não se revelara um imbecil, as próximas férias, as férias anteriores), por exemplo: não. Em um boteco na Mário Ferreira, desinteressada dos colegas, esfregando as lentes dos óculos quando queria esfregar os olhos, a galera ao redor apontando para ela e gargalhando, por exemplo: sim. E, de vez em quando, geralmente aos domingos ou feriados, sentia do nada uma vontade quase irrefreável de cair no choro, de (ridícula) estar morta. Não de se matar, o que seria o cúmulo da covardia (costumava pensar, com um arrepio) (jamais faria uma coisa dessas com a mãe) (embora a mãe jamais parecesse satisfeita com ela, fizesse o que fizesse, tirasse as notas que tirasse), mas de estar morta ou, melhor ainda, de nunca ter existido. As pessoas próximas comentando. Tão jovem, tão bonita, tão inteligente, tão. Bonita? Quanta besteira. Uma adolescente comum, talvez um pouco mais "sensível" (uma dessas palavrinhas que não significam nada e que, não por acaso, era muito utilizada pelas freiras e pelos professores

e pedagogos, a quem os colegas e ela própria se referiam como *pedabobos*) do que a média (mas quem e como estabeleceu a porra dessa média, caralho?), e bem menos perturbada do que a relação tumultuada com a mãe e a ausência do pai (descanse em paz) talvez pressupusessem. Mas houve um tempo em que o pai era ou estava vivo. Aparecia de vez em quando. Trazia roupas, objetos escolares, presentes. Não conseguia ficar muito, a encheção da mãe era insuportável. Mas, sim, ficava um pouco. Assistiam à televisão. Aprendeu a gostar de *Star Trek* com o pai. Era o lance deles. Aquele seriado antigo. Naves e viagens espaciais e conversas complicadas e aquele sujeito orelhudo e alienígenas e situações absurdas, mas plausíveis (ela nunca se sentia idiota vendo aquilo). Carol esparramada no tapete da sala, prestando bastante atenção. O pai sentado na poltrona, um cigarro aceso. Mesmo que estivesse fazendo a lição de casa, duas batidas na porta do quarto e o convite, vem, Carolzinha, já vai começar. Às vezes (domingos, feriados), sentia saudades daqueles finais de tarde. A mãe reclamava, claro. Achava uma idiotice. Perda de tempo. Capitão Kirk perseguido por um alienígena com cara de jacaré ou coisa parecida. Era um dos episódios prediletos do pai. (O que era mesmo aquele bicho?) Recolocou os óculos e ajeitou os cotovelos sobre a mesa. A única freguesa na sorveteria. Maldita tarde de feriado. (Sério, que bicho era?) Bonita? (Gorn.) Branquela, os cabelos muito curtos e azuis. (O alienígena com quem Kirk lutava era um Gorn.) As pessoas próximas. Mas não havia pessoas próximas, havia? À exceção da mãe, é claro. Que tampouco era próxima. E o pai se fora. Tirou os óculos de novo e os limpou com um guardanapo. Um sundae. Recolocou os óculos. Devia ter pedido um sundae, pensou. Mais ou menos limpos. Um sundae, não a porcaria de um milk-shake. Estar morta? Mas por que haveria de. E essa mão estendida na minha direção? Levantou os olhos, quase esfregando as lentes dos óculos novamente: uma senhora em uniforme de garçonete com a mão direita estendida na direção da taça sobre a mesa. Oi?

Posso recolher?

Ela olhou para a mão da garçonete e depois para a taça, como se pensasse a respeito. Recolher? A hesitação durou dois ou três segundos, e então: Ah. Pode, sim. Obrigada.

Disponha.
A senhora me...
Sim?
... traz um sundae?
Qual sabor?
Ameixa.
Ameixa. Certo.
Por favor.
Só um momentim que eu já trago procê.
A garçonete tinha uma voz esganiçada. Não se lembrava do nome dela, embora frequentasse bastante aquela sorveteria. Rose? Josi? Praça Americano do Brasil. Roseli, talvez? Um ruído irritante. Não, lembrou-se de repente, era Josely, com "y". (Não é verdade que todo mundo conhece todo mundo numa cidade do interior.) A mãe, ao gritar, fazia um som parecido. A garçonete não devia usar um crachá? (Ou talvez seja eu que não conheça quase ninguém.) A mãe primeiro gritando porque ela cortara demais os cabelos e semanas depois gritando porque ela tingira os cabelos de azul. *Só um momentim que eu já trago procê*: o sotaque cantado também não ajudava. Gritando, gritando, gritando. Lá de dentro, da cozinha (sorveterias têm cozinha?) (por que não teriam?), onde a garçonete desaparecera depois de pedir um *momentim*, veio o som do liquidificador. A filha da Edivânia, olha só o cabelo dela, como é que pode um trem desses. Mas a nossa Josely é bem eficiente. Suspirou, olhando de novo para fora. Sozinha. Que feriado é mesmo? Será que é religioso? Não queria se ver inadvertidamente engolida por alguma procissão. Vá em paz e que o Senhor não te encha o saco. Eficientíssima. O susto do professor Leandro. Mas foi o único que não pareceu realmente incomodado. Achou graça. Das grandes decisões intempestivas. Foi essa a expressão que o professor usou: decisão intempestiva. E gargalhou. E a mãe soube que ele gargalhou. E a mãe disse: Não me surpreende. Mas como foi isso?, ele também perguntou. Saíra mais cedo do colégio (explicou) (desciam pela calçada após a aula, ela sempre o acompanhara até a bifurcação (ele andando mais do que o necessário só

porque gostava de conversar com ela), ela seguindo pela avenida Dom Bosco e ele, pela 24 de Outubro), e ela, não querendo ir para casa, ficou zanzando pela cidade. Entrou no primeiro salão que viu e deu sorte porque estava vazio. Se tivesse de esperar, o mais provável era que desistisse. Corta bem joãozinho, pediu. Passa a dois. A cabeleireira hesitou, mas fez. Cortou bem joãozinho. Passou a dois. Semanas mais tarde, ao pintar os cabelos recém-crescidos de azul (em casa, sozinha, sem a necessidade de ir a um salão), a mãe gritando outra vez e o professor gargalhando outra vez. (Essa é a *grande* decisão intempestiva, ele disse.) Agora, os cabelos tinham crescido mais e o azul era quase um detalhe (mas estava lá, nas pontas). Opa.

A garçonete colocou o sundae sobre a mesa e perguntou se Carol queria mais alguma coisa.

Não, não. Obrigada.

Qualquer coisa, me chama.

Estava lendo *As crônicas marcianas* na época em que tingiu os cabelos de azul e é claro que a mãe viu nisso um indício do que passou a chamar de *problema*. Mas não havia problema nenhum. Ainda mais com um sundae tão bom. Fechou os olhos para saborear. Ao abri-los, a praça. Vazia. Americano do Brasil. Um busto logo ali. Durante certo tempo, foi moda entre a galera roubar os bustos das praças e avenidas e transferi-los para locais inusitados, tais como alpendres e portas de botecos e tampas de bueiros. Quem fora Americano do Brasil? Alguma aula perdida na memória. Seria um padre ou coisa parecida? Os católicos célebres, pensou, vão de um extremo a outro, sem escalas: ou santos, ou pedófilos. Os caras conseguem cobrir todo o espectro da experiência humana. Certo? Da bondade absoluta à maldade absoluta. Mas, se fosse um padre, bispo ou santo, ele teria a função colada ao nome. E era apenas Americano do Brasil. Mais nada. Não era *padre* Americano do Brasil. Não era *Dom* Americano do Brasil. Não era *São* Americano do Brasil. Era apenas Americano, e (coitado) do Brasil. Pensou no professor Leandro. Sentiria falta das aulas dele. Ela iria para o colégio estadual. Ensino médio. Sem dinheiro para se mudar e estudar na capital. E não havia ensino médio no colégio das freiras. Ainda. Melhor

assim. A onipresença da mãe. Bastava que se vissem em casa. Era mais do que suficiente. (Era quase insuportável.) Sentiria falta de alguns professores. Bobagem, não? Uma cidade tão pequena. Eles se veriam sempre. Talvez fosse até melhor. Não havendo mais a relação professor-aluna. A forma como Leandro gargalhara. Duas vezes. Diante da cabeça quase raspada. E diante da cabeça azul.
Nossa.
Oi?
Já tomou tudinho?
Ah. É que esse sundae é bão demais.
Brigada.
Imagina. Me traz a conta?
É pra já.
Pagou e saiu. Foi caminhando pela Aprígio, mas logo dobrou à esquerda e, em seguida, à direita. Sabia aonde estava indo? Mas aquele também era o caminho de casa. Poderia ser. Seria. Mas não era. Dobrou à direita na Djalma Dutra. A mãe estaria no sofá da sala, assistindo a um filme açucarado qualquer, as pernas varicosas estendidas. Talvez cochilando, boquiaberta. Não, obrigada. Ir para casa não era uma opção. Mas tampouco era uma opção continuar andando debaixo daquele sol. Foi quando se lembrou: Junior estava sozinho em casa. Djalma Dutra. Ali mesmo, no quarteirão seguinte. Todos os caminhos levam a Junior. Na Festa do Divino semanas antes. Escondidos em um terreno baldio, no escuro. Alguns beijos. Mãos. Dedos. Seio na boca. Duro. Duro na mão dela, pulsando. Queria fazer ali. Ele, não ela. Tentou arriar as calças (dela), mas como? Teria de se apoiar no muro. Baixinha. Desconfortável demais. E nada elegante para uma primeira vez. Ela disse: Isso, não. Mais beijos. O outro seio na boca. Alguma satisfação. A consistência da porra. Mas não provou daquela vez. Caralho, ele disse. Por que eles sempre dizem *caralho* no momento em que o caralho faz o que se espera que o caralho faça? Bom, todo mundo grita *gol* quando um gol é marcado. Talvez seja a mesma lógica. Sim, é um caralho. Sim, é um gol. E as pessoas também gritam: Gol, caralho! (Quando é gol,

não quando gozam.) Ali estava. A casa dele. Nenhum carro na garagem. Nenhum vizinho à vista. Tocou a campainha. Opa.

Eita.

Carol tirou toda a roupa e Junior tirou toda a roupa. Não estava nervosa. Ele, sim. Bastante. Relaxa, seu bobo.

Tá bom.

Eu quero isso.

Tá bom.

Só vai com cuidado.

Tá bom.

Olhou para ele e viu o pau muito grosso e o corpo muito magro e pensou neles, corpo e pau, como duas criaturas distintas que, por conveniência, trabalhavam juntas. Não se beijaram. Não agora. Ele a deitou na cama de casal e olhou seu corpo também magro, a barriga meio estufada pelos sorvetes. Ele a virou de bruços. Eram gestos mecânicos, como se seguisse de memória um plano preestabelecido. Por certo, pensava nos filmes que vira e nas revistas que folheara pela vida afora. Nesse momento, ela pensou: Esse bocó também é virgem. Ele a virou de bruços e lambeu a parte de trás das coxas e a bunda, e ela gostou disso. Depois fizeram um 69 desajeitado, ele procurando por algo que estava ali, tinha certeza, mas não sabia exatamente onde. Então, ela se desvencilhou e, deitando de costas, disse: Vem agora.

Tá bom.

Devagar.

Tá bom.

Eu vou te falando.

Junior colocou a camisinha. Tremia quando se deitou sobre o corpo dela, mas a partir daí (e isso a surpreendeu um pouco) foi bem menos estouvado do que se esperava. Depois, ela quis chupá-lo outra vez. Não saberia explicar. Queria sentir o gosto. Provar daquilo. Ele gozou e Carol se viu correndo até o banheiro, cuspindo boa parte da coisa na pia, mas engolindo um pouco. (Queria saber que gosto tinha.) Antes de tudo isso, depois que ele atendeu à porta e antes de irem para o quarto, eles ficaram uns bons trinta minutos na sala, beijando-se e assistindo à televisão, naquela tensão relativa ao que (ambos sabiam) aconteceria a qualquer momento. Matinê. Debruçada na pia, ela se lembrou da tensão, o frio na barriga, a gente vai agora ou espera mais um pouco?, e também do sorriso dele ao abrir a porta, ela dizendo OPA e ele dizendo EITA. Uma comédia romântica com bebês falantes na televisão e eles se beijando no sofá. Você tomou sorvete?

Tomei.

Senti o gosto.

Qual sabor?

Não sei. Ameixa?

Eles se beijaram mais, e, enquanto isso, Junior alcançou um dos seios dela por debaixo da camiseta e acariciou o mamilo, uns beliscões de leve, enquanto ela lhe esfregava o púbis, sentindo a ereção, depois abrindo a braguilha, buscando o pau, trazendo-o para fora, olhando bem para ele, para o pau duro, enquanto o masturbava. Não vai gozar ainda, pediu, sorrindo, e ele concordou com a cabeça, embora não estivesse muito certo de que conseguiria evitar. Ficaram nisso por alguns minutos, e então, sem dizer nada, com ela afinal tomando a iniciativa, foram para o quarto dos pais dele. Agora, ela terminou de cuspir o esperma na pia e perguntou se podia tomar uma ducha.

Vai lá, ele respondeu da cama.

O gosto da porra substituíra o gosto do sundae de ameixa. Alguma coisa nos dentes, como é que isso vai sair? Ela ficou debaixo do chuveiro por quase dez minutos, depois se enxugou, voltou ao quarto e se jogou ao lado dele. Junior havia coberto o lençol com uma velha toalha, para que não sujassem as roupas de cama. A primeira coisa que fizeram quando foram para o quarto. Minha mãe me mata se. Agora ele parecia cochilar. Carol deitou a cabeça sobre o peito dele e alisou o pau como se fosse um bichinho de estimação. Junior abriu os olhos. Ela acariciou o saco. Ele respirou fundo. Aquilo era bom. Voltaram a se beijar. Depois, ele resolveu tentar de novo. Ela apreciou a iniciativa. Enquanto era chupada (ele procurando por algo que estava ali, tinha certeza, mas não sabia exatamente onde), ela pensou no gosto da coisa e não lhe ocorreu nada que fosse parecido. Porra tem um gosto assim vazio, oco. Uma colega de escola lhe dizendo que só engoliria a porra do homem que amasse, do homem com quem fosse se casar. Uma espécie de gesto, uma autêntica declaração de amor. Olha o que eu faço por você, meu bem. E então lhe ocorreu: tem gosto de feriado.

(...)

um inseto na parede, mas ele não despertara de sonhos intranquilos. É preciso imaginar Carol em seus (dela) feriados. É preciso imaginar Eleonora feliz. Quando jovem, minha tia se parecia com Sarah Kane, ou assim ela me pareceu anos e anos depois, depois que li as peças de Sarah Kane e vi fotografias de Sarah Kane e (do nada) me lembrei daquele dia, o dia em que vi o inseto na parede. Sarah Kane teria se enforcado com os próprios cadarços, alguém escreveu. Ou com os cadarços de outra pessoa, não sei. Talvez tenha pedido a alguém (não, estava sozinha): Me empresta os seus cadarços, por favor? Não. Ninguém pede esse tipo de coisa. Cito: "coração, fígado, pulmões, o mundo cheira a urina e suor humanos." Cito quem? Carol, um poema seu (dela). Os pés balançando no vazio. Os pés de Sarah Kane, os pés do meu avô (não, os pés do meu avô estavam bem firmes no chão). Sarah Kane ali suspensa (cito outra vez) para que os ratos não lhe devorassem o rosto. A família do meu pai, nunca tivemos muito contato com ela, e menos ainda depois que ele (meu pai) morreu. Há sempre um inseto na parede, e é impossível despertar dos nossos sonhos intranquilos e dos sonhos intranquilos do inseto (o inseto devorou o mundo). Por exemplo: Diógenes andava em círculos pela sala num domingo de manhã, diante da TV ligada (o ruído da corrida automobilística nos deixando mais tontos), a mão apertando a barriga e uma expressão terrível de dor. Alguém veio buscá-lo, não me lembro quem, e as coisas adquiriram uma atmosfera empoeirada. Ele foi operado no hospital silvaniense e algo desandou, uma infecção, e então o levaram às pressas para Goiânia, outra cirurgia, internado por semanas a fio. As perspectivas muito ruins, a coisa não parecia boa, prepare-se, dizia Margarete e dizia Magda e dizia o velho Konrad Helfferich e diziam os vizinhos e conhecidos, alguns dos quais iam à nossa casa, olhos pesarosos como se já soubessem. Prepare-se. Acho que não punham muita fé no homem. Mas o homem sobreviveu. Estava magro quando fui vê-lo, o curativo na barriga me causando arrepios. Havia alguns potes de iogurte sobre o criado-mudo (talvez adoecer não seja tão ruim, pensei). Ele me chamou, pediu que eu me aproximasse, e perguntou se eu queria *ver*. Não queria, mas fiz que sim. Dois cortes paralelos e simétricos amarrados por pontos escuros, como duas bocas costuradas num rosto sem olhos ou expressão, e aquele cheiro de gaze, esparadrapo, mertiolate e doença. Ele riu da careta que fiz. Eu me afastei. Voltou para casa após o Natal. Estava ainda mais magro. Uma mancha de sangue na camisa de botões, na altura dos cortes, e o sorriso exangue de quem foi e voltou. Isso foi em 1982. Ele foi e voltou, e depois, em 84, foi e não voltou mais. Uma coisa engraçada: embora sejamos amigos desde moleques, Cristian nunca perguntou sobre o assassinato do meu pai, nunca conversamos a respeito (não só por culpa dele, claro, pois nunca dei abertura, nunca me mostrei disposto a falar sobre isso com ele). Mas, certa vez, conversei a respeito com Eleonora. Isso foi em 1995, meses antes daquela noite em setembro, outro feriado, há sempre um feriado, somos tão bons ou tão ruins quanto os nossos feriados, estávamos no bar da AABB (antes de irmos para a casa do meu avô e enchermos e cara e Cristian cair no sono e outras coisas acontecerem e Cristian acordar muitíssimo bem-disposto, obrigado, e eu desandar a falar sobre Maradona), sentados a uma mesa, Cristian foi cumprimentar alguém ao balcão e ficou por lá, e então Eleonora me perguntou, do nada: Seu pai tinha arma em casa?

Tinha. Na fazenda. Os caras roubaram.
Mais de uma?
Duas pistolas e um revólver. Não adiantou muito.
Que merda.
Nunca adianta.
Você...
O quê?
... se importa de falar sobre isso?

Pensei um pouco. No momento, acho que não.

Cristian me falou que você nunca conversou com ele a respeito.

Ele não mentiu.

Por quê? É o seu melhor amigo.

Não sei.

Não sabe?

Não, não sei mesmo. Ele me ajudou bastante na época. Mas eu nunca senti vontade de conversar sobre isso com ele.

Eu sempre quis te perguntar, mas... sei lá. Pensava que, se quisesse conversar a respeito, você ia dizer alguma coisa.

Pois é.

Mas você nunca disse nada.

Eu sei que não.

Ela sorriu. Mas eu entendo. Tento me colocar no seu lugar e imagino que não ia querer falar muito a respeito.

Bom, já que você tocou no assunto, não me importo de falar agora.

Não?

Durante muito tempo, essa merda era a última coisa sobre a qual eu queria conversar. Não só pela desgraça em si.

Como assim?

Bom, sei lá, a história toda me dava raiva. Ainda dá. A polícia fez uma cagada atrás da outra. Eu fiquei... nem sei dizer como fiquei. Cheio. Sei lá. Então, por um tempo, eu só queria esquecer, deixar isso quieto.

A gente sempre pode falar de outra coisa.

Eu sei.

Ou não falar sobre nada.

Foi muito azar que o delegado era um débil mental. Fez um serviço porco. Era pra ter pegado os caras, porque os caras eram uns amadores, uns bostas, mas o delegado cagou na investigação do começo ao fim, de tal forma que havia amadores nas duas pontas da brincadeira. O amadorismo dos bandidos espelhou o amadorismo da polícia. Os bandidos nunca foram identificados e presos, e a polícia fez papel de idiota. Foi um troço enlouquecedor. A arrogância, o despreparo, a burrice do delegado.

E seu pai conhecia os...?

É o mais provável. Ele deve ter reconhecido um deles, pelo menos. Daí a execução.

Ele não tentou reagir?

Porra nenhuma. Essa é a versão da polícia. Não teve briga, não teve porra nenhuma de tentativa de reação. Nada. Os caras nem reviraram a casa porque sabiam onde encontrar o que queriam, sabiam onde estava, sabiam do cofre lá no escritório. O cofre não estava arrombado, sabe? Meu pai abriu o cofre pra eles, fez tudo o que mandaram. E depois os caras atiraram duas vezes na cabeça dele. Ele estava de joelhos quando atiraram. Não tinha sinal de confusão, de briga, nada, porcaria nenhuma. Foi uma execução.

Tinha mais alguém lá, não tinha?

A mulher do caseiro. Cleonice.

E o caseiro?

Em Silvânia, comprando sei lá o quê.

Não mataram a mulher, né?

Não, não. Trancaram a coitada no banheiro lá fora, naquele banheiro que fica na área. Você se lembra da fazenda, né?

Lembro, sim. Eu gostava de ir pra lá.

Eu gostava de ir pra fazenda da sua mãe.

Por causa da piscina. Eu sei.

Meu pai ia construir uma piscina, mas não deu tempo.

Eleonora tomou um gole de cerveja.

Nunca mais entrei numa piscina.

Eu...

O quê?

... nada. Continua.

Bom, tinha a área e esse banheiro onde trancaram a Cleonice, mas ela ouviu parte da conversa. A parte final, sabe? Um dos caras deu uma surtada na hora de ir embora.

Como foi isso?

Melhor contar do começo. Tinha aquela área enorme, coberta, com o fogão a lenha, a mesa, uns armários, o tanque de lavar roupa. Cleonice estava cozinhando no fogão a lenha e o meu pai via televisão lá dentro. Os caras vieram pelos fundos, devem ter cortado caminho pelo pasto do vizinho, pularam a cerca e vieram pelo nosso quintal. Tem o córrego, também. Podem ter vindo margeando o córrego. Só sei que eles não vieram pela frente, e que a porra da polícia não olhou direito lá embaixo, não procurou rastro, alguma pista ou qualquer coisa do tipo, a polícia nem tentou descobrir como foi que os filhos da puta chegaram, por onde vieram, não procurou saber se algum vizinho ou alguém viu gente diferente passando pela região, sabe? Nada, Eleonora. Porra nenhuma.

Que merda.

Pois é. Eles vieram pelos fundos, como eu falei, os três usando umas máscaras de personagem de filme de terror. Um deles amordaçou, amarrou e trancou a Cleonice no banheiro, maltratou ela um pouco, também, enquanto os outros dois iam lá dentro e rendiam o meu pai. Ele não ofereceu resistência. Seu Diógenes não tinha nada de burro. Dois caras armados, depois mais um, porra, meu pai não era estúpido, não ia tentar nada, tanto que a Cleonice não ouviu grito, ruído de briga, barulho de coisa quebrando, nada, nada. Aposto que foi tudo tranquilo. Ele deve ter feito tudo o que pediram sem aloprar. Foram lá no escritório, ele abriu o cofre, pegaram o que tinha lá dentro, o dinheiro, nem era muito, lembro da minha mãe comentar que não tinha muito dinheiro guardado lá, as armas e umas joias que foram da minha avó. Coisa pouca. Acho que, no total, porque eles também levaram a caminhonete, aquela caminhonete detonada que meu pai insistia em não trocar, acho que os caras devem ter lucrado o equivalente hoje a uns 30 mil reais, se tanto. Ninharia. Eles limparam o cofre e levaram meu pai pra fora. Foi aí que deu a merda. Não sei o que aconteceu entre o escritório e a área, porque a Cleonice ouviu dois deles discutindo quando voltaram lá pra fora.

Sobre matar seu pai?

Exato. Um dos caras insistia que ele sabe, ele sabe, ele sabe, ficava repetindo isso, e então meu pai disse que não sabia de porra nenhuma, pelo amor de Deus. Deram uma coronhada na cabeça dele, bem aqui atrás, ele caiu de joelhos, e então ela ouviu os dois tiros.

Na cabeça.

Sim. Meteram dois tiros na cabeça dele e foram embora.

E a mulher do caseiro não reconheceu nenhum deles?

Se fosse o caso, tinham matado a coitada também. Ela e o marido trabalhavam lá fazia pouco tempo, só uns dois ou três anos.

Entendi.

Estava lá cozinhando e aparecem três malucos armados, e um deles amarra e amordaça ela enquanto os outros entram na casa.

Você falou que esse sujeito maltratou ela um pouco.

Foi, sim. Deu uns tapas, rasgou o vestido, arrancou o sutiã, passou a mão nos peitos, meteu a mão dentro da calcinha, acho que ia estuprar a coitada, mas os outros gritaram lá de dentro pra ele andar rápido, que não tinham tempo pra essa merda. O cara estava se deixando levar. Os outros gritaram, ele soltou um palavrão, deixou a Cleonice no chão do banheiro, deu uns chutes nela, pegou a chave e trancou a porta por fora.

A polícia não foi atrás de ex-funcionários da fazenda? Alguém que o seu pai mandou embora ou com quem teve algum tipo de problema?

Minha mãe, o contador e uns peões passaram uns nomes pro delegado, coisa pouca, uns três ou quatro. Meu pai sempre foi tranquilo, nunca teve nenhum problema sério com funcionário da fazenda. Em todo caso, dois deles nem moravam mais na região e ninguém sabia dos caras. Os outros estavam limpos. Mas é o tal negócio, aquele delegado não ia achar os filhos da puta nem se eles estivessem socados no cu dele.

Eu sinto muito, Leandro.

É o que é. E é uma merda.

Eleonora respirou fundo.

Eu respirei fundo.

Eleonora tomou um gole de cerveja.

Eu tomei um gole de cerveja.
A gente podia ir pra outro lugar.
Bora lá pra casa. Não tem ninguém, meu avô e minha tia foram pra Goiânia.
Pode ser.
A gente compra cerveja e vai pra lá.
Pode ser. Cristian tá voltando. Meio bêbado, parece.
Tava bebendo cachaça com o Toinho.
Eu vi.
Olha as pernas tortas do viadinho.
Fui eu que deixei ele assim.
Abençoada.
(...)
Cristian? Ora, o Cristian que se f
(...) e Cristian voltou à casa dos pais, deixou o Tempra do velho na garagem e, ao volante do Gol, sem avisar ninguém, zarpou para Goiânia. Algumas horas de sono na própria cama. Na manhã seguinte, a ligação de um colega de escritório, não esperava te encontrar aí, mas liguei assim mesmo. Não quer ir pra lá com a gente? O chefe também vai. Ele se lembrou: LÁ: a fazenda de um cliente, deputado estadual, cujo couro livraram de uma acusação de estupro, como é que eu posso retribuir? Além dos honorários, claro. Organizou-se a festa. Carne assada. Caixas e caixas de cerveja, uísque, vodca, cachaça. Meia dúzia de VIPs. Duas putas para cada participante. Setenta e duas horas de farra na boca do estômago e pelos intestinos de um feriado prolongado. Ele pensou: por que não? Ele disse: Vou, sim. Bandeirinhas do Brasil ornamentavam o lugar, as putas uniformizadas com biquínis verde-e-amarelo: Semana da Pátria. Ele foi, é claro que foi. Não queria falar com Eleonora, não queria ver Eleonora, não queria ficar sozinho no apartamento, em Goiânia, voltar para Silvânia era impensável — ele foi. Fazenda luxuosa, comida de primeira, muita bebida, a companhia de quase estranhos que nada sabiam de sua vida e de seus chifres, conversa fiada, jogos de cartas, putas à disposição. Distração,

esquecimento. Jamais traíra Eleonora. Trairia agora, quem sabe. Não que ela fosse se incomodar. Em todo caso, resolveria a situação depois. Ou nunca: rompimento abrupto e irrestrito. Ele foi e farreou. A princípio, evitou as putas. Bebedeira, conversa fiada, cartas, risos. Horinhas de sono intranquilo aqui e ali. Não sentia absolutamente nada. Pensava em Eleonora e não sentia nada. A sorte que tivera. A companhia apaziguadora de Leandro. Imagine só, matar, matar por causa *disso*? Desse *nada*. Arruinar a própria vida por *nada*. Desgraçar o nome da família por *nada*. Nada: Eleonora. Não sentia absolutamente nada. Era o que dizia a si mesmo, pelo menos. Dizia e repetia. Aquela puta. Estudante de cinema, que idiotice. Quem *estuda* essa merda? Fodedora do próprio tio. Foi Deus, não? Capotando o carro do tio. Interrompendo o crime, a piranhagem incestuosa, a pouca-vergonha. *Castigando*. Algo tão comentado não podia ser mentira. Não quis acreditar por muito tempo, recusou-se a acreditar, mas era verdade. Óbvio que era. Como não pôde ver? Agora *sabia*. Sabia da verdade. Puta, vagabunda. Mas não sentia nada. Nada, nada, nada. E bebia. Cheirava. Ria. Na cabeça, quando chapado, Eleonora se confundia com as putas que circulavam por ali. Todas eram Eleonora. Um só bicho. Uma entidade. Os colegas trepavam com as Eleonoras nos quartos. Ele bebia e bebia, bebia até não aguentar mais, até apagar. Não que isso obliterasse os pesadelos. Acordava sobressaltado. E então voltava a beber. Os outros riam. As putas riam. Todos riam de todos. Outras coisas circulando de mão em mão. Fora de si. Todos ali, viajando disso ou daquilo, nisso ou naquilo. Sem noção do tempo. No segundo dia (ou na noite do primeiro?) (não saberia dizer), anulados os pudores, havia gente trepando na piscina, no gramado, no sofá, nos banheiros. Uma das putas teve uma overdose. Levaram-na para um dos quartos. Cristian não a viu mais. Estaria bem? Estaria *morta*? Mas logo se esqueceram dela. Um pedaço fodido de carne. Entrava e saía dos cômodos. Observava. Na suíte, o deputado fez uma das putas arreganhar o cu de outra puta, e um dos colegas de Cristian subiu na cama e mijou lá dentro. Pedaços fodidos de carne. O quarto cheirando a mijo, suor, porra e merda. A puta se cagou toda. A puta que sofreu a overdose. Um rastro de merda até o quarto onde a enfiaram.

Pessoas apontavam e riam. Sangue pelo nariz. Mas logo se esqueceram disso, logo se esqueceram dela. Cristian assistiu à operação mijo-no-cu e sentiu ganas de vomitar. Foi ao banheiro, vomitou, depois caiu no sono ao lado do vaso sanitário. Acordaram-no com um balde de água. E ele riu e bebeu mais e tomou isso e aquilo, e começou a ver coisas. As horas se confundiam, os porres se confundiam, os corpos se confundiam. Mas não trepava com ninguém. Circulava pela casa. Dava um tempo lá fora. Via coisas, cochilava, sonhava, acordava sobressaltado. Bebendo, sempre bebendo. Um cu cheio de mijo: coisa antinatural. Pedaço mijado de carne. Será que Eleonora já brincara assim com alguém? Com o tio? Com o sujeito em Vianópolis? A lógica disso, a graça disso, qual era? Preencher buracos. Estamos aqui para preencher buracos. Estamos no ramo de preenchimento de buracos. Nosso negócio é preencher buracos. Nossa sina é preencher buracos. Nosso trabalho é preencher buracos. Nossa poesia é preencher buracos. Nossa religião é preencher buracos. O deputado preenchia buracos. Preenchia buracos nas rodovias. Dopou uma assessora e preencheu os buracos dela em pleno gabinete. Tão chapada que mal se deu conta de que seus buracos eram trabalhosa, poética e religiosamente preenchidos. Ou deu-se conta tarde demais. O homem se livrou da acusação. Cristian não sabia dos detalhes, o assunto foi tratado pelo cabeça do escritório. Doutor Abrão. O problema evaporara. Sem manchetes. Sem escândalos. Sem maiores complicações. Será que pagaram a moça? Ou ameaçaram? Ou ameaçaram *e* pagaram? Em se tratando de casos assim, não há muito mistério. O deputado preenchedor de buracos também apreciava assistir ao preenchimento dos buracos alheios por outrem. Ficava ao redor da cama ou sentado, observando, bebendo e observando, cheirando e observando, rindo e observando, sugerindo coisas e observando, o pau mole e inobservado à sombra da barriga. Uma puta solícita tentou chupá-lo. Levou um soco na cabeça, um puxão de cabelo e outro soco na boca do estômago. Se eu quiser, gritou o deputado, eu te chamo. Uma puta de cabelos curtos e franjinha. Cristian a levou para fora. Sentaram-se à beira da piscina. Cê tá bem?

A moça fez que sim com a cabeça, depois abriu um sorriso bêbado e perguntou se ele queria alguma coisa.

Não, não, obrigado.

Ela oscilava entre a tristeza e uma alegria ébria. Falou sobre a avó doente. Falou sobre a carreira de atriz, vivera em São Paulo por alguns anos, dezenas de produções, foi para o exterior, ganhou algum dinheiro, mas precisou voltar para Goiás por causa da avó.

Desistiu de atuar?

Ela sorriu e disse que fizera uma coisinha dias antes, talvez conseguisse trabalhar por ali mesmo. Não podia voltar para São Paulo.

Por quê?

Lá é muito frio. E a minha vó precisa de mim.

Qual é o seu nome?

Ela sorriu e disse: Penélope.

Que nome bonito.

E é mesmo, ela disse, e então voltou para dentro da casa.

Ele ficou ali, sozinho, à beira da piscina, até que alguém foi chamá-lo. Devia comer uma puta, mas não sentia vontade. Não sentia nada. Será que Eleonora sentia alguma coisa? Será que se arrependera? Será que se preocupava? Ninguém sabia onde ele estava. Talvez ela tivesse procurado Leandro. Onde foi que o Cristian se meteu? Não está na casa dos pais, não está em Goiânia, onde foi que ele se meteu? Alguma culpa. Alguma justiça. Alguma vingança. Pelas vias mais tortas do mundo. Mas todas as vias do mundo são tortas. Várias drogas à disposição na mesa da sala, comprimidos e pílulas e pó, ele tomou isso e aquilo, ele não fazia ideia do que tomava, e de repente via coisas, alucinava, corpos e rostos deformados, paredes que se moviam, o teto desaparecendo, todos alucinavam e riam e choravam e vomitavam e desmaiavam e acordavam e bebiam e berravam e apontavam uns para os outros e gargalhavam uns dos outros e trepavam na frente uns dos outros e uns com os outros, ele foi para o quarto e se trancou lá, vomitou e chorou até apagar outra vez. Ao acordar, ainda havia quem festejasse.

O deputado finalmente fodia alguém em um dos banheiros. Havia uma puta desmaiada no gramado. Gente espalhada pelos cômodos. Sentado à mesa da cozinha, trajando um vestido, o dr. Abrão bebia cerveja. Cristian tomou um banho, vestiu-se e foi embora. Era domingo, certo? Estrada. Na cabeça, um emaranhado de vozes e ruídos. A luz do sol oscilava feito uma lâmpada defeituosa. Estava sozinho. Não estava sozinho. Sonhara com Eleonora e o tio dela. Estavam na fazenda, sentados à beira da piscina. Cabeças estouradas. O rosto de Raimundo inexistia. Amassado, escancarado, sem olhos, sem boca, sem nariz. Carne podre e sangue coagulado. Que diabo era aquilo? Por quanto tempo apagara? O que tinha tomado? Não estava acostumado com nada daquilo. Via a estrada com nitidez, era capaz de dirigir e dirigia, mas o coração batia acelerado, sentia frio e ardência nos olhos e extremidades do corpo, os ruídos do mundo soavam deformados, estridentes, tudo era muito perturbador. Quanto tempo levaria para o efeito passar? Precisava seguir viagem. Voltar para casa. Goiânia. Esquecer Eleonora. Esquecer tudo. Distância. Quanto maior a distância, melhor. Entre si e o que precisava esquecer. Distância. Dirigir enquanto conseguisse. Ressaca, alucinações auditivas, dores pelo corpo. Quando comera pela última vez? O céu adquirira uma cor esquisita. Demorou a perceber que ia na direção errada. Não rumo a Goiânia. Brasília? Mas que inferno. Entrou em Anápolis. Comer alguma coisa. Se não melhorasse, procuraria um hotel e dormiria. Descansar. Dormir para que esse mundo transtornado dormisse. Sol oscilando conforme a ardência dos olhos. Não sentia náuseas. Parou em um posto, comeu bastante. Nenhuma ânsia de vômito. O efeito passava? Voltou para a estrada. Na direção correta dessa vez. A luz do sol oscilando menos agora. Os sons e ruídos pareciam menos estridentes. Sessenta quilômetros até Goiânia. Mas, dez quilômetros depois, a cabeça pesou. Seria pela comida? Uma exaustão súbita. Não era seguro dirigir nesse estado de lassidão. Precisava parar, mas onde? Os olhos vasculhando as saídas, o que aparecia à beira da estrada. E então viu, bem mais à frente e à direita, o brilho de algo metálico. Alucinava outra vez? Que diabo era aquilo? Uma construção isolada, a algumas centenas de metros da pista. Diminuiu a velocidade. Parou o carro no acostamento. Lá estava. Uma casa, sim. Meio escondida atrás de um matagal. O acesso por uma estradinha de terra que se desprendia da rodovia. Um puteiro, será? Parecia um puteiro. Meio detonado, mas ali. Engatou a primeira e acelerou. Dobrou à direita na estradinha. Dirigiu rumo ao que parecia ser um puteiro. Sentaria a uma mesa, beberia água, bastante água, depois algumas cervejas, jogaria conversa fora, relaxaria, escolheria uma puta, iria com ela para um dos quartos, pediria um boquete, um boquete e mais nada, estou cansado, tenho viajado, só uma chupada, por favor, depois descansaria antes de voltar à estrada. Sim, era um puteiro. Ou melhor: não mais. A placa carcomida pela ferrugem, encostada na parede cheia de rachaduras: BOITE. Mato crescendo. Uma casa comum, portas e janelas fechadas e quase tão carcomidas quanto a placa. Desceu do carro mesmo assim. Esticar as pernas. Pensou no pesadelo. A visão dos defuntos. Os defuntos que não voltassem mais. Os defuntos que voltassem para o lugar de onde saíram. Eleonora não era um defunto. Por pouco, ela não era um defunto. Teria mesmo coragem? Isso não importava mais. Nada disso importava. Não sentia nada. Sentia a ardência nos olhos, a cabeça pesando, o corpo pregado. Sentia raiva. Sentia tristeza. O que poderia fazer? Era sábado ou domingo? Curar o porre, a ressaca, voltar a si, circular por esse mundo repleto de Eleonoras com alguma dignidade. Nunca mais, pensou. Nunca mais. Nunca, nunca, nunca mais. Filha da puta. Filhas da puta. Putas filhas de putas. Putas sobrinhas de putos. Raimundo era um defunto. Pelo menos isso. Raimundo estava morto havia anos, mas não Eleonora. Eleonora vivia. Talvez ainda fosse sábado. Vivia e trepava e. Algo à frente. Esticou o braço e ligou os faróis. Sim, tinha a impressão de ver algo mais à frente, no meio do mato. Não era um bicho. Não era um objeto. *Algo*. Abriu o porta-malas, pegou a lanterna. E se ele tivesse voltado? E se ele estivesse ali? Raimundo. O cadáver com a cara arrebentada. Fodedor de sobrinhas. Fantasma com cheiro de carne podre, como era possível? Não queria vê-lo mais. Respirou fundo. Mas que ideia. Quando foi que anoiteceu? Dirigir por horas naquele estado. O dia inteiro. Nesse estado. Que loucura. Um milagre que não tivesse sofrido um acidente. Que não tivesse apagado. Um susto, todos aqueles ruídos. Capotamento. Morto, morto como Raimundo morrera. Não. Muita sorte. Desligou os faróis e caminhou na direção daquele *algo*. Noite. Ou quase. A barra do céu ainda clara. Ouviu um caminhão passando pela rodovia. Ouviu vozes desencontradas dentro da cabeça. Distantes. Como o barulho de uma festa noutro quarteirão. Bem mais distantes agora. Hein? Ouviu um choro abafado. Ligou a lanterna. Caminhou. Mato. Talvez nem estivesse acordado. Talvez tivesse parado o carro diante do puteiro e dormido. Se olhasse para trás, talvez visse a si mesmo sentado ao volante. Não. Não olhe para trás. Nunca. Estou acordado. Certo? Sim. Estou aqui. Caminhando, lanterna acesa, em direção a *algo*. Quando foi que voltou à fazenda? Um boquete em um dos quartos. Um colega, uma puta. O colega esporra na boca da puta. Franjas. Ela está furiosa. Por que não me avisou, fiadaputa? Cuspindo a porra no chão, limpando a boca com o lençol. O colega gargalha. Não. Aqui. Não feche os olhos. Não feche os olhos nunca mais. Olhou ao redor. Que diabo fazia ali? Ah, sim. *Algo*. Caminhava devagar. Observando. Mato crescido, lugar abandonado. Ninguém à vista. *Algo* à vista. Apontou a lanterna. Ainda é cedo, pensou. Não. Escurecia. Escureceu. Que dia? Apertou o passo. Não sentia medo. Sentia muito medo, talvez devesse voltar. Entre no carro, vá embora, não olhe para trás. Sentia falta de Eleonora. Sentia vontade de chorar. Duzentos e poucos metros entre a casa onde funcionava o puteiro e o corpo. Porque era um corpo. Sim, ele via agora: pernas, um braço esticado, tronco, cabeça. Ali. *Aqui*. Nu. Imundo. Marcado. Queimaduras de cigarro, mordidas. Não via o rosto, coberto pelos cabelos. Acordou dentro do carro. Ao volante. Abriu a porta e vomitou quase tudo o que comera no posto. Ainda era dia. Olhou para o relógio: duas em ponto. Desceu do carro, evitando pisar no vômito. Arroz, feijão, carne, mandioca frita. Fechou a porta. Dois passos para o lado. Cambaleou. Virou-se. Olhou para o puteiro. A placa, as janelas e portas fechadas, as rachaduras nas paredes. A placa corroída: BOITE. Fechado, abandonado. Olhou ao redor. Havia uma mulher parada junto a uma das laterais da casa, os braços cruzados, olhando para ele. Usava um vestido amarelo curto, de tecido barato, colado ao corpo. Calçava sandálias também amarelas. Oi, ele disse.

Oi. Perdido?

Não sabia o que responder.

O receio dela pareceu aumentar. Descruzou e cruzou e descruzou os braços, sem jeito, virando o corpo meio de lado, como se estivesse pronta para sair correndo a qualquer momento. Tá bêbado?

Mais ou menos. Mas, olha só, não precisa ficar com medo, não.

Ah, eu não...

Forçou um sorriso: Eu sou inofensivo.

É?

É.

Ela cruzou os braços outra vez. E descruzou. Mexeu nos cabelos com a mão esquerda. É que...

O quê? Pode falar.

Nada. Deixa quieto.

Precisa ficar com medo, não.

É que... cê tava aí dentro do carro, todo agitado, dormindo e falando dormindo.

Falando o quê?

Coisa com coisa, mas eu não cheguei muito perto.

Era pesadelo.

Sei.

Não queria te assustar. Nem sabia que você estava aí.

Tá passando mal? Te vi vomitando.

Tô melhorando já.

É doença? Febre?

Não, não. Só ressaca mesmo.

Tá doido, nunca vi ressaca desse jeito.

Nem me fale.

Que que cê bebeu?

Coisa que não devia. Achei que a casa estava fechada.

Tá, sim. Fechou faz tempo. Mas eu ainda trabalho.
Trabalha?
Trabalho.
Sozinha?
Hesitou antes de dizer: É. Sozinha.
Bom saber.
É?
É.
Bom.
O quê?
Ela cruzou os braços pela enésima vez e virou o corpo meio de lado, forçando um sorriso. Se quiser curar essa ressaca, tô ali no fundo.
No fundo?
É. Vem por aqui contornando a casa que cê vai ver. Tem erro, não.
Ok.
Como se quisesse mostrar o caminho, mostrar o quanto era fácil e simples, ela contornou a casa e foi para os fundos.
Ele pensou um pouco, o melhor seria voltar à estrada, mas ainda sentia aquela mesma exaustão. Uma ou duas horas de descanso e se sentiria melhor. Contornou o carro, abriu a porta pelo lado do passageiro. Melhor evitar o vômito. Pegou a carteira no porta-luvas e a enfiou no bolso dianteiro das calças, aboletou-se no banco e, de joelhos, estendeu o braço esquerdo e travou a porta de lá. Em seguida, tirou as chaves da ignição e desceu. É isso. Fechou a porta com força, deu meia-volta e caminhou na direção da lateral da casa, do lugar em que estivera a mulher (caso ela não fosse outra alucinação). Atrás da casa, uma dúzia de quartos circundavam um pátio repleto de entulhos. Tudo ali parecia abandonado. Ele parou, cogitando voltar. Outra alucinação. Ou sonho. Então, viu uma criança pequena, com não mais do que 3 anos de idade, agachada junto a uma caixa grande de papelão. Cagando. E uma luz muito fraca num dos quartos, um lençol esfarrapado servindo de porta. Entre voltar e avançar, ele decidiu avançar. Caminhou na direção da luz. Passou pela criança, que estava concentrada

no que fazia, nua, muito suja, ignorando o recém-chegado por completo. Quem é o fantasma aqui? Quem é a alucinação? Parou diante do lençol.

Alguém se moveu lá dentro. Velas acesas. Entra. Não liga pro menino.

Havia uma cadeira ao pé da cama, encostada na parede. A mulher estava sentada na beira do colchão, os dois pés no piso vermelho, forçando um sorriso. Maquiara-se apressadamente. Calcinha de renda, os cabelos presos num rabo de cavalo. Olheiras. Peitos pequenos, bicudos. Costelas. Magra. Rosto fino. Corpo marcado, algumas cicatrizes. Muito, muito diferente das putas que estavam na fazenda do deputado. Segurava um copo de alumínio com a mão esquerda, a direita sobre o colchão. As pernas meio abertas. Pelos saindo pelos lados da calcinha azul. Havia um maço de cigarros, uma caixa de fósforos e uma garrafa cheia, sem rótulo, sobre o criado-mudo. Cheiro de cachaça. Quarenta e alguns anos. Os cabelos tingidos de um castanho bem escuro. Tintura vagabunda.

Não fica aí parado desse jeito.

Sim, senhora.

Não precisa me chamar de senhora. Quer um cigarro?

Ele se sentou na cadeira. Não, obrigado.

Não fuma?

Não.

Nesse caso, eu não vou fumar.

Gentileza sua.

Meu trabalho é ser gentil.

Mas, se quiser, pode fumar, eu não me importo.

Depois eu fumo. Outra hora.

Olhou na direção da porta, o lençol dependurado esvoaçando com o vento. O menino é seu?

Não é, não.

Certeza?

Sorriu: Nunca botei filho nesse mundo, graças a Deus.

Amém.

Era de uma moça que trabalhava aqui.

Ela foi embora?
Foi todo mundo embora. O estabelecimento fechou.
Eu percebi.
Mataram o dono numa briga de boteco lá em Ceilândia. O irmão dele veio, pegou o que tinha pra pegar, disse que a gente podia ir pra onde quisesse, e voltou sei lá pra onde.
Não tinha interesse em manter o negócio?
Nada. Cê vinha aqui antes? Não lembro da sua cara.
Não. Primeira vez.
Achei que era mesmo.
A sua colega foi embora e deixou o menino?
Nada. Levou mais ela. Mas depois ele voltou.
Sozinho?
Sozinho.
Como assim?
Pois é, não faço ideia. Nem sinal da mãe. Apareceu aí na porta como se tivesse brotado do chão.
Já pensou? Criança brotando do chão.
Ela riu. O mundo ia se lascar.
O mundo já se lascou.
Sei disso, não.
E faz tempo?
O quê?
Que o menino voltou?
Um tempinho. Acho que foi em maio. Tava frio. Hoje é setembro, né?
É, sim. A gente está em setembro.
Passou rápido, o tempo.
Foi todo mundo embora em maio ou o menino voltou em maio?
Hein? Ah. Então. O menino voltou em maio. Foi todo mundo embora bem antes, no finalzinho do ano passado. Eu é que fui ficando.
Por quê?
Encolheu os ombros.

Fico fazendo esse monte de pergunta, né? Desculpa. Não quero te incomodar.

Incomoda, não.

Não costumo fazer isso.

Ela tomou outro gole de cachaça. Pra mim, não tem problema, não. Por que eu fui ficando? Ué. Sem ter pra onde ir. Não sei. Fico aqui. Tem quem me acha. Cê me achou, não achou?

Achei.

Pois é.

Ou melhor, foi você quem me achou lá fora.

Mas cê podia ter ido embora depois de falar comigo. Em vez disso, veio aqui no fundo me ver. Então, cê me achou também.

A gente se achou.

Ela sorriu. Uns dentes amarelados, manchados de batom.

A gente se achou, ele repetiu, voltando a olhar na direção da porta.

Vou dar banho nele amanhã.

Como?

No menino. Não sei pra que vive pelado, porque roupa ele tem, viu? Voltou com uma mochilinha, sabe?, apontou para o outro lado do quarto. No canto, uma pequena mala aberta, com as roupas e outros pertences amontoados, estojo de maquiagem, vidro de perfume, escova de cabelo, e uma mochila pequena semiencoberta pelo vestido amarelo que usava havia pouco. Um garrafão térmico. Acho que tão ficando apertadas, as roupinhas. Criança cresce rápido demais. Dou banho nele num córrego aqui perto. Gosta de roupa, não.

Nem você, pelo jeito.

Ela riu, parecendo encabulada, tapando os seios com o braço direito por um instante. Isso é trabalho, moço.

Ainda bem.

Falando nisso, vai pagar pra ficar aí sentado perguntando esse tantão de coisa?

Ele respirou fundo. Não sei.

Como não sabe?

Posso pagar só pra deitar aí do seu lado?

Uma expressão desconfiada. Só deitar?

Só deitar.

Serviu-se de mais um pouco de cachaça e tomou um gole, como se considerasse a proposta. Ué. Pode, mas... por quê?

É o que eu te falei lá fora. Estou numa ressaca fodida.

Cê me assustou mais cedo.

Eu sei. Foi uma farra meio pesada, tomei uma coisarada e não sou muito acostumado com isso. Deu no que deu. Desculpa.

Não tem problema.

Só quero descansar mais um pouco antes de voltar pra estrada.

E tá indo pra onde?

Goiânia.

Mora lá?

Moro.

O que cê faz?

No que eu trabalho?

É.

Sou advogado.

Tem cara mesmo.

Tenho?

Tem, sim.

Como é cara de advogado?

Ela sorriu. Cara sabida.

Mas acho que eu não sei de muita coisa, não.

Não?

Vou descobrindo aos poucos.

Bom. A vida é isso, né?

Deve ser.

Deve ser, não. É.

Quer o dinheiro agora?

Ia ser bom. Pra gente deitar mais sossegado.
Ele pegou a carteira, puxou algumas notas e estendeu para ela. Isso paga o incômodo?
Nossa.
Me dá um golezinho disso aí? Pra rebater?
Ai, nem ofereci. Desculpa.
Como você diz, não tem problema.
Ela riu, passou o copo e, enquanto ele bebia, abriu a gaveta do criado-mudo, pegou uma caixinha de metal e enfiou o dinheiro ali dentro. Depois, fechou tudo e se virou, sorrindo: Vem pra cá, então.
Agora estavam deitados havia um tempinho, ele de costas e ela de lado, meio palmo entre os corpos na cama. Ela apagou as velas e vestiu uma camiseta e um calção. Ele tirou os sapatos, as meias, esticou as pernas. Olhava para as rachaduras no teto, fechava os olhos de vez em quando, mas não conseguia dormir. Lá fora, o menino arrastando alguma coisa e desistindo e voltando a arrastar. Meu nome é Cristian.
Ela abriu os olhos. Cristian?
Isso.
Nunca conheci nenhum Cristian. Já conheci Cristiano, mas Cristian, não. Tinha uma moça de Cristalina que trabalhava aqui. Mas eu nunca conheci nenhum Cristian.
Nem eu. Tirando eu mesmo, claro.
Um sorriso. Meu nome é Tamires.
Seu nome de verdade?
Meu nome de verdade.
Tamires. Acho que nunca conheci nenhuma Tamires. É um nome bem bonito.
Obrigada.
Não pensa mesmo em ir embora?
Ué. Até penso. Voltar pra minha terra, ir pra outro lugar. Mas vou ficando. Fui ficando, vou ficando. Uma hora dessas eu vou. Sei lá se não vão construir outra coisa nesse lugar. A terra ainda é do irmão do dono. Tudo aqui é dele.

E a sua terra?

Eu lá tenho terra, moço?

Quis dizer, e o lugar de onde você veio?

Ah. Norte de Minas. Januária. Meu pai ainda mora lá, acho. Tem muito tempo que não falo com ele. Mas eu saí com uns 6 anos e fui criada um pouco em Morretes, um pouco em Ourinhos, um pouco em Itumbiara, um pouco noutros lugares. Já andei pra tudo que é lado. Minha mãe se mudava muito.

Você não tem sotaque nenhum.

Acho que eu tenho um monte de sotaque, tudo amontoado, daí fica parecendo que não tenho sotaque direito. Tenho o meu sotaque.

Um sotaque só seu?

Isso.

Tamires é um país.

Ela riu. Nada. Sou só uma mulher mesmo. Mais nada.

Mais nada?

Mais nada.

Sua mãe fazia o quê?

Ela já morreu. Quero falar dela, não.

Certo. Desculpe.

Tem necessidade de pedir desculpa, não. É só uma dessas coisas que eu prefiro não falar. Todo mundo tem isso, não tem?

Tem. Tem, sim.

Pois é.

Se voltasse pra Januária, ia fazer o quê?

Sei lá. Matar meu pai de desgosto antes que ele me matasse de pancada.

Então você tem pra onde ir.

Todo mundo tem.

Certo.

É que às vezes o lugar é muito ruim, daí é a mesma coisa que não tivesse pra onde voltar.

É. Pode ser.

Né?

Né.

Tenho meus clientes ainda.

Aqui?

Aqui. Um ou outro. Caminhoneiro, pedreiro, tem um PM que vem todo mês assim que recebe, o nome dele é Ozias, e uns moleques que também aparecem aqui de vez em quando. Acho uma graça, eles vêm de bicicleta, sabe? Dois, três. É engraçado. Me pagam direitinho, e terminam a coisa numa rapidez abençoada. Dou um trato nos três em vinte minutinhos. Morro de rir. Tem dia que fico com pena e espero eles descansarem um pouco pra fazer de novo, mas aviso que não vai ser assim toda vez.

Vai que ficam mal acostumados.

Dinheiro contadinho, aquele monte de trocado e moeda. Devem ir juntando o troco do pão, as mães nem percebem.

E a porta? Quem quebrou?

Ah, isso fui eu. Tava de porre, fula da vida.

Com o quê?

Um cliente. Não era desses das antigas, eu não conhecia o fulano. Ele veio, me comeu e não quis pagar. Reclamei e levei um tapa. Aí, dei uma unhada na cara dele. Pra quê. Levei uma peia, nem te conto. Perdi esse dente aqui, ó, e ele quebrou dois dedos meus, umas costelas. E fez mais que me bater.

Como assim?

Ele pegou a escova de cabelo e ficou enfiando o cabo no meu cu, o desgraçado, com toda a força, sabe? Olha, eu fiquei uns dez dias cagando e mijando sangue.

Meu Deus.

Pensei que ele também fosse me roubar, mas não roubou, não. Depois eu fiquei pensando que ele só queria me provocar pra depois me bater. Gostou mais de me bater que de me comer, aposto.

Tem muita gente assim.

E eu não sei?

Você não foi pro hospital?

Nada. Tive sorte. Os moleques vieram aqui no dia seguinte e me encontraram naquele estado. Um deles criou coragem e avisou um farmacêutico, um velhinho muito bom, abençoado, ali de Goianápolis. Ele veio aqui e cuidou de mim, limpou os machucados, fez curativo, tudo. Queria me levar pro hospital, mas eu perguntei se ia morrer se não fosse e ele respondeu que não. Então vou ficar aqui mesmo, falei. Ele trouxe água, comida, e falou preu não me mexer demais nos primeiros dias. Deu tudo certo. Fiquei boa de novo, tanto que enchi a cara, fiquei fula da vida lembrando dessa desgraceira e quebrei a porta.

E o menino? Ele viu tudo?

Nada. Isso foi antes dele aparecer.

E o cara não te roubou?

Nada. Só me encheu de pancada mesmo.

Por que não esconde o dinheiro?

Faz diferença, não.

Como, não faz?

Se alguém quiser me roubar, vai me roubar. Tô aqui sozinha. O cidadão vai botar uma arma na minha cara ou vai me bater até eu contar onde guardo o dinheiro. E eu vou contar porque não quero morrer de tiro nem de pancada. Então, que diferença faz esconder ou deixar aí na gaveta? Sem falar que eu tava com pouquinho, pouquinho, uma ninharia.

Mas agora tem mais um pouco.

Ela sorriu. Agora tenho mais um poucão.

Então. Melhor esconder. Pra que facilitar? Tem gente por aí que só rouba o que vê.

Tem, né?

Esconda o seu dinheiro, mulher. Ninguém precisa facilitar pra vagabundo.

É. Tá certo.

Esconda o seu poucão.

Ela riu alto. Cê é meio doido, né?

Um pouco.

Um pouco? Pagar esse dinheirão todo pra ficar aqui deitado me ouvindo falar bobagem. Mas pode deixar. Depois que cê for embora, eu vou esconder bem escondido.

Faz bem. E eu gosto de te ouvir falando.

Mesmo?

Mesmo.

Então pergunta mais coisa preu responder.

Por que não foi pra outro quarto depois que quebrou a porta?

Porque esse é o meu quarto. Sempre foi. E é o único que tem cama e colchão. Preguiça de levar essa trenheira pra lá.

Não fica muito sozinha de vez em quando?

Às vezes. Mas sempre aparece um cliente ou outro. Os mais antigos trazem cachacinha, comida diferente, ganhei até um vestido novo no Natal. Aquele vestido amarelo ali. Bonito, né?

Quem te deu?

Ozias.

O PM?

Ele mesmo.

E o menino te faz companhia.

Faz, sim.

Ele dorme aqui? Com você?

Quando não tá sujo demais.

Mas você falou em voltar pra sua terra.

É uma ideia.

Ficaram em silêncio por alguns minutos. Nenhum som vindo lá de fora. Nem sinal da criança. Ruídos distantes, da estrada. Moto. Caminhão. Outra moto. Então, o menino voltou a arrastar alguma coisa. Papelão, talvez.

Pra ser franca, disse ela, tenho pensado bastante nisso.

Em voltar pra sua terra?

É.

Cansou dessa vida?
Quem não cansava?
Se é assim...
O quê?
Olha só. Daqui a pouco, volto pra estrada. Posso te deixar em Goiânia, na rodoviária.
Ai, não sei.
Ficou aqui tempo demais. O dinheiro está curto.
Tá mais, não, ela riu.
Mas quanto tempo isso aí vai durar? Parece muito, mas não é. Daqui a pouco está quebrada de novo, ou sofrendo feito uma cachorra porque um filho da puta doente te encheu de porrada e roubou seu dinheiro.
Eu sei. Não sei.
Sabe ou não sabe?
Ela gargalhou. Não me confunde, moço.
Te deixo em Goiânia, você pega um ônibus pra... pra onde mesmo?
Januária.
Isso. Januária.
Não sei, moço. Não sei.
Você arranja trabalho lá. Arranja fácil.
Cê acha?
Acho, sim.
Ai, mas... não sei. Passagem é tudo cara e sei lá se o meu pai... tempo demais longe, tempo demais.
Aposto que ele vai gostar de te ver.
Cê acha?
Claro. Você é a filha dele. Ele tem outros filhos?
Até onde eu sei, não. Nem casou de novo. Era doido pela minha mãe. Doido, doido, sabe?
Então. Ele vai adorar te ver. Mesmo que não seja o caso, e mesmo que você não consiga um emprego de imediato, dá pra você se virar por um tempo com esse dinheiro que eu te dei. Você ainda é nova, bonita, sabe se

virar, aposto que arranja trabalho como vendedora. Nunca quis trabalhar em loja?

Ué...

Aposto que arranja trabalho como vendedora.

É?

Aposto. Que tal?

Que tal?

Eu pago a sua passagem.

Ué, como assim?

Pago a sua passagem pra Minas. Pago a sua passagem e a do menino.

Tá doido?

Eu tenho dinheiro. Não vai me fazer falta.

Cê é doido.

Sou.

É rico, é?

Também. Doido e rico.

Paga as passagens além do dinheiro que já me deu?

Pago.

Mas a gente nem fez nada.

Só queria descansar um pouquinho. Você me deixou descansar. Me recebeu bem, conversou comigo.

Você pagou, ué. Faz o que quiser.

E eu fiz. Queria descansar e estou descansando.

Mas... Cristian, né?... que loucura, Cristian, eu... ir embora desse jeito?

Por que não? Não vinha pensando nisso? Já não ficou aqui por tempo demais, e sozinha? Está passando da hora de seguir em frente.

É, eu... ai, não sei.

Por que não arruma as coisas e dá um banho no menino enquanto eu tiro um cochilo?

Ela se sentou na cama. Mas isso... cê tá brincando comigo? É brincadeira? Isso é... como fala?... trote?

Não é, não. Juro.

Ela hesitou, os olhos arregalados. Levou as mãos ao rosto, à testa, como se medisse a temperatura.

Palavra, Tamires. Isso não é um trote. Eu não estou de sacanagem. Jamais faria uma brincadeira dessas.

Estava chorando. Estendeu a mão direita. Acariciou o rosto de Cristian, o peito.

Pode acreditar em mim.

Rapaz. Ninguém nunca foi bom assim comigo.

A gente pode até fazer melhor.

Como... melhor? Como assim?

Se não tiver ônibus hoje, vocês passam a noite comigo e embarcam amanhã ou quando der. A gente janta, descansa mais, dorme.

Assim?

Assim.

Eu... ai, meu Deus.

Que tal?

Ai. Tá bom. Tá bom.

Certo?

Tá. Tá. Deus te abençoe. Meu Deus. Cê é abençoado. Deus te abençoe. Abençoado.

Sou, não.

Deus te abençoe.

Está decidido, então. Vá arrumar as coisas. Não é melhor dar um banho no menino antes?

É, é. Melhor mesmo. Vou arrastar aquele diabinho pro córrego.

Pode ir. Sem pressa.

Não sai daqui, viu?

Não vou sair. Não se preocupe.

Ela o beijou na testa. Ainda chorava.

Esse córrego fica longe?

Quinze minutinhos pra ir, quinze pra voltar. Mais uns cinco pra dar banho nele.

Ótimo.
Vou lá, então.
Pode ir tranquila.

Ela se levantou, foi até o canto onde estavam as bagagens, pegou uma toalha vermelha, abriu a mochila da criança, pegou uma cueca, uma camiseta e um calção pequenos, calçou os chinelos e saiu correndo do quarto. Ele a ouviu chamar a criança, Bruno?, Breno?, e falar alguma coisa. Ele ouviu a criança responder: Não.
Ele ouviu Tamires dizer: Vai, sim, e é agora. Depois a gente vai viajar. Não quer viajar? Andar de carro, de ônibus?
Ele ouviu a criança dizer: Ôinbus?
Ele ouviu Tamires dizer: É, ônibus.
Ele ouviu risadas. Ele os ouviu se afastando, as vozes e risadas cada vez mais distantes. Ele esticou o braço e alcançou o copo, ainda um pouco de cachaça ali dentro. Ele bebeu e esperou. Esperou dez minutos. Então, ele se levantou, afastou o travesseiro com um tapa, abriu a gaveta do criado-mudo, pegou a caixa de metal, abriu, pegou todo o dinheiro que estava ali, não está tão mal das pernas, pensou, jogou a caixa de metal no chão, jogou com tanta força que a tampa se desprendeu, pegou a carteira, guardou o dinheiro e reenfiou a carteira no bolso, depois se virou para ir embora. Mas não foi. Mãos na cintura, vasculhou o interior do quarto com os olhos, pensando no que faria a seguir. Deteve-se na garrafa de cachaça sobre o criado-mudo. Era isso. Pegou a garrafa, tirou a rolha e despejou cachaça sobre o lençol e os travesseiros, depois contornou a cama e fez o mesmo com as roupas e as malas e a mochila da criança, virou-se e despejou mais sobre o colchão, despejou até que não restasse mais nenhuma gota. Então, com toda a força, atirou a garrafa contra a parede. Contornou a cama outra vez e alcançou a caixa de fósforos que estava sobre o criado-mudo. Pegou um palito, riscou e jogou na direção das roupas, malas e mochila. Pegou outro e, agachando-se, ateou fogo ao lençol encharcado. Depois, impassível, deu as costas para as chamas e saiu do quarto. No pátio, deu uma rápida olhada para a merda deixada pela criança junto à caixa de papelão, contornou a casa, tirou as

chaves do bolso, contornou o carro, todo o cuidado para não pisar no próprio vômito, destrancou a porta, abriu, tirou a carteira do bolso, sentou-se ao volante, abriu o porta-luvas, jogou a carteira ali dentro, fechou o porta-luvas e respirou fundo. Estava feito. Estava pronto. Sentia-se bem pela primeira vez em dias. Colocou a chave na ignição, deu a partida, engatou a marcha a ré, acelerou, manobrou e freou. Uma derradeira olhada: no retrovisor, as chamas. Respirou fundo outra vez, engatou a primeira e acelerou rumo à rodovia.

(...)

Um dia desses, no metrô paulistano, um senhor adentrou o vagão carregando uma sacola verde. Ele se sentou à minha frente e tirou um envelope e um álbum pequeno de dentro da sacola. O envelope estava cheio de fotografias recém-reveladas (entrevi os negativos dentro da sacola). Ele ficou os vinte minutos seguintes colocando as fotos no álbum. Seguia uma determinada ordem, pois não se limitava a pegar as fotos e enfiá-las no álbum. Ele escolhia cada uma delas com todo o cuidado, e depois folheava as páginas para se certificar de que a coisa estava como queria. Em duas oportunidades, eu o vi trocar algumas fotos de lugar. Eu precisava descer na estação Brigadeiro, mas segui com o tal sujeito até o Paraíso, observando-o organizar as fotos recém-reveladas. Ele usava óculos escuros e camisa de flanela e tênis e calças meio avariadas. Os cabelos eram completamente brancos, mas não creio que tivesse mais do que 60 anos. Não houve tempo para organizar todas as fotos. Quando o metrô se aproximava da estação Paraíso, guardou as restantes no envelope e depois o envelope e o álbum dentro da sacola verde, levantou-se e se posicionou diante de uma porta, esperando. De onde estava, não consegui ver de que tratavam as fotos. Eu desci junto com ele e subi e desci as escadas e logo estava na outra plataforma. Lá em cima, ele parou diante da máquina e, quando o deixei, descendo as escadas para a outra plataforma, olhei para trás e ele parecia indeciso entre, talvez, uma água mineral e um refrigerante.

(...)

escreveu em um e-mail (quando?) (não importa) que as lontras são necrófilas. Não me lembro do contexto. Não pesquisei, não procurei saber a respeito, não fui levado a uma página mantida por algum obcecado por lontras (ou necrofilia). Aqui (onde?) (não importa), agora (quando?) (não importa), penso desorganizadamente em todas essas coisas. E penso que não consigo terminar a leitura de um livro sequer há meses. Dez livros abandonados, e cheguei a ler dois terços ou mais de alguns deles. Em um caso, *Horcynus Orca*, abandonei o livro a cento e nove páginas do final. Cento e nove páginas de um livro com mais de mil e trezentas páginas. E eu fechei o livro, levantei-me da escrivaninha, caminhei até a estante e o coloquei em seu lugar. Depois, fui para a sala e me deitei no sofá. Não sei no que estava pensando. Talvez nas lontras necrófilas. Talvez no tiozinho das fotografias. Talvez nos feriados de Carol. Mas, claro, nada disso importa. E o que importa? Não faço ideia. Bem. Sonhei (quando?) (não me lembro) que minha mãe viajaria para Viena (por quê?) (não importa) e que eu a levava ao aeroporto. Não era Cumbica. O lugar lembrava o cenário do Ministério em *Brazil: o Filme*. Longos corredores sem janelas. Não parecia um aeroporto. No sonho, ela estava enorme como em seus últimos anos de vida, mas caminhava sem qualquer dificuldade, bem rápido, e foi difícil acompanhá-la pelo aeroporto. Na hora de embarcar, ela me abraçou e chorou. Perguntei qual era o problema. Ela não me disse. Eu a observei desaparecer no túnel de embarque. Peguei o telefone e contei a Magda sobre o sonho. Ela me disse ter lido em algum lugar que, quando gostamos realmente de alguém, o subconsciente (ou coisa que o valha) ignora quaisquer enfermidades, deficiências ou problemas que a pessoa por acaso tenha ou tenha tido. Bobagem, o tipo de asneira que lemos em revistas e sites repletos de *insights* de picaretas (picaretas não têm opiniões ou ideias; picaretas têm *insights*), mas experimentei uma alegria enorme ao ver Margarete caminhar e se movimentar sem dificuldades pelo sonho adentro. Morbidamente obesa, isolada em seu apartamento, minha mãe teve a companhia constante de cuidadores nos três anos que antecederam a sua morte, em 2001. Mas parou de sair de casa muito antes disso. Em seus anos derradeiros, não conseguia tomar banho sozinha, não conseguia sequer ir da cama para o sofá sem ajuda. Naquele dia em que sonhei, sempre que me lembrava de minha mãe livre pelos corredores do sombrio aeroporto, eu sorria ao ponto de desencorajar as sombras que espreitavam. Minha mãe era (foi) uma amiga. Não obstante o distanciamento, o isolamento, nunca pensei nela como alguém ausente. Era uma pessoa triste, que saíra do prumo com a morte violenta do marido, que se divorciara do mundo ao enviuvar daquela forma, e que (imagino) não teria como exprimir o que realmente sentia. Ela fez o que precisava fazer, acho. Porque o suicídio não era uma opção. Não o suicídio imediato, por assim dizer, a bala, a corda, o veneno, a janela aberta. Ela optou por um suicídio lento. "A tristeza que se pode dividir com amigos não é tão aguda nem profunda", escreve Chalámov. De fato, há inúmeras coisas (não apenas tristes, mas também agudas, profundas) inexprimíveis. Daí, talvez, a alegria com o sonho, cujas imagens davam conta da "superação" momentânea de uma angústia sempre presente, de uma condição insuportável e insustentável. Mas, claro, o lugar do outro é só dele. Do nada, penso em um verso de Elizabeth Bishop: "Think of the long trip home." E, agora que estou aqui (onde?) (não importa), percebo que a viagem, ela toda, é uma viagem de volta. E sou grato por isso, aqui, agora (quando?) (não importa), não obstante as coisas ruins e imbecis que fiz, não obstante meus erros e irresponsabilidades, não obstante ter arrebentado a cabeça do meu avô nazista a marteladas, *sic semper* nazis, não obstante ter mentido sobre arrebentar a cabeça do meu avô nazista a marteladas, e houve outros sonhos; sempre há. Por exemplo: sonhei que estava em Jerusalém e me sentava numa mureta, acho que em Har HaZeitim, e tentava olhar para a cidade lá embaixo, mas o sol me cegava, queimava meus olhos, e eu não conseguia distinguir nada, nem uma sombra sequer, e então fechava os olhos e rezava para que me devolvessem não a visão, mas a cidade, como se ma tivessem levado, como se a tivesse perdido, embora sentisse que ela estava em algum lugar à frente, além ou a despeito do sol. Acordei me lembrando de uma mulher que conheci em um evento no Centro de Cultura Judaica. Saí com ela algumas vezes, cafés e jantares, duas garrafas de vinho sul-africano (Pinotage?) na sacada do apartamento de seus velhos pais (era Rosh Hashaná), uns silêncios confortáveis que brotavam do céu carregado (nem me falem daquela primavera), mas a certeza crescente de que não éramos *compatíveis* (a velha questão religiosa) (ela também se sentia "velha demais" para mim) (o pai dela, surpreendentemente, dizendo que éramos burros por nos importar com essas coisas), embora apreciássemos a companhia um do outro. Era outra coisa, afinal. E, por sorte, compreendemos isso (era outra coisa) mais ou menos ao mesmo tempo, sem ruídos, sem a necessidade de exprimir o que quer que fosse (o que também foi uma surpresa). Seríamos bons amigos até que desaparecêssemos um para o outro. O pai dela morreria poucos meses após aquele Rosh Hashaná. "E andou Enoch com D'us e desapareceu, porque o tomou D'us" (*Bereshit* 5, 24). Naquele dia, na sacada, ela me perguntou sobre Israel. Tivemos um diálogo que talvez seja melhor reconstituir no tempo presente. Você tem a intenção de voltar para Israel?, ela pergunta. Respondo que sim, embora não saiba quando e como (a incompatibilidade aumentando). Ela suspira e diz: Eu me refiro a viver lá. Eu não sei o que responder, ou melhor, eu sei o que responder (não, não tenho a intenção de viver em Israel), mas (a incompatibilidade aumentando) acho melhor apenas encolher os ombros. Ela insiste, pressupondo mais coisas do que deveria: É estranho como nós, dois brasileiros, nos sintamos em casa lá e não aqui. Um exagero, ao menos no meu caso; eu comentara com ela ter apreciado bastante a visita, fui participar de um congresso, gostei bastante e resolvi ficar mais um tempinho, algumas semanas, e só, não era como se tivesse vivido lá por meses ou anos. Eu não me sinto em casa aqui, digo, mas já me acostumei com isso. Há um breve silêncio. Ela diz sonhar com Jerusalém com frequência, embora faça mais de três anos que não vá à cidade. Eu digo: Também sonhei com Jerusalém. Ela diz que não sonha com São Paulo, nunca sonhou. Eu sugiro (louco para mudar de assunto) que é porque São Paulo está ao redor e Jerusalém, acima. Ela pensa um pouco, um sorriso se insinuando, e retruca que Jerusalém é inalcançável, então. Eu me sinto repentinamente exausto e concordo com a cabeça. E depois falo que a melhor coisa sobre Jerusalém, não obstante o pouquíssimo tempo que passei lá, é sua presença em nossos sonhos e o desejo quase sempre frustrado de voltar. Jerusalém é uma eterna promessa, digo, mesmo pra mim, um gói (e neto de um nazista) (informação que achei melhor omitir durante toda a nossa convivência). Todo lugar que ousamos chamar de *lar* é uma promessa. Mas, contrariando o meu comentário, ela voltou para Israel tempos depois. Lá, conheceu um sujeito atarracado, mas bem-apessoado, um *dati leumi*, e a última notícia que tive (há anos, via Facebook, quando ainda tinha perfil no Facebook) foi que eles iam se casar e mudar para Qiryat Gat, de tal modo que Jerusalém permanece inalcançável (escrevi para ela, que respondeu com o emoji de um sorriso, e nunca mais nos

(...)

à espera do cavalo, disse-me certa vez um professor. Troia *sempre* esteve à espera do cavalo, o cavalo era a razão de ser de Troia, sem o cavalo Troia não seria Troia, sem a invasão final, sem a matança derradeira, sem a destruição, Troia não seria nada, Troia é (para nós) a destruição de Troia, assim como Cartago está paradoxal e umbilicalmente ligada aos dizeres de Catão, o Velho — *delenda est*. E eu pensei: Troia é a memória.

(...)

(...) e fui a Goiânia visitar um ex-colega de faculdade, internado depois de sofrer um enfarto aos 25 anos de idade (eu vi as melhores mentes da minha geração destruídas pelo sobrepeso, cachaçudos flácidos metidos em camisolas de hospital, arrastando-se com o soro até o banheiro ao entardecer na fissura de uma picanha, boçais de cabeça ardendo pela ancestral conexão com um fígado supurado inchando na maquinaria da pança, que pobreza e farrapos e ocos olhos bêbados etc.), depois matei algumas horas no devastado centro de Goiânia (vi *À beira da loucura* no Cine Astor, ali na rua 9; não me ocorreu comprar um jornal e ver a programação das salas, ou teria ido ao shopping Flamboyant ver *Pulp Fiction*) (não que *À beira da loucura* seja ruim, pelo contrário: "Moça, nada mais me surpreende. A gente fodeu com o ar, com a água, a gente fodeu uns com os outros. Por que a gente não termina o trabalho jogando os nossos cérebros na privada e dando descarga?") e aproveitei para comprar alguns livros e CDs nos sebos da rua 4. Quando já descia a Goiás rumo à rodoviária, lembrei-me do que Cristian comentara na sexta-feira da semana anterior, voltaria a Silvânia na terça ou quarta-feira seguinte para resolver sei lá o quê (estávamos bêbados, observando a mulherada que circulava ao redor da piscina da AABB) (Eleonora entre elas, sentada na beirada, as pernas dentro da água, ao lado de ninguém menos que sua prima Maria), caso eu fosse mesmo a Goiânia visitar o tal colega e quisesse uma carona de volta. Bom, eu me lembrei disso, estava em Goiânia, era quarta-feira, e tratei de procurar um orelhão. A secretária atendeu e disse que ele estava no Árabe com o dr. Abrão, sabe onde fica? Sabia, claro. Peguei um táxi e zarpei para lá. Pouco movimento no restaurante, as horas mortas entre o almoço e o jantar. Cristian estava a uma mesa perto da entrada, acompanhado pelo chefe e mentor, um sujeito baixinho de feições nada professorais (olhos caídos, óculos na ponta do nariz, expressão de quem já viu de tudo, mas é incapaz de expressar a metade disso, até porque não faria a menor diferença), e um rapaz pálido, fantasiado de Kurt Cobain — além da camisa de flanela e de uma bermuda, os cabelos loiros e ensebados ajudavam a compor o personagem. Os três bebiam cerveja. Logo entendi que o rapaz era o filho de um sujeito que estava em vários lugares ao mesmo tempo: em todos os jornais e na cadeia. Então, após os cumprimentos de praxe e pedirmos outra cerveja, uma dose de cachaça e mais um copo, a um sinal de Abrão o rapaz deu prosseguimento à história que contava quando cheguei, falando com uma voz clara e firme: Então, como eu dizia, Pervez nasceu no Paquistão e veio para o Brasil em meados da década de 70. Parece que faz um tempão, e talvez faça mesmo, dependendo de como vocês encaram essas coisas. Tinha 19 anos de idade quando chegou. Não sei como foi parar em Brasília. Tirando os candangos e os políticos, eu nunca sei como é que as pessoas vão parar em Brasília. Eu tomei conhecimento do Pervez há pouco tempo. E não é que eu tenha, de fato, conhecido o sujeito. A gente não foi apresentado, nunca conversou fiado ou dividiu uma mesa de boteco, nada disso. Ainda não, pelo menos. De uns meses para cá, ele se tornou um boxeador conhecido no DF e no entorno, pelo menos entre os assíduos nessas lutas meio clandestinas, ou seja, entre pessoas como eu. Acho que não se tornará um profissional, mas nenhum daqueles caras vai se profissionalizar. Eles são amadores ou, no máximo, semiprofissionais, caso exista uma coisa dessas. (Existe, pensei naquele momento (ou penso agora) (ou penso agora que pensei naquele momento) (onde estou agora?) (não importa). Eu sou semiprofissional em tudo. Nos estudos, no trabalho, na vida. E um semiprofissional medíocre.) Sei que todos têm outras profissões e, na maior parte dos casos, estão velhos demais para começar a levar esse negócio de boxe mais a sério. Ademais, não é como se, no Brasil, o esporte fosse superorganizado. No Brasil, nem mesmo o futebol é realmente organizado. Eles não têm treinadores, empresários, patrocinadores, dieta equilibrada, apoio e motivação para chegar a lugar nenhum. Só querem garantir uns trocados. (Ele fez uma pausa, tomou outro gole de cerveja (movimento que eu, Cristian e Abrão espelhamos), respirou fundo e prosseguiu:) Acho que nunca me esquecerei da primeira vez em que vi Pervez lutar, e não só por causa da luta em si. Faz pouco tempo, isso. Numa sexta-feira à noite, em janeiro. E, sim, dias antes da luta, na terça-feira anterior, para ser exato, meu pai atropelou uma família inteira que caminhava pelo acostamento de uma rodovia no interior do estado, em uma localidade não muito distante daqui. Ele foi preso em flagrante, como vocês sabem, não sei o senhor. (Pode me chamar de você, pedi.) Não sei você, que acabou de chegar. (Fiz que sim com a cabeça. Quem não sabia dessa merda de história? Saiu até no noticiário nacional.) Ele foi preso em flagrante, estava muito bêbado e nem tentou fugir. Pai, mãe, uma filha de 12 anos e a avó. Quatro mortos, três deles no momento do impacto ou logo em seguida. Ainda trouxeram a avó para o HUGO, mas ela não resistiu aos ferimentos e morreu dois dias depois. No momento em que foi algemado, como eu disse e vocês sabem, meu pai estava muito bêbado e todo sorridente. Foi o que os jornais ressaltaram: muito bêbado e sorridente. Peço desculpas por repetir informações de conhecimento geral, mas eu as considero importantes para contextualizar a história que estou contando. Foi uma semana muito difícil para mim e a minha família, como vocês devem imaginar. Então, naquela sexta-feira, o dia em que vi Pervez lutar pela primeira vez, eu não queria pensar no que o meu pai tinha feito e no que aconteceria com ele, isto é, na medida do possível, eu não queria pensar nessas coisas. Cheguei um pouco tarde da faculdade, já passava das duas, e dei com o apartamento vazio. Minha mãe tinha viajado a Leopoldo de Bulhões, haveria uma audiência, acredito (Abrão confirmou com a cabeça), para ver se conseguiam relaxar a prisão do meu pai. É essa a expressão, certo? Relaxar a prisão. É uma expressão curiosa. Enfim. Almocei sozinho e depois cochilei na frente da televisão ligada. Eu gosto de colocar em um desses programas esportivos, tirar o som e me deixar levar pelas imagens. São sempre muito parecidas, as mesmas coisas todos os dias, futebol, basquete, vôlei, é uma pena que não transmitam tantas lutas de boxe, exceto em horários meio impraticáveis. Vendo essas imagens repetidas, eu nunca demoro muito para cair no sono. Também é uma maneira de fugir dos telejornais, que são igualmente repetitivos, mas de uma forma menos saudável. E, claro, naquela semana, a última coisa que eu queria era assistir a um telejornal, com o rosto do meu pai e as imagens da Hilux toda amassada e suja de sangue aparecendo na tela a cada meia hora. Todos os canais usam a mesma foto do meu pai, em que ele cumprimenta o ex-governador do DF em alguma solenidade. Também é uma forma de espezinhar o ex--governador, com quem meu pai trabalhou por vários anos como secretário da Fazenda, porque ele, quero dizer, o ex-governador se tornou uma figura muito impopular, não sei se estão cientes disso. Estão? Pois bem. Creio que a frequência dessas imagens diminuiu um pouco agora, novas tragédias acontecem todos os dias e é preciso noticiá-las, e não há espaço para as tragédias atuais, as tragédias recentes e as tragédias não tão recentes, a não ser que ocorra um fato novo e as tragédias não tão recentes se tornem ou voltem a ser, ao menos em princípio e sob certos aspectos jornalísticos, recentes ou mesmo atuais. O crime cometido pelo meu pai, porque foi um crime, é claro que foi, o crime cometido pelo meu pai deixou de ser uma tragédia recente e se tornou, creio que desde a quinzena passada, uma tragédia não tão recente, e deixou de ser uma tragédia atual para se tornar uma tragédia recente ainda no mês de janeiro, pois essas substituições ocorrem assim, muito rapidamente e em ritmo diário, sobretudo no Brasil. Mas, dada a lógica funcional dessa empresa, por assim dizer, eles retornarão ao tema assim que o julgamento começar, e são tão bons nisso, em reavivar o interesse, que parecerá que jamais deixaram de noticiar o caso. É assim que acontece, certo? Ou, como diria o autor predileto da minha ex-namorada: É assim mesmo. (Enquanto ele fez uma nova pausa e tomou outro gole de cerveja, aproveitei para sorrir com a menção a um autor por quem eu fora muito apaixonado anos antes, no início da idade adulta, mas que não relia desde sei lá quando (sem qualquer razão aparente), e para virar a dose de cachaça (ao que Abrão sorriu, provavelmente se lembrando das doses que virei no bar do Tinheiro certa vez, quando ele passara por Silvânia e nos conhecêramos, apresentados, claro, por Cristian (não me lembro o que ele fazia na cidade, talvez visitasse algum cliente importante nas redondezas e, instado por Cristian, tenha se sentado à mesa do boteco para relaxar um pouco antes de pegar a estrada); há pessoas que não apreciam cachaça, mas apreciam apreciar aqueles que apreciam enquanto estes se entregam ao ato de apreciar, claro, bebendo. Sim, Abrão é uma pessoa assim, um apreciador de apreciadores, espécie de voyeur de cachaceiros: adora observar os outros bebendo, aqueles olhos adquirindo certa lubricidade etílica enquanto a pinga desaparece do copinho nervoso alheio para dentro da boca alheia e dali desce pela garganta alheia (etapa um tanto invisível, exceto pelo movimento da glote com a passagem do líquido), mas o desgraçado não vai além disso, e sempre diz quando alguém lhe oferece um gole: Prefiro ficar só na cervejinha, obrigado). Pensei em pedir um tira-gosto, mas o rapaz retomou a história.) Acordei ali pelas cinco da tarde, tomei um banho e fui assistir às lutas. Naquele dia, elas iam acontecer em uma tenda improvisada, lá em Sobradinho. À distância, o troço parecia um circo decadente, desses que aparecem e desaparecem em cidades do interior. Você é do interior, certo, dr. Cristian? (Cristian fez que sim com a cabeça e disse: Eu e o Leandro aqui. Silvânia.) Silvânia? Não fica perto de onde aconteceu o atropelamento? (Sim, respondi. Uns vinte quilômetros.) Ah, sim. Lembro de olhar no mapa. Desde que meu pai começou a administrar esse clube de futebol aqui em Goiânia e passou a viajar mais de carro, talvez porque estivesse sempre circulando pelo interior a fim de acompanhar os jogos, eu me interessei pelos mapas da região. Só estranhei que ele tivesse pegado aquela rodovia em vez de voltar a Brasília via Anápolis, pela BR-060. (Ele ia se encontrar com um conhecido em uma fazenda que fica ali na região, entre Bulhões e Silvânia, disse Abrão.) E por que ele estava tão bêbado? (Porque passou a tarde em uma churrascaria de Goiânia com alguns dirigentes do clube. Eles comeram pouco e beberam muito, essa é a verdade.) Ele devia ter passado a noite aqui em vez de pegar a estrada naquele estado de embriaguez. (Os três concordamos, sim, sim, sim, é verdade. Mas, segundo Cristian me contou depois, o "conhecido" era outra mulher, uma deputada federal (ele não soube dizer quem, pois essa informação Abrão se recusou a compartilhar), que viajaria para o exterior no dia seguinte, daí a pressa em pegar a estrada para encontrá-la naquela noite.) Bom, preciso terminar a minha história. Eu desci do táxi em Sobradinho e atravessei um terreno baldio que parecia não ter fim, e na minha cabeça só havia espaço para leões caindo de velhos e palhaços bêbados que mal conseguiam se manter em pé. O ingresso custava três reais, e, para ser bem franco, nunca entendi nem procurei saber se esses eventos são legais ou não. Em todo caso, para variar, tinha uma viatura estacionada perto da tenda, mas nem sinal dos policiais. Os dois organizadores estavam por ali. Eu me lembrava deles de outros eventos. São uns sujeitos que mais parecem gigolôs, usam pulseiras e correntes de ouro, ternos coloridos, além de uns óculos escuros grandes demais. Não sei por quê, tenho a impressão de que não cheiram muito bem, mas nunca cheguei perto deles para saber. Sei que os lugares onde essas lutas acontecem, ginásios esportivos detonados ou tendas improvisadas como aquela, nunca cheiram muito bem. Eles divulgam os eventos por meio de folhetos porcamente impressos, pregados nos pontos de ônibus e nas portas dos banheiros da Rodoviária do Plano Piloto. Em geral, as lutas acontecem uma vez por mês, mas, em janeiro, por sorte, houve eventos em dois finais de semana seguidos. Quatro lutas estavam programadas para aquela sexta. A última delas seria entre Pervez e um policial militar de Taguatinga conhecido como O Tronco. Ambos invictos, dizia o cartaz. Eu tinha visto outras lutas d'O Tronco, e, de fato, ele vencera todas por nocaute. Mas, depois, fiquei sabendo que Pervez nunca tinha lutado antes. Não em Brasília, pelo menos. Eu assisti às preliminares com desinteresse. Nenhuma delas foi agitada ou ao menos sangrenta. Homens com excesso de peso e desprovidos de agilidade, buscando o *clinch* a todo momento. As lutas foram truncadas e se arrastaram, sonolentas, por vários rounds. Não foram poucas as vezes que cogitei ir embora, mas a lembrança do apartamento vazio ou, pior, com a presença da minha mãe inconsolável, sentada à mesa da cozinha com uma taça de vinho, era o bastante para que eu não me mexesse. Além disso, os sons dos calçados dos lutadores se arrastando no ringue improvisado, de papelão, e dos socos descuidados, da respiração cada vez mais pesada e de um ou outro grito da plateia são meio hipnotizantes, e assistir àquilo é uma boa maneira de esvaziar a cabeça e não pensar em nada por um tempinho. Pelo que eu fiquei sabendo depois, conversando com um vendedor de pipoca, um sujeito simpático que deve ter uns 80 anos de idade e comparece a todos os eventos empurrando um carrinho enferrujado, Pervez trabalha em um ferro-velho em Ceilândia. No dia em que procurou os organizadores dizendo que queria lutar, os caras não deram a ele nenhum apelido. É possível que achem o nome Pervez suficientemente estranho ou ameaçador. Ele tem os ombros muito largos, como os de um nadador profissional, e os cabelos bem curtos. Os olhos azuis são herança da mãe austríaca, segundo o pipoqueiro, mas pode ser que os organizadores tenham inventado isso e o pipoqueiro só estivesse repetindo o que ouviu. Seja como for, os olhos dele parecem roubados de outra pessoa. São dois objetos invasivos, brilhando no meio da pele escura. Ele é baixo e tem as pernas finas. Já o corpo d'O Tronco é proporcionalmente sólido, até mesmo quadrado. É um negro muito alto, com umas mãos enormes. Não tem pelos no peito, nas costas ou mesmo nas pernas. A cabeça raspada brilhava naquele ringue, debaixo daquelas lâmpadas dependuradas por fios que vinham sei lá de onde. (Penso na lâmpada pendendo acima da porta da casa em que Eleonora e o sujeito trepavam.) (Mas isso foi meses depois desse encontro no Árabe.) O dono de uma loja de materiais de construção da Samdu tinha comprado um par de luvas, calções, botas e até um roupão vermelho pr'O Tronco, e ele parecia um lutador profissional naquela noite, todo cheio de si, uns quinze centímetros mais alto do que o Pervez. Como falei agora há pouco, eu já tinha visto algumas lutas d'O Tronco. O tipo de boxeador duro, sem a menor ginga, sempre buscando resolver a luta o mais rápido possível com um desses socos de briga de rua, desengonçados e, dependendo do caso, meio desesperados. O Tronco bate como se não visse o adversário, como se estivesse no meio de uma briga generalizada em um boteco lotado de bêbados, e ele fosse o mais bêbado de todos. O Tronco luta feio, essa é a verdade. Pois bem. Não aconteceu muita coisa no primeiro assalto. Pervez ficou girando ao redor d'O Tronco, tentando, aqui e ali, encaixar alguns *jabs*. Ele sabia dançar. O Tronco se defendia, permanecendo no meio do ringue. Exceto pela dança do Pervez, pensei que a luta seria tão arrastada quanto as anteriores. No entanto, logo no começo do segundo round, O Tronco empurrou Pervez para as cordas e acertou dois golpes nas costelas dele. Pervez assimilou os socos como pôde e tentou se movimentar, mas aquela presença enorme não permitia que ele saísse dali e continuou a castigá-lo com uma sequência de diretos bem no meio do corpo. Parecia que tudo se encaminhava rapidamente para o nocaute quando, não sei como, Pervez, aproveitando uma brecha, acertou uma direita no fígado e, em seguida, um gancho fenomenal de esquerda no queixo d'O Tronco, que deu alguns passos para trás enquanto Pervez meio que encaixava alguns socos, todos no rosto, mas nenhum assim em cheio. Então, no meio do ringue, Pervez conseguiu acertar um direto no olho esquerdo d'O Tronco, que caiu sentado, botando sangue pelo nariz e pelo supercílio, e não se levantou mais. (Esse seria o momento em que os presentes diriam alguma coisa, caralho, hein?, que nocaute, maluquice, você foi ver mais lutas dele?, mas ninguém falou nada, era como se quiséssemos que o rapaz continuasse, que falasse sobre o que bem entendesse, não nos importávamos, fale, garoto, apenas fale, e ele prosseguiu, é claro que prosseguiu:) Fui embora pensando ter visto uma das melhores lutas da minha vida. Assim que entrei em casa, eu me deparei com a minha mãe sentada no sofá. Minha avó estava com ela, as duas com cara de choro. Onde é que você estava?, minha mãe perguntou. Saí um pouco. Não queria ficar aqui sozinho. Como meu pai não estivesse ali, entendi que o juiz não determinara o relaxamento da prisão. Eu me sentei numa poltrona, pensando que talvez ela quisesse me contar alguma coisa sobre a audiência, falar sobre o meu pai, qualquer coisa. Não. Ela ficou calada. Passado um instante, veio a sensação de ter interrompido alguma conversa muito séria entre as duas. Mesmo assim, continuei ali. Minha avó brincava com a pulseira do relógio, presente que o filho dela, e meu pai, é claro, tinha trazido de uma viagem à Suíça. Elas estavam sentadas no mesmo sofá, assim muito próximas uma da outra. Os joelhos se tocavam. Não foi difícil imaginar que as duas cochichavam antes de eu chegar, como se não estivessem sozinhas no apartamento, como se alguém pudesse ouvir a conversa delas. A diferença é que, na minha imaginação, elas riam de alguma coisa e se divertiam feito duas coleguinhas no recreio da escola. Minha mãe perguntou se eu tinha jantado. Não respondi. Em vez disso, perguntei para ela onde estava a Hilux. Até hoje não sei por que perguntei isso. Simplesmente me ocorreu e eu soltei. Ela respirou fundo e disse, abaixando a cabeça, que o carro estava apreendido e muito danificado, e eu sabia muito bem disso. Senti uma vontade enorme de ir até o carro, não importando onde ele estivesse apreendido, e disse isso para elas. Minha avó e minha mãe se entreolharam, intrigadas, e depois perguntaram, uma depois da outra: Pra que você quer fazer uma coisa dessas? Que diabo você quer com o carro? Eu também respirei fundo e encolhi os ombros antes de responder: Não sei. Lavar, eu acho. Depois, pedi licença, fui para o quarto e me deitei na cama sem acender a luz, descalçar os sapatos ou trocar de roupa. Fiquei pensando na luta. Ainda conseguia ouvir o estrondo que foi o corpo d'O Tronco atingindo o chão. Pervez se afastou

e aguardou a contagem. Quando o juiz deu a vitória, ele não comemorou.
O homus daqui é bom?

(...)

Em trânsito — (...).

Roma, por exemplo. E depois Frankfurt am Main. Berlim. A trabalho? Pouco importa. Congressos ou férias, congressos e férias. Vi um filme de Takashi Miike no avião, mas qual avião? A caminho da Europa ou voltando de lá? Lembro que a Europa me recebeu como de hábito (segundo a minha experiência) (mas, em geral, viajo no outono ou no inverno): cinzenta, nublada, chuvosa. Cheguei cedo demais. Uns oito graus em Roma e aquele vento, seis e pouco da madrugada. O sujeito carimbando meu passaporte sem checar nada, nem mesmo o nome, a minha cara ou a validade do troço. Ia chamando os estrangeiros e carimbando. O meu passaporte ele carimbou torto, metade fora, e, na última página, mal dá para ler. A expressão de extremo enfado, de eterna preguiça, um italiano careca, com olheiras e ressacado, cagando para a União Europeia com seu carimbo torto, apagado, desinteressado. Cinquenta euros, Fiumicino-Roma. Como fosse cedo demais para o check-in no hotel, deixei as malas na recepção e fui de metrô até o Vaticano. Meia hora numa fila enorme que serpenteava (*sic*) sob a chuva na praça de São Pedro para conseguir entrar na Basílica do Mesmo Santo. Fiquei pensando no cinema de Malick enquanto olhava a *Pietà* de Michelangelo e depois, também, ao soltar meus olhos em direção ao alto. Gratuidade alguma nisso. Malick resgata esse sentimento religioso com uma construção fílmica que nos arvora para cima e ao mesmo tempo mira o chão comum, terreno. Senti isso caminhando pela basílica. Não é possível arvorar-se sem um enraizamento anterior, concomitante e posterior. O movimento é assim mesmo, contraditório, para não dizer absurdo. Passado o *momento*, reconciliado com o meu ateísmo, deixei a Basílica de São Pedro e, mesmo com a chuva, caminhei um bocado, desde o Vaticano até a Fontana di Trevi, palmilhando pelas ruelas. Passei pelo Panteão. A chuva apertava. A cidade sempre outra, e outra, e outra. Não teria fim. E, no dia seguinte, tão bom quanto o Coliseu foi o caminho até lá. O caminho que escolhi, no caso, saindo da Fontana di Trevi, subindo a Via de San Vincenzo, passando diante do belo edifício da Pontifícia Universidade Gregoriana e seguindo pela Via della Pilotta, depois IV Novembre. São apenas ruas e nomes de ruas, mas são também uma espécie de gradação. E, como tudo em se tratando de Roma, uma gradação que encerra uma contradição, pois exige não a subida, mas um descenso: as escadas da Via Magnanapoli que nos depositam diante do Fórum de Trajano. Para mim, ruínas dizem tudo do mundo, qualquer mundo. (Troia é (para nós) a destruição de Troia), ruínas são o eco de um eco de um eco, e, no caso de Roma, o eco é nunca menos do que ensurdecedor. Respirei a morte-em-progresso de nossa raça ao caminhar pela Via del Fori Imperiali e contemplei o que restou, e o que restou é, em boa parte, também o que se escavou e, agora, faz-se de tudo para manter; soltos no vácuo, necessitamos de um lastro. Ao final da Via del Fori Imperiali está o Coliseu. A hora passada na fila para adentrá-lo não significou nada. As ruínas me ensurdeceram por um bom tempo. Olhei para cima e o céu semiencoberto me parecia congelado. Concreção. Um lugar tão enorme que parece se descolar da seta do tempo e exigir um outro tipo de abordagem. A gradação chegava ao paroxismo. Não é um simples olhar-para-trás, um passeio didático, uma aulinha ou coisa que o valha. É algo que nos pode elevar a uma espécie de autoaceitação. Tudo o que fazemos (e raríssimos fazem algo como o Coliseu) cedo ou tarde abraça a derrelição e se reduz a cinzas ou ruínas. Acaso não se reduzisse, seria uma paisagem qualquer. Dizendo de outro modo: a beleza não está na paisagem, mas na passagem que ela encerra. Está naquela concreção. Frankfurt me recebeu como Roma, isto é, muito bem, obrigado. Eram umas cinco e pouco da tarde quando cheguei e parecia noite alta. Três graus, garoa, e o taxista, sobranceiro & fornido, comeu jujubas desde o aeroporto até o hotel. Este ficava a poucas quadras do rio, dos museus, vizinho da estação de trem. No dia seguinte, fui ao Städel para a exposição de Dürer, mas acabei pego no contrapé por outra, renascentista. Quando dei por mim, estava diante do *Geógrafo* de Veermer e, alguns metros depois, do *Sansão* de Rembrandt. São duas telas que, moleque ainda, me deixaram impressionado quando, no caso de Veermer, folheei uma revista semanal e me deparei com a notícia de uma exposição desse pintor, e, no caso de Rembrandt, entusiasmado com *A última tentação de Cristo*, li que Scorsese se inspirara em Bosch e Rembrandt para o visual do filme. Em uma velha enciclopédia, na biblioteca do colégio, encontrei uma reprodução em preto e branco do *Sansão*. O detalhe do olho sendo furado, o sangue esguichando, Dalila expondo as mechas de cabelo que cortara, a escuridão em torno e, em se tratando do herói, total, tudo isso me impressionou muito. Assim, passeando pelo museu, eu me senti presenteado: a luz perfeita, a sala quase vazia (a maioria fora ter com Dürer), um silêncio enorme e o cicio perturbador das pinceladas de dois gênios. Depois, a Goethe-Haus infestada de chineses. Mas as calçadas e aeroportos e bares e mundos e dimensões parecem infestados de chineses. O lance é que, andando pela casa, cômodo por cômodo, andar por andar, tive a impressão de que as levas de chineses (foram várias) estavam no lugar para uma espécie de vistoria: adentravam um cômodo, tiravam fotos, falavam atropeladamente, riam de algo dito e desapareciam. Era um troço vertiginoso. Enquanto estive na biblioteca do Goethe, por exemplo, assuntando as lombadas dos livros, quatro ou cinco dúzias de chineses redemoinharam pelo cômodo. Talvez Werther tenha se matado porque alucinava com essa gente subindo e descendo as escadas, flashes, o assoalho rangendo, toda a pressa do mundo, e

再见

Mas, exceto pelo zurrar circundante, a visita foi muito agradável. Dois velhinhos indiferentes à balbúrdia, sentadinhos, observavam a decoração de uma sala, a senhora lendo para o senhor algo do catálogo, ele balançando a cabeça, ouvindo, sorrindo. E olhar para a escrivaninha de Goethe e, depois, já no museu ao lado, ver a foto de Margaret Thatcher sentada à escrivaninha (em 1989!) foi particularmente divertido. E fui de trem para Berlim. Quatro horas, passando por Fulda, Göttingen, Hildesheim e Braunschweig (Hannover e Wolfsburg acenando de longe), enquanto entardecia. A senhora ao lado lia Javier Marías, *Dein Gesicht morgen*. Leu a viagem inteira. Fora, um branco que (visto de dentro, ou porque visto de dentro) me pareceu morno. Os galhos das árvores sustinham algo dessa cor, como se quisessem atrasar sua chegada ao chão. Inútil, claro. E um descampado próximo a Fulda era tornado invulgar por um sol também branco que, preguiçoso, descansava por entre as nuvens. Em Berlim, aproveitando os aprazíveis e ensolarados sete graus de temperatura, caminhei desde a Alexanderplatz até o Portão de Brandemburgo, seguindo pela Unter den Linden, e dali até o Siegessäule, a torre do anjo ainda hoje (ou então) (quando foi isso?) (não importa) crivada de balas em sua base. Entre o portão e a torre, passamos pelo Tiergarten e me deparei com o Memorial de Guerra Soviético, erguido em homenagem aos russos que morreram lutando (e estuprando mulheres) em Berlim nos estertores da Segunda Guerra. É incrível como os espaços largos que constituem alguns desses lugares inspiram uma espécie de reverência. Voltei do Siegessäule e dobrei à direita na Ebertstrasse. Fora do Yad Vashem berlinense, o monumento concebido por Peter Eisenman dava alguma concretude ao horror maior, literal (2.711 blocos de concreto em 19 mil metros quadrados) e, claro, simbolicamente. Não por acaso, ele foi construído a poucos metros de onde se localizava o bunker de Hitler e pode ser avistado desde o Bundestag. Kreuzberg, turcos. Fui ao mercado (quase escrevi *shuk*) na Maybachufer e depois subi até Kottbusser Tor, e dali para fora, rumo ao norte, até Engelbecken, um canal que transformaram em lago. A cidade cede espaço para os jardins. Queria ir até o Checkpoint Charlie, mas, inadvertidamente (a ideia era simplesmente caminhar e caminhar e caminhar), fui noutra direção, pela Annenstrasse, calçadas meio vazias, chuva indo e voltando, e às vezes era como se andasse em círculos. Não importa. Você contorna a cidade, mas a cidade não contorna você. Berlim sempre à espera, generosa no modo como cede mais e mais espaço. É uma cidade larga, cuja amplitude não me parece enganosa. Talvez sufoque de outras maneiras, não sei, teria de viver lá para saber. Sei que depois a noite caiu, e ainda era cedo; o súbito acender das luzes quando, já de volta à Alexanderplatz, tive a impressão de que a quermesse com barracas, roda-gigante, carrossel e rinque de patinação sugeria um arremedo sardônico de milagre natalino. Olhei ao redor e, em meio ao aglomerado de pessoas, vi um Papai Noel com os dois pés bem fincados no chão. Turco, talvez. Foi reconfortante. Na Torstrasse, encontrei um restaurante libanês que serviu o melhor falafel dentre os que experimentei na Alemanha. O lugar se chamava Adonis, pertinho da Rosenthaler Platz. O cara que me atendeu não falava alemão ou inglês. O frio ainda não chegara para valer e as ruas estavam cheias daquela saudável eletricidade etílica. Dois rapazes muito bêbados caminhavam pela Ackerstrasse de mãos dadas, cada um com sua enorme garrafa de cerveja, e cantavam merda isso, merda aquilo, e riam bastante. Era cedo. Talvez fossem austríacos, pois um deles usava um casaco do Sportklub Rapid Wien. Pela manhã, no hotel, vovós e titias bebiam cerveja e comiam ovos cozidos à mesa do café da manhã. Uma delas, cabelos branquíssimos e casaco vermelho, contava uma longa história passada em Hamburgo, nos anos 60 do século passado. Depois, fui a um bar na Bergmannstrasse, o fígado de Kreuzberg. Canecos cheios de Warsteiner e a conversa fluindo em inglês, alemão e português. Quem eram aquelas pessoas? Onde foi que as conheci? Não importa, não importa. Falou-se muito do Brasil, o que em geral é um péssimo sinal. Depois, no metrô, conversei sobre Giorgio Agamben com uma jovem italiana que residia em Berlim por conta do mestrado em andamento. Pesquisava sobre os filmes de Pier Paolo Pasolini. Eu voltaria a pensar em Pasolini no dia seguinte, quando, de volta a Roma, na estrada entre o aeroporto e a cidade, vi placas apontando para Ostia. Voltei a Roma por algumas horas, sairia de lá a conexão para São Paulo, e passeei pela Piazza Navona. Ali, comprei um sanduíche de pernil para comer no avião. O vendedor italiano me perguntou em português claudicante, mas afetuoso, quanto seriam os quatro euros pagos pelo sanduíche em reais. Ficou genuinamente surpreso quando ouviu o valor. Jantei em um pub das redondezas, onde um casal de norte-americanos planejava o que fazer no dia seguinte e ele bebia Carlsberg enquanto devassava um surrado mapa de Roma. Uma escada tortuosa levava até o banheiro. A pia do lavatório era ativada por um pedal. Conversei sobre futebol com o garçom, misturando português, inglês e "italiano". Nós nos entendemos. Peguei um táxi de volta para o aeroporto e a motorista ouvia uma rádio da capital que só tocava hits dos anos 80. Não me lembro que música tocava quando vi a placa apontando para Ostia. Estou — (...) onde? (não importa) (...). Daí que (...) numa travessa da Brigadeiro. Tenho sede, caminho há quase uma hora. Entro num pé-sujo. Sento ao balcão, peço uma Serra Malte, o garçom atrás do balcão diz que acabou, peço uma Heineken, o garçom atrás do balcão diz que não tem, peço uma Original, o garçom atrás do balcão não diz nada e vai até o freezer e pega e volta e me serve uma Original. Salivo vendo a cerveja borbulhar no copo americano engordurado. Há dois casais no recinto, um deles sentado a uma mesa, nos fundos, junto a um corredor estreito que (presumo) (espero) leva aos banheiros, e outro às minhas costas, com uma criança de colo. E há um sujeito, também ao balcão, meio hiponga, sentado a três bancos de mim. Ele bebe uma caipirinha e folheia uma revista, a mochila deixada no chão, a seus pés. O casal às minhas costas se levanta e vai embora. O bebê emite sons rechonchudos enquanto sai nos braços do pai. Um minuto depois, o sujeito ao meu lado no balcão diz (para todos e para ninguém), apontando, que esqueceram uma carteira — ali, caída no chão, sob a mesa. Sem hesitar, ele se levanta, pega a carteira e sai correndo do boteco, no encalço do casal. Eles não devem estar longe, eu os imagino caminhando tranquilos com o bebê, o sujeito pedindo que esperem, esbaforido, acenando com a carteira. Tão logo o sujeito sai, o outro casal se levanta, cruza o boteco (a princípio não estou olhando para eles, os olhos fixos num televisor ligado acima, a transmissão em curso de um jogo de futebol que absolutamente não me interessa), pega a mochila que o sujeito deixou por ali, junto ao banco onde estava sentado, sai do boteco (quando me viro e olho), sobe numa moto (vejo a mochila e olho para o lado, para baixo, o espaço agora vazio no chão) e dá o fora. Olho para o garçom, absorvido pelo jogo na televisão.

O quê?

O sujeito volta logo depois, ofegando, satisfeito, e então nota que a mochila sumiu. Que porra?...

Levaram, diz o garçom, encostado na pia, abrindo os braços.

Só vi quando já montavam na moto, digo.

Eu nem vi, diz o garçom.
Faço a sua, sugiro.
O sujeito coça a cabeça, meio desconcertado. Respira fundo. Valeu, mas não precisa. Meu dinheiro tá comigo, na carteira.
O garçom diz: Sorte.
E o que é que tinha na mochila?, pergunto.
Ah, uns livros, um HD externo vazio e... e um caderno.
Não pergunto o que há no caderno, mas gosto de pensar que são uns versinhos desajeitados. Bato pernas há horas, circulando por sebos e lojas caindo aos pedaços, à procura de um DVD de *Underground*, do Kusturica. É um dos filmes prediletos de Magda, que aniversaria dentro de alguns dias, filme que ela não tem, e pensei que seria uma boa surpresa, um bom presente. (Eventualmente, desistirei e voltarei para casa, e então me lembrarei do Mercado Livre, onde encontrarei uma boa cópia; ela ficará muito satisfeita com o presente.) É um filme que vi apenas uma vez, não me lembro em que circunstâncias, talvez com a minha mãe no apartamento dela. Nunca me esqueci do zoológico bombardeado. Um pacto estúpido, e quem se ferrou foram os animais. Não só eles, claro. No começo da década de 40, Segunda Guerra em andamento, o primeiro-ministro iugoslavo firmou um pacto com a Alemanha nazista. O nome do sujeito era Dragiša Cvetković. Ele fez um acordo com Adolf Hitler mesmo depois de ter sido alertado por Winston Churchill de que isso era uma péssima ideia. O pacto com os nazistas foi firmado em 22 de março de 1941. Depois, em cerca de 48 horas, o serviço de inteligência britânico "instigou e financiou um golpe militar em Belgrado", diz Nicholson Baker em *Fumaça humana* (livro que aquela amiga judia me indicou, a propósito). Paulo, o príncipe regente, foi forçado a abdicar e acabou exilado na Grécia. Bandeiras inglesas e francesas foram hasteadas e o povo tomou as ruas, celebrando. No trono, Churchill colocou um adolescente, Pedro II. Depois, anunciou no rádio: "Esta madrugada, a nação iugoslava encontrou sua alma." Ao saber do golpe, Hitler não acreditou (ele nunca acreditava quando as coisas iam mal, e depois culpava os outros pelos percalços). Em seguida, como de praxe, ordenou que a

Iugoslávia fosse destruída, sem "mensagens diplomáticas, sem ultimato". Churchill descreveu o estado de espírito do Führer como o de uma "jiboia que, já tendo coberto a presa de imunda saliva, a visse subitamente arrancada de seus anéis constritores". Mas Hitler cumpriu a ameaça, deflagrando a Operação Strafgericht (não havia espaço para sutilezas na cabeça do Führer). Partindo da Romênia, a força aérea alemã bombardeou Belgrado por três dias. "Destruíram a estação ferroviária", escreve Baker, "a ópera, a usina elétrica e muito mais." Segundo um jornalista da United Press, os moradores da cidade ficaram dias trancados nos porões, com medo de sair às ruas. O cônsul norte-americano descreveu Belgrado como "uma cidade da morte". Churchill transmitiu mensagens radiofônicas em servo-croata, solidarizando-se com as vítimas, dizendo que os britânicos passavam por uma situação similar e instigando os camponeses iugoslavos a se insurgirem contra a agressão nazista. A resistência foi sufocada. Em seus diários, Churchill descreveu o bombardeio do zoológico de Belgrado: "Uma cegonha ferida passou mancando pelo hotel principal, que era uma massa de fogo. Com passos titubeantes, um urso atordoado e confuso arrastava-se pelo inferno rumo ao Danúbio." O bombardeio do zoológico é reconstituído logo no começo de *Underground*. E, sim, eu o vi com minha mãe. Ela riu muito quando, a certa altura, um dos protagonistas encaixa uma flor entre as nádegas de uma mulher. Ela riu e depois espirrou.

(...)

Gesundheit!

(...)

Carol, é preciso imaginar Carol (...) e desde o início do ano letivo, desde o primeiro dia em que saiu de casa e caminhou até a porta da prefeitura e esperou junto com os outros estudantes pelo ônibus caindo aos pedaços que os levaria a Anápolis, desde antes, na verdade, desde quando a mãe veio conversar com ela sobre o "futuro" e usou as frases de praxe, você precisa largar na frente dos outros, você precisa entrar numa faculdade logo de cara porque eu não vou ficar te sustentando aqui parada dentro de casa depois que terminar o terceiro ano, não, você tem a oportunidade de continuar estudando e não pode desperdiçar isso, você faz ideia de quantas pessoas gostariam de estar em seu lugar?, você faz ideia de quantas pessoas não têm essa oportunidade?, você não pode vegetar o resto da vida (mas por que ela vegetaria?, quando dera a impressão de que vegetaria?, as notas sempre muito boas, a disposição sempre excelente, quem a mãe via em seu lugar?, quem a mãe enxergava ali no lugar da filha?, que espécie de monstro a mãe julgava ter parido?, será que via o pai da criança?, ele, sim, um alcoólatra que vegetou e bebeu até o fígado explodir, era parecida com o pai, talvez fosse isso, talvez Edivânia olhasse para a filha e não visse a si mesma, mas visse, sim, *aquele*), enfim, desde que a mãe decidiu que o melhor seria que ela não fizesse o cursinho depois de terminar o ensino médio, mas *durante* o segundo e o terceiro anos, coisa que, de fato, não era uma ideia tão ruim, dois anos de cursinho paralelamente ao segundo e ao terceiro anos para encarar melhor o vestibular, largar na frente, você precisa largar na frente, desde quando a mãe *impôs* que seria assim, e talvez por isso, por ser uma imposição, Carol decidiu encarar aquele primeiro ano de cursinho não como uma oportunidade para *largar* na frente, de jeito nenhum, mas como um descanso merecido, uma chance para conhecer novas pessoas e circular por Anápolis, cidade coalhada de evangélicos, era verdade, mas relativamente grande e com uma ou outra coisa para fazer e um ou outro boteco para frequentar e pelo menos uma boate de nome engraçado (Camorra) à qual comparecer de vez em quando (nos finais de semana em que havia testes e aulas extras e ela ficava hospedada na casa de alguma colega) — Anápolis, a autoproclamada

manchester goiana.

Assim, cinco dias por semana, ela embarcava no tal ônibus, viajava os cinquenta e poucos quilômetros até Anápolis e, exceto quando havia uma ou outra aula que julgasse interessante, ia direto para o boteco mais próximo com alguns outros colegas, nenhum silvaniense, os silvanienses olhavam para ela com certo desprezo, não conversava com ninguém durante as viagens de ida e volta, a maioria ali já estava na universidade, e a menina magrinha de 16 anos passava despercebida, o que também era ótimo, ela ia para o boteco ou alguma festinha ou, quando algum otário local decidia lhe fazer a corte e não era de se jogar fora e estava de carro, zarpava para o motel mais próximo, ela explicando que precisava estar de volta antes das dez, não posso perder a porra do ônibus. Naquela terça-feira, 5 de setembro de 1995, soube de uma festinha não muito longe do colégio, o que era ótimo, não dependeria de ninguém para ir e voltar, o colega que planejava estudar direito na UnB inusualmente perfumado e tratando de cercá-la ainda no corredor, os cabelos penteados de lado e assim mantidos com gel, os dentes branquinhos, a pele acobreada, herança dos inúmeros estupros que povoaram a região, o tataravô português mandando ver nas indígenas, nas escravizadas, no que quer que passasse pela frente: Bora?

Uai. Bora.

Uma república a cinco ou seis quarteirões do colégio, os dois caminhando lado a lado e ele falando sem parar sobre quão bem avaliado era o curso de direito da UnB, falando tanto que a certa altura ela pensou que, se ele não calasse a boca, arranjaria outro para beijar, se é que beijaria alguém. Chegaram diante de uma casa de muro alto e tocaram a campainha. Ela ficou observando a longa fileira de cacos de vidro no alto do muro refletindo as luzes dos postes mais próximos. Uma menina gorducha, recendendo a cerveja e maconha, abriu o portão e soltou um grito agudo de reconhecimento. O abraço que ela e o rapaz trocaram pareceu sincero, e foi simpática com Carol, arrastando as boas-vindas com uma voz pastosa, meu nome é Nuri, bora lá pra dentro, menina. E lá dentro era a típica festinha que Carol frequentava desde os 13, 14 anos, baseados acesos e uma enorme quantidade de latinhas vazias pelos cantos, sobre os braços dos sofás e poltronas e nas mesinhas de centro e do telefone. A luz fraca da sala fazia com que as sete pessoas esparramadas por ali parecessem quinze, dezesseis. Nas caixas de som, *Rattle and Hum* em um volume surpreendentemente baixo.

Caralho, disse o rapaz, puxando Carol para perto da caixa de isopor que haviam colocado a um canto, longe do tapete. Desde que horas cês tão aqui desse jeito?

Desde ontem, disse Nuri. Porra, sei lá, desde o Carnaval.

Os outros riram, e Carol pensou que, salvo por um ou dois dias de folga a cada semana (quando os moradores da república compareciam às aulas), o que Nuri dizia era provavelmente verdade. Beber sempre foi uma ocupação séria, sobretudo em Goiás, especialmente na comunidade universitária, e por certo em uma república (ela viria a saber no decorrer da festa) constituída por pessoas egressas dos rincões do estado, estudantes de agronomia, ciências contábeis, direito, apenas Nuri ainda no cursinho (pelo terceiro ano consecutivo), mas em outro colégio (Já fiz cursinho no seu, explicou para Carol, enjoei e mudei, mas os professores são os mesmos, eles ficam indo de um lado pro outro, é engraçado.), os pais uma miragem distante (Cê sabe onde fica Santo Antônio do Descoberto?), mas felizmente endinheirada. O rapaz se chamava Carlos (Carol tinha esquecido, e sorriu quando Nuri o chamou pelo nome); Carlos pegou uma latinha de cerveja, abriu e estendeu para Carol, depois pegou outra para si. Nuri acendeu um cigarro mentolado e tragou, fechando os olhos. Os demais continuavam esparramados pela sala. O lugar era um sobrado espaçoso, a sala ocupando quase todo o térreo e dividida em dois ambientes: de um lado o jogo de sofás com a mesa de centro e o aparelho de som, do outro uma mesa de jantar e uma cristaleira; a caixa de isopor fora colocada bem na fronteira entre os ambientes, e foi nessa terra de ninguém que Carlos, Carol e Nuri permaneceram, esta última dizendo que: Não dormi nada na noite passada porque ontem fui pra aula e uns putos fizeram o favor de trepar na minha cama e emporcalharam tudo.

Por que não trocou o lençol?, Carol perguntou, esboçando um sorriso amistoso, compreensivo.

Que porra de lençol o quê?, a outra retrucou, o cigarro dependurado no canto da boca enquanto abria uma latinha. O lance foi barra pesadíssima.

Eles meio que desgraçaram o equilíbrio do quarto, saca? A bagaça foi num nível assim *cósmico, cármico*, sabe qual é?

Eita, disse Carlos. O que foi que fizeram lá?

Eu mesma não vi, mas aqueles dois que estão no sofá ali perto da janela me disseram que, pela conversa do casal depois, não, eles nem moram aqui, foi a primeira vez que eles vieram aqui, primeira e última, mas, pela conversa dos dois, ele teria pedido uma coisa e ela topado depois de muita deliberação. A prova eu encontrei hoje cedo, e não, querida, só trocar o lençol não ia adiantar. Neste momento, meu colchão está lá no quintal, encostado no muro, com uma mancha enorme e *marrom* bem no meio. Na real, vou é tacar fogo nele e comprar outro assim que tiver um tempinho.

Marrom, disse um dos que estavam no sofá. Cês lembram daquele cara que foi candidato em 89?

Candidato a quê?

Presidente, uai. Marronzinho.

Carol se lembrava, mas não disse nada.

E CÊS DEVIAM FICAR DE OLHO EM QUEM CHAMAM PRA CÁ PORQUE ONTEM A COISA PASSOU DOS LIMITES.

Calma, Nuri. Eu compro outro colchão procê.

Cê não paga nem a cerveja que bebe, Jiló. Fica na sua.

É, Jiló, fica na sua.

Tomou?

Pelos risos gerais, Carol entendeu que Jiló não pagava nem pela cerveja que bebia. Alguém tirou o vinil do U2 e colocou *So Alone*, de Johnny Thunders, e aumentou o volume. "Pipeline." A mudança na atmosfera foi imediata. Outro alguém acendeu as luzes do segundo ambiente e de repente era como se todos ali tivessem recebido injeções de adrenalina, Carlos e Carol indo para mais perto das caixas do som e um dos convidados gritando que ia à cozinha preparar caipirinhas. Alguém lamentou que o pó tivesse acabado, secundado por Nuri, berrando acima da música: O PROBLEMA

NÃO É O PÓ TER ACABADO. O PROBLEMA É A GENTE NÃO TER GRANA PRA COMPRAR MAIS.

VERDADE.

Exceto pelo sujeito que fora à cozinha, agora estavam quase todos amontoados nos dois sofás, a não ser por um rapaz muito cabeludo, sentado no tapete, parecendo desacordado ou próximo disso, e pelo casal junto ao aparelho de som. NA BOA, disse alguém para Nuri, ACHO QUE VOCÊ EXAGEROU UM POUCO COM O LANCE DO COLCHÃO.

EXAGEREI? VOCÊ NÃO VIU O TAMANHO DA PORRA DA MANCHA?

EU NÃO VI NADA.

QUER IR LÁ FORA VER?

MEIO ESCURO.

CONTINUA FALANDO QUE EU VOU DORMIR NA SUA CAMA.

É QUE CÊ AINDA É VIRGEM, DAÍ QUALQUER COISINHA PARECE LOUCA DEMAIS DA CONTA PRA SUA CABEÇA.

VIRGEM PORRA NENHUMA.

AH, QUAL É. CHUPAR AGORA TIRA CABAÇO?

Todos riram, incluindo Nuri, Jiló mais alto do que todos. Nuri esperou o momento certo, quando todos já se aquietavam, para retrucar: É QUE VOCÊ NÃO SABE ATÉ ONDE EU CHUPO, MEU FILHO.

UIA, participou Carol.

SABE QUEM EU SOU LOUCO PRA CHUPAR?, disse o cabeludo, ainda largado no tapete, sem abrir os olhos.

NINGUÉM QUER SABER, AMARO.

FERNANDO COLLOR DE MELLO.

EU CHUPAVA A ZÉLIA.

PORRA, EU CHUPAVA A PRINCESA ISABEL.

EU CHUPAVA O ITAMAR.

D. PEDRO.

O PRIMEIRO OU O SEGUNDO?

O ATUAL. QUE NÚMERO É?

Algumas caipirinhas mais tarde, mas não por causa delas, Carol arrastou Carlos até o banheiro, pediu que ele colocasse o pau para fora e perguntou (a Carlos, não ao pau): Muito bêbado, garoto?

Um bocadim, ele sorriu, acariciando a glande.

Gosto de você bêbado.

Gosta, é?

Gosto. Porque depois que a cachaça sobe cê fala menos. Homem bom é homem calado.

Hein?, os olhos procuravam o teto.

Tenta manter essa joça meio dura, pelo menos, ela disse, ajoelhando-se. E vê se não vomita na minha cabeça.

Olha, eu v... ou tentar.

E, três minutos depois, ele voltou a obedecer quando ela ordenou: Agora deita aqui, vai.

No ônibus, voltando para Silvânia naquela noite, Carol pensou no livro emprestado por Leandro, precisava terminar de ler. Gostava mais do que ele emprestara antes desse, mas havia uma passagem muito boa em que um personagem falava sobre uma pessoa que, segundo ele, era tão emotiva que bastaria dizer que ia chover para os olhos dela ficarem molhados. Ela sorriu ao pensar nisso e depois matutou que não era nada emocional, ao contrário da mãe, que não era de chorar (nunca vira a mãe chorar, na verdade), mas berrava o tempo inteiro e por qualquer motivo e por qualquer (...). É preciso — mas nem sempre possível — imaginar Carol (...). Mas (...) aquela tarde após a aula, na véspera do feriado de 7 de setembro de 1995, aquela foi a última vez que transamos, pois, no sábado seguinte (feriadão) (enquanto Cristian surtava com Eleonora e ia à festinha na fazenda do deputado estadual estuprador e depois ao puteiro abandonado ferrar com a vida de uma pobre coitada), Carol foi a um churrasco e reencontrou um colega e ficou com esse colega e se apaixonou por esse colega e começou a namorar com esse colega e sete anos depois se casou com esse colega e três anos após o casamento teve um filho com esse colega e o filho estava com 2 anos de idade quando ela (Carol) se matou. Entre o fim do nosso caso e o suicídio, eu ainda a veria de vez em quando. Ela voltou à casa do meu avô para devolver o livro do Nabokov, último que lhe emprestei. Ela foi ao enterro do meu avô, acompanhada pelo então namorado e futuro marido. Nós nos esbarrávamos aqui e ali, no banco, nas festas, nos bares, e sempre havia tempo para uma conversa rápida, o namorado (depois marido) olhando de esguelha. Ela passou no vestibular para odontologia e se formou em odontologia e abriu um consultório de odontologia. Ela continuou lendo bastante, e, entre seus pertences, escondido no fundo de uma gaveta, o marido (agora viúvo) encontrou um caderno cheio de versos rascunhados. De vez em quando, sobretudo nos dias do Orkut, ela enviava uma mensagem do tipo: Oi, só passando pra saber como você está, tudo bem aí em Sampa? E eu respondia que só pessoas de fora chamavam São Paulo de "Sampa". E ela: Mas você também é de fora, sua besta. Ela criou um blog no qual publicava alguns poemas. Usava um pseudônimo jamesiano, Maria Gostrey. Havia poemas razoáveis e poemas ruins e dois ou três poemas bons. Certa vez, em uma troca de mensagens (via MSN Messenger?) (não me lembro), ela disse que talvez publicasse um livro quando tivesse vinte ou trinta poemas bons. Eu respondi que era uma ideia muito boa, pois mesmo os poemas ruins dela ainda eram poemas, ao contrário dos "poemas" que outros conterrâneos publicavam todos os anos, não raro com apoio institucional. Nunca, jamais, nessas trocas de mensagens, ela deixou transparecer ou indicou que cogitava se matar. Mas não trocávamos confidências, não conversávamos sobre coisas sérias, não papeávamos sobre nada de mais grave, eram trocas ligeiras, leves, bem-humoradas. Daí o meu susto quando Magda me ligou e disse que a filha da Edivânia havia se matado.

HEIN?

Foi aluna sua, não foi?

...

Lembro dela aqui em casa de vez em quando. Que maluquice, né? Tão nova, tão...

Mas o que aconteceu, ela...?

Ninguém sabe. A conversa é que estava normalzinha, trabalhando e tudo, sem qualquer problema aparente.

...

Tá me ouvindo, Leandro?

Tô, sim.

Pois é.

Sem qualquer problema aparente.

Ela nunca deu sinal desse tipo de coisa? Quando era mais nova?

Não, nunca. Não comigo, pelo menos.

Não era dessas que ficam amuadas no fundo da sala, que...

Não, não. Era tranquila, conversava com todo mundo, nunca foi nada assim... puta que pariu...

E foi violento.

Como assim?

Bom, não sei se isso é científico ou coisa do tipo, mas ouvi dizer que a mulherada tende a se matar por envenenamento ou overdose de remédio, né?

É o que dizem.

Ou cortando os pulsos.

Também.

Homem é que curte se matar com arma de fogo, por exemplo, como você e eu sabemos muito bem.

O que ela fez, tia?

Foi de madrugada. Ela pegou um revólver e se sentou na beira da cama e deu um tiro na cabeça.

Puta que pariu.

E o marido dela lá.

Na cama?

É. Dormindo, coitado.

...

Acordou com o tiro.

...

Imagina o susto da criatura.

...

E deixou um filho pequeno, a maldita.

...

Como é que faz uma coisa dessas?

...

Não consigo entender.

...

Vi ela com o filho no mercado outro dia. Eles estavam comprando... o que era mesmo? Esqueci.

...

Lindinho demais da conta, o menino.

...

É o pai dele escarrado.

...

Leandro? Cê ainda tá aí? Fala alguma coisa.

Eu estava, mas não conseguia dizer que estava. Após um momento, disse que alguém chamava à porta. Te ligo mais tarde, pode ser?

Liga mesmo?

Ligo, tia. Pode deixar.

Se não ligar, eu ligo.

Eu sei.

Beijos. Fica calmo.

Eu desliguei e fiquei sentado no sofá, olhando para a parede defronte: branca, lisa, limpa; nenhum inseto à vista. Eu me sentia absurdo. E pensei em coisas absurdas. Não sei no que pensei. Mas, agora (quando?) (não importa), ao me lembrar daquele dia, também penso em coisas absurdas e também me sinto absurdo, olhando para a mesmíssima parede branca, lisa, limpa (nenhum inseto à vista). Penso, por exemplo, sobre o que liga Otto von Bismarck a Robert Mugabe: Fidel Castro. Sim. Ao menos em Windhoek. Sim. Em Windhoek, Namíbia, a Christuskirche fica em um cruzamento da avenida Robert Mugabe com a rua Fidel Castro. Uma igreja na convergência ou cruzamento³ de duas vias ditatoriais. Ou duas vias ditatoriais convergindo (uma delas, pelo menos) em uma igreja. E, caralhos mil, por que Robert Mugabe? E por que Fidel Castro?! Windhoek está a 2 mil quilômetros de Harare (antiga Salisbury) e a mais de 13 mil quilômetros de Havana. Robert Mugabe não governou a Namíbia. Robert Mugabe governou o Zimbábue por quase quatro décadas. Sendo xona, ele tentou varrer os ndebele do mapa por meio de uma "operação" militar que batizou de Gukurahundi (algo como "limpar a sujeira"). Cerca de 20 mil ndebele foram mortos na tal "operação", muitos executados sumariamente, rendidos, indefesos, à mercê dos fuzis. Robert Mugabe foi um ditador típico: corrupto, incompetente, opressor, paranoico, assassino em massa. Fidel Castro não foi muito diferente, e é engraçado ver a Christuskirche no meio deles, ou melhor, na convergência (e/ou no cruzamento) das vias batizadas em homenagem a eles, e num país estrangeiro (relativamente

---

3 A rua Fidel Castro converge na Christuskirche, ao passo que a avenida Robert Mugabe segue adiante, isto é, não "termina" na igreja (esta, na verdade, está localizada *na* avenida). Assim, podemos falar em convergência (no que diz respeito à rua Fidel Castro) e cruzamento (no que diz respeito à avenida Robert Mugabe e relativamente à rua Fidel Castro). Em última instância, a rua Fidel Castro converge na Christuskirche e, por conseguinte, na avenida Robert Mugabe. A avenida Robert Mugabe é o fim da rua Fidel Castro. A avenida Robert Mugabe diz à rua Fidel Castro: Você termina aqui, diante dessa bela igreja luterana, mas eu sigo em frente, adeus. No que diz respeito aos indivíduos, penso agora (absurdo) (quando?) (não importa), Fidel Castro morreu em 2016, aos 90 anos, e Robert Mugabe morreu em 2019, aos 95. Castro não foi deposto; transmitiu seus poderes ao irmão, Raúl, quase uma década antes de morrer. Mugabe, sim, foi deposto por militares, mas com todo o carinho, foi uma deposição afetuosa, tranquila, indolor: os negócios e riquezas do ditador deposto permaneceram intocados, Mugabe obteve imunidade e eventualmente bateu as botas, canceroso, no Gleneagles Hospital em Singapura. Ah, sim: a rua Fidel Castro começa na rua Bismarck. Mas, sendo uma rua de mão dupla, também podemos dizer que a rua Fidel Castro começa na Christuskirche (e, por conseguinte, na avenida Robert Mugabe) (a avenida Robert Mugabe diz à rua Fidel Castro: Você começa aqui, diante dessa bela igreja luterana, mas eu sigo em frente, adeus) e culmina (um anacronismo?) na rua Bismarck (embora talvez a rua Fidel Castro não seja uma via de mão dupla em toda a sua extensão; eu precisaria checar, mas não pretendo ir a Windhoek por esses dias). Em todo caso, ao menos em Windhoek, o que liga Otto von Bismarck a Robert Mugabe é Fidel Castro. Durmam com essa, revolucionários de gabinete.

aos dois tiranos). Penso em todas essas coisas agora, o caderno aberto no colo. Olho para a TV mutada. Atentados terroristas. Desvio os olhos. Ligo o Kindle e leio: "Zugegeben: ich bin Insasse einer Heil- und Pflegeanstalt..." O começo de *Die Blechtrommel*, traduzido por aqui como (simplesmente) *O tambor*. Nazistas. Günter Grass não era nazista, mas foi. Mas não era. E ele mentiu que não foi, ou melhor, *omitiu* o fato de que, embora não fosse, foi (mesmo não sendo), embora tenha sido quando moleque, por exemplo, para irritar o pai, se não me falha a memória e caso ele não tenha mentido sobre isso (uma mentira sobre outra mentira (ou para consertar uma omissão)? Duvido) em *Nas peles da cebola* (*Beim Häuten der Zwiebel*). É complicado e, ao mesmo tempo, não é. Digo o seguinte: quando Adolf Hitler e Eva Braun se mataram no bunker, Günter Grass tinha uns 17 aninhos. Onde *você* estava aos 17 aninhos? É, você. Tinha alguma coisa na cabeça? Com todo o respeito, duvido muito. Em geral, aos 17 aninhos, somos todos uns bostinhas, alguns mais, outros menos, e não temos noção de porríssima nenhuma. No que me lembro de uma ocorrência: certa vez, em uma discussão num congresso, um colega me chamou (sou especialista em Martin Heidegger) de "intelectual de merdegger". Detalhe: eu estava certo (o colega agressor (um derridiano, evidentemente) (no que apresento uma petição pelo estabelecimento de execuções públicas & sumárias de derridianos; não serão necessários julgamentos, pois o conceito de *juízo* é estranho a esses cretinos) não sabia do que estava falando, coisa muito comum na academia (e em se tratando de derridianos), o que, em geral, em eventos e discussões do tipo, tende a explicar o tom agressivo de certos participantes), mas o xingamento inusitado e as gargalhadas dos espectadores anularam qualquer chance que eu tivesse de "vencer" a discussão (uma discussão de merdegger ainda é uma discussão a ser vencida). Mas isso não importa. Nada disso importa, provavelmente. Em todo caso, Martin Heidegger tinha 55 anos (completaria 56 em setembro) quando Adolf Hitler e Eva Braun se mataram no bunker berlinense. Martin Heidegger se aproximou do Nationalsozialistische Deutsche Arbeiterpartei (Partido Nacional-Socialista dos Trabalhadores Alemães) (Partido Nazista) mirando o cargo de reitor da Universidade de Freiburg (Albert-Ludwigs-Universität Freiburg), cujo lema, aliás, e isso é bem engraçado (sobretudo para os brasileiros que se lembram de certo ex-presidente), o lema da Universidade de Freiburg é

A VERDADE VOS LIBERTARÁ

(*Die Wahrheit wird euch frei machen* | É de Johannes (João) 8, 32: "Ihr werdet die Wahrheit erkennen, und *die Wahrheit wird euch frei machen*.") Martin Heidegger foi eleito reitor em 21 de abril de 1933 e se filiou ao Partido Nazista no dia 1º de maio, três meses após Adolf Hitler se tornar chanceler da Alemanha. No dia 27 de maio de 1933, em seu discurso inaugural como reitor, proferido no salão da Universidade de Freiburg, salão nazistamente decorado para a ocasião, com bandeiras nazistas e estandartes com o símbolo nazista, para uma plateia composta não só por acadêmicos como também por oficiais nazistas uniformizados, em uma cerimônia na qual toques marciais e a insuportável "Horst-Wesel Lied" se fizeram ouvir, nesse dia, em 27 de maio de 1933, em seu discurso inaugural como reitor, Martin Heidegger falou em vinculação à "comunidade do povo" (*Volksgemeinschaft*, termo que também ouvi da boca do meu avô) (que era um nazista e eu o matei a marteladas) (*sic semper* nazis) (mentira, ele se matou), à honra e ao destino da nação alemã (quando ele fala da "existência estudantil enquanto serviço militar") e também à missão espiritual do povo alemão ("Nós nos queremos a nós mesmos"), e encerrou citando Platão, *República* (497d9): "Tudo o que é grande está na tempestade." Em novembro de 1933, Martin Heidegger assinou o *Bekenntnis der Professoren an den Universitäten und Hochschulen zu Adolf Hitler und dem nationalsozialistischen Staat* ("Voto de fidelidade dos professores das universidades e escolas secundárias alemãs a Adolf Hitler e ao Estado Nacional-Socialista"). Antes, em abril daquele ano, os acadêmicos judeus e de ascendência judaica foram banidos por lei das universidades e escolas alemãs. E, em outubro, Martin Heidegger não era mais o reitor, e sim o "Führer" da Universidade de Freiburg. As razões de seu autoproclamado "fracasso" como reitor (ou "Führer" da Universidade de Freiburg) são variadas (incluindo a ciumeira do ideólogo nazista Alfred Ernst Rosenberg, deliciosamente enforcado em Nuremberg no dia 16 de outubro de 1946) e irrelevantes aqui. Sim, já no ano seguinte, isto é, em abril de 1934, Martin Heidegger apeou do cargo de reitor, ou melhor, "Führer" da Universidade de Freiburg, e parou de frequentar as reuniões do Partido Nazista — mas jamais se desfiliou, nem mesmo quando os nazistas proibiram-no de publicar novos textos e livros, não, nem mesmo o banimento intelectual fez com que Martin Heidegger rasgasse sua carteirinha de membro do Partido Nazista e jogasse fora o broche nazista e mandasse os nazistas à merda (ainda que apenas mentalmente, sabe como é, para evitar problemas). Em 1949, nos procedimentos de desnazificação da Alemanha, Martin Heidegger foi considerado um *Mitläufer*, termo que designa os "companheiros de viagem" de certos movimentos radicais ou extremistas, indivíduos que simpatizam com tais radicalismos e extremismos, eventualmente até se beneficiam de regimes radicais e extremistas (como Martin Heidegger chegando à reitoria) (Herbert von Karajan foi considerado um *Mitläufer*? Não sei, pesquisarei a respeito depois), mas não são considerados criminosos de guerra propriamente ditos. Nos processos de desnazificação, os investigados eram divididos em cinco categorias: *Hauptschuldige* (que abarcava os principais culpados e criminosos), *Belastete* (todo aquele que tivesse sido *contaminado*: ativistas, militantes, propagandistas e aproveitadores de cepas variadas), *Minderbelastete* (dizia respeito aos infratores de menor importância), *Mitläufer* e *Entlastete* (categoria relativa aos indivíduos investigados e exonerados de qualquer culpa). Ou seja, Martin Heidegger foi colocado apenas um degrau acima dos investigados e exonerados de qualquer culpa. Em geral, o *Mitläufer* só toma parte da "viagem" depois que o movimento radical ou extremista já chegou ao poder e ele (o *Mitläufer*) pode se beneficiar do novo status quo. Logo, o *Mitläufer* é, antes de tudo e fundamentalmente, um oportunista safado. E Martin Heidegger, o maior filósofo do século XX, era (foi) também um oportunista safado. Ele poderia ser um oportunista safado arrependido, ele poderia ter colocado seu intelecto e sua bagagem filosófica a serviço de uma reflexão consequente acerca, por exemplo, da Shoah. Mas, além de oportunista (e safado), ele também era (foi) omisso, covarde, desligado da realidade (segundo Hannah Arendt) (mas não desligado da realidade ao ponto de prescindir de TREPAR com Hannah Arendt) (imagino Martin Heidegger vendo Hannah Arendt pela primeira vez, e, embora na maior parte do tempo fosse alguém desligado da realidade, ligou-se à realidade momentaneamente, sentiu uma coceirinha na cabeça do pau e pensou: *LECKER*). Hoje, com a publicação dos célebres *Schwarze Hefte*, os "Cadernos negros" preenchidos por Martin Heidegger entre 1931 e 1970, sabemos a extensão da miopia política, do antissemitismo arraigado e, claro, da safadeza de Martin Heidegger. Mas, em uma anotação de 1942, Martin Heidegger escreve sobre o nazismo: "Tudo isso está na linha da ruína da atmosfera do pensar, ruína a partir da qual, rápida e incontrolavelmente, o 'nacional-socialismo' se tornou um dos desvios para o criminoso. Se agora limparmos os alemães dessa peste, o que sobra, então? Por certo, o pântano de antes e de agora, pântano do medo histórico do pensar." Martin Heidegger ouviu (tardiamente) o galo cantar, mas não soube dizer onde estava o bicho. Porque Martin Heidegger desenvolveu nos *Schwarze Hefte* uma espécie muito peculiar, patética e exaustiva de antissemitismo. Martin Heidegger diz nos *Schwarze Hefte* que os judeus são extraordinários, resistentes, inteligentíssimos, engenhosos, e também são (aqui o bicho começa a pegar) aqueles que mais auxiliam na evolução da ciência e da técnica. A última parte (relativa à ciência e à técnica) não é um elogio. Porque Martin Heidegger entende que a ciência, enquanto desdobramento da metafísica ocidental, encobriu o *pensar* verdadeiro. Ao ligar os judeus diretamente a esse encobrimento do *pensar* verdadeiro, ao culpar os judeus por esse encobrimento, Martin Heidegger os culpa pelas tragédias e crimes que, eventualmente, abateram-se sobre o mundo e, claro, sobre os próprios judeus. Isso é deplorável. Não. É mais do que deplorável. Isso é "um desvio para o criminoso". Eis o que Martin Heidegger escreve a certa altura (1942) num dos *Schwarze Hefte*: "Somente quando o essencialmente 'judaico' luta, no sentido metafísico, contra o judaico, atingiu-se na história o ponto alto da autodestruição." Há um jogo evidente entre "judaico" e judaico, a mesma palavra escrita com e sem aspas. Ernildo Stein presume que "judaico" (entre aspas) diga respeito à técnica, ao esquecimento da história do ser, ao passo que *judaico* (sem aspas) (itálico meu) seria o termo tal como o entendemos ordinariamente, como algo relacionado ao povo judeu, à judeidade em si etc. Logo, diante da prevalência do "judaico", o judaico é massacrado. O "judaico" massacra o judaico: autodestruição. Em suma, no entender de Martin Heidegger assim expresso nos *Schwarze Hefte*, os culpados pela Shoah são os próprios judeus. Eles levaram a técnica àquele extremo criminoso. Eles fizeram a própria cama e se deitaram nela e atearam fogo aos lençóis, cobertores, colchão, quarto, casa. Os judeus, segundo Martin Heidegger, atearam fogo a si mesmos, os judeus se colocaram nas câmaras de gás, os judeus se encaminharam para os campos de extermínio, os judeus se puseram diante das armas carregadas dos nazistas e colaboracionistas, os judeus se jogaram nas valas coletivas de Babi Yar e tantos outros lugares em tantos outros massacres. Os judeus, segundo Martin Heidegger, cavaram as próprias covas e se jogaram dentro delas e se enterraram. Alguém como Martin Heidegger, que interpreta a Shoah como uma dança autodestrutiva, não pode ser considerado um mero *Mitläufer*. E, muito embora a interpretação de intelectuais de merdegger como Emmanuel Faye seja inconsequente e desonesta, é inegável que haja algo doente na filosofia de Martin Heidegger, sobretudo após a *viravolta* (*Kehre*). Peter Trawny está correto em enxergar o antissemitismo como um dado da reflexão onto-historial de Martin Heidegger. É um dado entre outros, mas está *lá*. Enfermiço, lamentável, criminoso. É o resultado de uma húbris filosófica, de uma ânsia hermenêutica por subsumir tudo a uma determinada compreensão ontológica, compreensão que, ironicamente, não conseguiu escapar de um traço marcadamente europeu (mas não só europeu, claro) e verificável em todos os momentos da história europeia (mas não só europeia, claro): o antissemitismo. Nos *Schwarze Hefte*, a suposta autodestruição inerente ao "judaico"/judaico aponta para outra (e efetiva) autodestruição: de Martin Heidegger por Martin Heidegger, ou melhor, da filosofia heideggeriana pela própria filosofia heideggeriana. Martin Heidegger é esmagado pelo peso de sua própria *tarefa*. Como escreve Ernildo Stein, "o filósofo foi chamado pelo *Seer* para salvar o Ocidente, mas não sabe da liberdade. Disso nasce a total sobranceria de quem perdeu toda medida e, assim, a responsabilidade moral". Mas ninguém arrebentou a cabeça de Martin Heidegger a marteladas. Martin Heidegger não foi arrastado para uma ravina e teve a cabeça estourada a tiros e o corpo despejado em uma vala comum. Martin Heidegger não foi alvejado e deixado para morrer esmagado e sufocado sob outros corpos também alvejados e despejados uns sobre os outros e assim amontoados em uma vala comum. Martin Heidegger não foi preso e arrastado para um campo de extermínio em vagões superlotados, sem água, comida, oxigênio. Martin Heidegger não foi encaminhado para a câmara de gás. O corpo de Martin Heidegger não foi retirado da câmara de gás e levado para os fornos. Não, não, não. Martin Heidegger viveu confortavelmente até os 86 anos de idade. Não podemos, como Martin Heidegger fez na primeira aula de um curso sobre Aristóteles, exprimindo o que sua ex-aluna e ex-amante Hannah Arendt chamou de "um pensar *apaixonado*, onde o Pensar e o Estar-Vivo se tornam um" (vamos concordar que Hannah Arendt não parece, jamais, ter criado um distanciamento mínimo para lidar com o *problema* Martin Heidegger), não podemos simplesmente dizer: Martin Heidegger nasceu, trabalhou e morreu. Há o espanto como início da filosofia no *Teeteto* de Platão e há o espanto como fim (culminação) da filosofia (ou de uma filosofia adoentada, enfermiça, antissemita) em qualquer dos lados de Martin Heidegger. Há um espanto criador, um espanto prenhe de possibilidades teóricas, e um espanto anulador, um espanto esmagado sob o peso de uma doença teorética. Hannah Arendt fala sobre a "tendência ao tirânico" nas teorias e nos sistemas de quase todos os grandes pensadores (ela exclui Kant, o que é engraçado, pois, conforme escreveu Nietzsche, corre um rio de sangue sob a ponte do imperativo categórico), espécie de "deformação profissional" típica do "grande" filosofar. Mas não se trata de uma mera tendência. Do que é que se trata, então? Não sei ao certo. Mas pergunto: a "morada do pensar" é vizinha dos campos de extermínio? Sim, provavelmente. Até porque quase tudo é vizinho dos campos de extermínio, conforme disse ou escreveu alguém (Agamben?). O campo de extermínio, e não o *ser*, talvez seja o centro do mundo. A maioria de nós vive na periferia do campo de extermínio (os demais vivem lá dentro, verdugos e prisioneiros), aspirando a fumaça escura que sai dos fornos e (…). RESPIRE FUNDO. (…) Mas, diabo, eu falava de Carol, do dia em que recebi a notícia, do dia em que. E, sim, eu me senti absurdo e pensei em coisas absurdas, não em Windhoek e suas ruas, não em Grass e Heidegger, não me lembro em que coisas absurdas pensei após desligar o telefone e me sentir absurdo, não me lembro em que coisas menos absurdas pensei depois, mais calmo, eu me lembro de (depois, mais calmo e menos absurdo) chorar, eu me lembro disso, e talvez (pode ser) (é uma possibilidade), em algum momento daquele dia (mais tarde, depois de ligar outra vez para a minha tia, talvez antes de dormir), eu tenha me lembrado do dia em que Carol chegou e pediu para usar o banheiro. Ela fechou a porta, não era como Eleonora, usava os cabelos presos e uma camiseta do Pearl Jam e parecia feliz, no que eu me lembrei de outra visita, meses antes, do dia em que ela usava os cabelos soltos e uma camiseta branca do Sonic Youth, a capa de um (ótimo) álbum do Sonic Youth, *Goo*, na capa uma arte criada a partir da fotografia de um casal de assassinos britânicos, Ian Brady e Myra Hindley, mas com outra história de violência contada ali, uma história de violência é uma história de violência, uma história (contudo) alternativa (fictícia?), I STOLE MY SISTER'S BOYFRIEND. IT WAS ALL WHIRLWIND, HEAT, AND FLESH. WITHIN A WEEK WE KILLED MY PARENTS AND HIT THE ROAD, a imagem dos abusadores e assassinos de crianças posando como rockstars, uma fotografia tirada à época do julgamento, a imagem sugerindo que há algo de *cool* nos assassinos, pura pornografia da brutalidade, mesmo que a pessoa não saiba quem foram Ian Brady e Myra Hindley, dada a outra história (I STOLE...), a história alternativa (fictícia?) de violência descrita na arte, descrita na capa do álbum, mesmo que a pessoa não saiba quem foram Ian Brady e Myra Hindley, ela sabe que está olhando para um casal de assassinos, "matamos meus pais e pegamos a estrada", sim, como Mickey e Mallory Knox, certo? (embora o álbum seja de 1990 e *Assassinos por natureza* seja de 1994), sim, por exemplo, há inúmeros exemplos, inúmeras histórias similares, parricídio e pé na estrada, matricídio e picar a mula, e conversamos sobre isso, eu e Carol, quando mostrei para ela os meus álbuns prediletos, como bom professor que era, leia esses livros, ouça esses discos, e ela lia os livros, mas nunca gostou muito dos discos, exceto pelo Sonic Youth, sim, Sonic Youth seria a "nossa" banda, a única banda com relação à qual os nossos gostos coincidiam, ela gostava de Pearl Jam, eu não suportava Pearl Jam, ela gostava dos Doors, eu não suportava os Doors, por que você não gosta do U2 como uma pessoa normal?, ela me perguntava, e conversamos sobre a história por trás daquela capa, história que descobri por acaso, folheando uma revista qualquer, *Bizz* ou *Showbizz* ou coisa parecida, você sabia que?, não, eu não sabia. Brady e Hindley morreriam na cadeia e há corpos de vítimas deles que jamais foram encontrados, Pauline Reade (16 anos), John Kilbride (12 anos), Keith Bennett (12 anos), Lesley Ann Downey (10 anos) e Edward Evans (17 anos), não sei quais os corpos que encontraram, dos outros há a história dos crimes, as confissões não raro contraditórias, mas não os cadáveres ou restos mortais, Pauline Reade atingida na garganta com tamanha força que quase foi decapitada, dois cortes profundos, Hindley disse ter olhado para o corpo e perguntado: Você também estuprou ela? E Brady: Claro que sim. (Hindley afirmou ter permanecido no carro enquanto Brady matava a menina. Mas, segundo Brady, Hindley participou de tudo, participou do estupro e participou do assassinato, não esperou no carro, não se afastou, não foi e voltou, e colocou mãos à obra.) Carol não fazia ideia. Disse que nunca mais usaria aquela camiseta, o que achei engraçado. E, na última vez em que foi à casa do meu avô, para devolver o *Lolita* e o *Amarcord* que eu lhe emprestara, Carol usava os cabelos presos e uma camiseta do Pearl Jam e parecia feliz. Ouvi dizer que está namorando, comentei.

É verdade.

Que bom.

Ouvi dizer que você vai se mudar pra Goiânia.

É verdade. Fazer mestrado. Trabalhar.

Em quê?

Aula, né. Dar aula.

As coisas mudam de repente.

É, elas mudam bem depressa.

Foi bom, não foi?
Foi, sim. Mas tem coisa melhor te esperando.
Ela sorriu.[4] Você acha?

(...)

---

[4] Dois poemas de "Maria Gostrey", no blog de "Maria Gostrey" (ainda on-line, provável que o viúvo nem saiba de sua existência):

> 4:48: Sarah Kane teria se enforcado com os próprios cadarços
> ou com os de outrem, eu não sei.
> Talvez tenha pedido a alguém,
> me empresta os teus cadarços, por favor?
>
> Coração, fígado, pulmões: o mundo
> cheira a urina e suor humanos (*cito*).
>
> Os pés balançam no vazio: por que
> não são mais possíveis momentos como este?
> Sarah Kane ali suspensa (*cito*)
> para que os ratos não lhe devorassem o rosto.
>
> ---
>
> o que fazem entre um lado e outro?
> entre a mania e seu outro polo?
>
> o que fazem enquanto a corda se estica
> antes de anunciar com um assovio seco este é o ponto final?
>
> o que fazem nessa descida incompleta
> que não os leva até o chão?
>
> o que fazem entre um dia e outro?
> entre o início e o fim da noite?
>
> o que fazem com o dia?
>
> fazem sala e café para as visitas
> calculam a distância final entre os pés suspensos
> e o chão

(Mas tem coisa melhor te esperando.)

(...)

Margarete Helfferich Silva permaneceu na poltrona durante toda a visita, a janela aberta logo atrás, o vento esvoaçando as cortinas e o dia muito claro, tão claro que, por estar na contraluz, sentado no extremo do sofá à direita dela, só consegui divisar seu rosto ao chegar e quando me despedi, as duas ocasiões em que me aproximei para beijá-la. Ninica, quando conversamos na cozinha (a desculpa de passar um café) (Ninica passa pra você, filho.) (Não, mãe, deixa comigo.), disse que a rotina permanecia a mesma, dona Margarete está igual, seu Leandro, acorda cedinho, seis, seis e meia, faz um pouco de café, come o sanduíche que eu deixo preparado na véspera, depois vai ali pra sala, senta na poltrona dela, vê os telejornais, e às nove eu chego com o jornal, que ela lê de cabo a rabo, depois fica entretida com os livros dela, faz isso até eu servir o almoço, depois do almoço tira uma soneca, acorda às duas, duas e pouco, vê a novela, lê mais e, depois que eu vou embora, acho que fica vendo aqueles filmes antigos, passo na locadora duas vezes por semana, ela faz uma listinha do que quer ver, o senhor sabe como ela é organizada, né?

E visitas?, perguntei.

Ninica, uma mulher de quarenta e poucos anos, cabelos curtinhos, mãe de três e esposa de nenhum (segundo a minha mãe), abriu um sorriso encabulado antes de responder: Além do senhor, da dona Magda, do seu Conrado (sic), do médico (dr. Paranhos, que há anos insiste para que ela faça uma cirurgia bariátrica, mas é ignorado) e da dona Flávia (que minha mãe conhece desde a infância, estudaram juntas no Auxiliadora, em Silvânia, e

---

fazem planos
fazem cabanas usando cobertores em quartos iluminados
pela luz dos televisores ligados

dividem o dia em pedaços pequenos
e assim o engolem aos poucos
com um pouco de água
às vezes nem isso

mantiveram contato pela vida afora, mesmo durante os anos em que Flávia viveu e estudou no exterior, não me lembro se na Áustria ou Alemanha), ninguém mais vem aqui, não.

Voltei à sala com as xícaras de café em uma bandeja, mas ela não quis, meio tarde, filho, se bebo café depois do almoço, sabe como é, não durmo nada à noite. Conversamos um pouco, depois ela se concentrou na novela.

Ninica veio se despedir. Precisa de mais alguma coisa?

Não, querida, obrigada.

Tchau, seu Leandro. Tchau, dona Margarete.

Vai com Deus, Ninica.

Tchau, tchau.

E, logo depois que a porta foi fechada: E o trabalho?

Vou cair fora assim que o ano letivo acabar. Ou talvez as freiras me cuspam de lá antes.

Edivânia?

Edivânia.

Isso talvez seja uma coisa boa, meu filho.

Também acho.

Você vem pra cá, a gente acha um lugar pra você, aluga.

É, tô pensando em fazer mestrado e...

Silvânia é atraso puro.

E hoje o atraso faz aniversário.

É mesmo. Nem me toquei. É feriado lá.

Eu até gosto de Silvânia, não acho que aqui seja muito diferente, não.

E não é, mas você também não precisa ficar aqui. Pode ir pra onde quiser.

Eu sei, mãe. Obrigado.

Mas precisa estudar, precisa continuar estudando, precisa se especializar. A carreira que você escolheu não deixa muita escolha.

Verdade.

Você pode conseguir emprego em uma escola aqui, dar umas aulinhas enquanto toca o mestrado. A ex-cunhada da Flávia tem um cursinho, talvez possa te ajudar ou indicar pra alguém.

É uma boa.
Vou falar com a Flávia.
Obrigado, mãe.
Ela sorriu, satisfeita. Ficamos quietos, assistindo à televisão. Passado um momento, uns poucos minutos, ela dormiu. Achei engraçado. Meses sem ver o filho e cai no sono. Levei a bandeja com as xícaras para a cozinha. A luz oscilou um pouco e temi que a energia fosse acabar. Comecei a abrir e fechar as gavetas à procura de velas. Em uma delas, notei um caderno de capa vermelha. Peguei e abri. A letra de dona Margarete. Uma espécie de diário? Por que guardá-lo na cozinha e não no quarto? Porque não consegue escrever na cama, provavelmente. Sentada à mesa da cozinha: única posição em que consegue escrever. Li algumas entradas ao acaso. "05.07.95. Nenhuma notícia da Medeia goiana. Aprecio atravessar a sala do meu apartamento, abrir a janela e contemplar os suicidas se atirando pelas janelas dos prédios vizinhos. Muito embora eu resida em Goiânia, mais precisamente no Setor Oeste da capital de Goiás, mais precisamente nas proximidades da avenida Assis Chateaubriand, posso e gosto de dizer que a paisagem que vislumbro através da janela da sala do meu apartamento é uma paisagem paulistana: muitos prédios e sujeira. E há os suicidas. Eu atravesso a sala e contemplo os suicidas. Às vezes, e nunca comentei isso com ninguém, até algum tempo atrás, quando comentei com F., às vezes, tenho a impressão de que um ou outro suicida, enquanto cai, acena para mim. Quando isso acontece, sinto-me premiada. Há suicidas de todas as formas e tamanhos. E eles são decididos, pelo que posso depreender de seus saltos. Jamais percebi quaisquer sinais de hesitação. Jamais aconteceu de a pessoa, corpo para fora da janela, ainda equilibrada sobre o parapeito ou sacada, fraquejar no momento em que olha para baixo e vislumbra a trajetória que seguirá. Eles, todos eles, sem exceção, eles olham para baixo com a mesma displicência com que as demais pessoas, isto é, as pessoas que ainda não saltaram, olham para um lado e para o outro antes de atravessar uma rua pouco movimentada e muito bem sinalizada. Eu atravesso a sala e contemplo os suicidas, mas sempre estou só quando o faço. Mesmo

quando M. está aqui, estou sempre só quando atravesso a sala, abro a janela e contemplo os suicidas. Outro dia uma menina saltou. Usava um jeans branco, camiseta azul, e estava descalça. Os cabelos, escuros, estavam soltos. Ela abriu a janela, sentou-se no parapeito da janela, percebeu que eu a observava, olhou para mim sem esboçar qualquer reação, não parecia esperar que eu fizesse nada, sequer gritar por socorro, e saltou. Saltou olhando para mim. Saltou olhando fixamente para mim. E acenou. Acenou a poucos metros do solo. De fato, no momento do impacto, ao se esborrachar na calçada, ela ainda acenava para mim. Mas não posso afirmar isso com certeza, pois a distância entre o meu prédio e o dela não é tão pequena. Mas quero acreditar nisso. E quero acreditar que, além de acenar, ela também sorria para mim. Sim, quero acreditar nisso. Ela acenava e sorria. Certa vez, conversei a respeito dessas coisas com F., embora esse tipo de assunto não lhe apeteça. F. acha que estou deprimida. Não estou deprimida. Sinto falta de meu filho, mas não estou deprimida. Disseram que meu filho usa cocaína. Isso não me surpreenderia, mas não parece ser o caso. Ele sempre diz o que quer. É uma pessoa confusa, o meu filho. Sempre teve pesadelos, sempre teve períodos nos quais parece um tanto desconectado da realidade. Ele deveria arranjar uma namorada. Talvez bebesse menos se fizesse isso. M. me conta que ele tem bebido demais. Mas eu falava dos suicidas, e de como F. evita falar sobre essas coisas. Às vezes, é como se F. não acreditasse em acidentes, colisões, quedas. Um corpo contra o chão. Suicidas, para ela, são uma realidade tão remota e insubstancial quanto acidentes de trânsito. Não sei se isso faz sentido. Creio que me expresso mal. Não é que F. não acredite em tais e tais coisas. Não, óbvio que não. Ela certamente não é louca. É mais como se tais e tais coisas não lhe dissessem respeito. Pelo menos, não por muito tempo, ou de forma duradoura. Como ela jamais cogitou saltar de uma janela, F. não tem paciência para pensar a respeito do que leva alguém a saltar de uma janela. Naquela noite, por exemplo, ela me ouviu e perguntou: 'Ela acenava para você?'. 'Sim', respondi. 'Enquanto caía?' 'Sim.' 'De verdade?' 'De verdade.' 'E há tantos suicidas assim nos prédios vizinhos?' Pousei os talheres sobre o meu prato e balancei a cabeça afirmativamente. 'Uma enormidade. Uma infinidade. Basta ir até a janela e observar.' 'Agora, por exemplo?' 'Termine de comer primeiro.' Ela não terminou de comer, mas se levantou, circundou a mesa e, passando às minhas costas, colocou-se diante da janela. 'Nada acontece', disse pouco tempo depois, já perdendo o interesse. 'Tenha calma. Vai acontecer.' 'Quantos suicídios você já presenciou?' 'Catorze.' 'Vejo que houve um acidente. Lá embaixo, na Assis com a 9. Dois carros.' 'Olhe para cima, querida. É de onde eles vêm.' Mas, conforme eu previra, ela logo se desinteressou e voltou à mesa. 'Nada', disse. 'Um gesto desses', comentei algum tempo depois, enquanto esperava que ela terminasse de comer. Ela sempre comeu muito lentamente. 'É um gesto?', ela me interrompeu. 'Sim, é um gesto. Eu chamo de gesto. Do que você chama?' Ela encolheu os ombros, a boca meio cheia, mastigando: 'Não chamo de nada'. 'É que você mal olhou para cima.' 'Não tem nada vindo de cima, Margarete. Ou de baixo, ou de lado nenhum. Você não viu catorze suicídios. Talvez tenha visto um. Talvez tenha visto um ou dois e ficado assim impressionada. Sabe do que você precisa? Sabe? Você precisa é se cuidar.'" E outra, folheando bem para trás, em uma das primeiras páginas, da época em que ela ainda saía de casa (não havia informação do ano): "24.09. Depois de ir ao terapeuta, fui almoçar fora, em uma churrascaria no Marista. Sentei a uma mesa, a mesa mais distante e isolada que encontrei, mas duas mulheres se sentaram ao lado, acho que também queriam se isolar e não me deram atenção. Uma delas não calava a boca, irritada com o marido, consigo mesma, com tudo. Eu estava com o gravador na bolsa porque sempre gravo as minhas sessões com o terapeuta, gosto de ouvi-las depois, de pensar sobre o que é dito nas sessões, repassar tudo e tentar melhorar enquanto paciente e enquanto pessoa. Meu terapeuta não sabe que eu gravo. Seria o caso de contar para ele? Não sei. Não sei se isso é permitido. Talvez não seja educado. Não me importo. Também gravei o que disse a mulher na churrascaria. Transcrevo aqui: 'Tudo bem que eu tenha tentado cortar o pau dele fora, mas eu avisei um milhão de vezes que não queria mais saber dessa merda, ele aprontando sem a menor cerimônia, todo mundo sabe, enquanto eu faço das tripas coração pra manter a joça da casa em ordem e levar e buscar os meninos na escola e as coisas todas organizadas etiquetadas amontoadinhas, e essa história é a pior de todas, te juro, a filha do chefe dele, uma cabeça de vento, eu falei pra ele parar, falei que não ia permitir essa canalhice, essa piranhagem, e ele dizendo na maior cara de pau Glauce não é piranha, isso e mais nada, Glauce não é piranha, nem se deu ao trabalho de negar qualquer envolvimento com a piranha, ficou em silêncio enquanto eu gritava, ficou em silêncio enquanto eu também me calei esperando que ele dissesse alguma coisa, qualquer coisa, a desgraça é que ele tem o sono muito leve ou talvez eu faça barulho demais ou talvez ambas as coisas, e ele me deu na cara quando me viu ali parada com a faca, tomou um susto daqueles e me deu na cara e disse que queria se separar, antes eu tinha falado com a minha irmã sobre essa história com a filha do chefe e a minha irmã as putas são eles, meu marido é uma putinha, seu marido é uma putinha, e tudo isso me dá um nojo desgraçado, eu sei, eu sei, minha irmã é genial, se ela fosse cortar o pau de alguém eu garanto que ela não ia ficar só na tentativa, garanto que o desgraçado do marido dela não ia acordar até ser tarde demais, você sabe, conhece a peça, o marido dela trabalha junto com o meu e a gente não ia se surpreender se descobrisse que os dois andam trocando ou, na menos pior das hipóteses, é, isso mesmo, os dois putos traçando a talzinha, a piranha adolescente filha do chefe ao mesmo tempo, talvez ali mesmo no tapete do escritório de um deles, um fodendo a menina e o outro tirando fotos, e depois eles trocam de função e os três enchendo a cara e trepando, as salas deles são vizinhas e às vezes eu perco um tempo desgraçado imaginando os dois comentando sobre os traseiros das paquitas do RH e os peitos da nova secretária do diretor executivo e as coxas da terceira ou quarta esposa do cara do financeiro e, claro, sobre as formas durinhas da princesinha Glauce, sinto vontade de arrancar o nariz dessa vadia, cortar fora com uma daquelas tesouras de jardim, aquele narizinho empinado, às vezes eu sonho que sou ele e no sonho eu acordo de manhã e subo em cima da esposa, que no caso sou eu, mas não no sonho, no sonho é a piranhazinha da Glauce, e então eu dou a trepadinha regulamentar porque o pau está duro por causa da vontade de mijar, e depois de gozar na barriguinha perfeita dela, porque ela ainda não teve de engravidar e parir três vezes, que coisa é essa que esses homens têm com isso de ficar olhando o próprio pau esporrar?, já viu como eles fazem?, o seu também faz isso?, ele tira o pau pra fora e fica olhando enquanto a porra esguicha em cima de mim, na minha barriga, na minha bunda, na minha cara, é uma fixação com o próprio pau, com a própria porra esguichando, acho doentio, doentio, mas eu te contava do sonho, pois é, eu era ele e a Glauce era eu, e depois de gozar eu vou finalmente ao banheiro e quando me coloco diante da privada pra mijar o pau despenca lá dentro, simplesmente desgruda do meu corpo e despenca, sabe?, e a Glauce entra no banheiro e antes que eu possa fazer qualquer coisa, porque eu estou pasmo estarrecido perplexo com o meu pau que desgrudou do meu corpo e caiu na privada, antes que eu possa fazer qualquer coisa ela aciona a descarga, *bye-bye*, pau, e eu começo a gritar e acordo e fico aliviada por saber que eu continuo sendo eu e ele continua sendo ele, roncando de barriga pra cima como se não houvesse amanhã ou ontem, a completa anulação do tempo e da existência, ele acordou e me viu com a faca na mão e somou dois mais dois e tomou um susto daqueles, tanto que me deu na cara e disse olha o que você me obriga a fazer, tem base uma coisa dessas?, eu obriguei ele a me bater, é isso?, ele come a filha do chefe e sei lá quantas outras, eu me incomodo com isso e vou tirar satisfação, e ele vai e se sente obrigado a me dar na cara, ah vai tomar no cu, e depois falou que queria se separar, eu não falei nada, o meu nariz sangrava um bocado e ele se assustou um pouco com isso, sujou a minha camisola, um horror, e depois eu disse chorando eu sou uma imbecil, eu disse chorando que era só brincadeira, que eu não ia cortar o pau dele, que se fosse cortar o pau dele não teria feito tanto barulho e ele não teria acordado ou só teria acordado quando o serviço estivesse feito, e ele disse são duas horas da madrugada e eu preciso trabalhar amanhã cedo, e pegou o travesseiro e um edredom e se trancou na biblioteca, e na manhã seguinte depois que levei as crianças na escola eu liguei pra ele no escritório e repeti que tudo tinha sido uma brincadeira e que eu só queria dar um susto nele, pra que ele prestasse atenção em mim e parasse de me humilhar, e pedi que ele pelo menos fosse mais discreto, mais discreto como?, ele perguntou, e eu respondi você sabe que eu sei que você trepa com aquela outra, com aquela menina, eu sinto a porcaria do perfume dela nas suas roupas e as faturas dos cartões de crédito vêm aqui pra casa, eu sei onde você vai com ela e até o que vocês comem e que você deu um vestido pra ela no último Natal, eu sei de tudo e você sabe que eu sei e se você não me ajudar eu não vou conseguir levar adiante essa farsa, e então ele ficou envergonhado e disse eu nunca vou te deixar pra ficar com ela, eu ri e disse é, isso faz com que eu me sinta bem melhor mesmo, e ele perguntou o que você quer de mim?, e eu respondi só isso, discrição, quer trepar com a outrazinha, trepa, trepa todo dia se quiser, mas não fica esfregando isso na minha cara, ele ficou calado e não falou mais nada e depois eu disse tchau e desliguei, e peguei o telefone e joguei com toda a minha força na parede, o troço se espatifou todo, a Cleópatra começou a latir e não parou mais, tão incomodada com essa história quanto eu, e eu fiquei ali sentada e chorei pensando na primeira vez que entrei no condomínio, adorando o nome, Tessália, e a gente foi olhar o apartamento espaçoso, só eu e ele, o amigo dono da imobiliária nos confiou a chave e disse pra que vocês não tenham de ficar marcando com o corretor e esperando até que ele apareça, ele destrancou a porta e nós entramos e passeamos por todo o apartamento, eu amando a disposição e o tamanho dos cômodos, o arquiteto é um gênio, a gente não vai precisar mexer em nada, e então ele abriu a valise e tirou um lençol que estava dobrado ali dentro e estendeu o lençol no meio da sala, como se a gente estivesse lá no Vaca Brava fazendo um piquenique, e ele ordenou, ele não pediu, ele ordenou tira logo esse vestido, isso tem dez anos, enquanto eu tirava o vestido pela cabeça e depois a roupa de baixo e me ajoelhava no lençol ele também tirava toda a roupa e foi ali, naquele dia, que a gente concebeu o Juninho, naquele lençol estendido no piso da sala ainda vazia e meio escura do apartamento que seria nosso, toda quarta ele pega as crianças na escola, almoça em casa com a família, nós quatro à mesa, mas na próxima quarta eu vou pegar o telefone e ligar pra ele e dizer hoje eu vou almoçar fora com as crianças e depois vou com elas ver um filme, e ele vai dizer tudo bem, e eu vou pegar as crianças e levar pra chácara e colocar uma droga no refrigerante delas e depois afogar as três na piscina, o que é que você acha disso, amiga?, acho que isso vai ensinar uma bela lição praquele egocêntrico desgraçado filho da puta'. Agora, todos os dias, ao ler o jornal, vou esperar notícias sobre isso. Ela terá coragem?" Havia várias outras entradas parecidas. Parece que, na época em que ainda saía de casa, a minha mãe transformou em hábito aquilo de gravar conversas alheias e transcrever tudo no caderno. Depois, como engordasse ainda mais, desistiu da terapia, parou de sair, e as únicas conversas alheias que ouvia chegavam pela televisão. Havia, também, uma carta datilografada, uma carta assinada por Flávia, para a editora de uma revista feminina. A carta não estava datada. "Prezada senhora editora. O motivo pelo qual a senhora recusou a minha história permanece obscuro. Sei que escrevo de maneira correta, escolhendo bem as palavras, e minha amiga Margarete, que lê bastante e escreve ainda melhor do que eu, ela foi professora por muito tempo, essa minha amiga fez questão de corrigir eventuais deslizes e adequar certos termos e expressões, evitando quaisquer erros gramaticais. O meu texto é perfeitamente legível e fluente. Logo, o motivo deve ser de outra ordem. Também entendo que minha história é de interesse das leitoras da revista, assim como algumas das histórias delas me interessaram em diversos momentos. Sempre procurei olhar para os lados, reconhecer o próximo, exercitar a empatia. Minha humanidade jamais foi colocada em questão por ninguém. Sou uma mulher de meia-idade muito bem-sucedida, tenho carro e apartamento quitados, além de um escritório de paisagismo bastante conceituado, e viajo todos os anos para onde bem entendo. Ajudo os meus familiares sempre que solicitada e até mesmo quando não sou solicitada. Jamais enganei ninguém, e nunca fui desonesta com os outros ou comigo mesma. Pago os meus impostos. Vou à missa sempre que possível, em geral no último domingo de cada mês e quando a morte de algum parente faz aniversário. Venci um câncer. Trabalho muito. Em poucas palavras, sou uma pessoa decente e absolutamente normal. Os acontecimentos narrados na carta que enviei há três meses (!) cumpriam, na minha opinião, com todos os requisitos necessários para figurar na seção 'Eu, leitora'. Trata-se de uma história real. Mais do que real: verdadeiríssima. Trata-se da minha história, como não poderia deixar de ser, dados os parâmetros da seção supracitada. Além disso, foi a maneira que encontrei, aconselhada pela minha terapeuta e por minha boa amiga Margarete, de superar de uma vez por todas os eventos traumáticos que sobrevieram no decorrer do ano passado. O modo insano e infantil como me entreguei a alguém que mal conhecia e tão mais jovem do que eu. O desequilíbrio, os desencontros, o desespero. A obsessão, os ciúmes doentios, o desarranjo financeiro. A insistência dele, as ameaças, os telefonemas, os escândalos, as dívidas que assumi sem ter qualquer obrigação legal ou moral para tanto, dívidas que assumi apenas para que ele e sua família de parasitas me deixassem em paz. Foi quando eu afinal percebi a terrível situação em que me encontrava. O sangue-frio necessário para retomar o controle da minha vida, recolocar as coisas em seus devidos lugares, recompor-me e recomeçar. As lições que todas nós podemos tirar de tudo isso. Como leitora (e assinante!) da revista há décadas, e profunda conhecedora de seu conteúdo, entendo que a minha história nasceu para figurar em suas páginas. Na verdade, quando em meio à tormenta, muitas vezes me ocorreu que um dia tal coisa aconteceria, que, mais cedo ou mais tarde, e eu rezava para que fosse mais cedo, a minha história estaria em suas páginas. Isso me dava forças para perseverar. Assim, peço à senhora editora que reconsidere a sua decisão. Se for o caso, acatarei as sugestões que porventura fizer. Tudo no interesse de tornar a história melhor e mais interessante, se é que isso é possível. Sou toda olhos e ouvidos. Estou às ordens. Antes de encerrar esta carta, gostaria de lhe contar algo que aconteceu dias após o envio da minha história. Algo que, se a senhora julgar pertinente, poderia até mesmo ser acrescentado ao texto original, talvez como uma espécie de epílogo ou apêndice. Há alguns dias, fui jantar com minha amiga Margarete. Escolhemos um restaurante localizado no Setor Oeste, próximo à residência dela. Eu a conheço há décadas, desde o ensino

fundamental, pois fomos criadas na mesma cidadezinha interiorana e educadas no mesmo colégio salesiano. Margarete me acompanhou por todo o meu recente calvário, sendo imprescindível para a minha recuperação, e eu estive ao lado dela quando mais precisou, alguns anos atrás, quando começou a sofrer de alguns problemas de saúde. Destroçadas pela vida em momentos e circunstâncias distintas, soubemos nos recompor e seguir em frente. Apesar de tudo. Apesar de todos. Margarete, é verdade, desenvolveu certa compulsão alimentar, e engordou um pouquinho de uns anos para cá. Mas tenho certeza de que, com a minha ajuda, ela também irá superar esse problema. Voltando ao referido jantar, eu e minha amiga estávamos à mesa degustando um bom Chardonnay e algumas macadâmias quando ela assumiu uma expressão muito séria. Perguntei se estava tudo bem, e Margarete respondeu com outra pergunta, sobre quando eu o vira pela última vez. Assim, gratuitamente. Após um momento de hesitação, atordoada com a pergunta, respondi que não sabia dele há exatos sete meses e nove dias. Ela pousou os talheres no prato e me encarou, ainda muito séria. 'Ele morreu?', perguntei quase num sussurro. Minhas pernas tremiam. A cabeça girava. Então, como se alucinasse, vi a minha amiga, a minha irmã, a minha Margarete abrir um enorme sorriso e dizer: 'Acidentou-se com a moto que comprou com o seu dinheiro.' Levantei-me em silêncio, cambaleei até o banheiro e, dignamente ajoelhada junto ao vaso sanitário, enfiei dois dedos da mão direita na garganta e fiz questão de deixar tudo ir embora. É isso. Aguardo a resposta da senhora editora."
Também me deparei (noutra entrada sem data) com algo que não parecia escrito por ela, e não trazia qualquer informação adicional (talvez fosse a transcrição de outra conversa gravada, não sei): "Odeio quem faz certas coisas em certos lugares. Odeio quem senta em cima da mesa numa sala de aula. Odeio quem me chama de queridinha. Meu ex-professor de Antropologia fazia essas duas coisas e outras mais e eu sinceramente queria morrer. O cara entrava na sala todo suado porque não acreditava em automóveis ou coisa parecida, acho que todo esse lance com combustíveis fósseis e defesa do meio ambiente e diminuição da poluição, enfim, o cara

entrava na sala de aula todo suado porque ia pro campus de bicicleta, seis e meia da manhã e o sujeito, um professor universitário, um cara que fez mestrado no México, doutorado na França, ou mestrado na França e doutorado no México, não sei qual é a ordem, ele chegava e entrava na sala todo suado, fedendo mesmo, nem dizia bom dia e se sentava em cima da mesa, as perninhas suspensas, balançando, e então ele olhava para fora como se a gente não estivesse ali, como se a gente sequer existisse, e perguntava algo do tipo o que é que a gente tem pra hoje mesmo. Eu queria morrer. Ele era o professor, ele devia saber o que é que a gente tinha que fazer, mas não, ele nunca sabia e nem se importava porque o lance dele era falar bobagens do tipo eu morro de vontade de entrar pro Hamas ou a Queda de Saigon foi um puta dia pra humanidade ou quem devia ser preso é o assaltado, não o assaltante. Eu queria morrer. Naquele semestre ele estava comendo uma menina da sala, uma imbecil fora do tempo e do lugar, fora da casinha, entende?, que andava pelos corredores com uns livros marxistas e leninistas dentro da bolsa falando abobrinhas e criticando tudo o que a gente fazia, ou seja, tudo o que ela não sabia direito o que era porque tinha passado a porra da vida inteira lutando pela causa do proletariado, isso depois que o Muro caiu, na última década do século XX, e eu queria morrer no dia em que precisei entregar um trabalho e fui até a sala do infeliz do professor e entrei sem bater porque estava escrito na porta ENTRE SEM BATER e ela estava com os cotovelos apoiados na mesa e ele metendo nela por trás, suando e bufando e gemendo, um nojo, os dois juntos pareciam uma porcaria de uma besta mitológica porque, eu preciso dizer, porque além de boçais eles eram muito muito feios, e ele me olhou com ódio e ela ficou envergonhada por alguns segundos e eu morrendo de rir por dentro. Fecha a porta, ele pediu. Eu fechei e disse tá aqui o meu trabalho. Deixa aí em cima da mesa e cai fora, queridinha. Eu deixei lá em cima da mesa e caí fora, mas não sem antes ouvir ele dizendo se quiser contar pra alguém pode contar. Na aula seguinte ele usou a frase de uma moradora de uma favela carioca para supostamente nos ensinar uma ou duas coisinhas sobre o que ele chamava de VIDA REAL. A frase era algo como você consegue imaginar o que é estar batendo uma vitamina de banana e uma bala atravessar o copo do liquidificador? e ninguém evidentemente estava prestando atenção às sandices que ele dizia sobre o POVO e não sei mais o quê, até que a pupila dele, a ativista tresloucada, ergueu a patinha esquerda e perguntou sorridente você quer se casar comigo. Ele a ignorou e ato contínuo perguntou a minha opinião sobre o estado de coisas da segurança pública nas grandes cidades brasileiras em geral e em particular no Rio de Janeiro. Eu estava de saco cheio, queria morrer, e disse bem, por mim a polícia podia passar fogo em todos esses pobres desgraçados. Você quer dizer, nos bandidos? Não, em todo mundo. Sem exceção. O assalariado de hoje é o assaltante de amanhã. Ele ficou realmente chocado com isso e não me lembro muito bem como ou por que truque de retórica ele passou dos morros cariocas para a questão árabe-israelense e perguntou você, queridinha, também acha que Israel devia dizimar todos os palestinos. Eu sorri e disse não, os palestinos precisam sofrer um pouco mais. Como assim, ele gritou. No momento em que eu ia responder, a menina berrou PARA e começou a chorar. Todo mundo ficou paralisado. O professor se aproximou dela e perguntou o que é isso. Com a voz chorosa ela disse você não me respondeu você não me respondeu você não me respondeu, e depois se levantou e saiu correndo da sala, e eu ali, querendo morrer." Ouvi um gemido da minha mãe, fechei o caderno, guardei no mesmo lugar onde o encontrara e voltei para a sala. Ela ainda dormia; um pesadelo, provavelmente. A televisão continuava ligada em volume baixo. Diante de um espelho, Arnold Schwarzenegger arrancava o próprio olho com um bisturi. Não expressava dor ou aflição. Suspirei e disse: Ninguém pode dizer que você não tentou, Arnie. Ninguém pode dizer que você não

(...)

Mas você ainda não perseguiu o mestrado. Vou fazer a seleção neste semestre. **Que bom, que bom. Algum tema em mente para o seu mestrado.** Eu vou *perseguir* o Heidegger. **Pra que estudar estrangeiro, é tão rica a nossa literatura.** A literatura é rica em qualquer lugar, mas vou fazer mestrado em Filosofia. Heidegger era filósofo. Acho que cada um tem que se dedicar àquilo de que gosta. **E você gosta desse Haideller.** Gosto, sim, senhor. Acho muito bom. **Depois me indica uns livros dele.** Com todo o prazer. **A nossa biblioteca é pequena, mas está crescendo.** Eu vi. Dona Jéssica me mostrou. A biblioteca é muito boa. **Esse seu sobrenome, de onde é isso, é o quê.** É alemão. Meu avô é alemão, imigrou aqui pro Brasil faz bastante tempo. **Ele continua alemão.** Mais do que eu gostaria. **Eu não entendi.** Foi uma piada. **Eu não gosto de piadas, as piadas me perdem.** Peço desculpas. **Não precisa pedir desculpas, eu só não gosto muito de piadas.** As pessoas veem o Jô Soares e ficam rindo, rindo, rindo. Eu vejo e fico assim, sabe. Isso de piada é uma coisa meio sem graça. Talvez seja. Talvez seja. **Mas seu avô era alemão, que coisa mais chique. Ele fala alemão.** Fala, sim. É a primeira língua dele. **Como assim, primeira língua. Ele fala tudo em alemão e depois repete em português hahaha.** Olha só, o senhor fez uma piada. **Das minhas piadas eu gosto.** Suas piadas não te perdem. **Isso mesmo. Muito bom. Gosto de você, Lucas.** Leandro. **Foi o que eu disse. Seu avô veio da Alemanha fugindo dos judeus.** Não, senhor, ele veio fugindo dos nazistas.[5] **Ah, é. Sempre esqueço quem matou quem. É tudo gente meio igual, né. Com os Estados Unidos eu não tenho esse problema.** Não entendi. **Caubói e índio a gente não confunde. Nazista e judeu era tudo branco com nome complicado, eu vi o filme do moço do E.T., do Indiana Jones, depois de um tempo confundi tudo naquele preto e branco todo. Onde já se viu filme preto e branco no século XX. Parece coisa do século XVII, sei lá. Eu confundi tudo. Nazista, judeu. E também vai saber quem matou quem na vida real, não é mesmo. Esse povo do cinema inventa muita coisa.** Olha, posso estar enganado, mas acho que é bem fácil saber quem matou quem. **Eu sei, foi outra piada.** O senhor faz bastante piada pra alguém que não gosta de piada. **Todo mundo me acha divertido.** Nada contra. Foi só uma observação. **Uma observação.** Sim, senhor. **Quer fazer outra observação.** Desculpe, eu não quis soar impertinente ou desrespeitoso. **Você quer a porcaria desse emprego**

---

5 E também dos russos, britânicos e norte-americanos, mas ele não precisava saber disso.

ou não. Quero, sim, senhor. **Onde é que você reside.** Aqui perto, no Universitário mesmo. Acabei de alugar um apartamento. **Mas você morava em Turvânia antes.** Silvânia. **Transilvânia.** Turcomenistão. **Foi o que eu disse. Lecionava no colégio das freiras.** Lecionei lá por alguns anos. **O que aconteceu.** Não vou mentir pro senhor, até porque seria inútil, imagino que tenha checado com o pessoal de lá. Elas me demitiram por conta de alguns boatos infundados. Na verdade, eu pedi demissão, mas iam me mandar embora cedo ou tarde por causa desses boatos. **Que boatos.** De que eu faço muita farra, e isso não combina com colégio salesiano. **Você consome drogas.** Eu não consumo drogas, senhor, nunca consumi. Minha ficha, minhas narinas e minhas veias são limpas. **Que bom. Mas eu não falei com ninguém.** Não? **Não. Não costumo fazer isso. Você podia ter mentido e eu nunca saberia hahaha.** É mesmo? **É. Podia, mas não mentiu. Você foi honesto, mesmo sabendo que isso poderia custar o emprego. Admiro isso. Meus parabéns.** O senhor não checou minhas referências, o meu currículo? **Tenho preguiça de ler currículo, acho meio chato. Eu sou uma pessoa mais do cara a cara, sabe. Eu falo com o candidato ou com a candidata e sinto ou não sinto o que eu preciso sentir. E o senhor está** sentindo **agora? Posso adiantar que você está indo bem.** Que bom. Fico feliz. Preciso muito desse emprego. **Eu tenho uma espécie de sétimo sentido.** Sétimo? Uau. **O sexto sentido é o da mediunidade. Eu não quero isso, não vou perder meu tempo falando com gente morta.** Boa. Também penso assim. **Eu ignoro o meu sexto sentido e me concentro no sétimo.** Ótima estratégia. **O sétimo sentido é o sentido da aura. Eu sinto a aura da pessoa na minha frente. E a sua aura é boa, Lucas.** Leandro. **Foi o que eu falei.** Claro. **A sua aura é boa, de tons esverdeados. Sabe o que isso significa.** Aura esverdeada? Não, não sei. **Pergunte.** O que isso significa? **O que isso significa o quê.** O que significa a minha aura ter tons esverdeados? **Que bom que perguntou. Mais um ponto para você.** Oba. **Significa que você ainda não está maduro, mas é bom, é uma boa pessoa.** Oba. **Quando a pessoa ainda não está madura e não é boa, a aura dela é de um amarelo assim bem claro, quase branco, meio peido.** Meio peido? **É uma cor.** Peido? **Assim, quando eu falo cor peido, você não pensa em uma cor específica.** Eu penso em um cheiro. **Mas, assim, visualmente. Pense.** Nossa. Olha só. Penso, sim. **Você vê a cor peido.** Vejo. Não sei explicar como, mas vejo. É incrível. **Sente-se feliz porque a sua aura não é da cor peido.** Muito, muito feliz. É um alívio, para dizer a verdade. **Claro que é. Ninguém quer ter uma aura da cor peido. Né?** Eu acho que gosto da minha aura verde. **Aura de tons esverdeados.** Aura de tons esverdeados. **A minha aura é vermelha.** Vermelha. Uau. **Você sabe o que isso significa.** Não, senhor. **Pergunte.** O que isso significa? **O que isso significa o quê.** O que significa a aura do senhor ser vermelha? **Que bom que perguntou. Mas não posso te falar. Ainda não. Talvez eu te conte um dia. É muito pessoal.** Desculpe. **Não precisa se desculpar. Queria que você visse a minha aura.** Talvez eu veja uma hora dessas. **É possível. Acredite em você, em seus olhos. Os olhos são as janelas.** Os olhos são as venezianas da alma. **Não faça piadas com isso, Lucas.** Perdão. **Os olhos são muito importantes.** Tomara que eu consiga ver a aura do senhor. Depois que a gente se conhecer melhor, eu quero dizer, se eu vier trabalhar aqui e tudo. **Isso. Exatamente. Pode acontecer, pode acontecer.** Aposto que a dona Jéssica vê a sua aura. **Pode apostar.** Que bacana isso. **Você gosta de mim, Lucas.** Gosto, claro. O senhor é muito legal. **Todo mundo gosta de mim por aqui. Sabe por quê. Porque eu trato todo mundo igual. Trato a Jéssica e a pretinha da portaria do mesmo jeito porque eu sou assim, sabe.** Aura vermelha. **Aura vermelha.** Que bacana isso. **Você é um rapaz lido, dá aulas de português, inglês, literatura.** É, eu li algumas coisas por aí. **Já leu Neitchê.** Quem? **Vou dar uma pista. Ele é um filósofo da terra do seu avô.** Nietzsche? **Esse, mas você pronunciou errado.** Meu avô pronuncia assim. **Ele ficou muito tempo no Brasil, deve ter esquecido a pronúncia correta.** É, aposto que sim. Deve ser isso. **O filósofo Neitchê escreveu o livro do Zoroastustra.** Sim, sim. Muito bom. Um clássico. Grande Zoroastustra. Falava assim e assado, o Zoroastustra, isso e aquilo, falava bastante, falou muita coisa, o Zoroastustra. **Ele diz que só acreditaria num deus que soubesse dançar.** É, eu lembro dessa parte.

Neitchê dançante. Bailão Neitchê. **As pessoas interpretam isso errado. Não dá pra confiar nas pessoas. O que Neitchê quis dizer é que ele não acredita em deus nenhum, na verdade. Como eu sei disso.** Não sei. Ora, eu simplesmente sei. Caramba. **Você tem consciência das outras esferas.** Outras esferas? Como assim? Outras dimensões? **Numa descrição pobre, sim. Mas as outras esferas são muito mais do que meras dimensões diferentes desta em que nos encontramos.** Caramba. Elas são o quê? Universos paralelos? **Outra descrição pobre. É um conceito quase intraduzível em palavras terrenas.** O senhor já leu *Crise nas infinitas terras*? **Isso que o Neitchê escreveu.** Wolfman e Pérez. **Neitchê disse que só acreditaria num deus que soubesse dançar.** É, o senhor comentou. Que coisa, né? Deuses dançantes. **Mas não existe música nas outras esferas.** Mesmo? **Se não existe música, não existe dança. Você já viu alguém dançando sem música.** Só se for maluco. **E os espíritos superiores disseram que a música das outras esferas é um coaxar de sapos.** Que espíritos superiores? **Aqueles que enganaram o Kardec.** Ele foi enganado? **Pode apostar.** Mas os espíritos superiores não deveriam ser... superiores? **Eles são.** Não tem nada de muito superior em enganar alguém, né? **Os desígnios deles nos são desconhecidos.** Que sacanagem. **Não é sacanagem.** Ah, eu acho que é um pouco, sim, porque eles não enganaram só o Kardec, enganaram também o pessoal que lê os livros espíritas e acha o máximo, essas pessoas que não por acaso são chamadas de kardecistas. **Pessoas de aura vermelha têm acesso às outras esferas.** É por isso que o senhor sabe que não tem música por lá? **Também por isso. Eu vejo e ouço. Não foi Vhaskara quem disse "o silêncio desses espaços infinitos me apavora".** Vamos supor que sim. **Qual é a fórmula dele.** Peraí, eu sou professor de português e literatura, inglês... **Qual é a fórmula, Lucas. Você sabe. Olho para a sua aura e sei que você sabe.** Xis é igual a menos bê mais ou menos a raiz quadrada de bê ao quadrado menos quatro vezes a vezes cê dividido por duas vezes a. Ou: xis é igual a menos bê mais ou menos a raiz quadrada de delta dividido por duas vezes a. **Acho que você é a pessoa certa para o cargo.** Por causa da fórmula de Bhaskara? **Vhaskara. Essa fórmula foi concebida em** outra esfera. Não foi na Índia, em meados do século XII? **Às vezes, as esferas convergem e trocam figurinhas.** Figurinhas? **Descobertas, intuições. Fórmulas.** Uau. Quando foi a última vez em que isso aconteceu? **No dia em que criaram o Plano Real.** O Plano Real? E eu aqui pensando em 1905, Einstein concebendo a Teoria da Relatividade Restrita. **Não tem nada de restrito na Teoria da Relatividade.** Acho que é só o nome que ele deu pra coisa. **A professora anterior falava tanto de poesia romântica que acabou adoecendo.** Nossa. **Ela era fissurada em poesia romântica. Ela era ultrarromântica. Falava disso o tempo inteiro, declamava e declamava, aquela mulher era um porre, meu Deus do céu.** É preciso tomar cuidado com essas coisas. **Você está absolutamente certo.** Espero que ela fique bem. **Ela se aposentou.** Espero que ela descanse bem. **Você pode começar na semana que vem.** Posso, sim, claro. **Jéssica está quebrando um galho, mas o último livro que ela leu foi aquele da insustentável lerdeza do ser.** Olha o Neitchê aí. **Acho que o nome do autor é Thundera.** Sim, mas... **O quê.** Nada. **Preciso que me faça um favor.** Estou à disposição. **Você poderia assumir as aulas de história de Goiás.** Sim, claro. Já fiz isso antes. **Não é nada complicado. É só repassar os fatos mais importantes.** Em qual clube goiano Baltazar, o Artilheiro de Deus, começou sua carreira? Atlético ou Vila? **São apenas três aulas por semana, uma pra cada turma do terceiro ano.** Beleza. **Alguns vestibulares trazem perguntas sobre a história de Goiás, não quero que os alunos sejam prejudicados.** Leciono a matéria com o maior prazer. **Você é um amor.** Obrigado. **Bom, então é isso. Jéssica vai cuidar da papelada. Te espero aqui na próxima segunda.** Perfeito. Ah, posso dizer uma coisa? É só um comentário bobo. **Claro.** O senhor não pergunta de um jeito interrogativo. **Como assim.** Quer dizer, a sua entonação. É como se não tivesse um ponto de interrogação no final das suas frases interrogativas. **Aura vermelha, Lucas. Aura vermelha.** Isso quer dizer que o senhor não tem dúvidas reais? **Eu não interrogo, Lucas. Eu confirmo.** Uau. Que bacana isso. Que bacana. Uau. Uau. Uau.

(...)

A pessoa escolhendo uma maçã e (...).
Uau.
(...)
escolhendo uma maçã naquela frutaria francesa e, de repente, tudo foi pelos ares, incluindo a tal pessoa e as maçãs, as maçãs não sobreviveram, morreram todas, despedaçadas, façamos um minuto de silêncio pelas maçãs, pensei assistindo ao *Jornal Nacional* na noite de 7 de setembro de 1995, acompanhado pelo meu avô (nazista), horas antes de ser levado por Cristian até Vianópolis, onde a namorada dele (Cristian), Eleonora, supostamente trepava com alguém numa casa inacabada, entulhos onde seria o jardim (haverá um jardim?), a lâmpada pendendo de um fio preto (improvisado, remendos de fita isolante aqui e ali) sobre a porta da frente, acesa, as paredes rebocadas, mas não pintadas, aquelas venezianas vagabundas (fechadas, pelo menos), e um monte de areia, alguns tijolos empilhados e outros entulhos, a casa estava mesmo no limiar entre um canteiro de obras e uma residência. (Um minuto de silêncio pelas maçãs.) Agora que nos aproximamos do século XXI, disse Fernando Henrique Cardoso em uma cerimônia nos jardins do Palácio da Alvorada, a luta pela liberdade e pela democracia tem um novo nome: a defesa dos direitos humanos. Nesta data simbólica para o Brasil, estamos presenciando a vontade do nosso povo não apenas em falar dos direitos humanos, mas também de garantir a sua proteção. O presidente relembrou as vítimas de vários massacres (Carandiru, Candelária, Vigário Geral, Acari, Corumbiara) e, lançando um prêmio destinado àqueles que se destacassem na defesa dos direitos humanos, disse que a preservação de tais direitos é a nova face da luta pela independência. Foi uma cerimônia rápida, e o presidente também reclamou que o congresso ainda não tipificara o crime de tortura, depois deu o fora, precisava assistir ao desfile de 7 de setembro. A certa altura, uma menina furou o bloqueio de segurança e entregou uma bandeira do Brasil para o presidente Fernando Henrique Cardoso. Meu avô sorriu ao ver isso. O velho Konrad Helfferich era tarado por uma bandeira.
(...)

Passamos pelo Ginásio Anchieta. Fomos ao trevo e voltamos. Parados por um tempo junto à estátua do Cristo Redentor. E então voltamos. Ginásio Anchieta à direita. A pista se duplica alguns metros à frente. Ele entra na contramão e dobra à esquerda, depois à direita. Não sei em que está pensando. Talvez queira dar um tempo. Não quero, não vou perguntar. Estaciona o carro no meio do nada, terrenos baldios e escuridão, abaixa o vidro e coloca a cabeça momentaneamente para fora, como se precisasse de oxigênio. Olho ao redor. Poeira, cascalho. Que não diga nada. Olho para a frente. Rua mal iluminada (outra) alguns metros adiante. Que não me encha mais o saco. As luzes fracas dos postes. Que permaneça em silêncio. A mão direita pegando a garrafa, tomando a garrafa de mim. Vai beber, então? Vai, sim. Um gole longo. Seu nazipapai não tem uma Luger? Velho cretino. A porra do pai dele. O dono das lojas, o dono do Tempra, o dono da(s) arma(s). Aquele desgraçado. *Heil Hitler*. Eu me lembro. Cristian liga o som do carro. Música sertaneja. Penso em xingá-lo, mas permaneço em silêncio. O volume alto, mas não alto demais. Meu estômago vazio. Nenhum enjoo, contudo. Bourbon. Uma embriaguez, um relaxamento. Posso ir embora ou posso ficar, ou posso ficar, fazer alguma coisa e depois ir embora. Não me sinto enjoado. Bebi muito e rápido, mas estou bem, eu me sinto bem. Fazer alguma coisa. Relaxado. Sorrio ao pensar no que preciso fazer antes de ir embora. Uma balada sertaneja. Chifres, claro. Ela fez isso, ela fez aquilo, e eu aqui sozinho, bebendo e chorando e cantando esses versos de corno. Goiás. Desgraça. Fomos ao trevo e depois paramos junto ao Cristo e ele chorou e se descabelou. Você é o meu melhor amigo, disse. Eu a procurei. Ela não me rejeitou. Nós trepamos na casa dela. Mais de uma vez. A última na semana passada. Sinto muito. Ela gosta de trepar e disse que você trepa mal. Ela riu de você. Não gostei quando ela fez isso, mas não disse nada. Ele chorou e chorou, depois fumamos um baseado. Descemos. E agora estamos aqui. Bebendo. E ouvindo música sertaneja. Uma balada sobre chifres, claro. A garrafa estendida na minha direção. Falta pouco. Bebo um gole curto, depois outro. Ele continua em silêncio. Parou de chorar. Não chora desde o Cristo. Olha para a rua à frente, o cotovelo esquerdo na janela. Devolvo a garrafa. Ele bebe todo o resto de uma só vez, depois chacoalha a cabeça e fica ali parado, como se tivesse adormecido ou prestes a adormecer, os olhos fechados, o litro vazio largado no colo, a balada sertaneja digressionando sobre chifres, claro, o que mais? Bom, é isso. Preciso fazer alguma coisa. Sinto muita raiva. Olho para as minhas mãos. Sinto raiva dele e de mim. Elas estão aqui. Sinto raiva dessa cidade de merda. Eu estou aqui. Sinto raiva por sentir tanta raiva. O revólver está no porta-luvas. Ele guardou o revólver no porta-luvas. Ele disse que me mataria e que depois mataria Eleonora. Estávamos no Cristo quando disse isso. Ele segurava o revólver, mas em nenhum momento apontou para mim. Ele me pegou em casa e disse: Vamos dar uma volta. Entrei no carro e o revólver estava no colo dele. Ele acelerou e começou a chorar e disse: Eu sei, eu sei de tudo, seu filho da puta. Não sei como ele descobriu. Talvez Eleonora tenha contado. Ou talvez alguém tenha me visto entrando ou saindo da casa da Eleonora e contou para a irmã dele. Mas isso não importa. Ele sabe. Eu não nego. Jamais negaria. Nós nos conhecemos desde o jardim de infância. Posso até comer a namorada dele, mas jamais mentiria para o meu amigo. Ele chorou e me ameaçou e ameaçou Eleonora e subiu até o trevo e contornou o trevo, chorando e me ameaçando e ameaçando Eleonora, e atirou, atirou para fora, para o alto, mas em nenhum momento apontou o revólver para mim. Depois, no Cristo, eu disse: Se não vai usar essa merda, podia guardar ela aqui, né? Ele ainda choramingou e resmungou um pouco, mas eventualmente estendeu o braço direito, abriu o porta-luvas e guardou o revólver lá dentro. E agora estamos aqui. Dois pinguços chatos e inconvenientes. Silvânia está repleta de pinguços chatos e inconvenientes. Fecho os olhos por um momento. Respiro fundo. Ele está chorando de novo. Soluça. Resmunga. Que diabo. Abro os olhos. Estendo a mão direita. Abro o porta-luvas. Alcanço a arma. Olho para ela. Sinto o peso. Engatilho. Olho de novo para ele, que não viu ou percebeu nenhum dos meus gestos. Olho para ele e digo: Ei. No momento em que ele se vira, aperto o gatilho duas vezes. Na maçã direita do rosto e na testa. Disparos secos, menos altos do que eu esperava. Mantenho a arma apontada, olhos fixos no corpo, mas não disparo uma terceira vez. Corpo contra a porta, o cochilo final. Não me mexo por quase um minuto. Uma canção termina e outra começa. Malditas baladas sertanejas. Mas não me mexo. Cogito atirar no aparelho de som. É assim que acaba? Há respingos nos meus braços, na minha camisa, provavelmente no meu rosto. Uma névoa vermelha. O cheiro, esse cheiro. Cheiros. Pólvora, sangue. É assim que acaba. Começo a chorar incontrolavelmente. Vomito. Vomito sobre ele, no colo dele. Não sei por quanto tempo fico ali. Chorando. Pólvora, sangue, vômito. Cheiros. Irmão de vereadora é assassinado a tiros. Ouça tudo a respeito no *Giro de Notícias*. É isso, desgraçado. Descanse em paz. Por nada. Devia ter atirado na têmpora. Um tiro só. Colocaria a arma na mão dele. Vestígios de pólvora ali, o tiro para o alto quando contornamos o trevo. Suicídio. Eu poderia abrir a porta, sair do carro, tirar a camisa e a usar para limpar as minhas digitais da arma, do painel, da porta, do botão que aciona o vidro elétrico, da janela, da lataria, da maçaneta, do cinto de segurança, de tudo quanto conseguisse me lembrar. Eu me ajoelharia no banco do passageiro e, usando a camiseta para segurar a arma pelo cano, encaixaria o cabo na mão direita dele. Por fim, pegaria a garrafa de Jack Daniels. Outra vez fora, fecharia a porta do carro com o pé. Olharia ao redor. Ninguém. Colocaria a garrafa no chão. Vestiria a camiseta. Ao me abaixar para pegar a garrafa, olharia para ele mais uma vez, a derradeira: cabeça estourada (mais uma). A cena pareceria crível. Irmão de vereadora comete suicídio. Ouça tudo a respeito no *Giro de Notícias*. É isso. Por nada, desgraçado. Descanse em paz. Te vejo no velório. Respiraria fundo e começaria a caminhar. Não me sentiria mal. Não me sentiria culpado. Não sentiria angústia ou desespero. Não sentiria nada, exceto cansaço. Evitaria a avenida Dom Bosco. Desceria costurando pelas Pedrinhas, escolhendo as ruas mais escuras. O caminho mais longo. Às vezes, é melhor escolher o caminho mais longo. Entraria em casa, tomaria um banho, esconderia as roupas para queimá-las amanhã. Exausto. Foda-se. Fodam-se. Meu sorriso daria lugar ao choro. Não conseguiria segurar. Ainda seguraria a garrafa. O muro de uma cerâmica. Olharia ao redor. Ninguém. Atiraria a garrafa com toda a força. Ela se espatifaria. Cachorros começariam a latir. A lâmpada da garagem acesa em uma das casas mais próximas. Nenhuma janela escancarada. Não veria ninguém, mas começaria a correr. Cidade fantasma. Correria com todos os fantasmas no meu encalço. Correria como se fosse o único sobrevivente de uma invasão alienígena, de uma pandemia. Correria como se tivesse acabado de matar alguém. Correria como se tivesse acabado de matar o meu melhor amigo. Não. Meu melhor amigo se matou. Meu melhor amigo se matou. Meu melhor amigo se matou. Meu melhor amigo se matou. Meu melhor amigo se matou. Meu melhor amigo se matou. Repetiria isso na frente do espelho até ficar rouco, até perder a voz, até acreditar. Repetiria isso no velório, incrédulo. Meu melhor amigo se matou. Não. Olho para ele. Dois tiros. Morto. Meu vômito ali. É assim que acaba. Encosto o cano da arma na minha têmpora direita. Antes de disparar, estendo a mão esquerda e desligo o rádio do carro. Malditas baladas sertanejas.

(...)

Uma menina furou o bloqueio de segurança.

(...) não, não, foi apenas uma vez, eu juro, foi apenas uma vez, naquele dia em que estávamos na AABB, o Dia do Cloro, Suor e Mijo, o dia em que conversamos sobre o assassinato do meu pai, o dia em que enchemos a cara e fomos para a minha casa ou, melhor dizendo, para a casa do velho Konrad Helfferich, fomos para lá e enchemos a cara ainda mais, Magda e o velho Konrad Helfferich em Goiânia, visitando Margarete, a casa era só nossa, Cristian bebeu e bebeu e então apagou na rede, Eleonora me pegou pela mão e (...). Não, porra. Não posso mentir sobre isso, não vou mentir sobre isso. Houve mais (...).

(...)

O almirante William Fallon, comandante do porta-aviões *Theodore Roosevelt*, disse: Vamos continuar com os ataques durante o dia e pela noite adentro. Os sérvios disseram que cem civis foram mortos pelos bombardeios da Otan até o momento. (Nunca ouvi Endstufe.) Pela primeira vez desde a *fatwa*, Salman Rushdie fez uma aparição pública pré-anunciada. Foi em Londres. Ele está lançando um romance intitulado *O último suspiro do Mouro*. (Um gosto salgado: cloro, suor e mijo.) Porque o País somos nós, esta é que é a realidade, disse Fernando Henrique Cardoso no pronunciamento à nação. O País somos nós, e nós sabemos o que queremos. ("Nós nos queremos a nós mesmos", disse Martin Heidegger.)

(...)

(...) **E você gosta desse Haideller.** Gosto, sim, senhor. Acho muito

(...)

Comentei sobre Cristian Sênior com Magda (ele parava no alto da escada e), comentei com ela a respeito, estávamos bebendo na área, na casa que o velho Konrad Helfferich construiu, o CD player ligado, Led Zeppelin, ela adora Led Zeppelin, comentei sobre toda aquela palhaçada de Cristian Sênior e, dramatizando o relato por conta do álcool, disse que sentia muita vergonha por achar engraçada a cretinice de Cristian Sênior, aquela história de ele sempre parar no alto da escada e estender o braço direito e dizer: *Heil Hitler*.

Mas você era muito novo. Era um molequinho.

Era, mas... porra. Mesmo assim.

E então ela apontou o dedo para a ponta do meu nariz e disse: Você tem é vergonha do seu passado nazista.

Pode ser.

E do que mais você tem vergonha?

Ah, para com isso.

Para com isso, nada. Eu sou sua tia. Pode me contar tudinho.

Nem a pau.

Eu sei que você andou aprontando.

Todo mundo nessa cidade anda aprontando.

Eu não apronto.

Mesmo, tia? Que decepção.

Ela riu. Você precisa me

(...)

A gente deixou Cristian desmaiado na rede, o CD player ligado (*Giant Steps*, The Boo Radleys), subiu o primeiro lance de escadas e se fechou no escritório. Ela tirou a camiseta e a bermuda, ainda usava biquíni, tirou o biquíni e se jogou na poltrona e abriu as pernas e puxou a minha cabeça, chupei a buceta antes de beijá-la na boca, que é como deve ser, a buceta tinha um gosto salgado, cloro, suor e mijo, chupei por não sei quanto tempo, acho que ela gozou, ela pareceu gozar, depois ela me chupou e chupou e chupou, não gozei por muito pouco, mas gozei não muito depois, no colchonete, ela sentada sobre mim, e ela não parou quando gozei, ela gemeu alto quando gozei e continuou, continuou até gozar também, ela me cavalgava e beijava e olhava nos meus olhos e cuspia na minha cara e lambia o próprio cuspe e me xingava, e eu sei que ela gozou porque senti e porque ela disse que ia gozar e gozou segurando o grito na garganta, e depois me beijou na boca sem parar de rebolar sobre o meu pau, e não parou de rebolar até que eu gozei outra vez, ainda nos beijávamos na boca quando gozei outra vez, e depois ficamos ali, eu dentro dela, ela sobre mim, ficamos ali nos beijando até que ela disse: Porra, vou ficar com cãibras. Quando voltamos à área, Cristian roncava e *Giant Steps* tinha chegado ao fim. Apertei PLAY porque adorava aquele disco e queria ouvir inteirinho, e Eleonora disse, olhando a capa: Que engraçado, tem um disco do Coltrane com esse mesmo nome. (...) Talvez eu mereça um chute no saco, mas não um tiro na (...). Procuro (mesmo agora) (ainda agora) (r)estabelecer alguma ordem no espiralamento. Procuro me fixar narrativamente. Porque é preciso narrar. A narrativa oferece um respiro. Logo, vamos a ela (narrativa), vamos a ele (respiro), vamos passear por uma série de cenários —

PRIMEIRO CENÁRIO:
estou em São Paulo, em Perdizes, o ano é 2012. O concreto chia. Não há sombra à vista, mas uma turvação que torna o ar grosso feito óleo. Respiro devagar enquanto as sombras fogem ou escorrem na direção contrária, como se identificassem em mim um credor. Não é possível alcançá-las. Na esquina, o sol fustiga a lataria branca de um carro que inicia a subida da João Ramalho com lentidão. Algo está errado. Um ônibus passa em direção à esquina seguinte, com a Homem de Melo. Na João Ramalho, defronte ao mercado, o carro morre. As buzinas silenciam o concreto. Nada se move além do ruído. Fecho os olhos, engulo em seco. Quando volto a abri-los, empurram o carro até o estacionamento do mercado. O sinal fechou, não há tempo para os demais. Quando atravesso a Franco da Rocha, vejo um motorista gesticulando. Um homem está parado junto ao carro enguiçado e recém-estacionado, terno e gravata. Roupas demais. A papada parece encharcada. Olho para o semáforo no cruzamento. Vermelho. Aquele vermelho também chia.

SEGUNDO CENÁRIO:
estou na Cidade Velha de Jerusalém, o ano é 2006 (ou seria 2009?) (voltei a Jerusalém em 2009). Outono. Estou com um indonésio que me contou ter se mudado para o Canadá a fim de estudar. Conheceu uma canadense, casou-se, e agora eles vivem na Colúmbia Britânica; ele viaja sozinho, não pergunto por quê, e procura por suvenires para os sogros, a esposa e o cunhado. Ele tem a cabeça raspada e é assustadiço. Usa óculos de armação azul. Na noite anterior, estávamos na porta do hostel com um uruguaio--israelense e um dinamarquês professor de escola primária cujos pais (ele

dizia) são vizinhos de Lars von Trier, estávamos na porta do hostel quando um estrondo se fez ouvir nas proximidades e o indonésio correu para dentro enquanto os três permanecemos ali fora, sobressaltados e curiosos. Não foi nada. Há muitas obras e construções em Jerusalém, o estrondo foi por algo que derrubaram, madeira, concreto, uma viga, não importa. Há muitos estrondos em Jerusalém. Na Cidade Velha, nas vielas e ruelas identificadas como a Via Dolorosa (mais uma falsificação) e por onde passam procissões e procissões, monges e padres e freiras e turistas, os pios turistas, os turistas crentes e pios, limpos e brancos e sérios, fotografando, alguns carregando cruzes, pagando promessas, e os comerciantes árabes assistem àquilo dia após dia e riem e gracejam entre si e oferecem rosários, imagens, postais, crucifixos, canecas, potes, camisetas, e adentro as lojas com o indonésio, já passeamos pela muralha, ele viu a Cúpula, o Kotel, o Monte das Oliveiras, e agora ele adentra as lojas para comprar rosários, postais, crucifixos, canecas, potes e camisetas, e fica muito feliz com o que compra, depois caminhamos para fora dos muros, para fora da Cidade Velha, e ele lamenta que um lugar tão sagrado tenha de suportar tanta morte e tanta guerra.

O lugar é sagrado justamente por causa das mortes e das guerras, respondo imbecilmente.

Ele me chama de cínico e diz que lamenta também por mim, o brasileiro que ali permanecerá sem motivo nenhum por algumas semanas, diz temer pela minha segurança e pela minha sanidade, e eu pergunto por quê, ele pede desculpas, encolhe os ombros, melhor deixar pra lá, vamos falar de outras coisas, em que lugar do Brasil você cresceu?

Midwest.

Estou há dez dias em Israel e percebo que as pessoas, locais e não locais, preferem não falar sobre os conflitos passados e os conflitos futuros, sobre o conflito (oni)presente, exceto — no caso de um local com quem circulei por Jerusalém, professor universitário como eu — para apontar as placas em algumas paredes informando dos atentados, ele apontou em silêncio, a placa, mais uma placa, um gesto breve, quase hesitante, e não disse nada, apenas apontou. Agora, sempre que adentro um café e o segurança sentado à porta revista a minha mochila, penso nas placas, os caracteres em hebraico, o gesto silencioso e hesitante do meu colega para direcionar os meus olhos. O indonésio pede um suco de laranja e eu, um café e uma água com gás, estou meio ressacado da noite anterior quando, passado o estrondo, fui com o uruguaio-israelense ao Stardust Pub e bebemos alguns litros de Murphy's, ele apontando para uma fotografia na parede, um senhor de idade dando uma cambalhota numa praia, é David Ben-Gurion, disse, o próprio, as pernas para o ar, quantos anos teria?, a garçonete trazendo doses de Bushmills, ele me contando sobre os anos 70 em Jerusalém, uma cidade ao mesmo tempo menor e maior, disse, e eu compreendi perfeitamente, e agora comento sobre isso com o indonésio, mas ele não parece me compreender e eu paro de falar. Estou em Jerusalém, agora maior e menor, é 2006, ainda permanecerei aqui por algumas semanas e, penso comigo, já sinto saudades. O que meu avô diria sobre isso? Ele está morto, eu arrebentei a cabeça dele a marteladas, *sic semper* nazis, talvez eu devesse espalhar essa história, aquele brasileiro ali, diriam, apontando, o avô dele era um nazista e ele arrebentou a cabeça do velho a marteladas. Uma história e tanto. Capaz que ganhasse algum destaque no *Haaretz*. Ou não. Quem se importa? Na Cidade Velha, minutos antes, eu e o indonésio assistimos a um turista norte-americano gritar com um comerciante árabe porque ele teria tocado em sua mulher (uma nulidade pálida e ainda mais assustadiça que o meu colega indonésio) ao oferecer um souvenir. I'll kill you! I'll kill you!, berrava o turista, e no momento seguinte todos os comerciantes da viela gargalhavam e gritavam I'll kill you! I'll kill you!, e assim continuaram por um bom tempo, mesmo depois que o turista e a mulher foram embora. Não há nada que se possa fazer, disse o uruguaio-israelense na noite anterior, quando enchíamos a cara no Stardust. As pessoas não entendem e não há nada que se possa fazer.

Exceto permanecer aqui?, perguntei.

Ele não respondeu, mas eu já sabia a resposta.

Estou na calçada da rua Jaffa em Jerusalém e digo ao indonésio que vou caminhar um pouco mais, ele diz que precisa guardar as coisas que comprou, falo sobre uma sessão na Cinemateca logo mais, ele se despede dizendo que vai pensar, está um pouco cansado. Atravesso a Jaffa, subo pela Ben Yehuda e dobro à esquerda na King George, quando penso que deveria ir na direção contrária, rumo a Jerusalém Oriental, almoçar no Al'ayed, ou não, agora é tarde, estou com preguiça de voltar e sigo caminhando até o parque.

TERCEIRO CENÁRIO: estou em São Paulo, o ano é 2014. Dia de eleição. Voto em Higienópolis. De carro, são dois quilômetros. A pé, apenas um. Subo pela João Ramalho e sigo reto após o cruzamento com a Cardoso. Ao final de uma ruazinha sem saída, há um portão e uma longa escada, que me cospe lá embaixo, na avenida Pacaembu. Atravesso a avenida, há mais escadas estreitas por entre as casas e prédios, becos, degraus brotando no meio das pracinhas. Gosto desse trajeto. Sinto como se a cidade me escondesse ou protegesse. Anônimo, ouvindo a minha própria respiração. Quanto mais me aproximo da zona eleitoral, contudo, maior a sujeira, maior o barulho, maior a quantidade de pessoas. Colégio Nossa Senhora de Sion. Penso na Congregação Nossa Senhora de Sion. Dois irmãos judeus, os Ratisbonne, abraçando o cristianismo. Impossível confiar nos franceses. Subo as escadas até o segundo andar do colégio. O corredor frio. A sala está vazia. Estou ansioso para voltar à rua. Quase esqueço os documentos, quase esqueço de assinar. A mesária me agradece, não sei pelo quê. Desço as escadas como se meu carro estivesse sendo guinchado lá fora. Há mais gente agora. Famílias inteiras. Volto pelo mesmo trajeto. Vou me desgrudando da pequena multidão. A cada esquina, menos pessoas. Quando chego à primeira escada, ao primeiro beco, a Pacaembu lá embaixo como um rio poluído, estou sozinho. Respiro fundo; tento não correr. Em Perdizes, desfolegado, compro uma água mineral e um jornal em uma banca na João Ramalho. Guardo o troco no bolso da camisa. Bebo um gole, dou um tempo. Volto a caminhar lentamente, o jornal debaixo do braço. Mais barulho, mais pessoas, a PUC ali do lado. Uma senhora caminha com enorme dificuldade, ladeira acima, entre a rua de casa e a Ministro Godói. Ela pergunta se eu já votei. Eu digo que sim. Ela continua subindo. Eu continuo descendo. Eu passo ao

QUARTO CENÁRIO:
eleições, mais eleições, eleições de 2018, as singelas eleições de 2018: as pessoas assomavam às janelas dos apartamentos e gritavam. Gritavam, xingavam, gracejavam. Ele estacionou o Corolla a dois quarteirões da seção eleitoral, no estacionamento de uma farmácia, e então se lembrou: precisava de camisinhas. Mas poderia comprar na volta, não? Ficou em pé junto ao carro por alguns segundos, analisando a situação. Agora ou na volta? As pessoas berrando nas janelas. Imaginou-se entrando na seção e entregando o documento aos mesários e assinando aquela porcaria e indo à cabine de votação e votando, tudo isso com uma camisinha no pau. Melhor prevenir do que remediar. Todo cuidado é pouco. Uma campanha televisiva: NESSAS ELEIÇÕES, USE CAMISINHA. (E luvas. E tape o nariz na hora de digitar o número correspondente ao menor dos males.) Sim, decidiu. Agora. Entrou na farmácia, pegou quatro pacotes com três camisinhas cada (otimismo é tudo), uma bojuda garrafa de água mineral e um Sonho de Valsa, pagou e saiu. Depois de guardar as camisinhas no porta-luvas e acionar o alarme do Corolla outra vez, enfiou as chaves no bolso e seguiu pela calçada da avenida Higienópolis. Desembrulhou e enfiou o bombom inteirinho na boca. Jogou a embalagem numa lixeira, a calçada repleta de santinhos. Não eram sequer dez da manhã. Mastigou com vontade. Doce demais. Engoliu. Abriu a garrafa de água mineral e deu um gole longo, pensando que as ressacas tendem a piorar com a idade. As pessoas gritavam palavras de ordem, cabeças nas janelas, a sério ou sacaneando. Fora fulano, fora beltrano. Chega disso, basta daquilo. Alguém berrou: Fora, PT! Alguém berrou: Fora, fascistas! Alguém berrou: Não passarão! Alguém berrou: FORA, WAGNER MOURA! E gargalhadas ecoaram pelas janelas escancaradas. Uma sensação esquisita, os berros e risos voejando lá no alto. Fantasmagóricos. Via uma cabeça ou outra, bocas abertas, mas era como se a barulheira viesse de uma realidade paralela. Pensava muito nisso ultimamente. Não em realidades paralelas (embora o Brasil fosse uma sucessão de realidades paralelas convivendo (pessimamente) umas com as

outras e consigo mesmas), mas em fantasmas. Acordava no meio da noite sentindo *presenças* familiares no quarto. Lembrava-se constantemente do avô e dos pais. Sonhava com os mortos. Pensava nos mortos. Convivia com os mortos. E ainda lidava (mal) com todo aquele ruído circundante. As eleições assumiram um caráter delirante, apocalíptico. Muitos que conhecia estavam desesperados. É assim que acaba. Com um palhaço assassino. Baixíssimo clero. Miliciano. Boquirroto. Ele desprezava o sujeito, sabia que era o fim da picada, mas não via nele o fim do mundo. Talvez o fim da Nova República, mas não o fim do mundo. Colegas e conhecidos indignados com sua calma aparente. Ressentidos com sua tranquilidade. Por que não arrancava os cabelos? Por que falava sobre outras coisas? O único assunto possível eram as eleições, a implosão do Estado democrático de direito. O Brasil olhou para o abismo, disse um colega, e esse colega estava muito, muito sério ao dizer isso, cigarro aceso (é claro que voltara a fumar, é claro que o Brasil fizera com que voltasse a fumar), o Brasil olhou para o abismo, e o abismo olhou de volta.

O Brasil é o abismo, sentiu vontade de responder, mas disse outra coisa (talvez pior): Você sabia que traduziram errado o título desse livro do Nietzsche? O correto não é *Além do bem e do mal*, mas *Para além de bem e mal, Jenseits von Gut und Böse*.

DO QUE É QUE VOCÊ ESTÁ FALANDO?!, perguntou o colega, estupefato (era um derridiano, mas um derridiano simpático, amigável, exceto ao falar de Todas Aquelas Coisas).

Você parafraseou Nietzsche, respondeu afavelmente (não queria mesmo ofender o coleguinha), parafraseou o aforismo 146 de *Para além de bem e mal*, mas parafraseou de forma descuidada, pois o sentido original do aforismo é outro, uma espécie de aviso, sabe? Tenha cuidado, se você fizer isso, pode ser que algo muito ruim aconteça, a saber, quem combate monstruosidades, acho que é mais ou menos assim que ele escreve, quem combate monstruosidades precisa tomar cuidado para não se tornar um monstro também.

O colega encarando-o como se estivesse prestes a estender o braço e queimar seus olhos com a ponta do cigarro, e então dizendo com um beicinho: Você não é nietzschiano.

Ele se limitou a sorrir, concordando, não era mesmo nietzschiano, mas (poderia dizer; não disse) lera Nietzsche no original, ao passo que o coleguinha (picaretaço) provavelmente não lera Nietzsche sequer em português (e mal traduzido), poderia dizer, mas não disse, optou por sorrir e: Mas você acha mesmo que a gente vai acabar num pau de arara?

Você não perde por esperar, meu caro.

Acadêmicos são muito sensíveis. Mas talvez o colega estivesse certo e ele, errado. Talvez ele devesse estar tão preocupado e alarmado quanto os demais. Talvez ele devesse se inscrever em algum programa de pós-doutorado no exterior (não nos Estados Unidos, não na pátria (também) em surto, não nas dependências administradas (?) pelo Palhaço Laranja), distanciar-se do Brasil enquanto a coisa degringolava (embora achasse ridículo quando alguns colegas falavam em "exílio", teriam de "partir para o exílio", e falavam com certo orgulho, com altivez e excitação, talvez até mesmo com uma ânsia maldisfarçada pelo pior, agitavam as coisas, conclamavam uns aos outros, alimentavam os alunos e orientandos com aquilo, mas (ele sabia) ao primeiro tiro correriam para Berlim ou Paris, e os conclamados e inflamados que se fodessem por aqui). Talvez ele fosse como aqueles que, mesmo nos estertores da República de Weimar, confiaram que Paul von Hindenburg eventualmente faria a coisa certa (não fez) (exemplos do que Paul von Hindenburg fez: acreditou em von Schleicher e sacaneou Brüning; cedeu às pressões e nomeou Hitler chanceler; concedeu ao gritalhão de cervejaria a dissolução do Reichstag; não se opôs à legislação antissemita (exceto com relação aos judeus que lutaram na Grande Guerra). É *assim* que acaba: Hindenburg moribundo em Neudeck e Hitler arquitetando a "segunda revolução", como diagnosticou Papen, os longos punhais sendo afiados, Röhm com os dias contados e a Europa perdida no meio da noite). Branco, heterossexual, classe média alta, centro(-direita) (mas não espalhem). Não, não estava desesperado. Mas *via*. Sim. A onda estava formada.

A onda estava a caminho. O Brasil se tornaria inteiro arrebentação. Que Deus tenha misericórdia da nossa nação, dissera um dos arquitetos do caos. Revira *Nixon* outro dia. As palavras que alguém colocara na boca de Hoover em uma conversa com o então candidato em 1967 ou 68 (cenário: um hipódromo): "O sistema não aguenta mais abusos." E quando o sistema está desde sempre assentado nos abusos? E quando o sistema se confunde com os abusos? E quando o sistema nada mais é do que a soma dos abusos? Sentiu uma pontada de dor de cabeça. Ressaca. Mais um gole d'água. Longo. Ele se lembrou da mensagem enviada logo cedo por um colega com quem passara a noite bebendo em um pub no Sombrio Bairro de Pinheiros e que estava com preguiça de sair de casa, estava com preguiça de votar: "Brasil, um sono imenso, um raio lívido." Lembrou-se disso e riu e, ao rir, sentiu outra pontada na cabeça. Ressaca. Nada como tomar um porre na véspera do segundo turno das eleições de 2018 e acordar cedo (sempre acordava cedo) e sair à rua e comprar camisinhas e se dirigir à seção eleitoral no Colégio Nossa Senhora de Sion. Suspirou ao ver dois policiais militares do outro lado da rua. Fardas. Mais alguns à frente, na entrada do colégio. Bebeu o resto da água. Fardas em toda parte. Encaixou como pôde a garrafa vazia em uma lixeira atulhada. Fardas e anseio por fardas. O candidato a vice na chapa apocalíptica: fardado. General. Falando em autogolpe na televisão. Chamando um torturador de herói. Um coice. Que espécie de militar é escoiceado pelo próprio cavalo? Um militar brasileiro, *por supuesto*. Não, não, não. Porra. O general *não* foi escoiceado. O general *caiu*. Sim, um tombo. Uma prova de obstáculos, o cavalo refugou — general lançado ao chão. Ótimos augúrios. Ainda nem foram eleitos, mas já caíram do cavalo. (Caímos, cairemos todos.) Boçais. Boçais em toda parte. Talvez devesse se desesperar. Notícias circulando de que os fardados servirão como *moderadores* do Palhaço Miliciano. Freios e contrapesos. Anteparos. Mas, caralho, quem vai moderar os fardados? Ao entrar no colégio, ele se lembrou do avô. Nenhuma dúvida: o velho votaria no boquirroto. Sonhando com uma *Volksgemeinschaft* brasileira? Soa obviamente contraditório, pensou, caso nos mantenhamos fiéis ao sentido nazi da expressão. Abismo. Não há abismo nenhum. Uma planície devastada, pilhas de corpos se acumulando. Planalto Central. O Brasil é inteiro Planalto Central. Até mesmo aquele Balneário Decadente no qual Cristian e Eleonora se enfiaram e onde Cristian se fodeu, sim, ele se fodeu: esquemas descobertos, imprensa enxameando, lavajatismo a toda, condenados e presos o político de expressão nacional e seu lacaio mais fiel. Leandro chegou a ligar para Eleonora quando estourou o primeiro dos vários escândalos, mas ela não atendeu. A produtora ainda existia. Indícios (boatos, acusações) de que o marido lavava dinheiro na produtora cinematográfica da mulher, mas nada disso foi provado. Após alguns anos e certas dificuldades, Eleonora se divorciou (segundo foi noticiado) e se casou de novo (com um empresário do setor petrolífero) (segundo foi noticiado) e voltou a produzir suas comédias românticas, incluindo uma intitulada *Abençoados*, adaptação do conto "O ano bulímico", de Leandro Helfferich, que recebeu 50 mil reais pela cessão dos direitos (mas não negociou com Eleonora a cessão dos direitos; não fala com Eleonora há mais de dez anos; um assistente ligou para a agente de Leandro e fez a proposta e tudo foi acertado assim, a uma distância segura).

Mas você ficou feliz com o filme?, perguntou o colega (aquele mesmo derridiano) na véspera. Enchiam a cara no pub em Pinheiros. Não tem muito a ver com o conto.

Não tem *nada* a ver com o conto, mas não dou a mínima. Recebi a graninha e outras coisas começaram a pipocar. FLIP, essas merdas. Não tive mais que implorar pra ser publicado.

Sempre achei romance escrito por filósofo uma porcaria.

Não sou filósofo. Eu só dou aula de filosofia.

O que é isso, Leandro.

Ei, eu sei, a gente está no mesmo barco. Nós dois. Somos profissionais da punhetagem.

Que horror.

Horror? Como assim? Nunca vi ninguém reclamando que punheta é ruim.

Primeira epístola aos Coríntios, capítulo 6, versículo 18 e seguintes.

Nunca vi ninguém *saudável* reclamando que punheta é ruim.

E eu que sonhei que a minha ex-mulher morria?

Você fala em punheta e lembra da ex? Significa.

Eu sonhei que a gente era casado, ela morria e eu...

Você o quê?

... caramba, que vergonha.

O quê?

Eu escrevia uma autoficção sobre a morte dela, o luto, essas coisas.

Leandro gargalhou. Sério?

Essas coisas estão na moda, você sabe melhor do que eu.

Você pode escrever uma autoficção sobre o divórcio. Autoficção sobre divórcio também está na moda.

Meu divórcio foi tranquilo. Mas, caramba, eu acordei me sentindo mal. Sujo, sabe? Porque o livro era um sucesso lá no sonho. Ganhava prêmio. Eu subia no palco, pegava o cheque, abria um sorrisão e falava: A MORTE DA FULANA ME RENDEU 200 MIL. E todo mundo ria. Todo mundo. Até a porcaria do governador.

Isso é muito engraçado.

Engraçado é o seu programa de amanhã.

Quer aparecer lá?

Sarau pra grã-fino? De jeito nenhum.

Vinho bom, comida boa. E ainda vai me ouvir lendo o conto.

Aquele do parque?

Esse mesmo.

Você é louco. É um conto degenerado.

Claro que é. Cheio de nazistas, pô.

Quanto vão te pagar?

Pela leitura? Nada, é claro.

Quem é a anfitriã?

A viúva de um sujeito que foi cliente da minha tia. O marido era dono de umas fazendas lá em Goiás.

No plural?

Não, em Goiás.

Engraçadão, você.

Mais ou menos. Minha tia representou o cara por muitos anos, ficaram amigos e tal. E a viúva dele é uma dessas dondocas que vivem cursando picaretagens na Casa das Rosas. Ela gosta de organizar esses saraus. Encontrei com ela na Martins Fontes outro dia, a gente tomou um café e uma coisa levou à outra.

Como assim? Você transou com a velha?

Ela não é velha. Mas, não, uma coisa levou à outra assim: a dona lembrou que eu escrevo e me convidou pro sarau no apartamento dela.

No dia do segundo turno da eleição.

E daí? O mundo não vai acabar por causa dessa porra de eleição, cansei de te falar isso. Eu vou lá, vou ler esse conto... como é que você falou? Degenerado? Vou ler esse meu conto degenerado pros grã-finos e morrer de rir da cara deles.

Sua ideia de guerrilha.

Que porra de guerrilha o quê? Para com isso. É só uma coisa pra ocupar o dia e dar umas risadas. Bora?

Não, obrigado.

Beleza. Fica em casa ligado na GloboNews, ouvindo platitudes daquelas cabeças falantes e fritando com a vitória do miliciano.

Sabe, eu nunca gostei muito de você.

E eu nem sei a porra do seu nome. Quer outra cerveja?

Eis o colégio. Leandro bocejou. Uma exaustão se espalhando pelo corpo. Um sono eterno, um raio lívido. Meio vazio. Ótimo, sem filas nas seções. Acabar logo com isso. Apressou o passo, entrou no prédio, subiu as escadas, depois seguiu pelo corredor até a seção, entrou, bom dia, bom dia, entregou os documentos, assinou o troço, liberada, pode ir, foi à cabine, votou, voltou, pegou os documentos, obrigado, até mais, e saiu, o mesmo corredor, as mesmas escadas, a mesma porta, o jardim, o portão, a calçada, o estacionamento da farmácia. Hein?

Não pode, não.

Virou-se com a chave do carro na mão. Um sujeito mirrado, de óculos, com uma vassoura na mão, vestido com um uniforme verde-enjoativo. Não pode parar aí, não. Isso aqui é só pra clientes da farmácia.

Eu sei.

Não pode ir parando aqui, não. É só pros clientes.

Eu não estou parando. Eu estou saindo.

O sujeito ajeitou os óculos. Engraçadinho, é?

Hein? Calma aí, eu...

Por que parou o carro aqui? Acha que pode tudo? Acha que pode fazer o que quiser, parar onde quiser? Aqui é só pros clientes da farmácia. Só pros clientes. Tem um aviso ali. Não sabe ler?

Eu sei ler.

Não parece.

Talvez não saiba. De qualquer forma, já estou saindo.

Devia ter vergonha.

Ele se virou com um movimento brusco que fez o funcionário dar um passo para trás e meio que se esconder atrás da vassoura.

Eu parei pra comprar umas camisinhas que guardei no porta-luvas, posso pegar e mostrar pro senhor, preservativo extralubrificado, comprei umas camisinhas, comprei uma garrafa de água mineral e comprei um bombom. Não, não, não. Me deixa explicar isso direito. Eu parei o carro, entrei na farmácia, comprei essas coisas. Logo, eu *sou* cliente da farmácia. Mas não peguei a notinha, sempre esqueço de pegar a notinha, odeio juntar papelada, comprei tudo isso que eu falei, mas não peguei a notinha, talvez o rapaz que estava no caixa se lembre de mim, comprei essas coisas agorinha mesmo, uns quinze, vinte minutos atrás, se tanto, depois eu saí e guardei as camisinhas no porta-luvas e dei um pulo aqui perto, coisa rápida, bem rápida mesmo, e não é como se tivesse uma fila de carros querendo estacionar, não tem *nenhum*, na verdade, olha só, meu carro é o *único* no estacionamento, dá uma olhada, tem algum outro carro estacionado?, tem algum outro carro *querendo* estacionar?, não vejo nenhum, não. Dei um pulo aqui perto, comi a porra do chocolate e bebi a porcaria da água. Posso te mostrar as camisinhas, se quiser. Não quer ver? O chocolate eu comi e a água eu bebi, sinto muito por isso, mas, se quiser, posso vomitar tudo aqui mesmo, tudinho, daí o senhor confirma que eu sou mesmo cliente da farmácia.

...

E aí? O senhor quer que eu enfie o dedo na garganta ou não?

... mas... veio de lá, não foi, da avenida, veio andando, não tava ali dentro, não, e...

Sim, sim. Como eu falei. Eu comprei essas coisas e, como a minha seção eleitoral fica aqui perto, no colégio, eu resolvi ir até lá e votar logo de uma vez. O senhor já votou?

Não, eu, eu...

Arregalou os olhos: É a FESTA da democracia. O senhor tem que votar. TEM que votar!

O sujeito balançou a cabeça e deu meia-volta, entrou na farmácia levando a vassoura. Tinha um olhar que lembrava o do colega professor com quem estivera na véspera, o olhar que ele fazia ao ouvir Leandro perorar sobre Nietzsche, por exemplo.

(Você não perde por esperar, meu caro.)

Mas Leandro respirou fundo e se sentiu mal. Podia ter resolvido a situação de forma mais tranquila. Ou não. A abordagem grosseira desde o começo. Grosseria chama grosseria. Não poderia se desprezar por isso. Nietzsche: quem despreza a si mesmo ainda preza a si mesmo como aquele que despreza. Algo assim. Em *Para além de bem e mal*? Talvez. Entrou no carro e deu o fora. Uma buzinadinha para se despedir do aplicado funcionário da farmácia, embora o sujeito e a vassoura não estivessem à vista. A sensação ruim desaparecera. Mas não fora substituída por orgulho ou coisa parecida. Melhor evitar esse tipo de discussão. Pedir desculpas, entrar no carro, dar o fora. Idiotas Armados. O número de Idiotas Armados aumentará. O número de Idiotas permanece constante (eles apenas estão mais vocais, saindo à luz do dia com a camisa da seleção brasileira, falando bizarrices aos balcões de padarias, lendo e publicando asneiras na internet), mas o número de Idiotas Armados aumentará exponencialmente. Idiotas sacando armas e atirando a troco de nada. Homem assassinado a tiros no estacionamento de uma farmácia. Como é possível? Pessoas sem capacidade cognitiva para formar filas andando armadas por aí. Vai dar muito certo. (É a FESTA da democracia. TEM que votar!) Dr. Arnaldo. Dobrar à esquerda na Cardeal, seguir em frente, cruzar a Schaumann, dobrar à esquerda na Cônego. O prédio em que ela mora, à direita, após o cruzamento com a Teodoro; por coincidência, quase defronte ao pub em que estivera com o coleguinha assustadiço e derridiano na noite anterior. Engraçado como se aproximaram nos últimos tempos. Havia um desprezo mútuo, mas até isso se tornara divertido, espécie de piada interna. Um novo amigo? Fazendo confidências, toda aquela história sobre o pesadelo, a morte da esposa e o sucesso da autoficção sobre a perda e o luto, e o que mais? Tocava na igreja. Um baixista derridiano. Ninguém mais no departamento sabia disso.

O pessoal da igreja é bacana, dissera ele. Frequento desde moleque.

Pensei que fosse ateu.

Eu sou.

Mas, se você não acredita em Deus, por que continua a frequentar a igreja?

Porque gosto de tocar com a banda e, como eu disse, o pessoal é bacana. Tem gente ali que conheço a vida inteira. Não vou abandonar a banda só por causa de uma tecnicalidade.

Leandro foi às gargalhadas depois de ouvir essa. Fé em Deus: uma tecnicalidade.

O outro encolheu os ombros. Vamos falar de outra coisa.

Beleza.

Leio pouca literatura. Que autor você gosta de ler?

No momento, tenho lido e relido a santíssima trindade dos Williams: Gaddis, H. Gass e T. Vollmann. E sempre leio Faulkner, outro William. Leio Faulkner sem parar desde que me entendo por gente. Pound, que não era William. Também li muito Pound.

E brasileiros? Não gosta de escritor brasileiro?

Os brasileiros que se fodam. Eu já sou brasileiro. Eu já tenho que viver na bosta desse país. Eu já escrevo sobre a bosta desse país. E agora ainda tenho que *ler* um monte de fodidos iguais ou piores do que eu escrevendo sobre a bosta desse país? Nem fodendo, meu caro. Nem fodendo.

Você é completamente louco, Helfferich.

É verdade que você não gosta de cinema?

Sim, é verdade.

Mas viu o filmezinho baseado no meu conto.

Alguém comentou comigo e eu resolvi dar uma espiada. O filme não melhorou a opinião que tenho a seu respeito.

Pra ninguém dizer que aquele lixo não serviu pra nada.

Mas, de fato, cinema não é comigo.

Não gosta nem do Kubrick?

Vi *A lista de Schindler*.

Esse é do Polanski.

Mesmo? Certeza? Me fala quais filmes ele fez.

Polanski?

Não, o tal do Kubrick.

Napoleão, Aryan papers.

Não vi nenhum.

São muito bons.

Cinema é bobagem.

O que *não* é bobagem? Diga algo remotamente *humano* para que eu não precise ir ao banheiro e vomitar por sua causa.

A escalação do São Paulo no segundo jogo da final do campeonato brasileiro de 1986. Estádio Brinco de Ouro da Princesa, Campinas, 25 de fevereiro de 1987.

Você gosta de futebol. Interessante.

Por quê?

Nunca vi nenhum sinal disso.

Eu não iria para a universidade com a camisa do São Paulo, e evito falar a respeito para evitar discussões.

Isso é engraçado.

O quê?

O campeonato de 86 só terminar em 87.

É, sempre foi essa bagunça.

O Brasil é o túmulo do futebol.

Calma.

E a escalação?

Gilmar, Fonseca, Wagner Basílio, Darío Pereyra e Nelsinho; Bernardo, Silas e Pita; Müller, Careca e Sídnei. O técnico era o Pepe. Durante o jogo, Manu entrou no lugar do Silas e Rômulo entrou no lugar do Sídnei.

O jogo foi pros pênaltis.

Foi, e o Careca perdeu, mas tudo bem, nem ia ter disputa de pênaltis se não fosse por ele. O São Paulo nem chegaria à final se não fosse por ele. Ah, o Boiadeiro bateu o primeiro pro Guarani e perdeu. Daí o... espera. João Paulo? Foi. O João Paulo também perdeu pro Guarani, e o Wagner Basílio bateu o último pra nós e botou lá dentro. 4x3. São Paulo bicampeão brasileiro. Senti até um arrepio agora.

Parabéns, ||||||||||||||||||||||||||||||. Você é humano.

Queria conseguir dizer o mesmo de você, Helfferich.

Agora, dia das eleições, Leandro parou o carro diante do prédio e desceu. Olhou para o outro lado da rua, o pub fechado. Lembrou-se do porre na véspera. Um sorriso. Acionou o alarme e virou-se para o prédio. A anfitriã estaria mesmo acordada? Devia ter enviado uma mensagem ou ligado ainda em Higienópolis, no conflagrado estacionamento da farmácia. Estava, sim: atendeu o interfone, autorizou a subida. O elevador recendia a tulipas. Ela abriu a porta segurando uma taça de vinho branco. Estava de roupão, mas com os cabelos penteados e maquiada. Descalça. Muito bom dia. Já cumpriu seu dever cívico?

Ela riu, abrindo passagem: Foda-se.

Foda-se?

Uma escolha muito difícil.

Oi?

Foi o que eu li agorinha mesmo no *Estadão*.

Sério?

Um editorial.

É uma escolha de merda, mas não acho que seja difícil.

Me espere ali na sala. Vou terminar de me vestir.

Cheguei cedo?

Você chegou no horário combinado, eu é que me atrapalhei um pouco.

Quem não se atrapalha um pouco nos dias que correm?

Quer vinho?

Por que não?

Na cozinha. Fique à vontade. Se quiser tinto, as garrafas estão na adega menor. Pode abrir o que quiser.

Maravilha.

Os outros ficaram de chegar por volta do meio-dia. Você está pálido, Leandro.

Enchi a cara com um colega professor ontem. A gente estava bem aqui na frente, por coincidência.

Onde?

No Partisans.

Não suporto aquele lugar.

Por quê?

Porque é escuro e barulhento.

Bom, é um pub.

Não suporto.

Mesmo?

Muitos jovens, muito barulho, aquele cheiro de urina. Argh.

Argh, ele sorriu.

E a Magda? Vai bem?

Fez uma bariátrica e anda transando com o açougueiro.

Jesus, Maria e José.

Não, só com o açougueiro mesmo. Até onde eu sei.
Bom, preciso ligar pra ela uma hora dessas.
Liga mesmo. Ela vai gostar.
Vou me trocar. Vá rebater.
Uma escolha nada difícil.
Logo chegaram os outros convidados, todos falando sobre as eleições. A anfitriã colocara um vestido branco, mas continuava descalça, circulando pelo apartamento e perguntando se alguém queria mais vinho e se os queijos estavam bons, provaram o Maasdam?, o Bundz e o Stilton também não estão ruins. Prova esse aqui, Leandro.
Pois não.
Um dos convidados pediu a ele que falasse um pouco sobre o conto, é um conto que você vai ler pra gente, certo? Ou é o trecho de um romance?
É um conto.
Recente?
Sim, terminei faz pouco tempo. Nasceu de uma brincadeira, de uma piada de mau gosto feita por um conhecido meu muito tempo atrás, mas que nunca me saiu da cabeça. Achei que a ideia era boa demais para desperdiçar.
Você já publicou alguns livros, certo?
Sim, alguns.
E é professor.
Sim, professor universitário.
Letras?
Não, fiz pós em filosofia.
Mestrado?
E doutorado.
Em filosofia.
Exato.
Mas escreve literatura.
Temo que sim.
Mora em São Paulo faz tempo?
Há quase vinte anos.

Veio lá de Goiás.
Vim, não vi e perdi.
Não entendo.
Deixa pra lá.
Você perdeu seu sotaque.
Não fiz por mal. Mas, às vezes, ele volta.
Ah, eu li na internet que você também ganhou um prêmio.
Um prêmio local, lá em Goiás, pelo meu primeiro livro. Não é como se eu tivesse ganhado o Jabuti ou o Prêmio São Paulo de Literatura.
Um prêmio é um prêmio.
E faz muito tempo.
Qual é o título desse seu livro premiado?
O anão bulímico e outros contos.
Alguém bateu palmas e disse: Adorei. Altamente cancelável.
Agora havia várias pessoas ao redor dele. Essa aí acha que todo mundo terá seus quinze minutos de cancelamento, disse um homem de terno.
Acho que um pouco mais que quinze minutos, pontuou Leandro.
Quinze dias?
Conheço gente que está cancelada há pelo menos quinze meses, disse a anfitriã.
O título do seu livro satiriza os anões e os bulímicos.
É... acho que sim.
Onde é que eu encontro?
Está fora de catálogo, infelizmente. Saiu por uma editora bem pequena.
O título é ao mesmo tempo preconceituoso, politicamente incorreto, ofensivo e, o que é melhor, contém um belo gatilho.
Você precisa dar um jeito de relançá-lo por uma grande editora.
Você não é prima do Andreazza?
Não, a minha prima é que trabalhou com ele.
Bom, já é alguma coisa.
Você gostaria de reeditar o seu *Anão bulímico* ou preferiria lançar um volume com produções mais recentes, talvez um novo romance, por uma editora maior?

Ué. Não sei. O que rolar, acho.
Outro dia revi *O lobo de Wall Street* e aqueles anões são sensacionais.
Mas nenhum deles é bulímico.
Vai saber.
Cancelável, altamente cancelável.
Meu vizinho é odontólogo e foi cancelado porque postou no Insta que os negros têm dentes bonitos.
Mas isso é um elogio, não?
Foi linchado virtualmente. Teve de deletar o perfil.
Que horror.
O anão bulímico. Gostei muito.
Canceladíssimo.
Mas há um anão bulímico no livro?
Danablu. Delícia.
Sim, no conto-título. Ele trabalha como bilheteiro num cinema pornô, depois o cinema é vendido, transformado numa igreja, e ele vai trabalhar na igreja.
Jesus, Maria e José.
Amei.
Canceladíssimo.
E você é professor universitário?
Sim, senhora.
Na USP?
PUC.
Que bom, que bom. E é professor de quê?
Filosofia.
Fiz um curso sobre Nietzsche na Casa das Rosas. Sabia que ele não era ateu?
Dona, se o Nietzsche não era ateu, eu sou o papa.
Que tal o clima por lá?
Como?
Na PUC.

Com relação à política? Acho que a apreensão é mais ou menos generalizada.

Eu não votei 17.

Nem eu. Ele é repugnante.

Nem eu.

Eu anulei.

Eu também anulei.

Uma escolha muito, muito difícil.

Eu votei nele.

17?

Sim.

Por quê?

Que uva é essa?

Quero alguma mudança.

Furmint e Hárslevelü.

Mudança? Ele é parlamentar desde 1970 ou coisa parecida.

Ah, é de Tokaj.

Ele não é tão velho.

Que delícia. Muito bom.

Ele enfiou a família inteira na política. É a quintessência do político brasileiro.

Esse aqui é o quê? Maasdam?

Vive de pequenos expedientes. Rachadinhas.

Ai, não gosto muito de Maasdam.

Roubaram a arma dele anos atrás. Ri muito quando soube disso. Foi assaltado e levaram a arma.

Isso é fake news.

Danablu.

Não é, não.

Ele não traz nada de mudança.

A questão foi a facada.

Gosto de queijo que desmancha na boca.

Bom, não sei. Não acho que vá fazer um governo tão ruim.
Eu confio no Guedes.
Eu confio no Danablu, gente.
Eu confio no Moro.
Droga, é mesmo, ainda tem esse.
Acho que vou de tinto.
Não devia ter anulado.
Esse Bundz está muito bom.
Caladoc?
Está, não está?
Qualquer coisa, a gente tira.
Boa sorte com isso.
A gente tira. Tira rapidinho. Como fez com a outra, sabe? Aquela, sim, era repugnante.
Bom, o pessoal desandou a falar de política e isso nunca acaba bem. Talvez seja o caso de você começar a leitura.
Quando quiserem.
... repugnante e burra, e além do m
Você trouxe...?
Ah, vou ler do celular mesmo.
Perfeito. Pessoal. Pessoal. PESSOAL. Obrigada. Isso, vamos nos sentar. Sentem-se onde quiserem. Isso, isso. Obrigada por virem. Bem, como vocês já sabem, esse é o Leandro Helfferich. É sobrinho de uma grande amiga minha, professor universitário, tem alguns livros publicados, já ganhou prêmio, e veio aqui hoje conhecer o nosso pequeno grupo de amigos da literatura e... bom, ele vai ler um... é um conto, né? Isso, um conto.
Eu queria ouvir o do anão bulímico.
Minha terapeuta sofre de bulimia, é um nojo.
Ela fica comendo durante a sessão e interrompendo o *processo* pra vomitar?
Ela me contou que o marido dela disse que não vê a hora dela evoluir pra anorexia.

Bulímico é quem *vomita*, certo?

Mas é uma *evolução*?

Bom, é melhor não comer nada do que se empanturrar feito uma porca e ficar metendo o dedo na garganta.

Sim, é quem vomita.

Pessoal.

Come e vomita, come e vomita, come e vomita, come e vomita, meu Deus, deve ser exaustivo.

PESSOAL. Por favor.

Perdão. Continue.

Fale um pouco do conto que vai ler, Leandro.

Pois não. Ele é recente, escrevi no ano passado. Um conhecido meu fez uma piada sobre um parque temático nazista e eu criei a história a partir daí.

Um parque temático nazista?

Ai, eu adoro qualquer coisa com a estética nazista. Claro, eles eram seres humanos horríveis, mas tão lindos os casacos e tud

Acho melhor começar a leitura.

Você é quem manda.

Bom, então eu vou me sentar ali e talvez fosse melhor você... isso... a sua cadeira aqui no meio, do lado da mesinha e... isso... temos vinho, temos o que comer... alguém quer ir ao banheiro?

Depende.

Depende? Depende do quê?

O conto é muito longo?

Mais ou menos.

E o conto é sobre nazistas.

Acho que leio em uns quinze, vinte minutos.

E o conto é sobre nazistas.

Sim, sim.

É uma narrativa histórica?

Como?

Assim, tipo... os nazistas no passado lá deles?

Passado?, ele sorriu. Não, senhora. Não, não. O passado é agora. Bem-
-vindos ao passado.
Como assim, moço?
Não tem mais Danablu?
Acho que acabou.
Que b
Essa foi boa.
Pode começar.
Beleza.
Oba.
Shhhh.
(...)
O avião fica meio de lado e tudo que eu vejo é o mar. Eu odeio o mar. Sempre que o avião fica meio de lado, penso que ele vai cair. Pior: tenho certeza disso. Uma sensação física (boca seca, punhos e dentes e olhos cerrados, pernas travadas) de que, bem, é isso, adeus. Eu odiaria morrer assim, estatelado no mar. Dizem que é como bater contra uma parede de concreto. A diferença é que paredes de concreto são confiáveis. Cristian não está me esperando na área de desembarque. Ele avisou que não viria, que eu pegasse um táxi etc. Tenho que almoçar com um conhecido: foi o que ele escreveu no e-mail. Cristian trabalha com (para) um político de expressão nacional e está sempre almoçando com conhecidos. Tudo o que ele faz na vida é almoçar com conhecidos a fim de obter isso ou aquilo para seu empregador — o político de expressão nacional. Únicas ocupações conhecidas: trabalhar para um político de expressão nacional e almoçar com conhecidos. Vou deixar a chave na portaria. Chego lá pelas seis. Você se instala, toma um banho, come alguma coisa. Eleonora deve chegar antes. Você é de casa, sabe se virar. Eu não sou de casa. A gente se conhece desde a pré-escola, mas eu não sou de casa. Nos últimos sete anos, esta é a terceira vez que os visito, que venho à casa deles, fui à casa deles em Brasília uma vez, vim à casa (apartamento) deles no Rio uma vez, e venho à casa (o mesmo apartamento) deles no Rio pela segunda (e últi-

ma) vez. Claro, fui ao casamento em 1997. Padrinho. Mas ali já havia um afastamento. Eu envolvido com o mestrado e já pensando no doutorado, vivendo e estudando e trabalhando em Goiânia, antevendo e planejando a mudança para São Paulo, onde faria o doutorado e trabalharia e viveria e morrerei (nunca se sabe) (eu morrerei, claro que morrerei, mas talvez morra em outro lugar, talvez não morra em São Paulo, talvez um avião em algum lugar fique meio de lado e algo dê errado ou várias coisas deem errado e nós (avião, eu, tripulantes, passageiros) despenquemos no mar ou no chão), e afastado de Cristian desde aquele feriado prolongado em 1995, desde a Semana da Pátria de 1995, desde aquela noite em que ele saiu armado da casa dos pais e me levou para Vianópolis e cogitou matar Eleonora e o sujeito com quem ela trepava na ocasião (é preciso imaginar Eleonora feliz), desde aquele maldito feriado prolongado, após o qual só nos encontramos meia dúzia de vezes, se tanto, o enterro do meu avô, o casamento, Cristian se casou com Eleonora em 1997 e foi trabalhar em Brasília com (para) o político de expressão nacional (acho que trabalhou com (para) políticos de expressão local antes, ao menos por um tempinho, mas logo estava trabalhando com (para) o político de expressão nacional), e em 2003 eles (Cristian e Eleonora) se mudaram para o Rio porque o político de expressão nacional trocou o Senado pelo governo estadual, e eles (Eleonora e Cristian) moram em um apartamento no Leblon, enorme e eternamente branco (o apartamento, não o Leblon), sofás, cortinas, tapetes, tudo branco, como se todo dia fosse réveillon. Eles não têm filhos. Eleonora assim decidiu. Ela decidiu após engravidar e perder a criança. Ainda moravam em Brasília quando tudo isso (engravidar e perder a criança e decidir não ter filhos) aconteceu. Em fins do século passado. Não quero mais passar por isso, falou à época. Não quero mais saber disso. Estamos bem assim. Eu os visitei em Brasília por aqueles dias e foi o que ouvi dela. A minha única visita à casa deles no Lago Norte, em 1999. E Cristian já falava em se mudar para o Rio dali a alguns anos, quando o patrão (*sic*) vencesse as eleições. Fui à casa deles no Lago Norte, Cristian só chegaria mais tarde (almoçava com conhecidos), e Eleonora me levou para um cômodo qualquer, espécie de sala de estar, um grosso tapete no chão, e nós trepamos ali (a segunda vez que trepamos, quatro anos após a Trepada Inaugural em Silvânia, no Dia do Cloro, Suor e Mijo, Cristian bêbado e desmaiado na rede, eu e ela no meu escritório/ biblioteca, primeiro na poltrona, depois no colchonete desenrolado no chão, a buceta com gosto salgado) (cloro, suor, mijo). Depois, ao me ouvir, ao ouvir os meus planos (a seleção para o doutorado se aproximava), ela disse que era uma coisa boa que eu me mudasse para São Paulo, mais oportunidades, lecionar em uma universidade bacana, quem sabe, eu tinha mais era que ir embora mesmo, seu pai morreu (havia séculos), seu avô morreu (1996), sua mãe vive sozinha faz tempo, sua tia sabe se virar, você tem mais é que ir embora, eu mesma estou animada com isso de ir pro Rio, talvez seja uma coisa boa, investir em uma produtora, criar uma estrutura de verdade, estou cansada desses projetos avulsos, uma coisa aqui, outra ali, isso não é uma carreira, aqui em Brasília não tem nada pra mim, quero montar um escritório, contratar gente, organizar e tocar os projetos, minha mãe disse que me empresta uma grana, o suficiente pra tirar a coisa do chão, o suficiente pra começar, pra criar essa estrutura, colocar o troço pra andar, buscar financiamento, sabe como é difícil no começo, mas depois a coisa meio que caminha com as próprias pernas, é só tomar cuidado, projetos mais comerciais, sabe?, filmes de orçamento médio, comédias, talvez fazer uma parceria com uma produtora maior, conseguir uma boa distribuição, não quero ganhar a porcaria da Palma de Ouro, não quero ganhar a bosta do Urso de Ouro, só quero produzir meus filmezinhos, nada muito grande, não quero morrer abraçada num *Chatô*, não quero reinventar a roda, não quero filmar *O tempo e o vento*, não, pelo amor de Deus, umas comédias um pouquinho sacanas, imagens de cartão-postal, bossa nova na trilha, talvez produza um documentário aqui e ali, a questão é começar, viabilizar uns dois ou três projetos, as leis de incentivo estão aí pra isso, distribuir direitinho, esses filmes até se pagam, talvez consiga um sucesso maior aqui e ali, minha mãe não vai perder dinheiro, eu não vou perder dinheiro, tem muita gente boa trabalhando por aí, você não acha?

    Acho tudo isso muito bacana. Acho que você vai conseguir montar sua produtora, sim.

Obrigada. Desculpa ficar falando sem parar. Eu fico animada.

Relaxa. Tudo isso é ótimo.

Depois que aquilo aconteceu, o… o ab… a criança… bom, eu decidi que não quero ter filhos. Não quero mais passar por isso.

Mesmo?

Mesmo.

A perda é meio recente, né?

Aí é que está. Eu não sinto como se fosse uma perda. Não é como se eu tivesse parido a criança, segurado a criança, amamentado a criança, e depois a criança adoecesse e morresse. Não foi nada assim, você sabe. Ainda estava bem no começo, bem no começo mesmo.

Ainda é uma perda.

Eu sei, mas…

E você é nova. Saudável. Talvez mude de ideia.

Não. Eu decidi. Não quero mais saber disso.

Ok.

Vamos falar de outra coisa.

Tá bom.

Meus filmes.

Seus filmes. Beleza.

Me formei faz um tempinho e sinto que perdi esses anos todos farreando e não fazendo nada que prestasse. Meu curta, você se lembra do meu curta? Sinto tanta saudade daquele tempo. Eu e a galera terminando o curso, todo mundo só pensando em cinema, falando de cinema, respirando cinema, transpirando cinema, porra, era bom demais, foi bom demais. Quero recuperar isso, aquele entusiasmo, sabe? Quero fazer meus filmes. Vou fazer meus filmes.

Vai, sim. Tenho certeza que vai.

Mas não quero mesmo dirigir. Nem a pau. Não tenho talento pra dirigir. Quero produzir.

Entendi.

E tomara que dê tudo certo no seu doutorado.

Vai dar.
Doutor em filosofia.
Ph.D. por excelência.
Não vai trepar com as alunas, hein.
Por que não?
Você é doente, ela riu. Pervertido.
Você me acha doente? Pervertido?
Eu acho. Mas de um jeito quase inofensivo.
Quase?
Você se sente mal depois? Você se sentiu mal depois que a gente fez isso lá em Silvânia?
Não.
Não?
Não. Eu queria era fazer mais.
Eu me senti um pouco mal, mas depois passou. Cristian não pode saber.
Claro que não.
Cristian não pode saber nunca.
Eu sei.
Promete.
Prometo. Sabe de uma coisa?
O quê?
Nunca me esqueci do seu gosto. Sempre penso no seu gosto.
Meu gosto?
Naquele primeiro dia. O gosto da sua buceta, sabe?
Como era?
Cloro, suor e mijo.
Ela gargalhou. Mijo?!
Tudo misturado.
Você é doente, sim. Pervertido.
Eu sou mesmo. Foda-se.
Cloro, suor e mijo. Essa é boa.
Taí o nome da sua primeira comédia romântica.

Cristian demorou a chegar, mas bebemos e papeamos como nos velhos tempos, ele animadíssimo com as eleições de 2002, faltavam três anos e ele já estava animadíssimo, animadíssimo com a provável mudança para o Rio, com o futuro, falou-se muito do futuro naquela noite em Brasília, no Lago Norte, Eleonora e sua produtora, Cristian e as eleições de 2002 e a mudança para o Rio, eu e meu doutorado e a mudança iminente para São Paulo e o livro premiado e publicado no ano anterior e o livro que talvez publicasse no ano seguinte, um romance dessa vez, sobre o que é? Dormi no quarto de hóspedes (Eleonora foi até lá alta noite, mas não trepamos de novo, ela apenas se deitou comigo e dormimos assim por um tempinho) e fui embora logo cedo, precisava voltar para Goiânia, os derradeiros detalhes da mudança, despedir-me da minha mãe, eu e Cristian e Eleonora prometemos nos ver em breve, mas não nos vimos em breve, só voltamos a nos ver seis anos depois, eles já estabelecidos no Rio de Janeiro, eu vivendo e lecionando em São Paulo, e agora os visito pela segunda vez no Rio de Janeiro, um ano após a primeira visita no Rio de Janeiro, um ano e não seis, será o início de uma nova fase, de uma retomada?, talvez nos vejamos com uma frequência maior, talvez voltemos a ser como éramos, talvez, é, talvez, quem sabe? Rio de Janeiro. Eu não me sinto em casa no Rio de Janeiro. Eu não gosto do Rio de Janeiro (voltei de Israel há poucos dias e me senti mais confortável em Jerusalém, embora Jerusalém obviamente também não seja a minha casa). Sempre que entro em um táxi no Rio de Janeiro, a primeira pergunta que ouço (ou a segunda; às vezes, perguntam para onde quero ir) é: O senhor é de São Paulo? Não, não sou de São Paulo, sou de Goiás, respondo quando estou de bom humor, mas, na maior parte dos casos, estou de mau humor e digo que sim, sou de São Paulo (o que não é uma mentira, vivo na cidade há anos, mas um goiano radicado em São Paulo ainda é um goiano, óbvio que sim) (que bobagem, essas coisas não são importantes, tantas pessoas em trânsito, daqui para lá e de lá para não sei onde, que diferença faz?), para que o inquiridor sorria e diga: Logo vi, doutor, logo vi. Taxistas adoram estar certos. Respondo à pergunta conforme o meu humor, e em seguida respondo à outra pergunta, à pergunta que nem sempre é, mas deveria ser feita de imediato, a única pergunta que importa em um contexto como esse, a única pergunta que interessa em um táxi no momento em que o passageiro entra no carro e se instala no banco traseiro, digo: Leblon, Visconde de Albuquerque com Rainha Guilhermina. É feio, o Rio de Janeiro. O clima é desagradável e as pessoas são como o clima: invasivas, abafadiças, suarentas. Eu nasci longe daqui. Eu não sou daqui. Meus amigos de infância vivem aqui e dizem gostar daqui. Cristian adora trabalhar com política ou, melhor dizendo, com políticos (Cristian adora almoçar com conhecidos). Eleonora abriu sua produtora de cinema e realiza lucrativas (em termos de cinema brasileiro) comédias românticas, filmezinhos descerebrados de orçamento médio, feitos sob medida para o público médio (o espectador médio, esse monstro tão horrendo quanto o leitor médio, o eleitor médio, o cidadão médio), estrelados por celebridades televisivas e com roteiros previsíveis, pois o espectador médio odeia surpresas. Dona Maria Cecília Veiga-Faria recuperou seu investimento, ao que parece. Cristian recupera seus investimentos cotidianamente, presumo, se é que faz algum investimento, provável que não invista nada além do tempo para almoçar com conhecidos. Jogos Panamericanos. No futuro, quem sabe, a Copa do Mundo, as Olimpíadas, o Rio de Janeiro e o Brasil se tornando um enorme canteiro de obras superfaturadas. Brasil Grande, maior do que nunca. Gigante. Intumescido. Esporrando oportunidades e dinheiros. Tudo posso naquele que me enriquece. Engraçado como a irmã de Cristian permanece em Silvânia, eterna vereadora (perdeu algumas eleições para a assembleia legislativa goiana; nunca tentou a câmara federal), e foi ele quem se imiscuiu nos intestinos da política nacional. Talvez Cristina tenha sido relapsa, talvez ela não tenha almoçado com tantos conhecidos quanto deveria. Ou talvez ela seja honesta, talvez ela nunca tenha maltratado uma puta (Cristian me contou isso na festa de casamento (sim), na festa do próprio casamento, quando (por que fiz isso?) perguntei onde ele se metera após me deixar em casa naquele maldito feriado prolongado em setembro de 1995, ele me deixou em casa e depois sumiu, não ligou, não me procurou, e ignorou e evitou Eleonora por semanas, só voltando a aparecer em Silvânia no começo de outubro, quando eles (Cristian, Eleonora) tiveram uma boa conversa e colocaram tudo em pratos limpos (palavras dele) e seguiram em frente, apesar de tudo, e agora estamos aqui, casados, quem diria, não é mesmo?, ele me contou (a princípio como quem conta uma piada ou um causo divertido) sobre a festa do pessoal do escritório e a porcariada que ingeriu e as alucinações e a passagem pelo puteiro abandonado e o encontro com a puta e a conversa que tivera com a puta e o que propusera (carona, passagens) e *aquilo* que fizera sem pensar direito, não sei te explicar, eu tava muito fulo da vida, muito fulo com tudo, e senti vontade de fazer uma maldade, senti vontade de fazer uma maldade daquelas, senti vontade de maltratar alguém, de ferrar com alguém, eu *precisava* maltratar alguém, eu *precisava* ferrar com alguém, e também me contou sobre como, depois, voltou ao puteiro para se desculpar e dar algum dinheiro para a puta e consertar a merda que fizera, mas o lugar estava deserto, o lugar não era mais um lugar, eram ruínas, o não lugar, os restos deixados pelas chamas que se espalharam pelos outros quartos e pelos entulhos, o não lugar tornado inabitável, e a essa altura ele não falava mais como se contasse uma piada ou um causo divertido, a essa altura ele falava como se confessasse um crime (porque era um crime, porque ele cometera um crime, porque ele era um criminoso, Cristian é um filho da puta e um criminoso, Cristian é um criminoso filho da puta), ele falava e chorava e dizia que, porra, foi a pior coisa que fiz na vida, e eu pensei em me matar, pensei mesmo em me matar, fiquei um tempão pensando em me matar, mas então pensei na Eleonora, eu pensei nela, sabe?, eu pensei, beleza, ela me sacaneou, ela me corneou, a desgraçada, mas eu gostava dela, porra, eu *gosto* dela, e eu pensei que, antes de me matar, antes de fazer uma besteira, antes de fazer qualquer coisa, eu devia procurar ela e colocar tudo em pratos limpos e ver se dava pra salvar alguma coisa, e deu, a gente salvou alguma coisa, a gente se casou, olha só, a gente tá casado, porra, essa festa aqui, tudo bonito demais, deu tudo certo, quero ter um filho com ela, e eu também precisava me desculpar com você, porque eu sumi e não retornei suas ligações, eu me isolei, tá, eu sei, faz tempo isso, dois anos já, eu queria me desculpar por ter sumido desse jeito, a gente só se viu no enterro do seu avô, porra, não sei o que me deu, muito trabalho, né, e você também estudando feito louco, só lamento não ter encontrado a infeliz daquela puta, queria devolver o dinheiro dela e dar mais algum, não sei por que fiz aquilo, será que é sempre assim?, a gente nunca sabe por que faz as piores coisas que a gente faz?, porque não é possível, Leandro, não é possível que eu seja uma pessoa ruim, não é possível que *aquele* cara seja eu, não é possível que aquele cara seja o Cristian de verdade, eu quero ser bom, porra, eu quero ser bom *agora*, caralho, eu lido com os caras que realmente mandam na porra desse país e vou fazer um monte de coisas boas, você vai ver, eu vou fazer um monte de coisas boas e também faturar um dinheirinho, que eu também não sou bobo, não, senhor, eu não sou bobo, não), talvez Cristina ache que permanecer na cidade onde nasceu e foi criada, trabalhando pela cidade onde nasceu e foi criada, seja melhor do que se bandear para Goiânia ou Brasília, embora tenha tentado se bandear para Goiânia (mas não para Brasília); difícil saber, não vejo ou falo com ela há muitos anos. Cristian foi para Brasília e depois veio para o Rio de Janeiro, está aqui, e eu estou aqui, acabei de chegar, o avião meio de lado e o mar a cada segundo mais próximo, à espera, o mar é uma coisa estúpida, ninguém à minha espera no desembarque, depois o taxista perguntando: O senhor é de São Paulo? Leblon. Agora, aqui. O apartamento de Eleonora e Cristian está menos branco. As cores dos tapetes e das cortinas e dos móveis. Fizemos uma festinha no ano passado, em minha visita anterior, não nos víamos desde 99, era aniversário de Eleonora, fizemos uma festinha, alguns convidados, gente da política, gente do cinema, depois os convidados foram embora e ficamos esparramados na sacada, de onde não é possível ver o mar, o que se vê são outros prédios, Leblon, e um morro mais à frente, me disseram qual, aquela é a favela (COMUNIDADE) x, mas não guardei o nome, não me importo com os nomes das favelas (COMUNIDADES), não sou o típico branquelo de classe média alta que enumera os nomes das favelas (COMUNIDADES) para soar comprometido com as Causas e conectado ao *Zeitgeist* e energizado pela Culpa e antenado com a

Realidade. Não lembro o que conversamos na sacada. Há lembranças de farras que fizemos nas décadas de 80 e 90 mais nítidas do que as lembranças dessa farra que fizemos há um ano. Sei que bebemos muito, comemos pouco, ouvimos bandas do século anterior, eu recusei o convite (de Eleonora) para dormir no quarto de hóspedes e, de volta ao hotel, passei quase uma hora agarrado à privada, vomitando. Agora, hoje, não me hospedei em um hotel. Agora, hoje, entro no quarto de hóspedes do apartamento de Eleonora e Cristian no Leblon e coloco a valise sobre a cama. Agora, hoje, olho através da janela: a tarde cai feito um jogador de futebol colapsando em pleno gramado ao sofrer uma parada cardíaca. Uma nesga de mar por entre os prédios, como se alguém tivesse estendido uma lona entre os dois últimos edifícios do corredor de concreto. Avanço por esse corredor com os olhos, feito uma lente zoom, mas não chego a mergulhar no Atlântico (o mar é estúpido). Penso em corpos se atirando das janelas mais altas (sinto saudades da minha mãe) (descanse em paz), e é quase como se os visse. Não sei por que vim. Não é aniversário de ninguém. Ninguém morreu aqui ou em Goiás (ninguém das nossas relações, bem entendido). Voltei de Israel e, varrendo o meu apartamento em Perdizes, ouvi uma melodia familiar e olhei para a televisão: o videoclipe de "Wish I Was Skinny", dos Boo Radleys. De imediato, veio à minha boca o gosto de cloro e suor e urina que experimentei naquela tarde, Eleonora largada na poltrona e depois deitada no colchonete, as pernas abertas, empurrando a minha cabeça para baixo. Soube que precisava vê-la (logo, sei muito bem por que vim). Esperei que a música terminasse, peguei o telefone e liguei. Ela não atendeu, mas retornou horas mais tarde e pediu desculpas, estava no meio de uma reunião. Falei que estava com saudades. Falei que gostaria de visitá-los. Perguntei se poderia fazer isso no final de semana.

Pra que toda essa cerimônia? Você pode vir quando quiser.

E eu fui. Vim. Estou aqui. Como é que você foi parar em Israel?, Cristian perguntou depois, quando escrevi um e-mail falando sobre a visita, está tudo bem mesmo?, vou confirmar as passagens. Falei sobre o congresso, os colegas acadêmicos, depois expliquei que decidi ficar por lá mais um tempinho, não muito, férias curtas, visitar algumas cidades, não fiz nada de mais, foi bom circular, foi bom dar esse tempo, o pessoal da universidade não gostou, perdi algumas semanas de aulas, precisei dar uma desculpa, peguei uma virose aqui, não sei o que é, melhor não voltar por agora. Cristian respondeu a esse segundo e-mail apenas para dizer que não poderia me buscar no aeroporto, um almoço etc., e nenhuma palavra sobre o que contei, provável que sequer tivesse lido a mensagem de cabo a rabo. Pego uma lata verde de Schweppes na geladeira e bebo em quatro ou cinco goles, depois fico parado no meio da cozinha segurando a latinha vazia com a mão direita, indeciso entre jogá-la no lixo ou amassá-la primeiro para só depois jogar fora. Está escuro, a luz desligada, as janelas fechadas. Então, ouço a porta da sala sendo destrancada e aberta, alguém que entra, respira fundo e volta a fechar e trancar a porta. De alguma forma, sei que não é Cristian. Dois passos em direção à sala. Luz do dia. Entardecer. A lixeira à minha direita. Eleonora está parada, de frente para mim. Não parece assustada, mas diz: Você me assustou.

Eu não queria. Foi mal.

Claro que não queria.

Não.

Então, ela se aproxima e me dá um beijo nos lábios, de leve, outro na bochecha esquerda, e me abraça. Em seguida, ao se afastar: O que é isso na sua mãe?

Mãe?

Ela ri. Na sua MÃO. O que é?

Como se o gesto equivalesse a uma resposta, amasso a latinha e jogo dentro da lixeira. Meia hora depois, estamos os dois sentados à pequena mesa da sacada, uma garrafa de Pinot Grigio aberta e as taças cheias. Ela tomou um banho para se livrar da rua (foi o que disse) e colocou um vestido branco, curto, sem estampa, folgado. Está descalça.

Passou um tempinho em Israel, então.

Pois é.

Quando foi que voltou?

Na semana passada.
De vez?, ela sorri.
Entro na brincadeira: Não, de férias.
Conheço um pessoal de lá. Botaram um dinheiro num filme que a gente produziu e eu consegui distribuição pra um filme deles.
Ah, teve um dia no hotel, acho que em Haifa, eu liguei a televisão e passava um filme seu.
Lembra qual?
Não prestei muita atenção. Mas o logo da produtora apareceu no comecinho, daí eu me lembrar.
Essa é a parte bacana.
Qual?
Saber que o filme circula. É bacana pensar nisso.
Imagino que sim.
Quando é que vou filmar alguma história sua?
Acho que as minhas histórias não têm nada a ver com as coisas que você faz, não.
Dá pra transformar qualquer coisa em qualquer coisa.
Beleza. Adapta "O ano bulímico", então.
Ela ri. Isso não parece nome de comédia romântica.
Você nunca leu, né?
Hesita um pouco, mas: Não.
Nunca leu nenhum dos meus contos, nenhum dos meus livros?
Não.
Por quê?
É complicado.
Fala.
Tinha medo de esbarrar em mim neles.
Entendi.
Acha idiotice?
Não. Acho justo.
Sobre o que é "O ano bulímico"?

É sobre um anão bulímico que trabalha na bilheteria de um cinema pornô na avenida Goiás.

Porra, Leandro.

É, ia ser uma comédia romântica meio diferente.

Eu não quero fazer filmes diferentes. Eu quero fazer filmes cada vez mais iguais.

Mas é uma história bem louca.

Você e sua fixação por pornografia.

É uma fixação saudável.

O que acontece no conto?

O cinema pornô vira uma igreja e o anão vai trabalhar lá porque a mulher de um dos pastores costumava fazer shows de sexo explícito nos intervalos entre as sessões quando o cinema pornô ainda era, claro, um cinema pornô.

Nossa.

Ele chantageia a mulher do pastor pra arranjar o novo emprego.

Bom, talvez eles pudessem se apaixonar. É claro que, pro filme funcionar, o cara não pode ser um anão e tampouco bulímico, e a mulher não poderia fazer ou ter feito shows de putaria.

E ela fazia o quê?

Trabalhava na bilheteria do cinema com ele, sei lá. Do ponto de vista do pastor, não é tão grave quanto transar sei lá quantas vezes por dia na frente de uma plateia. Mas um cinema pornô é um cinema pornô. Que espécie de mulher trabalha num lugar desses? Ela acha que o marido não ia perdoar se descobrisse que ela trabalhou em um cinema pornô.

Isso. Ela mentiu pro pastor. Ela disse que trabalhava na bilheteria do Cine Cultura.

E o pastor? O pastor tem que ser gente boa, senão os evangélicos boicotam o filme.

Já sei. O pastor tem um amor da juventude, uma fiel que se casou com outro pastor e foi embora pra Namíbia a fim de espalhar a palavra de Deus.

Por que a Namíbia?

Sei lá. Li um livro outro dia que se passava lá. Foi o primeiro país que me ocorreu agora.

Certo. E agora essa mulher está de volta? O amor da vida do pastor?

O marido dela morreu na Namíbia, sofreu algum acidente, e ela volta pra Goiânia, viúva. Ou volta aqui pro Rio. A gente precisa transferir a história pro Rio. Seus filmes não se passam todos aqui? Então. Ela volta e isso tira o nosso pastor do prumo. Aliás, é melhor que o pastor e a ex-bilheteira não sejam casados, mas namorados.

Perfeito. Depois de muitas confusões, mas sem ninguém trair ninguém, o pastor termina o namoro com a ex-bilheteira, mas termina numa boa, e fica com esse amor da juventude, a pessoa que levou ele pra igreja (acho que esse seria um toque importante), e a ex-bilheteira fica com o ex-anão ex-bulímico, que pede desculpas por ter chantageado ela e se revela um sujeito muito decente.

O filme termina com um casamento duplo na igreja que era um cinema pornô.

E o autor vai me deixar fazer isso com a história dele?

Depende. Quanto você paga?

Vou pensar num valor. Mas essas coisas demoram.

Não tenho pressa.

Como é o conto?

No final, o anão descobre que o pastor sempre soube quem era a mulher. E mais: o cara se casou com ela exatamente por isso. Ele gosta de ver a fulana trepando com outros. Então, ele convida o anão pra jantar na casa dele com a desculpa de que está pensando em promovê-lo. A essa altura, o leitor não sabe de nada. O leitor sabe do que o anão sabe. E o anão pensa que a fulana está tão assustada com a possibilidade de ser desmascarada que sugeriu ao marido que promovesse o anão. Quer dizer, ele nem precisou pedir.

Certo.

E o anão vai jantar na casa do pastor. Mesa farta, tudo do bom e do melhor. E, sendo bulímico, o nosso herói come até quase estourar. Depois, pede licença pra ir ao banheiro. O pastor diz que vão esperar por ele na sala ao lado. O anão vai ao banheiro, mete o dedo na garganta e bota tudo pra fora. Quando chega à sala, depara-se com a mulher nua no tapete e o pastor sentado numa poltrona, já de pau duro, batendo uma punheta. O anão fica sem saber o que fazer e o pastor diz: Vinte mil reais. Te pago vinte mil reais pra comer ela aqui, agora, na minha frente. E o conto termina com o anão tirando a roupa, mas preocupado porque vomitou tudo o que comeu e se sente meio fraco, além de não ter lavado as mãos direito, aquele cheirinho aziago de vômito se insinuando no ambiente.

Puta merda.

Eu me diverti muito escrevendo isso. Parece que foi ontem.

Ela bufa e estende as pernas, os dois pés confortavelmente instalados na cadeira defronte. Vejo parte do seio esquerdo, o vestido cavado nas laterais, frouxo; prescindiu do sutiã após o banho. Ela percebe que eu vejo e sorri.

Lembrei de uma coisa.

Uma coisa boa?

Não, uma coisa triste.

Olhou pro meu peito e lembrou de uma coisa triste?

Deixa pra lá.

Melhor mesmo. Você está bem?

No geral?

No geral.

Acho que sim. E você?

Levando. Meio cansada.

Alguma coisa que eu possa fazer?

Foi pra isso que você veio, não é?, ela diz já no corredor, caminhando à minha frente, enquanto tira o vestido pela cabeça. E foi pra isso que eu tomei banho.

Era melhor que não tivesse.

Ela gargalha. Mas eu estou limpa. Sinto muito.

Não tem ninguém limpo aqui, não, dona.

Você não é daqui, diz Cristian horas mais tarde.

Nem você, digo. Na calçada à nossa direita, uma pequena multidão ao redor de um corpo metido num carrinho de supermercado. Nem você.

Não é irônico?, ele pergunta.

Não vejo nada de irônico, a mim parece que o Rio de Janeiro é uma cidade divorciada da ironia, talvez mesmo infensa à ironia, pois a ironia pressupõe algum distanciamento e não existe distanciamento possível no Rio de Janeiro, todas as coisas e seres aqui estão amontoados ou metidos uns dentro dos outros, encaixados de uns jeitos impossíveis, indescritíveis, penso todas essas coisas com os meus botões (embora esteja de camiseta), mas digo apenas: Não.

É irônico, sim, ele insiste.

O corpo está apenas com uma bermuda de nylon e tem vários furos de bala no peito, pelos braços, em ambas as mãos, e um maior ou, digamos, decisivo bem no meio da testa.

O quê?, diz alguém parado junto ao corpo, um septuagenário com uma camisa do Botafogo sobre o ombro direito. Está falando com um vendedor de salgadinhos, ambos olhando para o defunto.

Antes que o sinal abra e Cristian acelere e deixemos a cena, percebo outra perfuração no peito do pé direito. Por algum motivo, penso ou imagino que aquele foi o primeiro tiro, o tiro que deu início à brincadeira, o tiro inaugurador: aqui inicia a sua morte, faça uma boa viagem.

É irônico, sim, insiste Cristian após deixarmos a aglomeração para trás.

O quê? Um defunto crivado de balas num carrinho de supermercado?

Não, porra. Não tô falando disso.

Do que é que você está falando, então?

A gente tá indo comer num lugar chamado Oásis. Quer dizer, você saiu lá da porra do deserto e veio aqui pro Rio e vai comer no Oásis.

Oásis. Certo.

E o Oásis é uma churrascaria.

Uma churrascaria, repito, sério.

Cristian está rindo. É. A ironia da coisa.

Eu até me esforço, mas o riso não vem. Fecho os olhos e penso no seio semidescoberto de Eleonora, penso na maneira como arreganhou o cu quando chegamos ao quarto, ela se colocou de quatro na cama e arreganhou o cu. É isso, penso agora. O Rio de Janeiro é um cu arreganhado. Mas, desde que seja o cu arreganhado de Eleonora, tudo bem. Se for o caso, talvez eu até goste ou venha a gostar do Rio. Talvez eu venha mais vezes. Talvez eu me mude para cá.

Tá muito sério, cara.

Foi mal. Hoje fez muito calor, fiquei meio lesado. E bebi uma garrafa de vinho com a Eleonora mais cedo.

Um goiano reclamando do calor.

Pois é.

Não se acostumou com o calor lá em Israel?

É diferente.

Diferente como?

O calor aqui é mais pegajoso.

Depois, à mesa do restaurante onde recusei o rodízio e tento me virar com o bufê de saladas e frios enquanto Cristian devora nacos malpassados de bois, carneiros, búfalos e frangos, mas não de camelos (ele também fez essa suposta piada), eu o ouço dizer que o governador provavelmente voltará para o Senado em 2010.

E aí vocês vão voltar pra Brasília?

Se tudo der certo.

E a produtora da Eleonora?

Ela pode ir e voltar. Ou abrir um escritório lá no DF. Sei lá. A gente ainda não conversou sobre isso.

Entendi.

Tem umas churrascarias melhores mais perto de casa, mas eu não queria perder a piada.

Que piada?

Do oásis.

Ah.

E você nem riu. Cuzão.

Eu ri por dentro. Eu me acabei de tanto rir por dentro.

Vai tomar no meio do seu cu.

Abro um sorriso e pego um pedaço de croûton com a mão. Levo à boca. Magda veio aqui no começo do ano, né?

Veio, mas eu não me encontrei com ela, não. Uma pena. Sua tia é divertida, sempre foi.

Eleonora saiu com ela.

Foi, sim. Eu tava viajando a trabalho. Elas saíram umas vezes. Sua tia ficou num hotel em Ipanema. Podia ter ficado lá em casa, a gente ofereceu e tudo, mas ela quis ficar num hotel.

Ela prefere assim.

Faz tempo que não vê ela?

Ela me visitou em São Paulo no inverno do ano passado. Também não quis ficar lá em casa.

Acho bom que você tenha vindo. A gente acaba se falando e se vendo pouco por causa do trabalho, da vida, e isso é paia demais.

Eu também sou meio relapso.

É mesmo, ele diz enquanto corta um pedaço de picanha. Em seguida, mastigando com a boca meio aberta: Todo mundo nessa história é meio relapso, mas, se organizar direitinho, a gente se vê mais vezes.

Também acho.

E dessa vez a iniciativa foi sua.

Nem foi difícil. Peguei o telefone e liguei.

Pois é.

Um garçom se aproxima com um espeto repleto de linguiças toscanas. Cristian faz um sinal para que ele deixe duas no prato. O garçom obedece e, em seguida, olha para mim e faz a mesma pergunta que quatro de seus colegas fizeram nos últimos quinze minutos: Não come carne, senhor?

Seguro o garfo com uma enorme alface-americana espetada nele e digo: Hoje, não.

Eleonora te contou o que aconteceu com ela na outra semana?, Cristian pergunta assim que o garçom se afasta.

Não.

Porra, beberam uma garrafa de vinho e ela não comentou nada sobre isso?

Isso o quê?

Cristian acena para um dos garçons. Minha cerveja acabou. E a sua também. Quer outra?

Quero, sim.

Esperamos em silêncio até que o garçom se aproxime, ouça o pedido, saia e, dois minutos depois, retorne trazendo duas Bohemias. Eu afasto o prato com a salada e começo a bebericar a cerveja. Cristian também parou de comer, enfastiado. Então. Ela tava andando por uma calçada em Copacabana, ali na Barata Ribeiro. Foi num domingo desses. E aí, do nada, caiu uma mulher quase em cima dela.

Como assim?

Uma suicida, porra. A mulher pulou sei lá de que andar e quase acertou a Eleonora em cheio. Tem cabimento um trem desses? Imagina se acerta. Matava. Imagina só, morrer desse jeito.

Ela não... não comentou nada, não.

Pois é. Ficou meio esquisita depois.

Esquisita como?

Não sei explicar, quase não paro em casa. Mas ela anda meio esquisita. Deve ser por causa do susto.

Bebo mais um gole de cerveja dizendo para mim mesmo que é o último. E concordo: Provável. Quase morrer costuma fazer isso com as pessoas.

Começou a fazer terapia, também. Daqui a pouco me aparece com alguma ideia maluca.

Como assim?

Sei lá. Alguma ideia maluca. Não sei que ideia. Se soubesse, era maluco também.

Ela vai se dar bem em qualquer coisa que resolva fazer, por mais maluca que seja.

Eu sei.

Então, pra que se preocupar?

Eu não tô preocupado, não. Deixa pra lá. Bora falar de outra coisa.

Bora.

Cristian abre um sorriso pontuado por restos e fiapos de carne: Comendo muita aluninha lá em São Paulo?
Por esses dias, não.
Mas nunca se sabe.
É isso aí. Nunca se sabe.
Ele faz questão de pagar toda a conta. Entro no carro sem perguntar para onde vamos, mas tenho certeza de que não será para o apartamento. Não de imediato, pelo menos. Pouco depois, ele dirige pela Delfim Moreira em direção a Ipanema. Não é que eu queira ir a algum lugar, qualquer que seja. De repente, sinto que não devia estar aqui, neste carro, com Cristian. Eu devia estar em São Paulo, em Perdizes, corrigindo os trabalhos empilhados sobre a mesa ou preparando o curso para o próximo semestre, Nietzsche via Heidegger (nada como, usando Nietzsche, atrair a molecada para Heidegger, pois a molecada gosta de Nietzsche, Nietzsche é heavy metal, com ele *incipit tragoedia*, "a tragédia começa", Nietzsche *martela* como ninguém, vide a "ideia demoníaca" (como descreve Heidegger) presente no aforismo 341 d'*A gaia ciência*: "E se um dia ou uma noite um demônio se esgueirasse em tua mais solitária solidão e te dissesse: 'Esta vida, assim como tu a vives agora e como a viveste, terás de vivê-la ainda uma vez e ainda inúmeras vezes: e não haverá nela nada de novo, cada dor e cada prazer e cada pensamento e suspiro e tudo o que há de indizivelmente pequeno e de grande em tua vida há de te retornar, e tudo na mesma ordem e sequência — e do mesmo modo esta aranha e este luar entre as árvores, e do mesmo modo este instante e eu próprio. A eterna ampulheta da existência será sempre virada outra vez — e tu com ela, poeirinha da poeira!' — Não te lançarias ao chão e rangerias os dentes e amaldiçoarias o demônio que te falasse assim? Ou viveste alguma vez um instante descomunal, em que lhe responderias: 'Tu és um deus, e nunca ouvi nada mais divino!' Se esse pensamento adquirisse poder sobre ti, assim como tu és, ele te transformaria e talvez te triturasse; a pergunta diante de tudo e de cada coisa: 'Quero isto ainda uma vez e ainda inúmeras vezes?' pesaria como o mais pesado dos pesos sobre teu agir! Ou então, como terias de ficar de bem contigo mesmo e com a vida, para não

desejar nada *mais* do que essa última, eterna confirmação e chancela?" Uma leitura heideggeriana de Nietzsche atrairia uma dúzia de incautos, três perdidos e, com sorte, dois alunos promissores). Não. Eu devia estar em Silvânia, visitando a minha tia. Eu devia estar em qualquer outro lugar. Assim, enquanto o carro avança, permaneço quieto, as mãos apertando os joelhos. Como se Cristian acelerasse muito. Como se eu corresse perigo.

Coisa de velho isso aí, diz ele.

Sim, penso. Coisa de velho. Estamos velhos, ou quase. Não. Trinta e seis anos. Ainda não. Olho para fora. Muita gente caminhando pelo calçadão. Eu me ocupo olhando para fora, como se procurasse alguém que eu já soubesse de antemão não estar ali.

Essa coisa toda de irmãos, ele diz de repente. Não explica o quê, fica um tempo calado. E então: A gente se conhece a vida inteira. Fica um tempão sem se ver. Mas, quando se vê, é como se nada tivesse mudado. Coisa de irmão mesmo.

Coisa de irmão, repito.

É isso aí. Às vezes, acho que Eleonora gosta mais de você do que de mim.

Não digo nada.

Vocês sempre foram mais ligados nessas coisas de livro e filme, já eu nunca dei muita trela pra isso. Têm mais o que conversar. Vocês dois.

A gente se conhece desde sempre.

Todo mundo aqui se conhece desde sempre.

Verdade.

Ela podia ter ficado com você, mas ficou comigo.

Quem disse que eu ia querer ficar com ela?

Cristian dá uma gargalhada, depois balança a cabeça. Acho que ela não ficou foi com ninguém. Nem comigo.

Que merda cê tá falando?

Eleonora. Sabe como é. Cê me entende.

Não te entendo, não, parceiro.

Entende, sim.

Não digo nada.

Ele gargalha do nada, o braço esquerdo apoiado na janela. A vida é um trem de doido mesmo, vai tomar no cu.

Fico em silêncio.

A conversa morre até que, passados alguns minutos, olhando na direção do mar, ele diz: O mar à noite me dá medo.

Por quê?

Sei lá. Acho que por causa do escuro.

A gente tem medo do que vê e tem medo do que não vê.

A gente tem medo de tudo, é isso?

Mais ou menos.

Cê não gosta daqui, né? Do Rio?

Não.

Por quê?

Sei lá. Parece um parque temático no inferno.

Ele ri bem alto. Um conhecido meu investiu num parque temático lá no Sul. Nem sei direito do que é que se trata, mas ele parece bem. Sabe um parque temático que ia dar o que falar?

Qual?

Outro dia vi um pedaço daquele filme *Schindler*. Chato pra caralho. Mas alguém devia fazer um parque temático nazista.

É a minha vez de gargalhar. Porra, digo, meu avô ia adorar uma merda dessas.

Não ia?

Com certeza.

Aposto que ia. Seu avô sabia o que era bom.

É. Tanto que se matou.

Caralho, Leandro, vai tomar no meio do seu cu. Por que cê sempre tem que estragar tudo?

Meia hora depois de eu estragar tudo, estamos de volta ao prédio, dentro do elevador. Um pouco à minha frente, os braços cruzados, as chaves do carro e do apartamento pendendo da mão esquerda, Cristian está na posição ideal para o caso de eu resolver dar-lhe um tiro na nuca. Mas eu não tenho uma arma.

(…)

"Fui ao chiqueiro e vi as almas dos cadáveres."

(…)

Nunca mais. Leandro foi embora na manhã seguinte e nunca mais os visitou, nunca mais ligou, nunca mais os viu. Anos depois, ao saber da prisão de Cristian, chegou a ligar para Eleonora; ela não atendeu nem retornou a

(…)

Ele pigarreou e começou a ler, e leu

KONZENTRATIONSLAGER
Leandro Helfferich

O campo era perfeito. Não era tão grande quanto o original, qualquer um deles, fosse qual fosse, óbvio que não, havia apenas dois barracões com cinquenta beliches cada para os prisioneiros, as latrinas, um espaço para que trabalhassem com as pedras, tudo isso separado por duas cercas adjacentes de arame farpado das dependências dos oficiais (os dormitórios e aposentos, a cozinha, a despensa, o escritório da administração, a enfermaria (em uma construção separada) e outras instalações menores), mas era perfeito, um cenário e tanto, uma reconstituição bastante fidedigna e realista. Os donos do parque pensaram em tudo. Além das cercas de arame farpado e da aparência dos barracões, havia torres de vigilância, holofotes, móveis, fardas, armamentos, objetos, sim, era perfeito. Todos recebemos fardas completas, conforme as nossas respectivas patentes, e armamentos. A munição era de mentira, mas cada Luger, Walther, Mauser, Sauer e Dreyse, bem como cada Gewher e Machinenpistole, todas as armas estavam em perfeito estado, muitíssimo bem conservadas, e faziam um som sensacional, era assustador o espocar dos tiros, tanto que os prisioneiros se encolhiam, tapavam os ouvidos com as mãos, gritavam de medo, ótimos atores, excelentes atores, nunca saíam do papel, as cabeças raspadas, macérrimos, andando descalços ou com calçados rasgados, os uniformes listrados sujos de lama, molhados, corpos e roupas em petição de miséria. Era assustador. Era sensacional. Era perfeito. A questão relativa à hierarquia foi resolvida da maneira mais lógica: quem pagou mais era melhor ranqueado, possuía os melhores cargos e patentes, as dependências mais confortáveis, e, menciono sem necessidade, ascendência sobre as patentes inferiores. De tal forma que eu, ungido SS-Obersturmbannführer, era o diretor do campo. Meus aposentos incluíam um banheiro privativo (com banheira) e, além da cama de casal, uma bela escrivaninha de mogno, uma poltrona confortável, de couro bege, uma pequena mesa redonda de jantar e quatro cadeiras, além de uma estantezinha com livros diversos em alemão, escritos originalmente nessa língua ou traduzidos para ela (a biografia de Frederico, o Grande, por Thomas Carlyle; *Die Grundlagen des neunzehnten Jahrhunderts* e outras obras de Houston Stewart Chamberlain; *Der internationale Jude: Ein Weltproblem*, de Henry Ford; *Der Untergang der großen Rasse. Die Rassen als Grundlage der Geschichte Europas*, de Madison Grant; *Ein Volk in Waffen* e *Amerika im Kampf der Kontinente*, de Sven Hedin; estranhamente, não havia nenhuma cópia do *Mein Kampf*). Quanto aos outros, eles foram divididos assim (peço desculpas desde já por eventuais deslizes ortográfico-gramaticais e/ou de flexão de número): um Sturmbannführer, dois Hauptsturmführer, dois Obersturmführer, dois Untersturmführer, um Sturmscharführer, dois Oberscharführer, três Scharführer, quatro Unterscharführer, quatro Rottenführer e dez Sturmmänner. Como se vê, não havia ninguém abaixo de segundo-cabo, ninguém ali se prestaria a ser um Oberschütze ou coisa mais reles, mas isso não era um problema, pois todos respeitávamos a hierarquia. Ademais, não estávamos preocupados em emular a organização do lugar nos mínimos detalhes, não éramos historiadores nem sofríamos de hipercoerência. Queríamos nos divertir, apenas isso. Além da inestimável assistência do Sturmbannführer, posso afirmar que o campo (em seus melhores dias, ressalte-se) não funcionaria sem o trabalho e a dedicação da nossa Chef Oberaufseherin. Ela, claro, era responsável pela supervisão (como o nome do posto indica) das outras mulheres: duas Lagerführerinnen, cinco Oberaufseherinnen e seis Erstaufseherinnen. A Chef Oberaufseherin era uma mulher muito decidida, forte e vigorosa. A cozinha (havia três refeições por dia, mas a despensa e a adega estavam sempre abertas a todos) e a limpeza ficaram a cargo de prisioneiros escolhidos a dedo pela Chef Oberaufseherin e devidamente supervisionados pelas Erstaufseherinnen. Não quero me gabar, mas, em poucos dias, com a ajuda do Sturmbannführer e da Chef Oberaufseherin, organizamos por inteiro e nos mínimos detalhes a rotina do campo, de tal forma que a engrenagem funcionava à perfeição e todos os envolvidos pareciam muito felizes e realizados com suas respectivas funções. Após esse período de organização geral, as minhas ordens passaram a ser um tanto genéricas: veja se aqueles prisioneiros estão trabalhando direito; cheque o perímetro; não vejo ninguém na torre norte; amanhã eles carregarão aquelas pedras dali para lá; leve aquela prisioneira ao meu escritório, preciso falar com ela etc. E, seguindo um indisfarçável pendor mengeliano, a Chef Oberaufseherin tomou conta de uma das construções adjacentes e fixou ali a enfermaria, na qual passava a maior parte do tempo realizando o que chamava de experimentos. Certa noite, à mesa do jantar com outros oficiais, ela pediu que passássemos a chamá-la de Todesangel, a versão feminina (presumo) do Anjo da Morte (Todesengel) original. Todos concordamos, como não? Não queríamos constrangê-la. Entretanto, ninguém cumpriu com o combinado, e ela (talvez um pouco constrangida) não voltou a tocar no assunto. Nunca passou pela minha cabeça que também me chamassem de Standortältester ou de algum apelido imaginativo, como Badmeister, Gasmeister, Der Schlachter, Welfel e similares; creio que Obersturmbannführer era o bastante para mim, e Chef Oberaufseherin deveria ser o bastante para ela. Agora, permita-me discorrer sobre os prisioneiros. Havia 150 deles no campo, divididos em dois tipos que passamos a designar como prisioneiros-prisioneiros (oitenta) e prisioneiros-putos (setenta). Explicarei isso melhor em breve. Sobre os prisioneiros-prisioneiros, eles eram todos anoréxicos. Sim, a anorexia era uma espécie de pré-requisito para a função, isto é, para que fossem contratados e trabalhassem no campo, desempenhando aquele papel. Fazia sentido. Não sei como fizeram a triagem, se colocaram anúncios nas redes ou coisa parecida, mas isso tampouco é importante. Assim, os atores contratados para interpretar (viver?) os prisioneiros-prisioneiros eram pessoas macérrimas, de 13 a 68 anos, passaram por uma espécie de treinamento (creio que o termo correto é "preparação de elenco"), tiveram a cabeça raspada e eram obrigados a sobreviver nas piores condições possíveis. O Sturmscharführer disse, em tom de brincadeira, que eles eram como os índios de *Fitzcarraldo*. Como desconhecesse a referência, ri por educação (mas a registro aqui para o caso de alguém saber do que se trata).

Talvez seja desnecessário mencionar que receberam muitíssimo bem pelo trabalho. Aqueles que não foram designados para tarefas menos excruciantes, como a limpeza das dependências dos oficiais, a lavagem dos uniformes, o trabalho na cozinha e outros serviços similares, quebravam e carregavam pedras, limpavam as latrinas, vagavam pelo lugar com os olhos fundos, feito zumbis, ou ficavam assim parados junto à cerca interna de arame farpado, como nas fotografias e nos filmes (em geral, eram os mais velhos que faziam isso), e todos levavam sopapos e empurrões de vez em quando, mas sem exagero, e também uns tiros de mentira, quando tinham que berrar de dor e cair na lama, fingindo-se de mortos, mas no dia seguinte estavam lá, vivos, e fingíamos que eram prisioneiros novos, recém-chegados, recém--transferidos de outros campos, tanto que passei a andar pelo lugar com alguns papéis, conferindo nomes, procedências e coisas do tipo. Modéstia à parte, eu executava à perfeição o meu trabalho burocrático de diretor do campo. Quanto aos prisioneiros-putos, eles eram magros, mas não tão magros quanto os prisioneiros-prisioneiros (embora alguns tivessem ficado assim com o passar do tempo), não eram obrigados a raspar a cabeça (embora certos oficiais ordenassem que alguns deles fizessem isso ou cuidassem eles mesmos da tarefa: soube de um Rottenführer que levou dois prisioneiros-putos para seu dormitório, despiu-se e os despiu, e raspou a cabeça de um enquanto era chupado pelo outro; depois, os prisioneiros-putos trocaram de lugar e a brincadeira se repetiu), tinham entre 18 e 45 anos, e eram, na verdade, prostitutas e prostitutos e atrizes e atores pornográficos contratados pelos donos do parque para que nos servíssemos e fizéssemos deles o que bem entendêssemos, sexualmente falando. Encenações (como a do Rottenführer metido a barbeiro, embora, com o tempo, ela se revelasse uma das mais singelas, quase boba) eram frequentes, como se pode imaginar, e tornaram-se cada vez mais incrementadas e imaginativas. Fantasias de estupro eram as mais comuns e banais. Na enfermaria, a Chef Oberaufseherin os virava do avesso em experimentos sadomasoquistas e outras atividades que eu sequer conseguiria nomear. Em seu métier, comparativamente falando, esses prostitutos e prostitutas e atrizes e atores pornográficos contratados como prisioneiros-putos e prisioneiras-putas eram tão bons atores e atrizes quanto os atores e atrizes que interpretavam os prisioneiros-prisioneiros e as prisioneiras-prisioneiras. Tanto que, ao menos nas primeiras semanas, não foram poucos os conflitos que precisei mediar entre os oficiais. Cada qual elegia seus favoritos, como era de se esperar, e não gostava nem um pouco quando outrem resolvia provar do material tido como de uso exclusivo. A gota d'água foi quando a prisioneira-puta preferida de um dos Scharführer chegou ao dormitório deste com o corpo repleto de chupões e mordidas e com esperma nos cabelos e escorrendo pelas pernas; segundo ela, fora abordada por dois Sturmmänner a caminho de lá, que a levaram para o salão de jogos, àquela hora vazio, e se refestelaram sobre a mesa de sinuca. Furioso, o Scharführer me procurou de imediato, exigindo que os Sturmmänner fossem disciplinados e a prisioneira-puta, designada como material de uso exclusivo dele. Como eu próprio, àquela altura, também já tivesse os meus preferidos (um prisioneiro-puto equinamente bem dotado, a quem eu colocava para trepar com duas prisioneiras-putas particularmente pequenas e magras; apreciava os contrastes que a situação trazia aos meus olhos, e houve ocasiões em que a Chef Oberaufseherin se juntou a nós — na melhor delas, eu e o prisioneiro-puto procedemos uma dupla penetração na Chef Oberaufseherin, no que fomos observados pelas prisioneiras-putas visivelmente aliviadas por não precisarem se submeter ao membro do colega naquela noite, embora tivessem sido contratadas e fossem pagas para tanto), compadeci-me da indignação do oficial e designei os Sturmmänner para a enfermaria, para que tomassem parte dos experimentos da Chef Oberaufseherin (nenhum deles reclamou, é verdade, e a Chef Oberaufseherin ficou um bom tempo sem visitar os meus aposentos). Esse não foi o único conflito suscitado por exigências similares de exclusividade. Para resolver o problema de uma vez por todas, pedi ao Sturmbannführer que elaborasse uma listagem dos exclusivos e seus respectivos oficiais, listagem que afixamos no quadro noticioso do refeitório. Cada oficial poderia ter um exclusivo, no máximo, pois do contrário não haveria prisioneiros-putos suficientes para todos e alguns de nós ficariam desassistidos; assim, embora eu tivesse três, liguei ao meu nome apenas o de uma das prisioneiras-putas pequenas e magras, e passei a procurar outros parceiros conforme a disponibilidade do dia. Claro que também era bastante comum que os oficiais se relacionassem sexualmente uns com os outros (vide a dupla penetração da Chef Oberaufseherin referida há pouco, da qual tomei parte), e durante algum tempo me diverti com uma Oberaufseherin de cabelos cacheados e bunda masculina que apelidei de Ilse (ao que ela, obviamente, passou a me chamar de Karl-Otto). Ilse apreciava trepar ao ar livre. Acampamos algumas vezes no bosque, e era mesmo agradável contemplar as luzes do campo no meio da noite, a uma certa distância, bem como o indefectível amanhecer, quando ela, masturbando-me com vagar e delicadeza, declamava Hölderlin ao pé do ouvido: "Assim como em dia santo, para ver os campos, / o lavrador sai, pela manhã..." Após a minha decisão organizacional de elaborar e afixar a listagem, salvo por discussões ébrias e brigas eventuais em festas e outros encontros de socialização, não houve mais problemas relacionados aos exclusivos. Claro que, no começo, isto é, nas primeiras cinco ou seis semanas, as coisas eram feitas assim mais privadamente (vide as ocasiões envolvendo a Chef Oberaufseherin e o trio de prisioneiros-putos em meu apartamento ou os meus idílios com Ilse no bosque), pois ainda estávamos nos conhecendo e, em geral ou para algumas pessoas, é difícil se soltar perante desconhecidos. Éramos, afinal, gente normal, homens e mulheres de negócios, empresários, profissionais liberais etc., eu tinha a minha pequena companhia aérea, o Sturmbannführer era advogado, a Chef Oberaufseherin administrava um grande hospital, Ilse era proprietária de uma incorporadora, e havia também alguns políticos, pessoas ligadas ao mercado financeiro, um ator bastante conhecido, mas que não trabalhava fazia alguns anos por conta de um escândalo sexual envolvendo um jovem (muito, muito jovem) colega de profissão, e assim por diante. Portanto, no começo, isto é, nas primeiras cinco ou seis semanas, todos tendíamos a fazer as coisas meio às escondidas, em nossos respectivos apartamentos ou dormitórios, na enfermaria, nos banheiros, atrás dos barracões, nas latrinas (há gosto para tudo), no bosque adjacente etc., a depender do gosto de cada um. Eu, conforme já exposto, escolhia alguém ou alguéns e pedia ao Sturmbannführer que o(s) levasse ao meu escritório ou apartamento, onde nos relacionávamos longe dos olhares curiosos. Enquanto isso, a Chef Oberaufseherin fazia o que lhe aprouvesse na enfermaria, cujas cortinas viviam cerradas e de onde sobrevinham gritos e gemidos nas mais variadas horas do dia e da noite; ela era incansável e bastante imaginativa, como veremos a seguir. Ao final do primeiro mês, tivemos o primeiro incidente realmente grave (vamos concordar que as discussões e brigas relacionadas aos exclusivos nunca passaram, a rigor, de uma espécie muito particular de problema administrativo, o qual resolvi de forma irrepreensível): foi necessário substituir dois prisioneiros-putos, um rapaz e uma mulher, os quais estavam sob os cuidados da Chef Oberaufseherin na enfermaria. Segundo apurou o Sturmbannführer, a mulher engasgou com um apetrecho de borracha revestida de couro que a Chef Oberaufseherin socou com muita força em sua garganta depois de atochar repetidas vezes no ânus do rapaz, o qual, a propósito, estava no chão frio, amarrado, havia muitas e muitas horas. A tira de couro arrebentou e o troço ficou socado lá dentro, e a mulher quase morreu sufocada; um dos Sturmmänner conseguiu extrair o objeto com enorme dificuldade, abalando alguns dentes da pobre mulher no processo; ela cuspiu e vomitou sangue, depois desmaiou. Enquanto o Sturmmann procedia o desengasgue, a Chef Oberaufseherin tinha voltado a trabalhar no rapaz ali amarrado e, nervosa ou excitada (ambos?) com o desenrolar da confusão, apertou e golpeou o escroto dele com tamanha força que, ao masturbá-lo em seguida, o infeliz ejaculou uma boa quantidade de sangue em meio ao esperma, e evacuou e também vomitou e desmaiou. Depois, ao ser desamarrado e acordado com um balde de água fria, encolhido no chão, o rapaz chorou feito uma criança e pediu demissão, dizendo que queria voltar para casa. Esperei receber uma reprimenda, alguém me ligando da direção do parque, talvez um supervisor fantasiado de Standartenführer aparecendo para ter uma boa conversa comigo e a Chef Oberaufseherin, mas nada aconteceu. Os dois prisioneiros-putos foram recolhidos (os recolhimentos, substituições, a exemplo da reposição de alimentos, bebidas e munições, tudo isso era feito na calada da noite por funcionários do parque, que entravam e saíam sem que os víssemos, usando passagens de localização ignorada) e, depois de alguns dias, substituídos por uma dupla adestrada (como depois me diria a Chef Oberaufseherin e eu mesmo teria a oportunidade de verificar) para suportar quaisquer dores e humilhações. Ou seja, em vez de levar uma bronca, a Chef Oberaufseherin foi premiada. Depois de, como disse, testá-los com a ajuda dos Sturmmänner, ela ficou tão animada com os recém-chegados que me pediu autorização para promover uma espécie de performance especial para alguns dos oficiais. "Do Sturmscharführer para cima", disse. "Nada de sargentos e cabos, eles que se divirtam no salão de jogos, no meio do mato ou nas latrinas. O que me diz?" "Bem, minha querida, vamos reunir os outros e ver o que eles acham da ideia." A partir dessa performance, as mudanças se deram com uma rapidez impressionante. (Preciso reiterar: a Chef Oberaufseherin era realmente uma mulher fenomenal.) Oito oficiais convidados, contando comigo, além das sete Lagerführerin e Oberaufseherin; éramos quinze espectadores e espectadoras no total. Logo na entrada da enfermaria, junto à parede, havia uma mesa com cervejas de diversos tipos, Steinhäger, uísque, salsichas, patês e pães. As camas tinham sido retiradas e vários prisioneiros-putos estavam deitados sobre lençóis e almofadas dispostos no chão, em uma espécie de harém improvisado. No meio do cômodo, uma lona vermelha como que demarcava uma espécie de palco; à frente, uma cortina branca com bolinhas azuis. A Chef Oberaufseherin trocara as lâmpadas do lugar por luzes mais fracas, meio amareladas. As quinze cadeiras estavam dispostas em semicírculo diante do palco. Instalada no chão, uma vitrola tocava a "Horst-Wessel-Lied" e outras canções bastante conhecidas. Ficamos por ali, ao redor da mesa, conversando, comendo e bebendo por cerca de quinze minutos. Então, sem qualquer aviso, as canções foram substituídas pela abertura do *Parsifal*. Concordamos que era o sinal para que nos sentássemos: o espetáculo estava prestes a começar. Quando as cortinas foram abertas por duas prisioneiras-putas (que depois voltaram para as almofadas lá atrás), demos de cara com a Chef Oberaufseherin ali no meio do palco, ladeada por um prisioneiro-puto amarrado e suspenso em uma espécie de pau de arara (não sei qual seria o nome disso em alemão), ostentando uma máscara de couro e uma ereção monumental, e uma prisioneira-puta, seios pequenos com grampos nos mamilos inchados e uma bunda branca, enorme e achatada, além de pelos pubianos fartos e descoloridos, de quatro sobre uma maca. No decorrer dos quarenta minutos seguintes, a Chef Oberaufseherin, sempre de jaleco branco (e nada por baixo, logo veríamos) e com os cabelos impecavelmente armados em um coque, perpetrou toda sorte de traquinagens, chicoteando e cuspindo e estapeando e masturbando e introduzindo objetos variados em todos os buracos possíveis dos prisioneiros-putos, que urravam e gemiam e gozavam. Quando o prisioneiro-puto ejaculou pela primeira vez, ela colheu boa parte do esperma em uma caneca e bebeu tudo. Por fim, sempre ao som de Wagner, a ária do timoneiro do *Fliegende Holländer* ("Mit Gewitter und Sturm aus fernem Meer", "Com a tormenta e a tempestade em mares distantes"), a Chef Oberaufseherin puxou a prisioneira-puta pelos cabelos, arrastando-a até o que poderíamos chamar de proscênio, e, com os olhos fixos em nós, espectadores, defecou na boca da moça, boca assim mantida escancarada, o corpo estirado no chão, imóvel, sem denotar qualquer espasmo ou reação, como se ela, a moça, a prisioneira-puta, como se ela estivesse mais do que acostumada com esse tipo de tratamento, prática ou expediente. Alguns oficiais correram ao banheiro para vomitar, outros viraram o rosto ou taparam os olhos. Embora não seja um adepto da coprofagia (tenho exacerbada sensibilidade com relação a certos odores), eu não me movi nem desviei o olhar, exceto para notar que, diante da cena, a ereção do prisioneiro-puto ainda dependurado retornara com vigor redobrado. Finda a prolongada e substancial evacuação, a Chef Oberaufseherin se levantou, pegou uma garrafa de vinho que estava sob a maca, abriu e despejou todo o conteúdo no rosto e na boca da prisioneira-puta, que assim engoliu a merda e a bebida, ou a merda *com* a bebida – e não se engasgou no processo (por certo, dado o ocorrido anteriormente com a outra prisioneira-puta, uma pequena vitória para a Chef Oberaufseherin). Em seguida, a Chef Oberaufseherin voltou a arrastar a prisioneira-puta pelos cabelos e, erguendo-a com violência, fez com que encaixasse a boca imunda no pau do prisioneiro-puto ali suspenso a meia-altura. A felação se prolongou por quase cinco minutos, a moça agora ajoelhada e acariciando o escroto do parceiro de cena com a mão esquerda e o próprio clitóris com a direita, os cabelos ainda seguros pela Chef Oberaufseherin, que, ali em pé, também se masturbava usando um objeto bojudo e borrachoso. Não sei como se deu tal proeza, mas o fato é que o trio gozou ao mesmo tempo, a Chef Oberaufseherin dobrando-se até o chão, o corpo do prisioneiro-puto dando espasmos consideráveis ao liberar o mais uma vez incrível volume ejaculatório, e a prisioneira-puta com a boca escancarada, esforçando-se para manter a glande bem direcionada e engolindo o máximo de esperma que conseguia. Assim terminou a apresentação e teve início a segunda parte da noite. Os prisioneiros-putos estirados nos lençóis e almofadas atrás do palco improvisado, dos quais havíamos até nos esquecido, começaram a nos chamar pelos nossos cargos e patentes, Obersturmbannführer, Sturmbannführer, Hauptsturmführer, Obersturmführer, Untersturmführer, Sturmscharführer, Lagerführerin, Oberaufseherin, os prisioneiros-putos e as prisioneiras-putas nos chamavam e chamavam, e atendemos a tal convocação como que hipnotizados, cada qual procurando a boca que enunciava seu respectivo posto ou patente. A moça que chamava por mim, pelo Obersturmbannführer, enrolada em um lençol preto, era um fantasma hipermaquiado de cabelos vermelhíssimos e a tatuagem de um pentagrama logo abaixo do umbigo. Fui até ela sem demora e nos beijamos e acariciamos enquanto ela me despia. Seu hálito exalava Killepitsch. A certa altura, quando eu já fodia esse fantasma de cabelos vermelhos na mais tradicional das posições, a Chef Oberaufseherin parou ao meu lado e, puxando meu ombro com delicadeza, fez com que eu ficasse de joelhos. Em seguida, com a brusquidão habitual, ela virou o corpo da moça, afastou as pernas dela, fez com que arrebitasse o traseiro, arreganhou o cu e me ordenou que urinasse ali dentro. Como o meu pau estivesse muito duro, isso não me pareceu factível. A Chef Oberaufseherin sorriu e chamou o prisioneiro-puto que antes participara da apresentação. Sem que precisasse dizer nada a ele, o homem passou às minhas costas e, agachando-se um pouco, segurando o pau meio mole com uma das mãos, mijou onde fora ordenado. Claro que, antes que terminasse, a Chef Oberaufseherin se abaixou e enfiou a cara na frente do jato de urina, refestelando-se; depois, esfregando o rosto com as duas mãos, ordenou-me: Agora. Mete agora. Encaixei o pau no cu do fantasma de cabelos vermelhos e meti com força até gozar, não muito tempo depois. No decorrer das duas semanas seguintes, fizemos outras reuniões similares, mais e mais confortáveis uns com os outros e com os corpos nossos e alheios em tais encontros, festejos e fornicações. Esse saudável desregramento (um oxímoro?) espalhou-se rapidamente. Ainda mantínhamos o campo funcionando, cada um de nós cumpria exemplarmente com as tarefas designadas, mas não havia mais amarras, receios ou vergonha. A Chef Oberaufseherin passeava pelos arredores trajando apenas o jaleco e um par de botas de montaria, trazendo um prisioneiro-puto nu por uma corrente feito um cachorro. Os Sturmmänner eram chupados a céu aberto. Uma Erstaufseherin trepou por horas com três prisioneiros-putos sobre uma das mesas do refeitório, diante de uma pequena plateia de prisioneiros-prisioneiros; os espectadores que se masturbassem ganhariam rações extras (só meia dúzia se animou). Instadas por um Unterscharführer, as Oberaufseherinnen foram ao bosque na noite de 30 de abril, acenderam uma fogueira e encenaram uma caricatura carnavalesca da Walpurgisnacht que teria horrorizado os puristas, pois não passou de uma desculpa para um bacanal ao qual, confesso, instado por Ilse, também me juntei. Apesar de tudo, os prisioneiros-prisioneiros não pareciam incomodados com o novo andamento das coisas. Faziam tudo conforme ordenássemos, quebravam e carregavam suas pedras daqui para lá, cuidavam da limpeza e da cozinha, iam e voltavam cabisbaixos dos barracões, suportavam em silêncio o frio, a péssima comida, a imundície, os maus-tratos, as agressões verbais, os safanões. Eram atores e atrizes realmente incríveis. Não importava o que fizéssemos, eles se mantinham aferrados aos personagens – pelo menos até a escalada seguinte, quando o pavor fingido se tornou pavor real. Antes de passar a essa parte do relato, convém esclarecer alguns detalhes. O prazo de estadia era de três meses. O período habitual, padrão, firmado em contrato. Quem saísse, só poderia voltar com a leva seguinte, pagando pelo pacote completo outra vez. Havia câmeras escondidas em todas as áreas comuns (logo tornadas incomuns, dadas as atividades em curso na enfermaria, no salão de jogos, no refeitório e em outros espaços), mais por questões relacionadas à segurança; o parque se comprometia a pagar indenizações pesadíssimas em caso de vazamentos desses registros. Quando faltavam apenas seis dias para o fim da nossa estadia, a Chef Oberaufseherin me procurou. Trazia, para variar, um prisioneiro-puto pela coleira, nu e andando de quatro pelo meu escritório adentro, usando inclusive uma focinheira. "Ele morde?", perguntei em tom de brincadeira. Ela abriu o jaleco e mostrou a marca de uma mordida no seio direito, perto do mamilo. "Uau." "Não pedi que fizesse isso. Ele se animou." "Pode acontecer. Não o culpe por isso." "Todo mundo precisa ser punido de vez em quando." "E eu não sei? O que posso fazer por você?" Ela abotoou o jaleco e fez uma sugestão: que também brincássemos um pouco com os prisioneiros-prisioneiros. "Já brincamos com eles", respondi, embora já imaginasse a que ela se referia. "Brincar com eles como brincamos com os outros." "Mordidas e focinheiras." Ela sorriu: "Para começo de conversa." "Você sabe que isso não é permitido." "Eu sei, por isso estou pedindo." "Por quê? Já se cansou dos outros? De *todos* eles?" "Não é isso. A magreza e a sujeira deles me dá tesão. Eles estão num péssimo estado depois de todo esse tempo. E também isso que você falou." "Sobre ser proibido?" "É." "Acho que, se a gente tentasse alguma coisa, o pessoal do parque viria correndo e nem daria tempo de fazer nada." "Talvez, mas e daí? O que mais eles vão fazer? Multar a gente? Existe alguma multa que você não conseguiria pagar?" "Mas o que você quer fazer com esses coitados?" "Ah, o de sempre. Nada de mais. Mordidas e focinheiras, como você falou." Eu balancei a cabeça, sorrindo. "O quê?" "Defecar na boca de alguém não é nada de mais?" Ela encolheu os ombros. Pensei um pouco e falei que consultaria os outros. Se todos os participantes concordassem, faríamos a coisa. "Mas", frisei, "tem que ser uma decisão unânime. Um voto contrário e a gente desiste da ideia." "Acho justo. Me diz uma coisa." "Sim?" "Eles têm câmeras escondidas instaladas em toda parte, certo?" "Nas áreas comuns, sim. Foi o que disseram." "E microfones também?" "Não, não. Registram as imagens, mas não ouvem nada. É o que dizia o contrato, pelo menos." "Sim, lembrei agora. Nada de microfones." "Nada de microfones." "Eles não estão ouvindo essa conversa, não ouvem conversa nenhuma." "Não." Ela sorriu, olhando para o prisioneiro-puto que, sentado no chão, fitava a janela fechada. O velho aparelho telefônico sobre a mesa não servia apenas para compor o cenário. Ele funcionava. Se eu quisesse contatar a supervisão do parque para fazer um pedido ou solicitar qualquer tipo de ajuda, bastava tirar o monstrengo do gancho e discar (*sic*) 88. Eles também podiam me ligar a qualquer momento, e me encontrariam sem problemas desde que, é claro, eu estivesse no escritório ou nos meus aposentos, onde havia uma extensão. No entanto, à exceção de quando os prisioneiros-putos foram substituídos por lesão (conforme brincou um Sturmscharführer que amealhara uma fortuna considerável jogando (mal) pelo Schalke 04), ocasião em que liguei para informá-los da gravidade do ocorrido (já estavam cientes e disseram que não nos preocupássemos), não houve mais contatos entre nós. Isso, para mim, indicava que tudo corria quase à perfeição. Mas, agora, estávamos prestes a testar a tolerância do parque. O contrato era explícito quanto ao que se podia e não se podia fazer com os prisioneiros-prisioneiros. Violência leve era permitida. Sopapos (não no rosto), empurrões, cusparadas (inclusive no rosto) e toda espécie de agressão verbal eram autorizados. Socos, tapas na cara, pontapés e agressões sexuais eram terminantemente proibidos. Podíamos nos exibir para eles, se quiséssemos. Podíamos nos masturbar na frente deles. Podíamos urinar e defecar na frente deles. Mas não podíamos apalpá-los, boliná-los, despi-los, chupá-los, fodê-los – para isso e muito mais, havia os prisioneiros-putos. E a Chef Oberaufseherin queria extinguir as fronteiras, queria proceder uma Anschluss, queria anexar o país dos prisioneiros-prisioneiros e transformar todos eles em prisioneiros-putos. Era arriscado. Era temerário. E poderia sair muito caro. Mas, de fato, o que o parque faria? As multas por mau comportamento estavam firmadas em contrato, e eu poderia pagar (e pagaria) qualquer uma delas. Pagaria de bom grado. Restava saber se os outros estavam dispostos a pagar também. Assim, de imediato, reunimos os demais participantes no refeitório. A Chef Oberaufseherin fez a proposta. O ambiente tomado por um cheiro fortíssimo de álcool, cigarro e sexo. Eles concordaram sem hesitação; creio que, à exceção de mim, da Chef Oberaufseherin e do Sturmbannführer, todos estivessem mais ou menos bêbados. No decorrer do dia, seguindo a hierarquia (primeiro eu, depois o Sturmbannführer, depois os Hauptsturmführer, e assim por diante), em intervalos de vinte minutos e fazendo o possível para não alarmar os outros, cada um de nós escolheria um prisioneiro-prisioneiro ou uma prisioneira-prisioneira e o levaria ou a levaria para um lugar privado ou que, pelo menos, não estivesse à vista dos outros prisioneiros-prisioneiros. Quem quisesse fazer algo em grupo, que utilizasse o salão de jogos, o refeitório ou a enfermaria, mas permanecesse entre quatro paredes. "Tentem não machucar muito o pessoal", pedi. "Eles não estão acostumados com esse tipo de coisa." "Sim", gargalhou a Chef Oberaufseherin. "É por isso que vai ser bom." Não vou me dar o trabalho de descrever as variadas atividades desempenhadas por mim e meus colegas nas horas seguintes com os prisioneiros-prisioneiros e as prisioneiras-prisioneiras, doravante transformados à revelia em prisioneiros-putos e prisioneiras-putas. Claro que eles e elas resistiam e esperneavam e mordiam e gritavam, mas, lembrem-se, eram ou estavam todos macérrimos e fracos, fáceis de se dominar e submeter. Escolhi uma moça de enormes olhos verdes e nariguda. Levei-a para o escritório com o pretexto de que me ajudasse a organizar alguns papéis e datilografasse uma carta. Não sei por quê, sempre tive atração por narigudas. Minhas ex-esposas eram magras e narigudas; proibi uma delas (a terceira) de se submeter a uma rinoplastia, o que concorreu para o término do nosso matrimônio. Teimosa, ela fez a cirurgia, mas foi embora de mãos abanando (sempre fui minucioso com os meus contratos pré-nupciais, ao passo que ela, pouco cuidadosa com seus casos extraconjugais). Por que optei pelo escritório em vez do apartamento? Não havia câmeras no apartamento, e eu queria deixar bem claro para o pessoal do parque o que estava em curso. Um cuidado tolo, eu sei, pois meus colegas certamente fariam o que quisessem e onde bem entendessem, de tal modo que logo ficaria bem claro o que estava em andamento. Não houve, contudo, qualquer ligação. O telefone permaneceu em silêncio. A moça logo percebeu que não estava ali para desempenhar nenhuma tarefa burocrática e tentou fugir. Desferi um soco no estômago para que se aquietasse. Brandi uma faca para que não mordesse o meu pau ao chupá-lo. Eu me servi dela por quase duas horas. Ao final desse período, era mais do que evidente que a direção do parque não se opunha à escalada das ações, à nossa Anschluss. Assim, já me dispunha a levar a moça para os meus aposentos, para que se lavasse, comesse alguma coisa e passasse a noite comigo, estando eu também faminto e necessitado de um banho, quando um dos guardas irrompeu no escritório. Algo ocorrera no banheiro do refeitório. Eu me vesti e fui até lá o mais rápido que pude. Outros já estavam no local, incluindo a Chef Oberaufseherin. A cena era previsivelmente grotesca: um prisioneiro jazia ali de joelhos, com as calças arriadas e a cabeça enfiada no vaso sanitário. Aparentemente, afogara-se enquanto era enrabado por um dos zelosos Unterscharführer, que chorava, desesperado. "Foi um acidente", repetia, "foi um acidente. Ele até que estava gostando. Eu juro. Foi um acidente. Ele estava gostando. O pau dele estava duro, eu vi. Ele estava gostando. Foi um acidente." Enquanto o oficial se lamuriava, arrastei o corpo para fora do reservado e o estendi no chão. Não parecia necessário, mas cheguei a pulsação. Nada. Afogado na privada. Haveria câmeras ali? Era o banheiro do refeitório. Talvez não mirando os reservados, mas onde estávamos agora? Com certeza, sim. Bom, pensei, *agora* aquele bendito telefone vai tocar. Mas não tocou. Aproveitando a minha ausência e a confusão reinante, a prisioneira-prisioneira que eu escolhera deu um jeito de escapar e avisar os outros. Alguns já desconfiavam de que algo estranho acontecia, aquele entra-e-sai incomum, gritos distantes, e agora uma moça nua saindo do prédio principal, aos prantos, gritando que fora estuprada. Um Sturmmann foi me chamar no banheiro do refeitório. Quando cheguei lá fora, vi a moça caída junto à cerca externa e, do outro lado, os prisioneiros-prisioneiros fora de seus personagens, gritando impropérios e exigindo libertação. Falavam em polícia, em processos, em toda essa porcariada. Gritavam ao deus-dará, cientes das câmeras, mas talvez ignorantes da ausência de microfones. Era uma coreografia insana, de gente desesperada, gesticulando e gritando para o vazio, clamando por uma intervenção externa que, entretanto, teimava em não ocorrer. A mudez do telefone era apenas um dentre os vários sinais do silêncio exterior, confortabilíssimo para nós, terrível para os prisioneiros-prisioneiros. Eu poderia correr até o meu escritório ou apartamento, pegar o telefone, discar 88 e perguntar como proceder, se era o caso de encerrar tudo, dar por terminada a aventura, acho que dessa vez fomos longe demais. Mas, por alguma razão, não fiz isso. Ordenei que levassem a moça e os demais prisioneiros que selecionamos para o banheiro do refeitório e os trancassem lá, deixando alguém de guarda na porta. Em seguida, posicionei oficiais e cabos ao longo da cerca externa, armados com porretes e facões. Claro que os prisioneiros-prisioneiros sabiam que as munições eram de mentira, daí eu prescindir das armas de fogo. Em princípio, a visão das lâminas e dos homens fardados guarnecendo a cerca me pareceu suficiente para evitar ou adiar uma eventual escalada. Tínhamos facas, facões, bastões e cassetetes, e não éramos macérrimos, pelo contrário, alguns de nós engordáramos bem, pois não circulamos ao relento, em andrajos, quebrando e carregando pedras por quase três meses, não nos alimentávamos apenas de batatas, pão e água, e não dormíamos em barracões sem aquecimento. Em outras palavras, se tentassem derrubar as cercas e tomar o campo, o mais provável era que os prisioneiros-prisioneiros levassem a pior. Ademais, supus que os seguranças do parque estivessem de sobreaviso, atentos ao desenrolar da crise. Caso o levante se instaurasse de fato, imaginei que eles invadiriam o campo e dariam cabo dos rebelados, salvando o nosso couro — afinal, *nós* éramos os clientes, *nós* pagávamos por tudo, o parque fora construído para *nós*, ao passo que os rebelados não passavam de empregados. Em suma, não estávamos muito preocupados. No decorrer da noite e da manhã seguinte, os prisioneiros-prisioneiros permaneceram ali, investindo em ondas maiores e menores de imprecações, súplicas e xingamentos. Salvo por algumas crianças e pessoas mais velhas, eles se recusaram a retornar para o barracão, nem mesmo sob a chuva forte que adveio ao amanhecer. Curiosos, os prisioneiros-putos observavam a movimentação desde o segundo barracão, mas não se misturavam com os prisioneiros-prisioneiros, deixando bem claro que não tomariam parte da rebelião. Mantivemos aqueles e aquelas que escolhêramos na véspera trancados no banheiro (exceto o morto, que arrastamos e jogamos no meio do mato, para que fosse recolhido pelos funcionários do parque). Após o almoço, reuni em meu escritório os oficiais mais graduados para decidir o que fazer. Era óbvio que a direção do parque não se importava com o que fizéramos e, ousei supor, com o que faríamos em seguida. A julgar pela não intervenção externa, devia pensar que a situação estava sob controle. Mas ainda teríamos cinco dias inteiros pela frente. Mesmo que organizássemos turnos para vigiar os revoltosos e guarnecer as cercas, não éramos soldados de verdade e logo estaríamos exaustos. Como proceder? Um Hauptsturmführer sugeriu que subornássemos os prisioneiros, oferecêssemos boa comida e boa bebida, roupas limpas, tudo para que passassem os dias restantes mais confortáveis. Nada seria resolvido ali. Eles que se queixassem lá fora, procurassem a polícia, processassem os empregadores, fizessem o diabo. Lidaríamos com isso depois, caso necessário. O outro Hauptsturmführer discordou com veemência, disse que era melhor ameaçá-los, deixar bem claro que não viria ajuda de fora, e que deveriam voltar para os barracões e esquecer aquela história, do contrário partiríamos para cima deles com tudo. "Eles estão em maior número", argumentei. "E têm pedras à disposição", disse o Sturmbannführer, mal escondendo a aflição. "Temos armas", disse a Chef Oberaufseherin. "Temos facas e facões." "Sim", retruquei, "mas uma briga generalizada seria muito feia, talvez até morresse gente de ambos os lados, e eu não vim aqui para morrer ou me machucar." "Eu não estou dizendo para iniciar uma briga", disse ela, acendendo um cigarro. "Ninguém quer uma batalha campal. Estou dizendo para ameaçá-los. Apenas isso. Vamos pegar as metralhadoras e as pistolas, vamos lá fora e falamos: 'Ou vocês param com essa gritaria e vão pros barracões, ou a gente vai acabar com a raça de todo mundo.' Pode apostar que a maioria vai obedecer." "Mesmo sabendo que as munições são de mentira?" "Talvez eles imaginem outra coisa", disse um Obersturmführer. "Como?" "Bem", ele prosseguiu, colocando as mãos para trás e empostando a voz, "eles viram que as regras foram quebradas. Talvez possamos dar a impressão de que *todas* as regras foram quebradas, de que não existem mais regras ou, melhor ainda, de que nós fazemos as regras a partir de agora." A Chef Oberaufseherin sorriu: "Eles vão pensar que o pessoal do parque ferrou com eles, vão pensar que nos deram balas de verdade." "Sim", disse o Sturmbannführer, agora menos abatido. "Faz sentido. Além disso, a maioria está morrendo de medo. Alguns já retornaram para os barracões, e mesmo aqueles mais agitados estão muito fracos para fazer qualquer coisa." "Está decidido, então. Vamos resolver isso agora." Fizemos a saudação e saímos, bastante animados. Lá fora, constatei o que dissera o Sturmbannführer: boa parte dos prisioneiros-prisioneiros já se havia dispersado, cansada de ficar ali plantada na lama. Mas ainda havia um bom número deles, cerca de quarenta, armados com pedras e paus. Parei diante da cerca externa com a minha Machinenpistole 40 e gritei: "Hora de voltar para o barracão. Esse circo termina agora." O líder, um sujeito de nariz batatudo e dentes tortos, respondeu que não iriam a lugar nenhum, exceto para casa. "Vocês não têm mais casa. Vocês não têm mais nada. Vocês vieram aqui para morrer." Ao som das minhas palavras, o Sturmbannführer prendeu a respiração. Alguns dos revoltosos largaram os paus e pedras e começaram a chorar; outros caíram de joelhos no chão. "Você enlouqueceu", disse o líder. "Talvez. Talvez." "Louco. Loucos." Ouvi uma gargalhada às minhas costas e não precisei me virar para saber que viera da Chef Oberaufseherin. "Onde é que estão os outros?", perguntou o líder. "Que outros?" "Dos nossos. Os que vocês levaram ontem." "Estão trancados lá dentro." "Por... por quê?" "Ainda não terminamos com eles." Nesse momento, um sujeito que estava à esquerda do líder berrou algo que não entendi e atirou uma pedra enorme na nossa direção, acertando um dos postes da cerca interna. Não sei explicar como aconteceu. Sei que, talvez por reflexo ou pânico, o Sturmbannführer sacou uma Luger e disparou várias vezes na direção da aglomeração. Um dos tiros acertou a barriga do líder; outro, o pescoço de uma mulher que estava ajoelhada por ali, aos prantos; os demais se perderam. Líder e mulher caíram no chão. Ele gritava e se debatia; a mulher não se mexia mais. Os outros revoltosos saíram correndo na direção dos barracões. "Meu Deus", disse o Sturmbannführer. "Fogo!", gritei. A maioria dos revoltosos foi atingida pela saraivada de tiros e ficou pelo caminho; alguns chegaram mancando ao primeiro barracão; dois ou três entraram aparentemente incólumes, mas era difícil saber com certeza. "Vamos entrar e terminar o serviço", ordenei. "Liquidem os que já foram atingidos." Um Sturmmann abriu o portão da cerca externa e, em seguida, o da interna. Nos dez minutos seguintes, circulamos por entre os corpos desferindo tiros de misericórdia. O silêncio nos barracões era quase total. As luzes foram desligadas e as portas, cerradas. Ouviam-se choros e gemidos abafados. "Meu Deus", repetia o Sturmbannführer. Era um dos poucos oficiais que não checavam os corpos e atiravam. "Recomponha-se", ordenei, ríspido. "Mas..." "Vá para o meu escritório e fique junto ao telefone. Caso alguém ligue de fora, venha correndo me chamar." "É... tá. Sim. Sim." "Recomponha-se", repeti. "Você fez o seu trabalho. Você fez muito bem o seu trabalho." Ele saiu sem dizer nada, ainda com a Luger na mão direita. Fui até o primeiro barracão, parei diante da porta e gritei: "Alguém! Venha aqui fora, agora! Não vamos mais atirar." Passados alguns segundos, a porta foi aberta e uma mulher veio até mim. Quarenta e poucos anos, magra, imunda e assustada como os demais. Seus andrajos estavam sujos de sangue, mas não parecia ferida. Parou à minha frente, com os braços cruzados e cabisbaixa. "Qual é o seu nome?" "Ana." "Alguém ferido lá dentro?" "Sim, eles..." "Quem? Quantos?" "É... três... três pessoas." "Três pessoas." "Sim." "Elas conseguem andar?" "Com... acho que... sim, com dificuldade." "Diga que venham aqui fora." "Ag... agora?" "Sim, agora mesmo. Vou cuidar delas." "Mas..." "Confie em mim. Acabou." "Acabou?" "Sim, Ana. Acabou." A mulher se virou para o barracão e gritou: "Rosa, Vladimir,

Léo! Podem sair! Podem sair!" Após um longo momento de espera, quando eu já cogitava invadir o barracão, a porta foi aberta e as três figuras vieram. A tal Rosa levara um tiro de raspão no braço esquerdo, que mantinha junto à barriga. Os outros dois, não saberia dizer quem era Vladimir e quem era Léo, mancavam dolorosamente, apoiados nos ombros da mulher; ambos alvejados nas pernas. Olhei para eles e sorri: "Muito bem, muito bem. Venham, venham." Em meio às lágrimas, Rosa também sorriu. Quando os três pararam à minha direita, ofegantes, recendendo a sangue e suor, o sorriso ainda se fazendo notar no rosto de Rosa, saquei a minha Sauer 38H e dei um tiro na cabeça de cada um. Ana soltou um berro e foi ao chão. Gritos soaram lá dentro. Alguém fechou a porta com força. Ouvi camas sendo arrastadas. Encaixei a pistola no coldre, depois me abaixei e acariciei a cabeça de Ana como se lidasse com uma cadela doente, desenganada. "Calma. Calma. Não mais." Ela soluçava, desviando os olhos dos meus. "Calma. Preciso que me ouça. É importante que me ouça." Após um tempinho, com um grande esforço, ela pareceu se acalmar. "Ouça. Vou me retirar agora. Deixarei algumas sentinelas do outro lado da cerca e nas torres de vigília. Enviarei uma ração reforçada e roupas limpas para todos. Depois de comer, quero que você reúna um pequeno grupo, não mais de dez pessoas, quero que você reúna esse pequeno grupo porque... veja só. Os corpos precisam ser recolhidos. Todos eles. Vou providenciar alguns carrinhos de mão. Preciso que os corpos sejam recolhidos e empilhados ali atrás, está vendo? Atrás das latrinas. Amanhã decidiremos o que fazer com eles, se enterramos ou queimamos. Amanhã. Por hoje, a tarefa é apenas recolher e empilhar, está bem? Você me ouve? Preste atenção. Vocês serão o meu Sonderkommando. Isso é algo muito especial, como o próprio nome indica. Vocês serão o meu Sonderkommando e executarão essas tarefas especiais para mim, para mim e ninguém mais, e nenhum de vocês sairá machucado. Nenhum dos meus vai tocar em vocês. De jeito nenhum, sob hipótese alguma. Vocês estarão sob a minha proteção pessoal. Não é uma coisa boa? Por isso, escolha muito bem quem vai integrar o grupo. Será a sua primeira tarefa. Escolha muito bem. Confio em você, Ana. Você tem a minha inteira confiança." O corpo inteiro tremia, mas ela escutava com atenção. "Você entendeu o que é para ser feito, Ana?" Após um momento de hesitação, a cabeça anuiu em movimentos ligeiros e tensos: sim, sim. "Ótimo." Eu me levantei, deleguei aos Hauptsturmführer que designassem as sentinelas, desde que escolhessem entre aqueles que estivessem mais descansados; mostrei onde ficariam posicionadas. Pedi à Chef Oberaufseherin que providenciasse uma ração reforçada para todos os prisioneiros, de ambos os barracões. "As Erstaufseherinnen podem cuidar disso." "Sim, pode deixar." "Sugiro que fale com os prisioneiros-putos no outro barracão. Eles devem estar bem assustados." "Não sei o que dizer para eles." "Diga a verdade. Diga que já acabou. Diga que eles não têm o que temer, pois não se juntaram à revolta. Diga o que quiser." "Está bem." Expliquei aos outros que Ana formaria um pequeno grupo para recolher e empilhar os corpos atrás das latrinas. "Eles não devem ser incomodados, estão me ouvindo? Ana e quem ela escolher para o serviço. Deixe que trabalhem em paz." "Sim, senhor!" Olhei ao redor. Era inacreditável. Em algum momento, as munições de mentira foram mesmo substituídas por munições de verdade. Fiquei admirado com a presciência do Sturmbannführer. As armas de fogo e as caixas de munições ficavam em uma pequena casa de madeira anexa ao prédio da administração. Não seria difícil para os funcionários do parque substituir tudo no meio da noite, quando estivéssemos dormindo ou entregues à esbórnia. Era isso, então. Estávamos no controle de tudo. O campo era nosso. Os prisioneiros eram nossos. Mais do que nunca, tudo era nosso. Era inacreditável. Era incrível. "Alguma dúvida?" "Não, senhor." "Ótimo. Se precisarem de mim, estarei nos meus aposentos." Nesse momento, todos fizeram a saudação para mim, incluindo a Chef Oberaufseherin, e gritaram: "*Sieg Heil!*" Confesso que fiquei emocionado. "Ah, sim. Depois que o pessoal recolher os corpos, conduzam os prisioneiros que estão presos no banheiro de volta para o barracão." Mais tarde, ao final do dia, servi um copo de vinho para Ana. Ela recusou. Estávamos em meus aposentos, ela largada no chão, junto a uma parede. Eu me sentei na poltrona e tomei um gole, depois olhei para ela. Nua. Tremendo. Passara mais de duas horas recolhendo e empilhando os corpos. Quando a trouxeram, enchi a banheira e fiz com que tomasse um banho. Não teve forças para resistir. Eu mesmo a enxuguei. "Mesmo tão magra", disse, "você tem um corpo bonito." Depois que a fodi, ela escorregou da cama para o chão e se arrastou até o canto onde agora se encontrava. Uma cadela doente. Desenganada. Levantei-me, servi o copo de vinho e ofereci; ela declinou. Foi quando eu me sentei na poltrona. O silêncio era incômodo. Achei melhor continuar falando. "É um trabalho difícil, o meu. Você não faz ideia. Muito, muito difícil. E é uma posição terrível, a minha. Muitos não suportariam. Muitos não suportam. Você soube do Sturmbannführer? É de cortar o coração. Foi ele quem primeiro atirou lá fora. Foi ele quem deu início a tudo. Mas, depois, não sei, acho que se sentiu mal. Há quem não suporte. Ele cortou os pulsos, você acredita? Foi para o dormitório e cortou os pulsos. Por sorte, alguém o socorreu a tempo. Vai sobreviver. Foi ele quem primeiro atirou. Fiquei orgulhoso, porque antes parecia reticente, receoso, talvez até com medo. Mas, no momento certo, ele reagiu corretamente. Depois é que se sentiu mal. Espero que se recupere, que volte a ficar bem." No chão, Ana balbuciou algo. "O que foi? Pode falar." "Eu... eu..." "Sim? Pode falar." "Eu sou uma... só uma..." "O quê? Uma o quê?" "... atriz." "Atriz?" "... eu..." Recostei-me na poltrona e tomei outro gole. "Sim, você era uma atriz. O pessoal do primeiro barracão, atores e atrizes. E o pessoal do segundo barracão, prostitutas e prostitutos. Mas isso é passado. As coisas mudaram. Estamos no controle de tudo. Agora, você é uma prisioneira. Todos vocês são prisioneiros. Iguais." "..." "Mas posso facilitar as coisas para você. Como, aliás, já facilitei hoje. Disse aos outros que você não pode ser incomodada. Avisei, ordenei. E também preciso de alguém aqui para limpar os meus aposentos, cuidar dos meus pertences, manter tudo tinindo. Posso até permitir que passe a noite de vez em quando. Como hoje. Sei que não vou dormir hoje. Preciso de companhia. Precisava. O Sturmbannführer, ele... que idiota. Que idiota. Quer saber? Eu esperava mais dele. Não é terrível quando as pessoas decepcionam a gente? É horrível, não? Sim, é horrível. Horrível." Ela soluçava. "Chega de choro, Ana. Chega de choro. E não fique aí nesse chão frio, vai acabar adoecendo." Ela não se mexeu. "Levante-se. Anda." Soluçando, imóvel. "Estou falando sério." Nada. Eu me levantei e a puxei, joguei com violência sobre a cama. O corpo tão magro, tão leve. Fiquei parado ali, segurando o copo. Ela de bruços. Soluçando alto. A menina de olhos grandes não chorava assim, pensei. Mas a menina de olhos grandes não viu o que Ana viu, não fez o que Ana fez. E ainda é só o começo. Falei em voz alta: "Ainda é só o começo." Ela chorou por mais um bom tempo. Horas depois, exausta, caiu no sono. Eu a deixei em paz pelo resto da noite. Bebi duas garrafas de vinho e fiquei acordado, pensando em tudo o que acontecera. Na manhã seguinte, depois de fodê-la mais uma vez, ordenei que voltasse ao barracão. Foi sem dizer palavra. Melhor assim. Os cadáveres apodreciam atrás das latrinas. E o outro defunto, o primeiro, aquele que desovamos no bosque. Não podia me esquecer dele. Ainda não sabia o que fazer com os corpos. Imaginei que o cheiro de carne humana queimada seria insuportável. Enterrar talvez fosse a melhor opção. Reuni mais uma vez os oficiais no escritório e repassei as tarefas. As escalas pareciam factíveis, precisavam apenas de alguns ajustes pontuais. Fosse como fosse, as chances de uma nova rebelião eram insignificantes. Todos continuavam animados, ou assim me pareceu. Recolhido ao seu dormitório, sob os cuidados de um Sturmmann e uma Erstaufseherin, o Sturmbannführer parecia melhor. "Os cortes não foram profundos, não perdeu muito sangue. Nem todos temos estômago para o suicídio ou vocação para o homicídio. Ele não parece ter nenhuma dessas coisas." Todos riram. Continuei: "Cada um de nós reage de uma maneira. Não devemos esquecer que foi ele quem primeiro reagiu ao ataque. Ninguém sabe o que viria depois daquela primeira pedra." "Mais pedras?", gracejou a Chef Oberaufseherin. O dia transcorreu sem incidentes. Fechei as escalas com a ajuda dos Hauptsturmführer. Após o jantar, decidi visitar o Sturmbannführer. Ele sorriu ao me ver, mas depois caiu no choro. Era impossível conversar. Achei melhor deixá-lo em paz. A caminho dos meus aposentos, fui interpelado por um dos Hauptsturmführer. Ele me perguntou se queria companhia para a noite. Houve um momento de hesitação, pois entendi que *ele* queria ser a minha companhia, quando, na verdade, percebi em seguida, estava se oferecendo para buscar e levar aos meus aposentos alguém de minha predileção. "Hoje, não", respondi. "Estou exausto, preciso de uma boa noite de sono." "Sim, senhor. Compreendo. Bom descanso." "Bom descanso, Hauptsturmführer. Venha ao meu escritório às oito, por favor. Com o Sturmbannführer temporariamente afastado, precisarei de sua ajuda para enfrentar o dia." "Às ordens, senhor. Estarei lá." E estava, mas não às oito: eram cinco e pouco da manhã quando bateu à minha porta. Levantei sobressaltado, e então ouvi tiros ao longe. "O que foi?" "Senhor, é o... é o Sturmbannführer. Ele enlouqueceu." Enquanto me vestia, e não sem algum atropelo, o Hauptsturmführer me explicou que o Sturmbannführer matara o Sturmmann e a Erstaufseherin que cuidavam dele, pegara algumas armas, matara duas sentinelas e se refugiara no primeiro barracão. "E o que estamos fazendo?" "Bem, ele... ele armou alguns prisioneiros e agora estão lá, senhor. Cercamos o barracão, mas... tudo aconteceu muito rápido. Tudo... e... senhor?" "Vou me vestir." Quando chegamos lá fora, o tiroteio fora interrompido. Os corpos das sentinelas, estirados junto à cerca externa, tinham uma aparência esquisita, irreal, ou foi essa a impressão que tive, pelo menos, como se as manchas de sangue nos uniformes fossem de mentira, como se tudo aquilo fosse um teatrinho como tantos outros que concebemos e encenamos na maior parte do tempo; era como se eles fossem se levantar a qualquer momento, rindo: "Que tal? Ficou bom? Ficou *real*?" Mas eles estavam mortos, e o Sturmbannführer roubara armas e se refugiara no barracão com os prisioneiros-prisioneiros, declarando guerra a todos nós. O que fazer? "Hauptsturmführer", chamei. "Temos granadas, certo?" "Sim, senhor." "Ótimo. Vamos usá-las." Não ocuparei o tempo do leitor com mais detalhes maçantes acerca da nossa ação (ou reação) militar. Resumirei o que aconteceu. Montamos barricadas junto à cerca externa e alguns de nós distraíram o Sturmbannführer e os prisioneiros-prisioneiros, atirando contra a frente e um dos lados do barracão; isso os manteve ocupados. Outros, eu incluso, demos a volta por trás, cortamos as cercas e avançamos na surdina. Quando o prisioneiro que guarnecia a parte traseira do barracão deu pela nossa presença, era tarde demais, pois estávamos próximos o suficiente para atirar a primeira leva de granadas. Segundo o inventário que fizéramos antes de dar início à investida, o Sturmbannführer levara consigo quatro fuzis, três metralhadoras, oito pistolas, doze granadas e uma boa quantidade de munição, mas seus novos companheiros estavam em péssimas condições, eram atores transformados em prisioneiros de fato, em prisioneiros-prisioneiros-prisioneiros ou, agora, prisioneiros-prisioneiros-guerrilheiros, mas não creio que tivessem, em sua maioria, qualquer treinamento militar. Aquela ação insensata não tinha a menor chance de prosperar. A parede traseira do barracão e parte do teto foram pelos ares. Jogamos outra leva de granadas. Ouviam-se gritos, choros, viam-se corpos e pedaços de corpos, e o fogo se espalhava com rapidez. Avançamos. Alguns prisioneiros saíam correndo, em chamas. Atirávamos em todos. Procuramos e procuramos, mas, até onde conseguíamos ver, não havia sinal do Sturmbannführer. Foi então que vi o fogo além. As instalações principais ardiam em chamas. Corremos até lá. Aqueles que posicionamos nas barricadas estavam mortos, atingidos pelas costas. Era isso, então. O Sturmbannführer nos driblara antes que o tivéssemos driblado: *ele* nos mantivera ocupados; *ele*, de algum modo, contornara os nossos homens, dera cabo deles e atacara as instalações principais. Enquanto isso, nós nos distraíamos com o barracão. *Ele* vencera. Controlamos as chamas com alguma dificuldade. Meus aposentos e o escritório restaram inteiramente destruídos. Sobraram o refeitório, a cozinha, o salão de jogos, a despensa e alguns dormitórios intactos. Vasculhamos todo o complexo, mas não havia sinal do Sturmbannführer e de seus comandados. Eles pegaram as armas dos mortos, levaram mantimentos da despensa, levaram roupas e calçados, levaram coisas que não conseguimos inventariar de imediato. Atearam fogo aos meus aposentos e ao escritório e aos dormitórios adjacentes. Depois, fugiram para o bosque. Em meio à confusão, não dei pela ausência da Chef Oberaufseherin. Ela foi encontrada do lado de fora da enfermaria, nos fundos, nua, morta — empalada com um grosso pedaço de pau, um galho de árvore cortado e cuidadosamente preparado para esse fim. Fora bastante espancada, também. Como tiveram tempo para fazer tudo isso? Como *conseguiram* fazer tudo isso? Calculei que, enquanto contornávamos o barracão, eles agiam do outro lado, e não consegui discernir os tiros disparados lá adiante; como conseguiria? A mim, pareciam os nossos homens posicionados nas barricadas, mantendo os revoltosos ocupados enquanto chegávamos por trás. Havia, também, a possibilidade da adesão de outros à luta do Sturmbannführer. Traições de última hora. Defecções. Isso só saberíamos quando cuidássemos dos corpos, verificássemos quem estava ali e quem não estava, contássemos vivos e mortos e contabilizássemos as ausências, mas ninguém parecia disposto a cuidar disso naquele momento. Não por acaso, deixei o corpo da Chef Oberaufseherin onde estava. Cuidaria dela depois. O mais urgente era reunir todos no refeitório, precisávamos inventariar não os mortos, mas o que ainda tínhamos, armas, munições e alimentos, e pensar no que faríamos a seguir. Éramos agora um Hauptsturmführer, um Untersturmführer, um Sturmscharführer, dois Oberscharführer, um Scharführer, dois Unterscharführer, três Rottenführer, quatro Sturmmänner, uma Lagerführerin, três Oberaufseherinnen e duas Erstaufseherinnen. Todos os prisioneiros que estavam no primeiro barracão quando do nosso ataque morreram, mas não pareciam muitos, menos de quinze corpos. O que o Sturmbannführer dissera para que aceitassem se sacrificar? Como o Sturmbannführer e os outros conseguiram sair sem que os víssemos? Pela parte de trás, evidentemente, e depois contornando pelo bosque, no sentido oposto ao que avançamos, mas quando? E, depois, enquanto lidávamos com o incêndio nas instalações principais, quem teria atacado a Chef Oberaufseherin na enfermaria? Estariam assim tão próximos? Estariam *ainda* próximos? Tentei prestar atenção ao relatório que o Untersturmführer fazia. Quase dois terços dos prisioneiros do segundo barracão, outrora chamados de prisioneiros-putos, tinham fugido em meio à batalha. Tinha até me esquecido deles, pensei, desligando-me outra vez da reunião. O bosque ao redor era enorme, e eles podiam estar em qualquer lugar, juntos ou espalhados. Será que o Sturmbannführer tinha poder de fogo para um ataque frontal? Seria essa a intenção? Voltar, voltar e atacar, atacar e vencer? Havia dezenas de prisioneiros com ele, os quais poderia usar como a vanguarda em um ataque final, desesperado, paus e pedras instaurando a selvageria derradeira. O que teriam a perder? Estávamos cercados, eis a verdade. Sitiados. Olhei ao redor. Aqueles que não estavam mortos tinham se juntado ao traidor, incluindo algumas das mulheres. E quanto à direção do parque? Por que não intervinha? Por que não fazia nada? A coisa obviamente saíra do controle. Eles trariam mais mantimentos? Armas? Ou dariam tudo por encerrado? Ou assistiriam à nossa pequena guerra, divertindo-se com toda a desgraça, não se importando com quem vivesse ou morresse? Eu não tinha como saber. Meu escritório fora destruído e, com ele, o telefone, único meio de contato com o mundo exterior. Fôramos trazidos até o campo em vans; dali até o portão de entrada (o portão que conhecíamos, pelo menos) eram quase trinta quilômetros. Havia outras entradas e saídas, por certo, talvez a administração ficasse perto, talvez fosse uma instalação subterrânea, mas como saber? E, com os diabos, eles não viram, não estavam vendo o que acontecia? Nós nos sentíamos abandonados. Por que não recebêramos ajuda? Por que não vieram em nosso socorro? Por que assistiram impassíveis ao surto do Sturmbannführer? Debatemos por quase uma hora, em um desespero crescente. Não sabíamos o que fazer. Eu assistia ao esvaziamento do meu poder. Todos falavam ao mesmo tempo. Trocavam acusações. Culpavam a Chef Oberaufseherin. Partira dela a ideia de nos servirmos também dos prisioneiros-prisioneiros, não? De transformar os prisioneiros-prisioneiros em prisioneiros-putos, não? Aquilo fora o início de tudo. Aquilo fora o início do *fim*. Ninguém podia culpar os prisioneiros, afinal. Eles reagiram como qualquer pessoa reagiria. Foram contratados para um fim, e então, sem aviso, viram-se obrigados, não, foram *coagidos* a fazer outras coisas. Coisas indizíveis. Coisas terríveis. Não tínhamos o direito, não, não tínhamos. E, quando eles reagiram, foram abatidos como animais. Será que o Sturmbannführer estava tão errado assim ao se indispor contra tudo isso? Em reagir ao rumo que as coisas tomaram? Em trair o comando? Sim, a culpa era da Chef Oberaufseherin, e a culpa era *minha*, que acatara a sugestão dela. Não adiantou que eu dissesse que *todos* concordáramos com a sugestão da Chef Oberaufseherin, que *todos* acatáramos a sugestão da Chef Oberaufseherin, que houvera uma votação e *todos* optáramos por seguir adiante com a coisa, que *todos* nos servimos dos prisioneiros-prisioneiros, que *todos* transformamos os prisioneiros-prisioneiros em prisioneiros-putos, que *todos* participamos da repressão do levante, que *todos* estávamos muito felizes e animados com o andamento das coisas, ao menos até o momento em que elas, na falta de palavra melhor, desandaram. Nada disso adiantou. *Eu* era o culpado por tudo. Eu era o bode expiatório. Todos eles seriam despedaçados e mortos pelo Sturmbannführer e pelos ex-prisioneiros, por aquele exército vingativo de traidores e esfarrapados, todos seriam torturados, estuprados, empalados, queimados vivos, enforcados, fuzilados, e a culpa era *minha*. Eu soquei a mesa e me levantei. Aos berros, tentei restabelecer a minha autoridade. Como resultado, fui esbofeteado por Ilse. Sim, essa bendita Oberaufseherin ainda estava entre nós. O Scharführer cuspiu no meu rosto. E então me surraram, rasgaram as minhas roupas, cortaram os meus cabelos usando facas de cozinha, fui sodomizado por não sei quantos e por quanto tempo, perdi o meu olho direito e um dos testículos, depois me arrastaram para fora. Era noite e chovia forte. Levaram-me para a frente do barracão destruído, os corpos e pedaços de corpos ainda lá dentro, claro, assim como os outros corpos, os primeiros, continuavam empilhados atrás das latrinas, o campo transformado em uma necrópole. Fincaram um poste diante do barracão e me amarraram nele, depois trouxeram o cadáver da Chef Oberaufseherin, seu corpo também maltratado, socos e pontapés, o pedaço de pau ainda socado na vagina. Empalada. Temi que a fome por retribuição os levasse à conclusão de que eu também merecia morrer daquela forma. Empalado. E pensei que, no lugar deles, era exatamente isso que eu faria, era exatamente isso que eu ordenaria: "Empalem o infeliz." Mas não tiveram tal presença de espírito. Não. Apenas trouxeram o cadáver da Chef Oberaufseherin e o colocaram ao lado, cabeça apoiada no meu ombro. "Namoradinhos", disseram. "Vão ficar aí juntinhos." Era isso, então. Passaria a noite com ela, ao relento, sob a chuva. A última noite. A *minha* última noite. Antes que voltassem para o que restara do prédio principal, Ilse se aproximou e disse: "Sic semper tyrannis." E, em meio à dor extrema e à humilhação, sob a chuva forte, eu ri, ri bem alto, ri até que um deles, não saberia dizer quem, até que um deles se aproximasse e desferisse um chute na minha boca, eu ri.

(...) Porque é isso ou perder a cabeça.

(...)

Depois que voltaram da churrascaria Oásis, depois que voltaram daquele passeio carioca, Cristian foi se deitar. Ainda no elevador, depois de lamentar não ter uma arma, Leandro decidira voltar para São Paulo na manhã seguinte, em vez de passar o final de semana inteiro, como planejara; aquela seria a última vez que veria o amigo de infância e adolescência e juventude, depois disso só o veria na televisão, mais um rosto envolvido em tais e tais escândalos e enrolado com a lei e depondo à Polícia Federal e cogitando (ameaçando?) fazer uma delação premiada e sendo julgado e condenado e preso. Cristian foi se deitar e Leandro voltou à sacada na qual estivera com Eleonora mais cedo, a garrafa vazia e as taças sujas ainda sobre a mesa. Ficou ali sozinho por meia hora e já cogitava ir para a cama quando Eleonora veio com uma garrafa de bourbon, dizendo: Não consigo dormir.

Nem eu.

E pouco depois, quando ainda bebericavam a primeira dose, a luz acabou. Nem está chovendo, ela resmungou.

Você tem medo de escuro?

Uma risada: Hein? Não. Você tem? Nem está tão escuro.

Não falo desse escuro. Falo do escuro-escuro. Quando a gente não consegue ver nada.

Ela pensou um pouco. Não. Me acalma.

Comigo é o contrário. Me deixa nervoso.

Ela riu outra vez. Bebezão.

Leandro riu porque era verdade e riu porque era ridículo, e, no momento em que riu, a energia voltou, surpreendendo os dois no meio do riso, ela com a cabeça lançada para trás, a boca aberta. Um pequeno milagre.

Milagre? Por quê?

Sei lá. Sempre que a luz acaba, eu tenho a impressão de que ela nunca mais vai voltar. E, quando volta, ainda mais animada por uma risada como a sua, sinto que é um milagre.

Pra quem tem medo do escuro, do escuro-escuro, a luz voltar é sempre um milagre.

Quando era moleque, eu sempre achava que tinha alguma coisa ali comigo. No quarto, sabe? Não era muito agradável. Eu me arrepiava todinho.

E hoje?

Mesma coisa. Quer dizer, não é tão ruim, mas ainda sinto. Preciso daquela merda, não.

Do escuro?

Daquele escuro lá da minha infância. E daquelas *presenças* todas. Eu me arrepiava todinho. Não era agradável.

Como é que os seus alunos iam reagir se descobrissem que você tem medo de escuro, professor?

Acho que reagiriam como você.

Rindo?

Rindo.

"O que amas de verdade permanece, / o resto é escória."

Você citando Pound?

"O que amas de verdade não te será arrancado."

Uau.

"O que amas de verdade é tua herança verdadeira."

Agora fui surpreendido.

Ela tomou um gole de bourbon e disse, olhando para fora, os prédios ao redor: Alguma coisa sempre fica.

Não sei. Você acha?

Você falava desse Pound o tempo inteiro. Outro dia, vi um exemplar dos *Cantos* na livraria aqui perto e comprei. Dei uma folheada.

Isso é mais do que uma folheada.

Não, foi só uma folheada mesmo. Muito longo aquilo, e muito complicado. Não tenho paciência. Mas gostei desse poema e reli outras vezes. Acabei decorando uns versinhos.

Os caras prenderam ele numa gaiola.

Não dá pra dizer que não mereceu.

Não, não dá. Mas depois ele foi pra enfermaria e começou a escrever alguns dos melhores poemas do livro.

Inspirado pela gaiola?

Inspirado pelo cheiro de merda que sentia em si mesmo, acho. Mas não sei. Não sei de porra nenhuma.

Sabe, sim.

"assim jazem homens no chiqueiro de Circe; / ivi in harum ego ac vidi cadaveres animae"

Tradução?

"Fui ao chiqueiro e vi as almas dos cadáveres."

Ela serviu mais bourbon para ambos, depois recostou-se na cadeira. Fiquei muito chocada com aquela história.

Qual?

Do seu avô.

Não me lembrava de ter te contado.

Você comentou assim por alto. A gente estava bêbado. Foi naquele dia.

Qual dia?

Ora. *Aquele*. O *primeiro*, sabe?

Eu chamo de Dia do Cloro, Suor e Mijo.

Porque você é um pervertido.

Eu sei.

Como descobriu?

Como descobri que sou um pervertido?

Como descobriu sobre o seu avô?

Ah. Eu era moleque. Meu pai morreu, minha mãe vendeu a fazenda e a casa e se mudou pra Goiânia, e eu fui morar com o velho e a Magda, você sabe de tudo isso. Daí, como bom moleque, comecei a fuçar nas coisas. Ele ficava o dia inteiro fora, na farmácia. Achei uma caixa no guarda-roupa, uma caixona preta, amarrada com uma fita vermelha. Abri e estavam lá as medalhas e um monte de papéis. Tinha umas fotos, também. E depois, bem depois, a Magda me contou mais coisas e confirmou toda essa merda. Eu também fiz umas pesquisas por conta própria no decorrer dos anos.

Qual é o nome verdadeiro dele?

Não me lembro. Heinrich alguma coisa. O sobrenome começava com "B", mas não me lembro. Eu tinha uns 14 anos quando achei a papelada. Li só uma vez, nunca mais vi aqueles papéis. Acho que ele sacou que eu mexi e escondeu noutro lugar. Ou queimou tudo.

Ele foi mesmo nazista quando novo.

Quando novo? Isso não tem data de vencimento. Ele foi nazista a vida inteira. Não existe isso de ex-nazista. SS-Hauptsturmführer Konrad Helferich. Quer dizer, o nome dele era outro, mas foda-se. Hauptsturmführer seria o equivalente a capitão.

O que ele fez?

Na guerra? Bom, não sei o que *ele* fez exatamente, mas pesquisei e descobri o que a companhia dele fez, de tal modo que não é difícil imaginar o resto.

O que eles fizeram?

Ele contou para Eleonora. Ela ouviu tudo em silêncio. Quando amanheceu, ainda estavam ali, na sacada. Terminaram de beber o bourbon e ele se levantou. Vou pegar minhas coisas e voltar pra São Paulo.

Por quê? Achei que só fosse embora amanhã.

Não. Eu vou agora.

Por quê?

Ele respirou fundo. Não sei explicar.

Entendi. Você se arrepende de ter vindo?

Não. Foi bom. A gente pôde se ver e conversar mais uma vez. Eu e você, no caso.

E transar.

Isso também foi bom, sempre é bom, mas nem de longe foi o melhor, não dessa vez, pelo menos.

O que eu digo pro Cristian?

Cristian? Ora, o Cristian que se foda.

Ela virou o resto da última dose e se levantou. Ele fez o mesmo. Eles se abraçaram. Ele foi embora sem dizer mais nada. Ela foi para o quarto e se deitou ao lado de Cristian, que roncava, e dali a pouco também (...).

(...)

(...) amas de verdade permanece", sim, mas também te será arrancado, cedo ou tarde, de um jeito ou de outro. Aproveite a viagem e aproveite a descida. Porque é isso ou perder a (...).

(...) noite muito clara e fria ao nosso redor: a energia acabou há pouco ou há muito, não sei dizer. Ficamos (estamos) ali, os três, contemplando os vazios do quintal da casa do meu avô e bebendo, o gramado aparadinho (um dos passatempos prediletos de *Herr* Konrad Helfferich, usando uma bermuda larga e com bolsos demais, sapatos de couro marrom, meias brancas, óculos escuros e, às vezes, um chapéu tirolês (ok, isso sou eu colorindo a história), o som ligado, ainda que o barulho do cortador triture os quartetos de cordas de Schubert que ele tanto aprecia) (não, jamais o flagrei ouvindo Wagner, e tampouco vi qualquer obra do marido de Cosima (que corneou von Bülow) (e era filha da condessa Marie d'Agoult, que também trocou o marido por um compositor (e pai de Cosima), Liszt) entre os vinis e CDs do velho), o cortador à direita, estacionado junto ao muro lateral, uma mangueira enrolada mais ao fundo, e só, um quintal sem árvores, um quadrado verde e meio deserto rodeado pelo muro chapiscado branco, por que não construir uma piscina ou fazer uma horta ou, sei lá, criar coelhos, codornas e preás, povoar o ambiente, torná-lo menos vazio? (Sorrio ao pensar em *Herr* Konrad Helfferich vomitando coelhinhos.) Ninguém diz nada por vários e vários minutos, como se a queda de energia desabilitasse a nossa capacidade de falar. Olho para o relógio, mas não consigo enxergar as horas. Muito escuro. A impressão de que mais tempo transcorreu desde que chegamos (quando foi que chegamos, afinal?), de que estamos ali desde a tarde da véspera, e a poucos minutos do amanhecer. Não estamos. Embriaguez somada ao cansaço. Tempo sem tempo. Solto. Toda e qualquer continuidade quebrada. Penso em um velho moribundo largado na cama, oscilando entre a vida e o nada, já meio desligado de tudo, prestes a se desligar por completo. Apagar. Como seria o tempo para ele, nesse apagamento gradual? Dois dos atos mais solitários do mundo: a morte e a masturbação. Mas não estou sozinho. Ouço Eleonora respirar ao meu lado, adivinho o gesto de levar o copo à boca, ouço o gole, a língua percorrendo o lábio inferior. Tenho sono, estou bêbado e cansado, mas não quero sair daqui. A energia acabar assim, do nada. Sem chuva, sem relâmpagos, sem ventania, uma noite clara e seca. Ficamos os três em silêncio, ainda sinto na boca o gosto da buceta de Eleonora, cloro e suor e mijo, Cristian acordou e encharcou a cabeça no tanque e riu e não desconfia de nada, ficamos os três ali, conversamos bastante, comi um sanduíche que ele preparou para mim, ouvíamos música quando a energia acabou, agora contemplamos os vazios do quintal e não dizemos nada, e eu a quero tanto que preciso ir ao banheiro e gozar mais uma vez, e no momento em que tranco a porta e abro a braguilha e tiro o pau duro para fora, no momento em que começo a me masturbar, a energia volta e o som volta a tocar lá fora, na área, e Cristian solta um grito e Eleonora gargalha, e eu mando ver porque é isso ou perder a cabeça, é isso ou perder a cabeça, é isso ou perder (...).

Nem está tão escuro, disse (...).

(...)

Ficaram em silêncio após a leitura de "Konzentrationslager". Leandro guardou o celular e olhou ao redor, sorrindo. Viu expressões algo enojadas. Viu o desconforto mais ou menos generalizado. Deixara a taça de vinho sobre a mesa de centro. Estendeu o braço esquerdo para pegá-la, tomou um gole e encarou a anfitriã; não conseguiu conter a gargalhada. Minha ideia de guerrilha?, pensou. Não seja idiota, ||||||||||||||||||||||||||||||.

(...)
E o que é que sobra?
(...)
Cristian não matou ninguém (até onde eu sei). Eu não matei ninguém, nunca. Eleonora não matou ninguém. Magda não matou ninguém. Margarete não matou ninguém. Diógenes não matou ninguém. Quantos *Herr* Konrad Helfferich matou? Antes de emigrar para o Brasil, ou melhor, antes de *desertar* e *fugir* para o Brasil, trazendo consigo um pé-de-meia razoável, que lhe possibilitou uma nova identidade e uma vida anônima e confortável nos arredores centro-oestinos da República Federativa do Brasil? Espólios. Disso eu também sei. Magda me contou. Bens valiosos roubados dos judeus que ajudou a desalojar na Polônia, muitos dos quais foram enviados para os guetos e depois para os campos e as câmaras de gás, e só não foram enviados os poucos que deram um jeito de escapar e, óbvio, aqueles que morreram logo de cara, porque os companheiros de *Herr* Konrad Helfferich (e muito possivelmente o próprio) (Heinrich B., na verdade. Mas um nazista será sempre um nazista. Logo, espero que não se incomodem por eu usar o nome falso, o nome que ele deu às filhas, o nome que uma de suas filhas deu a mim, essa mentira) (o nome, não eu), os companheiros de *Herr* Konrad Helfferich (e muito possivelmente o próprio), e isso Magda *não* me contou, disso ela provavelmente não sabe, mas eu pesquisei e descobri que, por exemplo, soldados da divisão de *Herr* Konrad Helfferich, a Leibstandarte SS Adolf Hitler (LSSAH), queimaram vilas e mataram centenas de civis, cristãos e judeus, incluindo crianças, sim, crianças, em Złoczew, por exemplo, no dia 4 de setembro de 1939, e outros cinquenta (a maioria judeus) em Błonie, no dia 19 de setembro de 1939, e queimaram residências e estabelecimentos comerciais e prédios públicos, e também aterrorizaram e metralharam pessoas em Bolesławiec, em Goworowo, em Mława, em Torzeniec, em Włocławek, e ainda eram apenas as primeiras semanas da guerra. *Herr* Konrad Helfferich amealhou seus espólios e planejou bem a deserção, tanto que foi muitíssimo bem-sucedido, e aguardou o momento ideal para desaparecer, quando já estava claro que

a Alemanha se daria muito, muito mal, que o Führer desvairava mais do que nunca e se mostrava disposto a cumprir a promessa de uma guerra de aniquilação (dos inimigos ou do Reich: triunfar ou desaparecer), que os bolcheviques raivavam no horizonte, em uma contraofensiva espetacular e implacável, que tudo desabaria sob as bombas, que os velhos e os meninos seriam trucidados a um quarteirão de suas casas, que as mulheres e as meninas seriam estupradas à sombra dos escombros, as cidades devastadas sob uma escuridão bem distinta dessa em que nos encontramos, um breu imundo e viscoso de sangue alemão, mas também da fuligem dos corpos queimados nos fornos (porque esta é uma sombra grande demais, sim, enorme e espessa como poucas), uma outra qualidade de escuro, um breu cruento e antinatural caindo sobre as cabeças de todos os alemães, ou dos alemães que ainda restassem. Magda nunca descobriu (isto é, o velho nunca contou para ela depois de encher a cara. Esse erro ele cometeu poucas vezes) as circunstâncias, de que forma e por que vias o SS-Hauptsturmführer Konrad Helfferich escapou, e como e por que (cargas d'água) veio parar no interior de Goiás, será que abriu o mapa do Brasil, vislumbrou o cerrado, o Planalto Central, e pensou que jamais seria encontrado ali? Brasília, distante 181 quilômetros de Silvânia, ainda não existia. Goiânia, distante 84 quilômetros de Silvânia, existia, mas era uma capital impúbere, tinha 11 anos em 1944, quando o homem desertou (embora só tenha se estabelecido em Silvânia alguns anos depois, e Magda não saiba (e eu muito menos) sobre o itinerário dele entre a deserção e a chegada à cidadezinha). Mengele foi se afogar no Atlântico, em Bertioga (bem melhor do que se afogar no rio dos Bois, em Inaciolândia), e Eichmann (ou "Ricardo Klement"), contando com a ajuda da porra de um bispo austríaco, com a ajuda de um maldito bispo austríaco, escondeu-se na maldita Argentina, arranjou trabalho na maldita Mercedes-Benz (onde ascendeu à maldita chefia de um maldito departamento) e construiu uma maldita casa na (vejam só) rua Garibaldi, perto de onde foi raptado por uma (abençoada) equipe do Mossad em meados de 1960. Sabemos que o SS-Hauptsturmführer Konrad Helfferich viveu tranquilamente no intestino grosso (bem perto do intestino reto) de Goiás desde o final da década de 40. O que ele fez entre 1944, quando desertou e sumiu daquilo que professores de história e analistas televisivos costumam chamar de "teatro de operações" ou "teatro de guerra", e 1947, ano em que se estabeleceu com sua nova identidade em Silvânia e abriu uma maldita farmácia, é um mistério. Em 1949, casou-se com a filha do padeiro. Margarete, minha mãe, nasceu em 1950. A filha do padeiro morreu em 1951, no parto da segunda criança — Magda. Uma história que só vim a saber depois de adulto: Magda engravidou aos 14 anos de idade. Recusou-se a contar ao SS-Hauptsturmführer Konrad Helfferich quem era o coautor da façanha. O velho chegou a surrá-la diversas vezes, na esperança de que confessasse o nome do *Schwein* e/ou na naziesperança de que abortasse. Ameaçou deserdá-la, expulsá-la de casa, vendê-la a um dono de puteiro depois que parisse (e dar a criança para adoção), matá-la a pontapés, abrir o bucho com uma faca e arrancar o feto e jogá-lo para os cachorros (não sei se eles tinham cachorros na época; desde que me entendo por gente, nunca tiveram), abrir o bucho com uma faca e arrancar o feto e jogá-lo para os cachorros e enfiar um rato vivo no bucho e costurá-lo e ver o que acontecia. Ameaçou e bateu e ameaçou, e então as surras simplesmente pararam. Semanas depois, quando a barriga já começava a aparecer, Magda sofreu um aborto supostamente natural. Supostamente: o velho (farmacêutico) pode ter colocado alguma coisa na comida da filha. Nos anos seguintes, nas poucas (e ébrias e inflamadas) vezes em que as circunstâncias da gravidez e as surras foram mencionadas, o SS-Hauptsturmführer Konrad Helfferich balançava a cabeça e dizia: Não sei do que você está falando. Ou: Eu jamais faria uma coisa dessas. Ou ainda: Nunca toquei em um fio de cabelo seu ou da sua irmã. Além de ser um rematado filho da puta e cúmplice de genocídio, o SS-Hauptsturmführer Konrad Helfferich também tinha (ou fingia ter) uma péssima memória. Não sei por que Magda me contou todas essas coisas, incluindo a história da gravidez. Era uma véspera de ano-novo, eu tinha 19 anos e a ajudava com a ceia, estávamos só os dois na cozinha (o SS-Hauptsturmführer Konrad Helfferich na sala, assistindo a um cretiníssimo especial televisivo), e ela me perguntou se meu pai costumava me bater. Respondi que sim, de vez em quando, quando eu aprontava alguma. Mas ele batia pra valer? Não, eu era pequeno, dava umas palmadas, uns safanões, usou o cinto duas ou três vezes, nada que tenha me causado lesões ou ressentimentos permanentes. E então, voz pastosa, ela contou sobre as circunstâncias da gravidez, sobre o quanto era nova, sobre como o SS-Hauptsturmführer Konrad Helfferich reagira, as surras e as ameaças e as surras, e depois retrocedeu, amo o meu pai e, tirando essa merda toda da gravidez, ele sempre foi muito bom comigo e com a sua mãe, insistiu que a gente estudasse e trabalhasse, sabe?, pra não depender de ninguém, ele dizia, depender dos outros é a pior coisa que existe, amo o meu pai, mas só fico imaginando as merdas que ele aprontou na Europa antes e durante a guerra, ele estava no olho do furacão, bem no meio da desgraceira, disso eu sei, disso eu tenho certeza. Mas como você sabe?, perguntei. E ela me falou dos papéis e fotografias e documentos (a caixa preta que eu já conhecia, embora ela não soubesse que eu soubesse), os objetos que um amigo (a quem ele se referiu, ecoando (talvez inconscientemente) uma expressão do Führer, como um antigo companheiro de minha juventude, e também um companheiro de armas, um bom parceiro daqueles tempos) enviara para o velho em meados da década de 70 (disso eu não sabia), fotos e medalhas, fotos do SS-Hauptsturmführer Konrad Helfferich fardado e cercado por outros oficiais, eu cheguei a Hauptsturmführer, ele disse a Magda na ocasião, bêbado, mostrando, orgulhoso, todas aquelas quinquilharias recém-chegadas da Alemanha, um capitão, sabe?, é um segredo, não conte para ninguém, eu nasci em Ingolstadt e era um capitão, e éramos tão jovens, jovens e audaciosos, tivemos o mundo e perdemos o mundo, a Europa seria outra hoje, nosso povo respiraria um ar bem diferente dessa atmosfera empesteada, a Europa não seria essa poça de água parada, essa maldita poça de água parada, e mostrou a ela uma medalha, dizendo: *Eisernes Kreuz*, Cruz de Ferro. E por que o senhor ganhou isso? Vevi, ele respondeu à filha com um sorriso. Uma batalha na Grécia. Leibstandarte SS era a minha divisão. Dietrich, von Appel, Witt, Meyer: Magda não me disse esses nomes, apenas repetiu o nome da divisão, o nome que ouvira do pai, e o do local, claro, a menção à batalha; eu é que, impressionado, fui depois às bibliotecas e pesquisei um bocado, lia tudo o que encontrava nas enciclopédias e livros de história sobre o assunto, e anos mais tarde na internet, claro. Batalha de Vevi. 11 e 12 de abril de 1941. Kirli Derven. Entre os vilarejos de Devi e Kleidi. Avanço nazista na Grécia, com apoio da Leibstandarte SS, unidade de elite das Waffen-SS. Aliados (australianos, gregos, neozelandeses, britânicos) batendo em retirada. E ele dissera a Magda (e Magda repetiu para mim) um outro nome: Malmedy. O velho insistindo que não estivera em Malmedy, que não participara *daquilo*, não, *kleine Tochter*, de jeito nenhum. Bélgica, 17 de dezembro de 1944 (também pesquisei). Oitenta e quatro prisioneiros de guerra norte-americanos executados nos arredores de Baugnez, a poucos quilômetros da cidade de Malmedy. Isso se deu em meio à Batalha das Ardenas. Os norte-americanos tinham se rendido após uma escaramuça. Foram agrupados e metralhados por soldados das Waffen-SS. Aqueles que sobreviveram às rajadas e se contorciam no chão forrado de neve e lama e sangue levaram tiros na cabeça. Nazistas conscienciosos ministrando tiros de misericórdia depois de metralhar um grupo de homens desarmados, indefesos, rendidos. Alguns conseguiram correr em meio às rajadas e buscaram refúgio em um café perto dali. Soldados das Waffen-SS os perseguiram, cercaram e atearam fogo ao café, e atiraram naqueles que saíam do lugar, fugindo das chamas, alguns em chamas. O SS-Standartenführer Joachim Peiper já havia deixado o local quando o massacre ocorreu, mas é muito provável que ele tenha ordenado a matança. Em todo caso, o SS-Sturmbannführer Werner Poetschke estava lá, e testemunhas disseram que partiu dele a ordem direta. Quem alegou não estar presente foi o SS--Hauptsturmführer Konrad Helfferich. Ele disse à filha que, naquela altura, já havia desertado e estava bem longe da Europa (recusou-se a dizer onde). Mas, no ano anterior, o SS-Hauptsturmführer Konrad Helfferich ainda não havia desertado. E, no ano anterior, em 19 de setembro de 1943, os saltimbancos da Leibstandarte SS estavam na Itália, em Boves, e lá chacinaram 23 civis e destruíram centenas de casas, seguindo as ordens do mesmo SS-Standartenführer Joachim Peiper. Penso em todas essas coisas agora e sinto ganas de voltar no tempo e de irromper na sala onde o velho SS-Hauptsturmführer Konrad Helfferich assiste ao *Jornal Nacional* e socá-lo na cara de novo e de novo e de novo e perguntar (enquanto arranco um dos olhos dele com uma colher) sobre essa cidadezinha piemontesa, sobre como foi atirar em civis indefesos, e que tal o cheiro das mais de 350 casas queimadas, havia corpos dentro delas? Você ainda sente o calor das chamas, *Herr* Konrad Helfferich? Ouve os gritos? Vê os cadáveres empilhados? Sonha com essas coisas? Pensa nelas ao relembrar, saudoso, seus companheiros de juventude? Companheiros que eventualmente abandonou. Um maldito desertor, ainda por cima. Fugindo para a Südamerika com seus espólios. Não comentei com Magda sobre os resultados das minhas pesquisas. Nunca mais falamos a respeito. Não disse nada sobre Boves, Złoczew, Błonie, Bolesławiec, Goworowo, Mława, Torzeniec e Włocławek. E fico meio decepcionado que o Mossad tenha ido a Buenos Aires, mas jamais tenha passado por Silvânia. Claro, o SS-Hauptsturmführer Konrad Helfferich era peixe pequeno. Capitão. A merda de um capitão. Quem se importa com merdinhas como capitães? Capitães não passam disso: merdinhas. Simon Wiesenthal não contrataria detetives para encontrar o SS-Hauptsturmführer Konrad Helfferich. Zvi Aharoni não viria ao interior de Goiás por causa do SS-Hauptsturmführer Konrad Helfferich. E, no fim das contas, o SS-Hauptsturmführer Konrad Helfferich fez o favor de se matar.

(...)

Posso te mostrar uma coisa?

Carol folheava o exemplar d'*Os cantos*. Aqui?

É.

Pode. O quê?

Peguei o livro, abri no começo do canto LXXVI e li parte de um verso: "e ela que disse: ainda tenho o molde".

Molde?

Molde. Sabe quem?

Diz logo.

Caterina Sforza Riario. Maquiavel fala dela nos *Discorsi*.

Quem?

Caterina era filha bastarda de Galeazzo Maria Sforza, foi casada com Girolomo Riario, sobrinho do papa Sisto IV, e depois com Giovanni de Médici. Depois que Sisto IV morreu, em 1484, Caterina, grávida de sete meses, tomou de assalto o Castelo de Santo Ângelo e tentou forçar os cardeais a indicarem algum parente dela como o próximo papa.

E conseguiu?

Nada. Teve de ir embora com o marido para Forlì.

Esse marido era o tal do Médici?

Não, na época ainda era o Girolomo. Tanto que, quatro anos depois, em Forlì, por obra de uma conspiração organizada pela família Orsi, Girolomo foi assassinado e Caterina, aprisionada com os seis filhos.

Nossa.

Só que os conspiradores não conseguiram tomar a fortaleza de Ravaldino, que era fundamental para a defesa da cidade. Caterina, então, ofereceu-se para ir até lá e convencer o castelão, Tommaso Feo, a depor as armas. Como os filhos dela seriam mantidos como reféns, os Orsi acreditaram que Caterina não faltaria com a palavra.

Eles se enganaram.

Claro. Ela se juntou à sublevação em Ravaldino.

E o molde?

Estou chegando lá. Quando os Orsi ameaçaram matar os filhos, conta-se que Caterina subiu na muralha, ergueu o vestido e, exibindo a genitália, berrou: "Fatelo, se volete: impiccateli pure davanti a me... qui ho quanto basta per farne altri!" Em português: "Faça isso, se quiser; pode enforcá-los na minha frente... aqui tenho o que preciso pra fazer outros!" Na versão de Pound: "ainda tenho o molde".

E o que os Orsi fizeram?, ela perguntou, pegando o livro de volta.

Bom, não tiveram coragem de matar a filharada. E Caterina retomou o controle da cidade com a ajuda do tio, Ludovico il Moro.

Carol abriu um sorriso. O molde. Essa é boa.

Né?

"E o sol sobre o horizonte oculto em orla de nuvens / acendeu açafrão na estria de nuvens / dove sta memora." Você falou isso outro dia, "dove sta memora". O que significa?

É um verso de Guido Cavalcanti.

Quem?

Um poeta italiano do século XIII. É de uma *canzone* chamada "Donna mi prega". "Dove sta memora" significa "onde vive a memória".

E onde é que vive a memória, Leandro?

(...)

2.
Visita(s).

Eu não sou derridiano, disse o homem sentado a uma mesa na padaria Nova Charmosa em Perdizes, São Paulo, rua Doutor Homem de Melo, esquina com Ministro Godói, o café esfriando na xícara enquanto ele corria os olhos, estupefato, pelo volume adquirido na véspera, o nome na capa chamando a sua atenção quase tanto quanto o título adolescentemente provocador, ele lia um trecho, grande ou pequeno, adiantava algumas páginas, lia outro trecho, voltava algumas páginas, lia assim de forma desorganizada, indo e voltando, lia como se o romance (é um romance?) fizesse mais sentido assim ou, pior, como se isso (ler de forma desorganizada) ressaltasse a falta de sentido do livro. Eu não sou, cacete.

Como?, perguntou o garçom que passava por ali.
Hein?
Não entendi.
Não entendeu o quê?
O senhor não falou comigo?
Não, não. Falando sozinho. Perdão.
O senhor quer outro café?
Não, obrigado.
O garçom sorriu. Todo mundo faz isso de vez em quando.
Faz isso o quê?
Falar sozinho.
Eu não sou derridiano, ele pensou, controlando a vontade de gritar para o mundo inteiro que, bem, não era derridiano. Eu nunca bebi com aquele

degenerado. Eu nunca fui casado, eu nunca. Eu nunca. Nunca. Mas que. Diabo, resmungou, fechando o livro. Por que ele?... por quê? Havia uns quatro anos, mais ou menos, que Leandro Helfferich fora demitido da universidade. Como o infeliz não tivesse mais amigos entre os professores, e como tampouco mantivesse perfis em redes sociais, ninguém sabia de seu paradeiro. Ninguém se importava. Um escândalo logo abafado por outros escândalos. Uma gritaria logo abafada por outras gritarias. Vivemos na Era Ensurdecedora. Mas será que ele. Pretória? Não, não. Windhoek. Toda aquela conversa sem sentido sobre Windhoek no livro. Namíbia. Será que. A informação na folha de rosto e na ficha catalográfica era: romance. Ficção. *Eu* sou o heideggeriano, pensou o homem. Helfferich era um *nada*. Academicamente falando. *Humanamente* falando. Um nada. Estética. Aquela porcariada. Teoria do romance, teoria literária. Você não acha que está no departamento errado? Não, nunca beberam juntos, nunca discutiram sobre política, nunca discutiram sobre filosofia (o que Helfferich teria a dizer sobre filosofia *de verdade*, afinal? Nada. Porcaria nenhuma.), nunca se aproximaram, nunca trocaram mais do que frases soltas em reuniões de departamento e solenidades e eventos e. Maldito. *Igreja?* Eu? Músico de banda de. Eu?! Mas que. Não, nunca. Nunca soubera muito da vida de Leandro Helfferich, Leandro Helfferich não lhe interessava, a área de estudos e a linha de pesquisa de Leandro Helfferich não lhe interessavam, as investidas de Leandro Helfferich no campo do romance brasileiro (ficção literária) não lhe interessavam, o filmezinho torpe que fizeram a partir de um conto grotesco de Leandro Helfferich não lhe interessava (tanto que jamais se dispusera a vê-lo), nada em Leandro Helfferich lhe interessava. *Nada* em Leandro Helfferich lhe interessava. Exceto, talvez, caso fosse verdade, toda aquela história envolvendo um avô nazista e suicida. Mas aquilo não parecia verdade. Aquilo parecia invenção. Aquilo parecia uma mentira concebida para animar, de algum modo, um livrinho francamente banal e mal estruturado. Qualquer um podia perceber isso. Até mesmo ele. Que não costumava ler ficção. Que não apreciava ler ficção. Exceto por um ou outro clássico. Flaubert. Dickens. Turguêniev. Longe dessa confusão da ficção contemporânea. Essa coisa autocentrada, *meta* isso, *meta* aquilo. Essa patacoada doentia. Sinal dos tempos. O autor é o personagem, mas não é. Qual era mesmo o termo? Estava ali na orelha. Isso. *Auto*ficção. Que termo idiota, ele pensou, deixando o livro de lado. Que termo imbecil, que brincadeirinha estúpida. Essa merda. Não citou meu nome, pelo menos. Aqueles riscos. Piadinha interna. *Intestina*. Aquilo não era um romance, era um amontoado de piadinhas intestinas. Piscadelas autorreferentes. Mas como Helfferich sabia, então? De certos detalhes. Como? Sara? Provavelmente. Helfferich era amigo de Sara. Sim, almoçavam juntos de vez em quando. A única amiga que tinha no departamento. E houve aquela vez. Sim. Uma conversa. *Aquela* conversa. Provável que Helfferich tenha ouvido algo. A cafeteria meio vazia. Ele e Sara conversando. Helfferich sentado a uma mesa próxima, fingindo ler um grosso volume. *The Recognitions*. Ele estava agitado, perturbado com o andamento das coisas; ela tentava acalmá-lo, contemporizar. Política. Eleições. Mas a conversa fora noutro tom. Nada daquele cinismo. Sara era uma pessoa doce, tranquila. E (ele pensou, sentindo outra vez aquela vontade de gritar) eu entendo mais de Nietzsche do que o picareta do Helfferich. Cretino. Que cara de pau. Provável que nem seja fluente em alemão. Provável que. Imbecil. Helfferich ainda lecionava na universidade quando Sara morreu. Apropriar-se das palavras de uma amiga morta para bancar o engraçadinho em um livreco de, como é?, "autoficção". Que canalha. Talvez o nazista seja *você*, Helfferich. Maldito. Cretino. Mas alguém no departamento ligaria o "derridiano" a ele? Talvez. Pela forma como se expressa no livro. Algumas frases, aquele nervosismo, a maneira como abordava os colegas (não Helfferich, jamais Helfferich) por aqueles dias. Sentia necessidade de conversar, de extravasar, de externar o desespero que nutria com a iminente eleição do miliciano. Como não ficar nervoso? Como não se desesperar? E estava errado? Não, não estava. De jeito nenhum. Veja os quatro anos seguintes. Veja a escalada da estupidez e do obscurantismo. Veja as insanidades cotidianas. Veja os monstrinhos que arrastaram para o Congresso Nacional. Veja a forma como lidaram com a pandemia. Veja a tentativa de golpe. Veja o 8 de janeiro. Veja o que fizeram com o país. Não estava errado. Estava certíssimo. Foi ainda pior do que imaginava. Sara que o diga. Contaminada pelo vírus. UTI. Entubada. Morta. Sara que o diga. Sara que. Sara que descanse em. Em paz.

Mais café?

Era outro garçom. Ele disse que não, obrigado. Depois, levantou-se, contornou as mesas próximas, o balcão, e caminhou até o caixa. Pagou. Saía pela porta quando o gerente o chamou, acenando com o livro; tinha esquecido o exemplar sobre a mesa, o senhor anda meio distraído. Ora. Obrigado.

Imagina.

Boécio, o nome do gerente. Um dos donos do lugar, na verdade. Achava isso divertido, e mais divertido ainda que Boécio tivesse um irmão caçula que também trabalhava na padaria, mas não era lá muito inteligente e, por isso, fora apelidado pelos colegas de Beócio. Sentiu-se melhor ao pensar em Boécio e Beócio. As consolações da panificação. Pegou o celular no bolso e deu uma olhada. Ainda não estava atrasado.

Mas o que te faz pensar que ele...

Me *usou* no livro?

Sim.

Bom, as coisas que o personagem fala. Eu fiquei bastante nervoso com as eleições naquela época, você sabe disso melhor do que ninguém. E não era pra menos. Deu no que deu, todo mundo viu.

A terapeuta se ajeitou na cadeira. Um tópico ainda desconfortável. Ele sabia e ela sabia que ele sabia que ela votara 17 nas eleições de seis anos antes. Discutiram a respeito em várias sessões. Sobretudo nos piores momentos da pandemia. Discutiram interminavelmente a respeito. Nos piores momentos, ela se tornou o alvo preferencial. Olha só quem você ajudou a colocar lá. Observe a qualidade do criminoso. Perceba a extensão, mensure a profundidade do abismo. A princípio, ela tentava se justificar; depois, apenas lamentava, sinto muito, não imaginava que seria tão ruim, estava cansada dos outros, achei que uma mudança seria bem-vinda, achei isso, achei aquilo, não, não, sim, sim, terrível, sim, é terrível, sim, não, nem em meus piores pesadelos, não, sim, pois é, você está certo, você estava certo, eu errei, eu não pensei direito, eu não imaginei que.

O que mais irritou foi ele me identificar no livro como um derridiano.

Eu não entendo nada de Derrida.

Não tenho nada contra derridianos, tenho até amigos que são, pra usar uma dessas frases feitas que a garotada adora e fica repetindo e... mas o que irrita é essa coisa de...

Sim?

... é ele me chamar de uma coisa que eu não sou. E me ridicularizar. Porque ele me ridiculariza. Ele me coloca pra tocar numa banda de igreja. Consegue imaginar uma coisa dessas?

Ela conteve o riso.

Pode rir. É ridículo mesmo.

Eu não li o livro, nem sabia da existência dele até agora, mas você... pelo que você falou agora há pouco, o "seu" personagem não é uma espécie de amigo do protagonista? Você falou algo sobre eles saírem pra beber e

Isso também me irrita.

Por quê?

Porque eu nunca fui amigo daquele degenerado, nunca me sentei a uma mesa de bar com ele, e nunca faria uma coisa dessas. Jamais.

Sua colega era amiga dele, certo?

Sara? Sara era amiga de todo mundo. E, sim, era a única pessoa no departamento que suportava o Helfferich.

Eles eram muito próximos?

Não sei. Almoçavam de vez em quando, acho. Nunca procurei *medir* o quanto eram amigos.

Eu me lembro de você comentar sobre o escândalo, e me lembro do barulho que fizeram por aí. Foi uma aluna, certo?

Ele teve um caso com uma orientanda. E a moça era... Ele encerrou o caso grosseiramente e ela... nem sei como dizer.

Jogou a merda no ventilador.

Sim. E isso deixou o departamento mal, deixou a universidade mal. Foi um escândalo, como você disse. Claro que ele foi demitido, mas é uma mancha que... que *fica*.

Ao menos por um tempinho.

É, por um... sim.

Alguém ainda se lembra disso?

Eu me lembro.

Certo.

Aonde você quer chegar?

Nos meus tempos de graduanda e pós-graduanda, não era incomum que discentes se envolvessem com docentes.

Sim, eu sei, mas...

O quê?

Os tempos mudaram.

Será mesmo?

Óbvio que sim. A percepção mudou. A percepção sobre o que é aceitável ou não.

Não há mais esse tipo de envolvimento?

Não, não é... claro que... não vou mentir, sei de colegas que... eu vejo por aí, acontece, claro que acontece, mas a questão é que ele...

Ele?...

Ele fez tudo errado.

Como assim?

A moça era... tinha um temperamento complicado. E, sim, no âmbito de algo... aprioristicamente problemático e... e condenável e... bom, ele ainda fez tudo errado.

E a moça?

Ela abandonou o mestrado. Não sei se retomou os estudos depois, em outra instituição. Espero que sim.

Isso é fácil de descobrir.

Mas não me diz respeito.

Certo.

Foi uma barulheira na época. Em plena pandemia. Ele é tão irresponsável que a recebia em casa em plena pandemia. Antes da vacina, sabe?

Terrível.

... você acha mesmo que...

O quê?

... ninguém mais se lembra?

Bom. Não sei. Talvez uma pessoa ou outra. Mas a incidência de eventos lamentáveis e escandalosos é tão elevada que a nossa janela de concentração, por assim dizer, estreitou-se. As pessoas se importam com o caso do professor que transava com a orientanda por alguns dias, e então acontece outro escândalo em outro lugar, envolvendo outras pessoas, e depois outro escândalo, e outro, e mais outro, e assim elas seguem.

Elas saltam de um escândalo a outro.

Exato. E, com isso, é como se todo mundo vivesse escandalizado o tempo inteiro. A gente está sempre escandalizado com alguma coisa.

Que merda.

A terapeuta sorriu: É um escândalo, eu sei.

Ele riu. Gostava dela. Oito anos. Muito, muito importante durante a pandemia. Inclusive como *sparring* por ter apostado no 17.

Mas você pretende fazer alguma coisa?

Fazer alguma coisa? Como assim?

Procurá-lo, quem sabe.

Eu? Não. Não, não. Nada de bom resultaria disso. Pelo contrário.

Mesmo?

Certeza. E eu não vou dar esse... esse gostinho pro maldito.

Gostinho?

Ele se divertiria. Se eu o procurasse pra conversar sobre o livro? Tenho certeza. Ele se divertiria.

Mesmo?

Sabe o que ele... ele é um imprestável, ele... vamos supor que eu escreva para ele. Vamos supor que eu escreva um e-mail, perguntando: esse sujeito aí no seu livro mais recente sou eu? O derridiano? Vamos supor que eu escreva e pergunte isso. Sabe o que ele vai me responder? É a cara dele, do Helfferich. Ele vai responder: bom, não era, mas agora fica sendo.

A terapeuta gargalhou, depois pediu desculpas.

Melhor esquecer essa idiotice. Jogar a porcaria desse livro fora e esquecer essa idiotice. Melhor coisa.

Mas você consegue fazer isso?

Por que não? Os livros dele não vendem nada. Ele nem é do tipo de escritor que ganha prêmio e participa dessas bienais e festas literárias. Ele recusava convites. Não, pior, ele se *orgulhava* de recusar convites pra esses eventos. Ele se acha bom demais pra isso. Ele se acha acima dessas coisas. Não, ninguém vai ler esse lixo. Ninguém se importa. Por que *eu* vou me importar? Eu não me importo. É isso. Eu não me importo. Que vá pro diabo.

Mas...

Sim?

E o avô dele? Era nazista mesmo?

No domingo seguinte, sentado à mesa de sempre na padaria, ele lia o *Estadão* quando se deparou com uma resenha favorabilíssima do livro. Página inteira. Enorme destaque. Foto do autor (sério, braços cruzados) diante de uma estante abarrotada. Quase cuspiu o café. "Novo livro do goiano Leandro Helfferich é um corpo estranho e perturbador na quase sempre confortável literatura brasileira contemporânea." Leu o texto por cima, saltando de um parágrafo a outro, mas as palavrinhas, as palavrinhas boas e vazias (mas boas) palavrinhas pipocavam: arrojo, inventividade, coragem, urgência etc. Ele dobrou e colocou o jornal sobre a mesa, levou a mão ao bolso e pegou o celular. Uma busca rápida no navegador. Mais resenhas em outras publicações. Todas mais ou menos naquele espírito. Não se lembrava de outro livro de Helfferich assim tão bem recebido. Resenhas mal escritas, porcas, coalhadas de lugares-comuns e expressões ocas, mas bastante elogiosas. O livro era "potente" na forma como abordava "fragmentariamente" uma realidade — "realidade ancorada na memória" — "quebradiça por sua própria natureza". "Helfferich estilhaça o real." A "voz" de Helfferich era "única". A ficção de Helfferich servia para "ressituar o leitor no mundo". E havia (sempre há) o corpo e suas "urgências". Os corpos "pulsando" nas páginas da obra ou, melhor ainda, "nas teias da memória". Sem falar no "problema do mal". Helfferich abordava com "enorme coragem" o famigerado "problema do mal", "simbolizado" pela "figura" do avô nazista. Ele também encontrou menções ao teor "líquido" das "relações" e da própria "História". O livro "atacava" uma série de "questões prementes". Mais: o livro "acertava as contas" com essas questões, que, além de prementes, também eram "estruturais". "Embora seja branco, heterossexual e de classe média", escreveu um resenhista branco, heterossexual e de classe média, "Helfferich trafega pelo mundo e pela memória com os braços sempre esticados e as mãos buscando o outro". Sim, escreveu outro luminar, o romance era um "mergulho introspectivo em si mesmo", mas isso não o impedia de "assumir e reafirmar a potência social da literatura". Afinal, Helfferich se posicionava "no centro do humano", e o fazia com "fúria certeira" e de modo "incisivo", "investigando" com enormes "cuidado e vagar" as "inúmeras facetas do humano". Óbvio que alguém pontuou que "nada do que é humano parece estranho a Helfferich", que, além do mais, usava "o caos humano e literário como fonte de criação". Era um livro "denso", um livro capaz de "deslocar" para o "âmago" da literatura tudo o que havia de "humano" naquelas vidas "despedaçadas". Ele colocou o celular sobre o jornal dobrado. Aquelas passagens grotescas eram sobre isso, então. Sobre as "urgências do corpo" e sobre "deslocar o que há de humano para o âmago da literatura". Eleonora defecando diante de testemunhas. O Dia do Cloro, Suor e Mijo. A mulher que se masturba enquanto o pai comete suicídio. O covarde ateando fogo à casa de uma prostituta miserável depois de prometer que a ajudaria. A hedionda narrativa menor — o conto sobre um parque temático nazista — mal encaixada na narrativa maior. Ele sentiu vontade de gargalhar. Queria rir do livro e dos textos sobre o livro. Uma grande piada. Sim. Tudo. Era tudo uma piada. O livro, a recepção do livro. Helfferich, os resenhistas. Aquelas pessoas não eram sérias. *Ninguém* ali era sério. Uma fauna de picaretas. Um ecossistema ancorado na picaretagem. Um mundinho autossuficiente em sua teia de falsidades, gentilezas e patacoadas pseudointelectuais. Quem se importa? Uma piada. Por que se chatear com isso? E daí que o derridiano fosse inspirado nele? E daí que Helfferich fosse um sacana irresponsável? Vira-latas cheirando e lambendo os fundos uns dos outros. Que se danem. Tomou um gole de café. Esfriara. Doce demais. Precisava controlar a quantidade de açúcar. Pedir outro? Não, decidiu, olhando para fora. Dia agradável. Um pouco frio. Voltar para casa, ouvir um pouco de música. Relaxar. Preparar um bom almoço. Beber um pouco de vinho mais tarde. Procurar um bom filme. Um sábado qualquer.

Mais alguma coisa?

Não, estou de saída. Obrigado.

Imagina.

Eu não sou derridiano!, ele vociferou horas mais tarde para Leandro Helfferich, logo depois de perguntar: Por que você está me ligando? Como conseguiu esse número?

Eu guardei aquela listinha do pessoal do departamento.

Você é um tremendo cara de pau.

É, acho que eu sou mesmo.

E eu não sou derridiano!

Eu sei.

O que você quer? Por que está me ligando?

Ontem, acho que foi ontem, é, foi ontem, ontem eu estava passando ali pela esquina da Ministro com a Homem de Melo e te vi na padaria, concentradíssimo no meu livro. Achei engraçado.

Engraçado? Não tem nada de engraçado!

Cara, você parecia prestes a sofrer um AVC. O que te perturbou tanto?

Ora, vo… tudo. Tudo! É um livrinho imundo.

Não achei que fosse gostar.

Por que me ligou? O que você quer de mim?

Nada. Só comentar isso.

Que me viu na padaria?!

É, também. Isso aí. Te vi na padaria, sofrendo horrores com o meu livrinho imundo. Você já foi casado?

Não!
Por algum motivo, eu sempre achei que tivesse sido. Foi mal.
Vá à merda! Eu n
Eu sei que você não é derridiano. É só uma piadinha besta, ninguém vai saber q
Não dou a mínima se souberem!
Seu tom de voz parece expressar o contrário.
Meu tom de voz? Sabe o que o meu tom de voz *expressa*? Meu tom de voz expressa VÁ À MERDA, HELFFERICH!
Você sabia que eu e a Sara tivemos um caso?
Ora, mas o q
Vocês eram amigos, mas aposto que ela nunca te contou.
...
Ela ainda era casada.
...
Foi em 2011.
...
Durou uns oito meses.
... você.
Sim?
Você está mentindo.
Não, não. É verdade. Te juro.
Eu não...
Foi bom, cara. Foi muito bom. Ela era uma pessoa sensacional. Acho que eu e você concordamos nisso. É, a gente concorda, não concorda? Ela era uma pessoa sensacional. Uma mulher extraordinária, uma excelente professora. Aquela peste maldita levou muita gente boa.
...
Alô?
... eu não... não sabia disso, ela não... nunca...
Pensei em incluir no livro, cheguei a incluir, na verdade, numa versão alternativa do primeiro capítulo, mas depois tirei. Também tirei a menção àquela merda toda.

Qual... que merda?

Você sabe. A merda que levou à minha demissão.

Justíssima demissão.

É, justíssima. Você está certo. Eu caguei no pau. Eu mereci. Eu merecia até coisa pior.

Idiota.

Eu merecia ASCENDER AO CADAFALSO.

...

Patíbulo!

...

Eu pertenço ao PATÍBULO!

...

Meu pescoço pertence à c

CALA ESSA BOCA.

Calma.

...

Eu peço calma, professor.

...

Respira.

...

Alô?

O que você quer de mim, Helfferich?

Eu? Nada.

Por que me ligou?

Por nada, eu... sabe como é e coisa e tal.

Você está bêbado?

Mais ou menos.

Mais ou menos?

É, um pouco. Sabe o que eu fiz outro dia?

Não quero saber.

Escrevi um troço narrado pelo cu de uma bolsominion que fez aquela tal de ozonioterapia retal.

Nojento, pra variar.
Eu me diverti. Eu me divirto.
Fico feliz por saber.
Também fiz uma coisa lá.
Lá?
No livro. Fiz uma coisa no livro.
Hein?
No livro. Eu acabei atribuindo à Carol algumas coisas que a Sara me falou. Algumas conversas, sabe? Você leu o livro inteiro? Aposto que leu. Tão concentrado lá na padaria. Nem quis incomodar.
Gentileza sua.
Aquele lance do molde, por exemplo.
O quê?
Do Pound. Aquela conversa eu tive com a Sara, não foi com a Carol.
E daí?
A gente foi ver uma peça e... porra, eu nunca entendi por que a Carol se matou.
...
Tem uns suicídios que eu entendo, tipo o suicídio do meu avô, o suicídio do meu avô eu entendo direitinho, foda-se ele, mas o suicídio da Carol eu... eu nunca entendi, não.
...
Nunca entendi, cara. Nunca entendi mesmo. Que porra.
Olha só, Helfferich, eu sinto muito que...
Sente, né?
...
É uma merda.
Eu...
O quê?
... eu não sei o que você quer comigo.
Só conversar. Estamos conversando. Você desaprendeu a conversar?
Não, eu não desaprendi a conversar.

Você perdeu o interesse por uma boa conversa com um semelhante?
Não, eu...
Com o *próximo*?
... não.
Então. A gente tá conversando. Só isso.
Mas...
Mas?
Nós...
Nós?
... não somos amigos. Nunca fomos. Nós não nos gostamos. *Eu* sei que não gosto de você.
É, cê não gosta muito de mim.
Eu vou desligar.
Por quê?
Por favor, não me lig
Vou te mandar a outra versão.
O quê?
Do primeiro capítulo. Vou te mandar a versão que tem a Sara e aquele rolo todo, e aí você lê e me diz o que acha.
Eu não v
Vou mandar pro seu e-mail. Quem sabe eu não mudo essa parte na próxima edição do livro.
Helfferich, eu n
Uma "atmosfera de ódio inacreditável". Sabe quem escreveu isso? Bowers. Claude Gernade Bowers, embaixador norte-americano na Espanha. Ele escreveu isso numa carta pro Pound. O ano era 1938.
E daí?!
"Apreende o teu lugar com o verde universo."
Do que é que v
"Põe abaixo tua vaidade."
Eu vou desligar.
"O elmo verde excedeu tua elegância."

No original, é "the green casque". Acho que uma tradução melhor seria "carapaça", pois é uma referência à vespa q

Eu vou desligar.

Tá bom. Valeu pela conversa, queridão. Tenta não colocar tanto açúcar no café. Não é saudável, bicho. Tá louco.

Não muito tempo depois, coisa de dez minutos, o celular dele vibrou: e-mail. Não conseguia acreditar. Helfferich enviara mesmo a tal versão alternativa do primeiro capítulo e também outro documento, explicando que era "o lance da ozonioterapia". Seu primeiro impulso foi deletar a mensagem. Mas, então, lembrou-se de Sara. Ela e o maldito tiveram um *caso*? Um caso que se prolongou por *meses*? Como assim?! Deixou o celular no braço da poltrona e foi à cozinha. Vinho? Abriu o congelador e alcançou a garrafa de vodca. Meio copo: virou. Reabasteceu o copo, dois cubos de gelo. Voltou à sala, sentou-se na poltrona e pegou o celular. Vá à merda, Helfferich. Escroto dos infernos. Começou pelo "lance do ozônio", e leu

Ozônio. Uma molécula constituída por três átomos de oxigênio. Uma molécula triatômica. Na nomenclatura da International Union of Pure and Applied Chemistry (IUPAC), trioxigênio. Como o nome indica, o ozônio é um alótropo triatômico (O3) do oxigênio. Há elementos químicos que podem originar duas ou mais substâncias simples diferentes. Por exemplo, o mesmo oxigênio (O) origina o gás oxigênio (O2) e o gás ozônio (O3), a depender do número de átomos que se juntem para constituir a molécula. Eu me lembro das aulas de química. Sempre fui um bom aluno, embora raramente pudesse fitar o quadro-negro e os professores e não tivesse, claro, de me submeter às avaliações. Por questões anatômicas. Não via, mas ouvia. Não tinha muito o que fazer além de intermediar a passagem de alguns flatos preferivelmente silenciosos, pois é melhor não chamar a atenção para quaisquer ventosidades em uma sala de aula ou em qualquer ambiente público ou na presença de outrem. Claro que nem sempre controlamos esse tipo de coisa. O ar tem seus humores. Não raro, o esforço de abafar funciona contrariamente. Acontece. Mas eu falava do ozônio. Não, espere. Talvez seja melhor falar sobre o ozônio depois. Não estou acostumado com isso, e peço desculpas de antemão por eventuais embaralhamentos e confusões. Não estou acostumado a comunicar. Falar, explicar. Tudo isso é muito complicado. Antes de falar sobre o ozônio, preciso falar sobre outras coisas. Sobre mim, por exemplo, e sobre a pessoa a quem pertenço ou de quem sou parte constitutiva. Eu sou parte desse corpo e sou parte dessa pessoa. Existe uma piada. É uma piada boba, que ouvi muitas vezes, sobretudo quando a Pessoa, vamos assim designá-la doravante, sobretudo quando a Pessoa era muito jovem. A piada é a seguinte, e tente "ouvi-la" com uma voz infantil: Era uma vez um pintinho sem cu, e aí esse pintinho sem cu foi peidar e explodiu. Sim, é isso mesmo que você está pensando. Eu sou o cu da Pessoa. O nome da Pessoa não importa. Importa que ela é do sexo feminino e, no momento, está gravemente enferma. Sim, doente. Internada em uma Unidade de Tratamento Intensivo. Não preciso dizer que o falecimento da Pessoa implicará o meu falecimento, de tal forma que este pequeno testemunho talvez seja ou venha a ser minha primeira e única comunicação, por assim dizer. Não me pergunte como adquiri esta voz. E não me pergunte como estou registrando este testemunho. Foi algo que aconteceu. Estando onde estou, ou sendo quem sou, nunca atentei muito para a passagem do tempo e sempre fui acostumado com a escuridão. Agora mesmo, por exemplo, sinto a passagem do ozônio. Perdi a conta das aplicações. Ozônio. Por causa da radiação ultravioleta emitida pelo sol, as moléculas de gás oxigênio (O_2) se rompem e seus átomos se combinam individualmente com outras moléculas de gás oxigênio, formando, assim, moléculas de gás ozônio (O_3). Alótropo. Quem primeiro usou o termo "alotropia" foi o químico sueco Jöns Jacob Berzelius. Radiação ultravioleta. O violeta é a cor visível pelo olho humano que possui o comprimento de onda mais curto e a frequência mais alta. Assim, a radiação ultravioleta, "além do violeta", é uma radiação eletromagnética que possui um comprimento de onda menor que o comprimento de onda da luz visível e maior que o comprimento de onda dos raios X. Preciso deixar o ozônio de lado por um tempo. Preciso falar sobre outras coisas. Não sei quanto tempo me resta, quanto tempo nos resta. Preciso, posso falar sobre outras coisas. Falarei sobre a Pessoa. Por onde começar? A Pessoa sempre se alimentou bem, sempre comeu muitas frutas e verduras, sempre ingeriu fibras, sempre teve os trabalhos intestinais muitíssimo bem regulados. A Pessoa não tem por hábito o intercurso sexual por este orifício que vos fala. Não mais. A rigor, por motivos que explicarei oportunamente, ela não mais tem por hábito nenhuma atividade sexual. Antes, claro, era diferente. Ela se entregava com enorme frequência ao intercurso sexual por este orifício que vos fala quando bem mais jovem, a fim de poupar o orifício vizinho, o qual deveria ser resguardado ou salvaguardado para uma ocasião especial ou para um membro específico, a saber, o membro daquele com quem ela viesse, e veio, a contrair matrimônio. A partir do momento em que isso ocorreu, isto é, a partir do momento em que ela se casou com o portador do membro específico e muito aguardado, o membro da pessoa doravante identificada como esposo, houve poucas ocasiões em que a Pessoa se entregou ao intercurso sexual pela via anal, ou seja, por mim. Para ser exato, foram menos de uma dúzia de intercursos sexuais pela via anal, ou seja, por mim desde a cerimônia de casamento ou, para ser mais preciso, desde a noite de núpcias, quando o orifício vizinho foi penetrado pelo membro específico e muito aguardado, mas penetrado sem muito cuidado e com displicência, a julgar pelos lamentos e resmungos da Pessoa no decorrer da atividade. Mais tarde, naquela mesma noite, depois que o esposo caiu no sono, a Pessoa chegou a chorar em função da falta de cuidado e da displicência com que o orifício vizinho foi penetrado pela primeira vez, mas não só por isso. Havia outras questões, outros problemas, conforme a Pessoa revelaria a algumas amigas e, anos depois, à terapeuta, mas, em todo caso, com o passar do tempo, os lamentos e resmungos e choros diminuíram, não obstante a falta de cuidado e a displicência, bem como a desajeitada rapidez, do esposo, características que sempre o marcaram no desempenho em tais atividades. Aliás, no que diz respeito aos raros intercursos pela via anal, isto é, por mim após o matrimônio, houve duas ocasiões em que o ato não foi consumado ou foi mal consumado porque o membro penetrador não estava suficientemente rígido e, com isso, não performou como se esperava. A Pessoa tentou ajudar, emporcalhando-me com um material lubrificante e usando as duas mãos para me arreganhar e assim acolher sem maiores atritos e dificuldades o membro penetrador, mas, como estivesse relativamente flácido, o membro penetrador dobrava para um lado e para o outro, não chegando a ser efetivamente introduzido, exceto por breves e desajeitados intervalos ou estocadas. Houve alguma discussão e o membro foi reintroduzido no orifício vizinho, naturalmente lubrificado e, dadas as circunstâncias, mais propício para esse tipo de atividade. Lá, mesmo sem a rigidez extrema, devida ou esperada, o membro se esbaldou como de hábito e eventualmente ejaculou o material espermático que, nas poucas vezes que foi descarregado em mim, causou-me certo desconforto e alguma aflição. Tampouco aprecio ser arreganhado. É como ter os olhos arregalados à revelia, por obra de algum instrumento ou por mãos alheias. Talvez você esteja pensando que, dados os materiais fecais que transitam por mim, egressos dos departamentos intestinais superiores e anteriores ao departamento por mim representado, eu não devesse me importar tanto com o material espermático eventualmente expelido pelo membro penetrador. Creio tratar-se de uma questão de hábito. Caso a Pessoa tivesse por hábito a regular ou mesmo frequente acomodação em mim ou através de mim do membro assim despido, isto é, sem preservativo, é bastante provável que o material espermático não me causasse qualquer desconforto. Eu me referi há pouco aos intercursos sexuais pela via anal, isto é, por mim em, digamos, priscas eras, no decorrer da adolescência e no começo da juventude da Pessoa. Em todas as ocasiões em que se deram tais intercursos, a Pessoa sempre teve o cuidado de solicitar a cada portador do membro que fizesse uso de preservativo, pois lera em alguma revista que essa, digamos, modalidade de intercurso sexual apresenta um risco maior de infecções sexualmente transmissíveis, sem falar na presença de micro-organismos pouco amistosos, deixados em mim pelo trânsito frequente de materiais fecais. Havia, também, o fato de que esses frequentes intercursos sexuais pela via anal, isto é, por mim, eram coprotagonizados por parceiros com os quais a Pessoa não mantinha relacionamentos estáveis ou, como se costumava dizer à época, namoros "sérios". Não raro, os tais parceiros eram rapazes recém-apresentados à Pessoa, indivíduos que ela conhecia em festas, bares ou no clube cuja piscina e cujos bailes frequentava, ou ainda indivíduos que a Pessoa conhecia, amigos próximos ou não, colegas de escola, mas indivíduos com os quais a Pessoa não estava disposta a engatar um relacionamento estável ou, como se costumava dizer à época, um namoro "sério". Criada sob os auspícios de uma religião muitíssimo bem organizada, educada em um colégio orientado pelos ditames e dogmas dessa mesma religião, a Pessoa entendia que a manutenção da inviolabilidade do orifício vizinho era algo incontornável. Uma boa mulher se casa virgem, ouvia a Pessoa em casa, no colégio, na televisão, em toda parte. Ou, eufemisticamente, uma boa mulher "se guarda" para o esposo. Desse modo, a Pessoa manteve a inviolabilidade do orifício vizinho durante os difíceis e tensos anos da adolescência e do começo da juventude, ignorando súplicas e apelos variados, evitando dedos e membros dos mais diversos tipos, tamanhos, espessuras e higienes, autorizando, quando muito, que uma ou outra língua passeasse com suavidade pelo orifício vizinho, e, a partir de um determinado momento, segundo a sugestão de um primo muito querido, permitindo a introdução dos membros no outro orifício, isto é, em mim. A primeira vez em que isso ocorreu, na noite em que a Pessoa celebrou seu 14º aniversário, o suprarreferido primo foi cuidadoso, gentil e esmerado, de tal forma a diminuir consideravelmente o meu incômodo e, por conseguinte, o incômodo da Pessoa, que não lamentou, resmungou e tampouco chorou durante e após o ato. Nos dois anos seguintes, o membro do suprarreferido primo, doravante designado Primo, tornou-se um frequentador contumaz deste orifício que vos fala. Perdi a conta de quantas vezes a Pessoa e o Primo se entregaram ao intercurso sexual pela via anal, isto é, por mim. A julgar pelos gemidos, dizeres e espasmos, creio que a Pessoa jamais foi tão feliz quanto naqueles momentos e intercursos que vivenciou com o Primo. E, não por acaso, passados aqueles dois anos de incontáveis intercursos sexuais pela via anal, isto é, por mim, depois que o Primo informou à Pessoa que eles não mais poderiam se entregar àquela espécie de atividade, ou seja, aos intercursos sexuais pela via anal, isto é, por mim, porque eles eram primos, afinal, e também porque ele, o Primo, estava apaixonado por outra pessoa que não a Pessoa, a Pessoa vivenciou longos meses de isolamento e depressão, os quais foram seguidos por uma infinidade de festas, bailes e bares, e foi no contexto dessas festas, bailes e bares que a Pessoa voltou a se entregar àquela espécie de atividade, ou seja, a Pessoa retomou a prática do intercurso sexual pela via anal, isto é, por mim, não mais com um parceiro fixo, o Primo, mas, sim, com uma variedade de parceiros dos mais diferentes tipos, tamanhos, espessuras e higienes, e os atos também eram desempenhados nos mais diversos ambientes e circunstâncias, nos bancos traseiros de carros, em quartos de motéis, em casas e apartamentos, e, em três oportunidades, em banheiros de boates. Curiosamente, tendo conhecido aquele com quem viria a se casar, e tendo por ele se apaixonado, conforme apregoou para uma amiga, a Pessoa interrompeu a prática do intercurso sexual pela via anal, isto é, por mim. Em outras palavras, contrariamente ao que eu esperava, a Pessoa não se entregou à prática do intercurso sexual pela via anal, isto é, por mim, com o indivíduo por quem se apaixonou e com o qual passou a manter um relacionamento estável, um namoro "sério", e com quem se casaria. É bastante provável que as características e o objetivo final do relacionamento tenham levado a Pessoa a desempenhar o papel de boa mulher que se esperava dela, a ocupar o posto de virgem, vetando, assim, quaisquer atividades sexuais. De fato, causaria no mínimo estranheza ao namorado, depois noivo, se a namorada, depois noiva, isto é, a Pessoa, apresentando-se a ele e às respectivas famílias como boa mulher e virgem, oferecesse ao namorado, depois noivo, em quaisquer circunstâncias, sob quaisquer pretextos, este orifício que vos fala, mesmo que isso significasse resguardar ou salvaguardar a inviolabilidade do orifício vizinho. Ora, dado o papel desempenhado pela Pessoa e levando-se em conta o objetivo final e a "seriedade" do relacionamento, era mais fácil, coerente e seguro não oferecer coisa alguma ao namorado, depois noivo, mantê-lo interessado e faminto, mas de mãos abanando, restringindo o acesso até mesmo a outras dependências consideradas aprazíveis pelos homens, como os seios. Uma vez casada, e não obstante a incompetência do agora esposo nas diversas modalidades de intercurso, a Pessoa restringiu suas atividades sexuais àquele único parceiro, com o qual vive até hoje, exceção feita às sessões masturbatórias e a duas ocasiões. As sessões masturbatórias perpetradas pela Pessoa ocorrem em intervalos muito irregulares. Há períodos de intensa atividade masturbatória e há períodos de quase nenhuma atividade masturbatória. Em geral, os períodos de intensa atividade masturbatória se dão quando a Pessoa se interessa platonicamente por algum colega de trabalho ou conhecido ou mesmo por algum espécime masculino não identificado que ela vê por acaso na rua, no shopping ou na televisão. Sendo o que se convencionou chamar de boa mulher, uma mulher que se casou virgem, ao menos no que tange ao orifício vizinho, a Pessoa jamais vivenciou experiências extraconjugais, exceção feita às duas ocasiões suprarreferidas e sobre as quais discorrerei em breve. É interessante ressaltar que, nos períodos de intensa atividade masturbatória, quando se encontra platonicamente apaixonada ou sexualmente atraída por algum colega de trabalho ou conhecido ou mesmo por algum espécime masculino que vê por acaso na rua, no shopping ou na televisão, a Pessoa tende a se masturbar até mesmo imediatamente após manter relações sexuais habitualmente insatisfatórias com o esposo. Em tais ocasiões, tendo o esposo ejaculado no orifício vizinho, a Pessoa vai ao banheiro com o pretexto de se lavar ou, pelo menos, deixar escorrer para fora de si o material espermático ejaculado pelo esposo, fecha a porta e, usando as palavras dela própria para a terapeuta, termina o serviço. Importante ressaltar que a Pessoa raramente atinge o orgasmo ao manter relações sexuais com o esposo. Agora, convém discorrer brevemente acerca das duas ocasiões suprarreferidas nas quais a Pessoa vivenciou experiências extraconjugais. Em ambas, houve intercurso sexual pela via anal, isto é, por mim. Em ambas, o parceiro foi apenas um e o mesmo: o suprarreferido primo ou Primo. Em ambas, a Pessoa atingiu o orgasmo mais de uma vez e com facilidade. Em ambas, a Pessoa desempenhou modalidades diversas de atividades sexuais, incluindo a introdução da língua por parte do Primo neste orifício que vos fala, introdução até então inédita, isto é, jamais exercitada por nenhum dos parceiros da Pessoa em toda a sua existência, fato referenciado aos riscos pela Pessoa ao Primo quando da primeira ocorrência de tal prática, ou seja, na primeira das duas ocasiões aqui descritas: Ninguém nunca fez isso comigo antes. Em ambas, a introdução da língua por parte do Primo neste orifício que vos fala não se limitou à mera introdução, mas contou com uma série de atividades recreativas adicionais, tais como lambidas, beijos e chupadas, tudo isso perpetrado concomitantemente ao estímulo clitoriano por parte de alguns dos dedos do Primo e ao estímulo peniano por parte da outra mão do Primo, isto é, o Primo se masturbava e masturbava a Pessoa enquanto introduzia a língua, lambia, beijava e chupava este orifício que vos fala. Dias depois, ao conversar com a terapeuta, a Pessoa se referiu a essa prática como "beijo grego" e afirmou ter experimentado o melhor orgasmo de sua vida quando o Primo performou o "beijo grego" concomitantemente à série de atividades recreativas adicionais suprarreferidas. Em seguida, diante da suprarreferida terapeuta, a Pessoa expressou culpa pela ocorrência, dizendo que, apesar de tudo, o esposo era um bom homem e um bom pai para o casal de filhos que tiveram, e prometeu que jamais faria uma coisa dessas outra vez, não sem agradecer a Deus pelo fato de o Primo viver na Austrália e visitar muito raramente o Brasil. Não por acaso, a segunda ocasião correspondeu a outra visita do Primo, anos após a primeira visita. E, depois, mais uma vez conversando com a suprarreferida terapeuta, a Pessoa reiterou o caráter absurdamente satisfatório das modalidades de atividades sexuais perpetradas com o Primo, a culpa pelo que chamou de "minha fraqueza" e a promessa refeita de nunca mais incorrer em tais "safadezas". Por sorte ou acaso, a Pessoa não teve a oportunidade de manter ou quebrar a promessa refeita, uma vez que o Primo morreu na Austrália, vitimado por um câncer no pâncreas, aos 52 anos de idade. A morte do Primo atirou a Pessoa em um estado depressivo similar àquele experimentado na adolescência, quando o Primo interrompeu os intercursos sexuais pela via anal, isto é, por mim, por eles serem primos e por ele, Primo, estar apaixonado por outra pessoa que não a Pessoa. A morte do Primo também levou a Pessoa a cessar toda e qualquer atividade sexual que mantinha com o esposo até então, sendo que, àquela altura, tais atividades eram mínimas e habitualmente insatisfatórias. Assim, desde a morte do Primo, as únicas atividades sexuais mantidas pela Pessoa dizem respeito às sessões masturbatórias de frequência irregular. Convém ressaltar que, ao receber a notícia do falecimento do Primo, além de se trancar no quarto para chorar a perda sofrida, a Pessoa também se entregou a uma furiosa sessão masturbatória durante a qual não se furtou de introduzir os dedos indicador e anular da mão direita neste orifício que vos fala, fazendo-o aos prantos e com tal violência que nos feriu a ambos. Agora, o ozônio. Não sou terapeuta e minha opinião não é abalizada, mas acredito que a ozonioterapia (aplicação retal) seja a culminação de um processo iniciado com a morte do Primo. Após a morte do Primo, a Pessoa encontrou na ativa participação política uma espécie de objetivo maior, último, e uma completude e um propósito que jamais experimentara. Desconheço as razões do esposo para se entregar à militância política junto com a Pessoa. Assim, trajando camisas amarelas da seleção brasileira de futebol, a Pessoa e seu esposo participaram de uma infinidade de passeatas e manifestações pelas vias públicas da cidade em que vivemos e até mesmo de outras cidades. Tal engajamento levou a Pessoa e o esposo a uma série de desentendimentos com a filha de ambos, alguém que discorda veementemente das ideias que a Pessoa e o esposo passaram a defender com violência, sobretudo no que diz respeito ao militarismo e às agressões a certas instituições democráticas e às chamadas minorias. Os termos "fascista", "neofascista" e "miliciano" são aplicados com frequência pela filha da Pessoa nas muitas discussões. Já no âmbito da pandemia em curso, pandemia causada pelo coronavírus da síndrome respiratória aguda grave 2 (SARS-CoV-2), o termo "negacionista" também passou a ser aplicado pela filha da Pessoa nas suprarreferidas discussões, as quais se intensificaram, embora mantidas não mais presencialmente, nas visitas em feriados e nas festas de fim de ano, pois a filha reside em outra cidade, mas via telefone e aplicativos diversos. Eu me preocupei desde o começo da pandemia com a recusa da Pessoa em usar as máscaras que minimizam as possibilidades de contágio do suprarreferido coronavírus. E, de fato, estando a Pessoa contaminada e gravemente enferma, internada nesta Unidade de Tratamento Intensivo, julgo que a minha preocupação era justificada. No momento, a julgar pelo que diz o esposo à Pessoa, a ozonioterapia (aplicação retal) é o novo tópico de discussão entre a filha da Pessoa e seu pai, isto é, o esposo da Pessoa. Não há nada de agradável no processo, preciso dizer, e a piora do estado clínico da Pessoa parece dar razão aos argumentos da filha da Pessoa relativamente à ineficácia desse tipo de tratamento. O esposo da Pessoa também se recusou a usar máscaras, e tanto ele quanto a Pessoa passaram a ingerir quantidades absurdas de medicamentos que, segundo a filha de ambos, também não têm eficácia comprovada contra o suprarreferido coronavírus. Infectado e já curado, o esposo da Pessoa não chegou a ser internado na Unidade de Tratamento Intensivo e tampouco se viu submetido à ozonioterapia (aplicação retal). Creio que não haja muito mais o que contar. Sinto o enfraquecimento generalizado da Pessoa.

Estamos próximos do fim. Antes de a Pessoa ser entubada, eu ouvi alusões febris ao Primo, algumas delas de teor abertamente sexual. A Pessoa dormia e sonhava. Tais alusões provocaram uma violenta reação do esposo da Pessoa, que se ausentou do hospital por três dias e noites inteiros, deixando a Pessoa sozinha nesta Unidade de Tratamento Intensivo. Quando ele retornou, a Pessoa já se encontrava entubada e em estado gravíssimo. Há tempos não ouço a voz da Pessoa. Ouço o choro do esposo. Sinto a introdução do cateter. E ouço e sinto a passagem insidiosa do ozônio.

Não deixa de ser engraçado, pensou, embora um tanto repetitivo. Cogitou deixar o outro documento para o dia seguinte. Mas estava curioso. Tiveram um caso? Seria verdade? Assim, depois de beber mais um gole de vodca e respirar fundo, saltando um trecho ou outro que permanecera na versão publicada, leu

Meu avô foi um nazista e eu arrebentei a cabeça dele a marteladas, *sic semper* nazis, mas não é disso que quero falar agora. Há muito mais sobre o que falar, coisas importantes e desimportantes, coisas por mim vivenciadas, testemunhadas, especuladas, inventadas, tudo misturado e amontoado, e a minha única preocupação é chegar inteiro à última palavra da última frase deste que (obviamente) é o registro derradeiro ou, no momento, o único registro possível. Penso também no final (...) *aqui* é apenas o presente, um ponto (sempre fugidio) de referência, um lugar ao qual retornar para recuperar o fôlego (...) os inícios são imprecisões, tumores em estado larvar, entulhos, uma biblioteca desorganizada, frases soltas no limbo, uma arma desmontada, a explosão no pesadelo, a cidade sitiada mas ainda não invadida (Troia à espera do cavalo) (Troia *sempre* esteve à espera do cavalo, o cavalo era a razão de ser de Troia, sem o cavalo Troia não seria Troia, sem a invasão final, sem a matança derradeira, sem a destruição, Troia não seria nada, Troia é (para nós) a destruição de Troia), a ereção do enforcado (aos olhos ávidos de quem assiste ao enforcamento), o dinheiro sobre a cômoda da(o) puta(o), a palavra ainda presa na garganta do Messias, o roteiro de um filme por realizar, os atores pornográficos ainda vestidos, a trincheira a ser cavada na guerra recém-declarada, a nascente oculta ou não localizada do rio em cujo leito alguém se afoga, as sombras na parede da caverna (não se vire, não olhe para trás, não se levante, não seja idiota) (...). É cedo para isso ou aquilo ou aquilo outro. É cedo e ainda não me decidi. Melhor tergiversar mais um pouco. (Você está com pressa? Espero que não.) Melhor (fingir) começar pelo básico: estou em Windhoek, em outubro de 2023, à espera de Eleonora. Melhor (por enquanto) (sempre que me der na telha) (e sempre que possível) emular e parodiar. Um exemplo? Sou brasileiro, nascido em Goiás — Goiás, aquele estado sombrio —, e faço as coisas do jeito que aprendi (sozinho?) a fazer (às marteladas?). (Contemple os estilhaços, contemple os estilhaços e imagine que houve algo (minha cabeça, minhas lembranças) e então esse algo (minha cabeça, minhas lembranças) implodiu (implodiram) e os fragmentos voaram por aí (proteja os olhos), os fragmentos (também) são (ou estão n)estas páginas.) Então, como não poderia deixar de ser, farei o registro à minha maneira: a terceira ideia que bater será a primeira a entrar (risos), e Heráclito também me servirá aqui, não exatamente como serviu a Augie March, mas, sim, porque ele (Heráclito de Éfeso) adentrou a maldita "noite mística" na qual, segundo Nietzsche, encontrava-se encoberto o problema do vir-a-ser, ele (Heráclito de Éfeso) adentrou a maldita "noite mística" (...) escudado ao seu redor por leis eternas não escritas, fluindo de cima a baixo conforme a brônzea batida do ritmo (...) essas margens não são a-históricas (...) núcleo constituído pelas "categorias e conceitos que, no seu caráter mais fundamental, não mudam nada" (...) as margens não estão ao nosso alcance (...) (não quebre os remos, não vire a embarcação) (...) um chute no saco, mas não um tiro na cara. Ou: Em Windhoek, à espera de Eleonora, pensei que. Não. Ainda não. Melhor começar por uma pergunta singela e aparentemente aleatória: sabe o que liga Otto von Bismarck a Robert Mugabe? (...) "Zugegeben: ich bin Insasse einer Heil- und Pflegeanstalt..." O começo de *Die Blechtrommel, O tambor*. Günter Grass não era nazista, mas foi. Mas não era. E ele mentiu que não foi, ou melhor, *omitiu* o fato de que, embora não fosse (...). Onde você estava aos 17 anos? (...) "intelectual de merdegger" (...) quando Adolf Hitler e Eva Braun se mataram no (...) eleito reitor em 21 de abril de 1933 e se filiou (...) vinculação à "comunidade do povo" (*Volksgemeinschaft*, termo que também ouvi da boca do meu avô), à honra e ao destino da nação alemã (quando ele fala da "existência estudantil enquanto serviço militar") (I shit you not), e também à missão espiritual do povo alemão ("Nós nos queremos a nós mesmos."), e encerrou citando Platão: "Tudo o que é grande está na tempestade." (...) o "Führer" da Universidade de (...) nem mesmo o banimento intelectual fez com que Martin Heidegger rasgasse sua carteirinha de membro do Partido Nazista e jogasse fora o broche nazista e mandasse os nazistas (...) um *Mitläufer* (...) *LECKER* (...) com a publicação dos célebres *Schwarze Hefte*, os "Cadernos negros" (...) uma espécie muito peculiar, patética e exaustiva de antissemitismo. Martin Heidegger diz nos *Schwarze Hefte* que (...) "um desvio para o criminoso" (...) diante da prevalência do "judaico", o judaico é massacrado. O "judaico" massacra o judaico: autodestruição. Em suma, no entender de (...) Babi Yar e tantos outros lugares em tantos outros massacres (...). Mas ninguém arrebentou a cabeça de Martin Heidegger a marteladas. Martin Heidegger não foi queimado vivo por terroristas. Martin Heidegger não foi sequestrado e estuprado por terroristas quando era bebê, criança, jovem, adulto ou idoso. Martin Heidegger não foi arrastado para uma ravina e teve a cabeça estourada e o corpo despejado em uma vala comum. Martin Heidegger não foi (...) Heidegger viveu confortavelmente até os 86 anos de idade. Não podemos, como Martin Heidegger fez na primeira aula de um curso sobre Aristóteles, exprimindo o que sua ex-aluna e ex-amante Hannah Arendt chamou de (...) Heidegger nasceu, trabalhou e morreu. Há o espanto como início da filosofia no *Teeteto* (...). Hannah Arendt fala sobre a "tendência ao tirânico" nas teorias e nos sistemas (...). Mas não se trata de uma mera tendência. Do que é que se trata, então? Não sei ao certo. Não sou um filósofo. Não sou um pensador. Não sou sequer um estudante ou professor de filosofia (não mais). Mas, pergunto: a "morada do pensar" é vizinha dos campos de extermínio? Pegue o trecho citado há pouco dos *Schwarze Hefte* e substitua "judaico"/judaico por "humano"/humano e talvez cheguemos a algum lugar. Por falar em Hannah Arendt, anos atrás, em São Paulo, assisti a uma peça teatral muito ruim e mal interpretada sobre o relacionamento amoroso dela com Martin Heidegger. Um ator muito velho para o papel de Martin Heidegger aos 35 anos e uma atriz muito velha e deslealmente bonita para o papel de Hannah Arendt aos 17 (suas respectivas idades no começo do *affair*, em 1925; o caso se prolongaria por quatro anos); eles debatiam e se debatiam no palco, um constrangimento do início ao fim (não me lembro se o texto, de Mario Diament, era ruim; os intérpretes destruíram qualquer possibilidade de juízo acerca do texto). Fui assistir à peça com Sara, uma colega professora que mantinha uma relação extraconjugal comigo. Era (ela morreu de covid-19) (nosso relacionamento se deu em 2011 e, portanto, já havia chegado ao fim muito antes da pandemia) professora na mesma instituição em que eu lecionava na época (e da qual, como um autêntico intelectual de merdegger, fui demitido há três anos, ou seja, em 2020, fui demitido por trepar com uma das minhas orientandas), uma especialista muito conceituada em Rousseau,[6] uma mulher de quarenta e poucos anos (na época em que nos relacionamos sexualmente, ou seja, em 2011), alta, muito magra, cabelos lisos e tingidos de um castanho-claro, bocuda, impulsiva (às vezes, após a aula, cercava-me na calçada (de onde vinha? será que se escondia atrás das árvores na João Ramalho? quase me matava de susto), arrastava-me para o carro dela e trepávamos ali mesmo, quando podíamos ir para o meu apartamento, a um quarteirão da universidade, e, de fato, o mais comum era que fôssemos para o meu apartamento ou um hotel qualquer, nunca, jamais, para a casa dela, o marido viajava muito, é verdade, mas os vizinhos, ela dizia, você sabe como é, os vizinhos, os porteiros, o zelador, sim, eu compreendia, é claro que compreendia, as coisas são como são, melhor tomar cuidado, melhor evitar problemas, mas eu achava engraçado como, às vezes, ela se arriscava daquela forma, optando por trepar em um carro estacionado na rua, no escuro (pelo menos isso), sob as árvores da João Ramalho), verborrágica e interessantíssima. Naquele dia em que assistimos à peça sobre Martin Heidegger e Hannah Arendt, ela me buscou e depois me deixou em casa (recusou-se a jantar após a peça, disse não sentir fome, por que não vamos logo pra sua casa?), parou o carro defronte ao prédio onde eu morava e. Estou indo depressa demais. Preciso prolongar certos momentos. Então: estávamos no carro, o carro estacionado defronte ao prédio, e chovia. Não sei se quero subir, disse Sara.

Eu também não, gracejei olhando para a frente, o aguaceiro que fustigava o para-brisa do carro, o asfalto brilhando sob as luzes dos postes, a enxurrada que corria furiosa.

Estou falando sério.

Acariciei o joelho direito dela e sorri. Algo se aproximava do fim, eu sentia ou pressentia, ou talvez imagine agora, retrospectivamente, que sentia ou pressentia isso e aquilo, o mais provável é que não sentisse ou pressentisse

---

6 Rousseau!, ele bufou. Nada a ver. Sara era especialista em Brentano.

porra nenhuma, ou não pressentisse porra nenhuma e sentisse apenas cansaço (uma peça tão insuportavelmente horrorosa que me afastou do teatro por anos) e vontade de subir (com ou sem ela) (preferivelmente com ela) e beber uma taça de Riesling ou uma dose de Talisker e relaxar ouvindo a chuva ou *Underground*, andava obcecado não só por esse álbum do Monk como pela maioria dos discos que ele gravou para a Columbia entre 1962 e 70, mas em especial *Underground*, talvez por apresentar tantas composições novas e a inusitada "Ugly Beauty", eu (cansado) pensava em "Ugly Beauty" enquanto acariciava o joelho de Sara e observava a chuva que viera do nada, alcançando-nos no trajeto entre o teatro no Conjunto Nacional e o prédio onde eu morava, a uma quadra da avenida Sumaré. Mas, não obstante o cansaço, percebi que era impossível ignorar a indecisão: por que não subiria? Algo estava fora do lugar. Ela parecia desconfortável e ansiosa, como se quisesse mesmo ir embora. Seria o caso de *eu* dar a noite por encerrada? Facilitar o processo, por assim dizer? Abreviar a brincadeira? Suspender os trabalhos? Talvez. Mas permaneci onde estava, estático, exceto pela mão esquerda que acariciava o joelho, como se dissesse: Se quiser ir embora, vá, mas só saio daqui se você me pedir. Então, do nada, lembrei-me do sonho que tivera na noite anterior: Rudolf Carnap e Martin Heidegger nus, agarrando-se em uma enorme cama de molas, colchão repleto de manchas, sem lençol à vista (talvez embolado no chão). Era uma cabana no meio do mato, a famigerada cabana na Floresta Negra (eu sabia, em geral sabemos dessas coisas nos sonhos, simplesmente sabemos), a cabana na qual Heidegger se retirava ou escondia para pensar e estudar e escrever e merdeggerizar. Eles se beijavam e brincavam com os orifícios um do outro, sapecas, fanfarrões, línguas e dedos e brinquedinhos, os paus moles indiferentes ao andamento do colóquio. *Que acontece com o nada?*, perguntou Heidegger a certa altura. *Onde não há questão alguma*, respondeu um ofegante Carnap, de quatro, um consolo de metal enfiado no cu, *nem mesmo um ser onisciente pode dar uma resposta*. Ao que Heidegger, retirando o consolo e metendo o punho direito no lugar, metendo com força e inesperada facilidade, Heidegger retrucou: *O nadificar no ser é a essência daquilo que eu nomeio o nada. Por isso, por-*

que pensa o ser, o pensar pensa o nada. Foi quando acordei. Eis aí um belo sonho, não? Ao menos para um heideggeriano como eu.[7] Cogitei falar com ela a respeito, ouve só isso, olha o sonho maluco que tive na noite passada, sim, talvez aliviasse o clima, talvez arrancasse uma risada, mas não disse nada, continuei em silêncio, olhando para a chuva e acariciando o joelho dela com as pontas dos dedos, agora pensando que a capa de *Underground* é uma das mais legais da história da indústria fonográfica.

Quero subir, ela disse afinal, a cabeça virada para o outro lado, contemplando a entrada do prédio e provavelmente calculando o quanto se molharia entre o carro e a portaria.

Está bem, respondi, tirando o paletó. Aqui.
Oi? Ah. Obrigada.
Bora. Essa chuva não vai parar, não.

Ela tirou a chave da ignição, abriu a porta do carro, colocou o paletó sobre a cabeça e correu sob o aguaceiro. Esperei que ela chegasse à marquise do prédio para sair do carro. Saltar sobre a enxurrada foi particularmente aventuresco, ainda mais pelo risco de, usando sapatos de solado liso, escorregar tão logo aterrissasse na calçada. O atrito foi mínimo, mas suficiente para me manter em pé. Sara gargalhava quando parei diante da porta e saquei as chaves do bolso interno do paletó que ela ainda mantinha sobre a cabeça. Foi por pouco, hein?

Abandonei a rotina de tombos.
Acho que não dá pra controlar isso, não.

Destranquei a porta (um prédio baixo, antigo, sem porteiro, sem elevador) e entramos no hall. Quase quebrei a mão daquela vez.

Ela caminhava à minha frente, rumo à escada, o paletó agora sobre os ombros. Quando você se estabacou bem na porta do CineSesc?

Sim.
Eu não estava lá.

---

[7] Imbecil, ele berrou, quase atirando o celular na parede. Imbecil! Escroto de merda! Você não entende nada! Nada! Precisou ir à cozinha, outra dose de vodca e dez minutos para se acalmar e retornar à sala e retomar a leitura, ainda trêmulo.

Como assim?

Você sempre se lembra desse tombo como se eu estivesse lá, com você, mas eu não estava.

Mas eu...

Talvez *você* estivesse com outra e tenha me confundido com ela.

Subindo pelas escadas: Eu jamais te confundiria.

Existe outra, então?

Eu não falei isso.

Quase falou.

Eu já sou o outro, meu bem. O outro ter outra seria uma redundância insuportável.

É bastante comum que o outro tenha outra.

Por quê?

Sei lá. Talvez justamente por ser o outro.

E a adúltera exigir fidelidade do amante?

O que é que tem?

Quem é você? Drenka Balich?

Três pontos. Primeiro: não sei quem é essa tal de Drenka nem do que você está falando. Segundo: *adúltera* é uma palavra horrível e malcheirosa, favor evitar. Terceiro: não estou exigindo nada de você.

Entendido.

Uma vez no apartamento, ela pendurou meu paletó no encosto de uma cadeira, contornou a mesa, aconchegou-se no sofá, descalçou os sapatos encharcados e pediu água.

Comprei um Riesling muito bom, falei já na cozinha.

Não sei se quero beber hoje.

Voltei à sala e lhe entreguei a garrafa de água mineral e um copo. Bom, eu vou beber uma taça.

Ela colocou o copo sobre a mesa de centro, depois endireitou o corpo, a garrafa apoiada na coxa direita. Um Riesling, você disse?

Um Riesling, eu disse.

Tá bom. Uma taça, então.

Quando voltei com o vinho e as taças, ela já havia bebido toda a água mineral, a garrafa vazia ao lado do copo não utilizado. Quer mais?
Depois. Obrigada.
Por nada. Eis o Riesling.
Seja bem-vindo, Riesling.
Muito obrigado por comparecer, Riesling.
Você é belo e invulgar, Riesling.
Você nunca levou um tombo na frente do CineSesc, Riesling.
Gosto muito de você, Riesling.
Servi as taças e me sentei ao lado dela no sofá. Pensava outra vez em Monk ao dizer: Vou ligar o som.
Não, por favor. O barulho da chuva.
Ok.
Você gosta da chuva?
Estando aqui dentro, sim.
Qual é a primeira chuva de que você se lembra?
Bebi um gole de vinho, pensando. Uma imagem me veio à cabeça. Estou deitado no carrinho.
No carrinho de bebê?
Sim. Estou deitado no carrinho, a minha tia está em pé, olhando para mim e sorrindo, atrás dela tem uma porta aberta, e a porta dá para o quintal. Acho que estamos na fazenda. Chove lá fora.
Ninguém se lembra de algo tão... remoto.
Eu me lembro. Ou talvez tenha sonhado.
É possível.
Mas, a essa altura, que diferença faz?
Ela riu. Acho que alguma. Ainda.
E você?
A gente estava na rua, brincando, eu, minhas irmãs, alguns vizinhos. Eu cresci no Brás, como você sabe. Começou a chover, mas continuamos na rua. Não me lembro do que aconteceu depois. Os adultos devem ter colocado todo mundo pra dentro, berrado das janelas, sei lá.

"Dove sta memora."

O quê?

Nada. A peça foi bem ruim, né?

Horrível.

Uma grande merda.

Uma bela porcaria.

Um lixo completo.

Ele tinha quantos anos na época? Quando o caso deles começou? Sempre me esqueço desses detalhes.

Trinta e cinco, se não me engano. E ela, uns 17.

Velho demais pro papel, aquele fulano.

E a atriz era deslealmente bonita.

Ah, não. A Hannah era bonita quando nova.

Mas não bonita como essa atriz.

Talvez não. Essas coisas me distraíram, me distraíram tanto que nem consigo julgar o texto. O texto é ruim?

Também não sei dizer.

Ela ficou olhando para a taça.

Você quer alguma coisa pra beliscar? Um pouco de queijo?

Estou sem fome.

É, eu também.

Não me molhei tanto assim. Só os sapatos é que...

Hein?

Meus sapatos. Eram novos.

Olhei para os sapatos junto ao sofá. Em seguida, olhei para os meus; não estavam em melhores condições, mas pelo menos não eram novos.

Me beija?

Nós nos beijamos. Eu me ajoelhei no tapete. Sara tirou a calcinha e levantou o vestido e abriu bem as pernas. Em seguida, com cuidado e esboçando um meio sorriso, derramou um pouco de vinho ali no meio. Depois me manda a conta da limpeza.

Não dou a mínima pra porcaria desse sofá.

Uns dez minutos depois, ainda segurando os meus cabelos com força:
Você acha que é muito grande?
Levantei os olhos. O quê?
Isso tudo aí.

Embora não fosse necessário, posto que conhecesse bem demais *isso tudo aí*, afastei o rosto com uma expressão inquisitiva e, usando as duas mãos, escancarei o sexo. Era, de fato, anormalmente grande, e grande em todos os sentidos, diâmetro, extensão, profundidade, os lábios grossos, uma senhora buceta tornada ainda mais impressionante pelo fato de que Sara não era uma mulher grandalhona, mas relativamente pequena (1,62) e muito magra.

E então, doutor? A coisa é *enorme* ou o quê?
Eu diria que sim, mas de um jeito bonito.
Sempre tive vergonha.
Por quê?
Sei lá. Porque é... queria que fosse mais... mais proporcional. Seu pau, por exemplo, é proporcional à sua pessoa.
Besteira. A gente é sempre desproporcional de algum jeito.
É. Acho que sim.
Posso continuar?
Não quer ir pro quarto?
Quero.
Pega mais água pra mim?

Quando voltei à sala com outra garrafa de água mineral, ela estava em pé, o vestido amarrotado, a calcinha embolada na mão esquerda, e, com a direita, folheava uma edição d'*Os cantos* que eu deixara sobre a mesa.
Gosto muito, falei, entregando a garrafa.
Eu sei, ela respondeu, e gargalhou.
O quê?
Nada.
Fala.
Pound e Heidegger.

É, eu não posso ver um velho fascista que...

Qual é mesmo aquele verso? Você me contou a história outro dia, da mulher que subiu na muralha e ergueu o vestido?

Caterina Sforza Riario. Tinham sequestrado e ameaçavam matar os filhos dela. Ela subiu na muralha, ergueu o vestido e, na versão do Pound, berrou que podiam enforcar todos eles: "Ainda tenho o molde."

Ela gargalhou ainda mais alto.

Deixa essa calcinha aí. A gente não vai precisar dela.

Depois eu quero saber quem é Drenka Balich.

Drenka Balich já morreu.

Que pena.

Mickey Sabbath está parado diante do túmulo dela.

Rezando?

Não.

Chorando?

Não.

Fazendo o quê?

Ele está se masturbando.

Que horror.

Ela provavelmente acharia romântico.

Bom, o túmulo é dela.

Mais tarde, depois de incaracteristicamente fazer muitos rodeios, Sara me informou que informara ao marido que queria se divorciar, e depois me informou que tampouco me veria mais daquele jeito (*sic*), o nosso caso estava encerrado, aquela seria a última noite, a última vez, a despedida.

Mesmo?

Mesmo.

Por quê?

Sei lá. Quero outras coisas. Quero ficar sozinha por uns tempos. Viajar.

Viajar?

É. Também.

Viajar.

Você... você entende, né?
Encolhi os ombros.
Não vai dizer nada?
Eu...
O quê? Fala. A hora de falar é agora.
Mas o que eu posso dizer?
Não sei. O que você quiser, acho.
A vida é sua. Eu só achei que...
O quê?
... Nada.
Nada?
Respirei fundo.
Ela se cobriu com o lençol.
A vida é sua.
Você ficou chateado.
É, fiquei. Um pouco.
Eu não queria... é complicado.
Eu gosto disso que a gente tem. Tinha.
Não sei se a gente chegou a ter alguma coisa.
Ri alto.
Não faz assim.
Tá bom. Desculpa.
Você nunca me prometeu nada.
Eu sei.
Eu nunca te prometi nada.
Eu sei.
A vida é engraçada.
Forcei um sorriso. Dizem que é. Eu não saberia dizer.
Você está chateado.
Não.
Não?
Um pouco. Vou sentir a sua falta.

Eu também vou sentir a sua falta, mas é que... eu quero outras coisas.
Outras coisas. Beleza.
Quero mudar a minha vida. Mudar o que der pra mudar.
Beleza.
Beleza?
Não, eu... acho que... acho que entendo o seu lado.
Entende?
Vou entender. Eventualmente.
Que bom.
Faz diferença?
O quê?
Que eu entenda?
Ela sorriu, mas não respondeu.

Após essa noite, voltamos a ser dois colegas que se cumprimentavam e trocavam frases rotineiras nos corredores da universidade e se limitavam às questões em pauta nas reuniões de departamento e almoçavam ou tomavam um café de vez em quando. Ela era muito próxima de outro colega, um derridiano, mas não havia nada ali que indicasse um envolvimento sexual. Amigos. Então, nove anos depois, em meio à pandemia, ri bastante quando Sara apareceu em uma videoconferência usando uma camiseta onde se lia

{AINDA TENHO O MOLDE}

Quando perguntaram a respeito, o que isso significa?, que molde é esse?, ela abriu um sorriso e sugeriu que lessem Pound. De repente, do nada, quase dez anos após o término, uma piada *nossa*. Interna. Talvez um aceno na minha direção. Seria o caso de procurá-la? Pensei em escrever um e-mail ou mandar uma mensagem, confirmar ou não o aceno, mas hesitei. A camiseta podia ser apenas uma camiseta. Uma piadinha, nada mais. A confiança do macho, certo? Supondo que tudo diz respeito a ele. Não, pensei, não é o caso. Um aceno, sim, mas ao passado, não a um futuro possível. No tédio do isolamento, sentiu alguma nostalgia e encomendou a camiseta. Melhor deixá-la em paz. Ademais, por aqueles dias, eu estava infantil e irresponsavelmente envolvido com outra pessoa, uma de minhas orientandas, Ana (não Ana Beatriz ou Ana Maria ou Ana Clara ou Ana Cláudia – somente Ana). Mas era ou foi agradável entreter a ideia e supor que Sara estava, sim, acenando para mim. Um sinal, uma mensagem. Ainda tinha o molde. (Por que não teria?) Pensava nela ao me masturbar, inclusive ao me masturbar perante Ana, os olhos fechados para a moça que se despia na tela e abertos para a ex-amante que supostamente acenara na minha direção. Pensava no sexo desproporcionalmente grande. Na racha enorme e funda, nos lábios inchados e bojudos. Nos seios pequenos, na boca também grande, de lábios igualmente grossos. Mas, duas semanas após aquela reunião virtual, enquanto ainda me debatia sobre escrever ou não para ela, ligar ou não, o colega derridiano me informou que Sara contraíra covid e estava hospitalizada em estado grave, entubada e o escambau. A coisa não parece boa, disse ele. E, com efeito, cinco dias depois, recebemos um e-mail do diretor do nosso departamento informando que Sara morrera. Não houve velório. Um enterro rápido, um entre inúmeros, covas abertas a perder de vista, um enterro ao qual só compareceram a mãe e a irmã. Mortos demais, enterros demais: Sara desaparecendo surdamente no meio de tudo aquilo. Oito meses de um caso extraconjugal e uma despedida, *aquela* despedida, o término repentino e, mais de nove anos depois, um sorriso (um aceno?), e adeus. Em algum momento da semana seguinte à morte de Sara, eu e Ana iniciamos uma chamada via Skype para tratar da dissertação da moça e, claro, resolvidas as pendências acadêmicas, para que nos despíssemos e nos masturbássemos um para o outro ou, melhor dizendo, para nós mesmos (óbvio), mas às vistas um do outro, o que vínhamos fazendo com certa frequência durante o lockdown que não era bem um lockdown (embora, na maior parte do tempo, eu agisse e me comportasse como se fosse, trancado em casa e comprando tudo aquilo de que precisava via internet). Mas Ana se despiu, sorridente, e eu não me mexi.

Qual é o problema?

Caí no choro. Aconteceu. Não pude me conter. Devia ter inventado uma desculpa qualquer ou fingido uma pane no computador e encerrado a chamada antes que passássemos à etapa masturbatória, mas fiquei ali sentado, patético, chorando e chorando, ao que Ana, contrariando todas as precauções e ignorando as circunstâncias pandêmicas, os hospitais superlotados, as milhares de mortes diárias, os asnos no governo federal trabalhando a favor do vírus, Ana correu ao meu apartamento. Tampouco consegui impedi-la de fazer isso. Assim, instalados à mesa, eu chorei mais um pouco e contei tudo para ela, o breve caso extraconjugal, a noite derradeira, a decisão tomada por Sara de abrir mão do marido e do amante, o relativo distanciamento que se seguiu, a piada poundiana exposta na camiseta, as possibilidades que isso talvez ensejasse, a doença, a morte, falei sem parar por meia hora ou mais. Foi um erro. Se precisava mesmo falar, desabafar, era melhor que tivesse omitido a natureza sexual do relacionamento, era melhor que pintasse a coisa como uma amizade sincera, intelectual e assexuada entre dois colegas acadêmicos, Ana acreditaria em mim e compreenderia o luto que eu vivenciava (ou talvez não), luto aprofundado ou piorado pelo isolamento pandêmico a que todos (ou alguns de nós) nos submetíamos, pela falta de velório, pela impossibilidade de uma despedida propriamente dita, a morte de Sara tornada algo inverificável, distante, remoto, uma mísera notícia, a porcaria de uma nota de falecimento em um maldito e-mail institucional, uma unidade somada ao número de mortos computado e noticiado diariamente. Era muito nova, Ana, e também imatura e irritadiça. Ela me ouviu em silêncio, esperou que eu desabafasse, contasse tudo, para só então explodir. Não conseguiu esconder os ciúmes e a raiva, como se eu tivesse confessado uma traição, como se a minha relação com Sara fosse contemporânea à nossa (minha e de Ana), ou como se fosse algo recente, o que a levou ao passo seguinte: duvidar que tivesse mesmo acabado, insistir que eu e Sara continuáramos trepando por todos aqueles anos, o que, para ela, constituía a única explicação plausível para o estado inconsolável em que eu me encontrava. Não, insisti, acabou, acabou faz muito tempo, faz quase uma década que acabou, pelo amor d

Você acha que eu sou IDIOTA? Hein? HEIN?

Olhando para ela, seus olhos arregalados, os braços cruzados, a boca trêmula, as veias saltadas, olhando para ela, pensei que sim, que estava diante de uma completa idiota, de uma panaca, de uma tonta, mas (felizmente) a única coisa que consegui dizer foi: Vá embora, por favor.

Ela foi. Ofendidíssima, dizendo-se traída, humilhada, sacaneada, enganada, VIOLADA, mas foi.

Nosso caso terminou ali. Um caso esquálido, incerto, *errado* de todas as formas possíveis, do começo ao fim, de cima a baixo, e ainda sufocado pelas circunstâncias impostas pelo vírus. Também curioso é o fato de que trepamos poucas vezes antes do início da pandemia, quando descobri que, para certas jovens, ficar de quatro não é uma opção. Trepar com o professor décadas mais velho? Ok, sem problemas. Ficar de quatro ao trepar com esse professor décadas mais velho? De jeito nenhum, pois essa posição é humilhante, essa posição é denigritória (*sic*), essa posição reforça o papel dominante do macho, uma mulher que fica de quatro para que o parceiro meta nela por trás está se submetendo, pior, está se rendendo à reafirmação do patriarcado. Você nunca ficou de quatro?, perguntei na ocasião, genuinamente curioso.

Já, mas eu era muito nova e não sabia das coisas.

E agora não fica mais?

De jeito nenhum.

Porque agora você sabe das coisas.

Sim.

Mas você gostava?

Isso é irrelevante.

Gostava ou não gostava?

Pra mim, é bem difícil gozar de quatro. Mas até que eu gostava, sim.

Eu me refiro a essa ocasião e a essa breve conversa porque naquela mesma tarde, a tarde em que chorei durante a chamada, a tarde em que Ana correu ao meu apartamento, a tarde em que o nosso caso degringolou ou começou a degringolar, pois viria coisa pior, naquela mesma tarde, minutos depois de ir embora, Ana enviou uma mensagem na qual perguntava se a minha amante (*sic*) gostava de trepar de quatro. Não respondi. E não respondi às dezenas de mensagens que ela enviou nos três dias seguintes, não atendi às ligações, não ouvi os áudios recebidos – eu a ignorei por completo. Outro erro, claro. Devia ter respondido. Ligado. Tentado acalmá-la. Porque o passo seguinte de Ana foi me expor. Fui ostracizado ou, como dizem, *cancelado*. E demitido. Ela me ferrou com gosto e alguma justiça. Tanto que não senti raiva ou coisa parecida. Uma idiotice tremenda, envolver-me com uma aluna (não foi a primeira vez) (embora Carol fosse, na verdade, uma ex-aluna), com uma orientanda, ainda mais com uma aluna e orientanda daquelas, o tipo de pessoa que anda por aí como se o mundo lhe devesse tudo, a versão feminazi do Cobrador de Rubem Fonseca (ela ficaria muito ofendida com a comparação), apontando o celular em vez de uma pistola carregada (e, hoje em dia, não raro acontece de um celular fazer mais estragos do que uma pistola; celulares colocaram o miliciano na presidência, por exemplo). E me lembro de outro detalhe curioso do nosso breve e malfadado relacionamento (um detalhe que Magda achou divertidíssimo): naquela mesma ocasião em que se recusou a ficar de quatro e explicou o porquê, como ela tivesse uma bunda majestosa (coroas tendem a achar quaisquer bundas de vinte anos majestosas, mas a bunda de Ana era (provável que ainda seja, apenas três anos se passaram) estonteante) e eu sentisse muito tesão, sugeri: E se você ficasse de quatro e, em vez de meter, eu ficasse de joelhos (achei que esse detalhe seria importante para convencê-la) e chupasse a sua buceta e o seu cu?

Ela pensou um pouco, sentadinha na cama, os braços cruzados, e: Você não vai meter seu pau em mim?

Não.

Vai só me chupar?

Vou só te chupar.

Só me chupar.

Só te chupar.

Chupar.

Chupar. Palavra.
Palavra?
Palavra. Palavra.
Ok. Tá bom.
Tá bom?
Tá.

Aliás, foi nesse mesmo dia, depois de tudo, depois que se recusou a ficar de quatro, mas eventualmente concordou em ficar de quatro desde que eu não enfiasse nela o meu pau, mas apenas (de joelhos) chupasse e beijasse e lambesse seu cu e sua buceta, foi nesse mesmo dia que ela comentou, como quem não quisesse nada (a essa altura estávamos na cozinha, comendo sanduíches de peito de peru e bebendo suco de tangerina), que talvez fosse o caso de se mudar.
Pra onde?
Pra cá.
Pra cá?
É. Pra cá.
Aquela era apenas a terceira vez que trepávamos, e a segunda que ela fora ao meu apartamento. Desconversei, claro. Então, veio a pandemia e a brincadeira continuou remotamente (sessões de orientação conjugadas com sessões de masturbação) por meses, Sara morreu, tivemos o nosso (meu e de Ana) bate-boca, o caso foi exposto e a minha carreira e a minha reputação foram dinamitadas no ambiente acadêmico e pelas redes sociais afora. Um preço alto demais, certo? No que me recordo de algo dito por Ana na primeira vez em que trepamos (ou seja, antes da nossa conversa sobre posições sexuais *vs*. patriarcado), em um motel de fachada roxa no Baixo Augusta: Não vou te chupar, não. Eu não chupo paus. Ela disse isso *depois* que eu a chupei, bem entendido. Achei deselegante. Quero dizer, eu a chuparia de um jeito ou de outro (poucas coisas são tão aprazíveis quanto chupar uma buceta), mas ela poderia ter prescindido da declaração de princípios, há muitas formas de uma senhora ou senhorita evitar ou contornar um boquete (contornar um boquete é uma arte tão refinada quanto pagar

bem um boquete), ela poderia montar em mim, ela poderia dizer (mentir) que o último orgasmo fora muito forte e precisava de uns minutinhos, ela poderia beijar a minha boca e me masturbar, mas ela preferiu me olhar nos olhos e dizer que não ia me chupar, pois (ao menos deixou bem claro que não era algo pessoal) (eis a ideia que Ana fazia de um imperativo categórico) não chupava paus. Em outra oportunidade, comentou sobre algumas experiências traumáticas (palavras dela) que sofrera quando mais nova (embora tivesse apenas 22 anos, ela gostava muito de se referir a si mesma daquela forma, *quando eu era mais nova*, sublinhando a expressão como quem apontasse para uma época muito, muito distante no tempo, o papo se tornando quase uma regressão a uma existência passada), indivíduos nada cavalheirescos ejaculando em sua boca sem avisar e, pelo menos em um caso, segurando a cabeça dela com força para obrigá-la a engolir, o que (impossível discordar) é uma tremenda violência. (Sara apreciava chupar, coisa que fazia com frequência e naturalidade.) Foi uma burrice me relacionar com uma orientanda, e não digo isso pela pessoa em questão (instável, imatura), seria uma burrice mesmo que a cidadã fosse uma mulher madura, centrada e saudavelmente cínica, além de discreta, e eu tive o que mereci, que isso sirva de exemplo a todos os acadêmicos trintões e quarentões e cinquentões e sessentões e setentões que sentem uma coceirinha na cabeça do pau sempre que uma aluna gostosinha (ou não) se aproxima para perguntar algo na sala de aula ou no corredor da universidade (óbvio que não servirá, meus colegas ou ex-colegas continuarão fazendo o que fazem, alguns desses casos vão acabar mal, carreiras e reputações serão destruídas) (mas há também os casos que acabam bem ou, melhor dizendo, não acabam, mas esses dizem respeito aos inteligentes, quando os envolvidos (apaixonados) (nunca fui apaixonado pela minha ex-orientanda) sabem ser discretos e têm paciência, isto é, trepam na moita (ou atrás dela, escondidinhos) pelo tempo necessário e só se revelam como um CASAL *depois* que quaisquer laços acadêmicos deixaram de existir, a dissertação ou tese já defendida, a orientação encerrada, não constituem mais orientador & orientanda ou professor & aluna, estão livres para (com cuidado) circular por aí como namorado & namorada, depois marido & mulher, depois mamãe & papai, mais uma bela história de amor). Soube depois (por meio de outro colega) (que também trepava com uma aluna) (alunas, várias alunas, mas tinha (provável que ainda tenha) um talento predatório sem igual, jamais escolheu ou se deixou escolher por alguém que lhe causasse problemas) que Ana preparara uma espécie de dossiê com trechos de nossas conversas, mas recortados e remontados de tal forma a parecer que eu havia iniciado a brincadeira e insistido para que continuássemos, embora ela tivesse (segundo afirmou no "dossiê") tentado romper diversas vezes, quando eu chorava e ameaçava destruí-la academicamente; era mentira, claro, e uma mentira desnecessária, pois eu seria demitido de uma forma ou de outra, seria demitido pelo fato de trepar com uma aluna, com uma orientanda, e as circunstâncias importavam muito pouco, quem iniciou o quê, quem fez isso ou aquilo, como e onde e quando, nada disso faria a menor diferença, meu comportamento era inaceitável e inapropriado: eu era um professor já cinquentão e ela, conforme já dito, uma estudante de 22 anos; eu era o orientador e ela, a orientanda; eu era o macho branco, rico e privilegiado, e ela, a moça parda (sim, há esse detalhe), egressa da periferia (e mais esse), bolsista, a primeira da família a concluir um bacharelado e investir em uma pós-graduação; eu era o símbolo do que há de errado no mundo e ela, das violências que as mulheres pobres e pardas (mas não só elas, claro) sofrem em uma sociedade patriarcal, racista, misógina, injusta e fundamentalmente estupradora. Acatei a demissão sem protestar e, em casa (ainda faltavam alguns meses para que os asnos do governo federal iniciassem, muito a contragosto, a campanha de vacinação), isolei-me ainda mais. Exceto por algumas conversas telefônicas com Magda e | | | | | | | | | | | | | | | | | | | | | | | | | | | | | | | | | | | | , e pelos breves colóquios com entregadores, não mantinha quaisquer contatos com o mundo exterior. Certo dia, assistindo à televisão, deparei-me com um filme recente (e ruim) sobre Hannah Arendt e o julgamento de Adolf Eichmann em Jerusalém e a escrita do famigerado livro a esse respeito (Shoah, Eichmann, julgamento, Jerusalém, mal, banalidade do). E me lembrei da peça a que assisti com Sara, a peça sobre Martin Heidegger e Hannah Arendt filosófica e sexualmente envolvidos, mas (se não me falha a memória) sem maiores consequências acadêmico-profissionais para ambos, o que houve (depois) foi a decepção dela ao saber que o ex-professor e ex-amante se revelara um *Mitläufer* ou coisa pior. Senti saudades de Sara, senti saudades da minha amiga e ex--amante, senti saudades dos nossos meses, senti saudades das peças ruins a que assistimos, das sessões vespertinas de cinema, dos restaurantes menos visados, em bairros afastados das nossas respectivas residências, senti saudades das mechas soltas tapando os seios pequenos, da forma como ela puxava os meus cabelos quando estava prestes a gozar, senti saudades das noites que passamos juntos no meu apartamento ou em quartos de hotel, senti saudades das perguntas inusitadas, das alfinetadas, senti saudades dos ciúmes que ela externou quando falei (de passagem) sobre Eleonora, senti saudades do modo como ela caminhava pelo corredor da universidade (passinhos curtos e graciosos) e, mesmo após o nosso término, sorria para mim como se tivéssemos nos encontrado ainda na véspera ou fôssemos nos ver naquela noite após o expediente, ela me cercando na João Ramalho, quase me matando de susto, o carro estacionado no escuro, sob as árvores, à espera, anda logo, Leandro, vem. Não esquenta, disse a Magda em uma ligação poucos dias após ser demitido. Vou ficar bem.

    Vai, sim, ela respondeu. E sabe por quê?

    Porque eu vou.

    Porque você é uma espécie de zumbi.

    Obrigado, tia.

    O único jeito de te parar é acertando um tiro na cabeça.

    Bom, pensei melodramaticamente ao desligar, talvez eu mesmo possa cuidar disso uma hora dessas.

Não houve mais ligações ou e-mails. Durante algum tempo, sempre que o telefone ou mesmo o interfone tocava, ele sentia um sobressalto, como se Helfferich estivesse à espreita, pronto para invadir seu espaço e sua vida, admoestá-lo com mais conversas sem sentido e com outras fabricações daquele naipe, a imundície de alguém cuja vida descarrilhara e que agora dispunha de todo o tempo do mundo para falsificar a si próprio e a todos que conhecia com a desculpa quase sempre esfarrapada da criação artística ou literária. Dormiu mal, bebeu mais do que costumava, comeu pouco, trabalhou distraidamente. Nas sessões de terapia, optava por falar sobre outras coisas, prescindindo de comentar sobre o telefonema e os arquivos recebidos. Mas, passadas algumas semanas, como não houvesse mais contatos, o desconforto diminuiu até desaparecer por completo. O exemplar do romance restou esquecido na estante da sala de estar, onde ele amontoava revistas e livros de menor (ou nulo) interesse, isto é, que não diziam respeito ao seu trabalho acadêmico, volumes de temas e estilos variados, obras de ficção e não ficção adquiridas por impulso em livrarias de aeroporto e feirões e sebos ou presenteadas por colegas em confraternizações de final de ano, coisas que não pretendia reler ou que não chegara a ler de cabo a rabo, e das quais planejava se desfazer tão logo fosse possível, quem sabe na próxima faxina, levar consigo algumas sacolas e deixá-las sobre um banco qualquer na Prainha ("doações") ou ir a um sebo em Pinheiros e trocar por coisa melhor, as pessoas ainda fazem isso, não? Em todo caso, meses após a ligação de Helfferich e a leitura febril da história sobre a ozonioterapia e do capítulo (felizmente) omitido do romance, ele já não pensava no ex-colega, no livrinho imundo do ex-colega, nas imposturas do ex-colega, na lubricidade do ex-colega, na irresponsabilidade do ex-colega, nas molecagens do ex-colega, no suposto avô nazista do ex-colega, em suma, ele já não pensava em nada daquela barafunda insuportável e estarrecedora. As festas se aproximavam e, como fazia todos os anos, ele reservou as passagens para visitar a mãe em Curitiba, os doze dias regulamentares hospedado no apartamento da velha, da antevéspera do Natal ao terceiro dia do novo ano, longas conversas entremeadas por longos silêncios e longos cochilos e longas sessões televisivas e longas visitas de parentes próximos e distantes, as tias e primas olhando para ele com curiosidade ao martelar o inquérito habitual: por que não se casa? Por que vive sozinho em São Paulo? Não se cansa dessa vida de professor? Pagam direito, pelo menos? Não pagam uma ninharia? Não quer ter filhos? E, a exemplo dos silêncios e sessões televisivas e visitas de parentes, os cochilos eram diários, de tal forma que ele se recuperava sem maiores problemas do cansaço provocado pelas outras inatividades, mantendo a boa disposição e um sorriso em cujo desenho apenas os parentes mais atentos enxergavam aquele sutilíssimo (mas indefectível) traço de condescendência. No último dia de visita, quando já se preparava para retornar, as roupas dobradas e acondicionadas na valise, foi surpreendido pela mãe, que, parada à porta do quarto, informou que planejava viajar, faria uma visita à Terra Santa: Não estarei aqui no final deste ano.

Viajar? Sozinha?

A velha entoou os nomes de duas parentas e uma vizinha, o genro da fulana é agente de viagens. Fechamos um bom pacote, tudo parceladinho, as condições de pagamento são excelentes.

É mesmo?

Fechamos com bastante antecedência, como se vê.

Que bom.

Faz tempo que quero ir.

É verdade.

Queria viajar com o seu pai, mas ele sempre adiava.

Eu me lembro.

E você nunca quis me levar.

Perdão.

Não vou adiar mais.

Posso ajudar de alguma forma?

Não. Está tudo organizado.

E a guerra?

Logo termina. Essa guerra tem o ano inteiro pra terminar.

Ele sorriu: O ano inteiro pra terminar. Vamos torcer pelo melhor.

Estou rezando por isso.

Imagino.

Por que não viaja também?

Pra Israel?

Não. Não sei, meu filho. Pra onde você quiser.

Eu sempre viajo. Eu viajo muito.

Viaja a trabalho. Por que não viaja a lazer?

Eu venho pra cá todos os anos, passo o Natal e o réveillon com a senhora. Não é uma viagem a trabalho.

A velha sorriu, melancólica. Mas isso também não é lazer.

E é o quê?

Isso é obrigação.

Seja lá o que for, eu sempre descanso bastante quando venho.

Bom, você não virá neste ano. A não ser que queira ficar sozinho.

Não. Sozinho, eu fico em casa.

Você precisa aproveitar a vida.

Eu estou bem, mãe.

Falta muito pra se aposentar?

Não. Uns aninhos.

E o que você vai fazer depois de se aposentar?

Não sei. Descansar. Escrever.

Escrever? Escrever o quê?

Pensei em transformar a minha tese num livro. Acrescentar algumas coisas e transformar num livro.

Pra quem?

Como, pra quem? Pra quem se interessar, ora.

Gente como você?

Sim. De certa forma.

Você é como o seu pai.

Eu não sou nada parecido com o meu pai.

Ah, não?

Meu pai foi um engenheiro. Eu sou um acadêmico. Meu pai era beberrão e mulherengo. Eu não sou nenhuma dessas coisas.

Dobre a sua língua. Seu pai não era beberrão nem mulherengo.

Ah, mãe.

Não é correto falar assim de quem já morreu. Não é correto. Respeite a memória de seu pai.

Sim, senhora.

Você é como o seu pai.

Acho que não, mas deixa pra lá.

Ele também desrespeitava a memória do pai dele.

O pai dele, meu avô, matou a própria mulher.

Sua avó era uma mulher muito digna, uma boa católica. Ela morreu de causas naturais, em idade bastante avançada.

Não me refiro à minha avó. Não me refiro à mãe do meu pai. A senhora sabe muito bem disso. Eu me refiro à segunda esposa do meu avô. Que ele matou a facadas.

Pra que se lembrar dessas coisas?

Só estamos conversando.

Ela fez por onde.

Ela foi enterrada. Ele foi julgado e absolvido.

Ele defendeu a própria honra.

E como!

O que isso significa?

Foram mais de setenta facadas, mãe.

Você não sabe. Isso aconteceu faz muito tempo. Você era pequeno. Você não sabe de nada.

Eu sei. Eu procurei saber. Uma história dessas?

Pra que procurar saber dessas coisas?

Quem trouxe o assunto à baila foi a senhora.

Eu não trouxe assunto nenhum à baila. Eu falava do seu pai.

E do pai do meu pai.

Vocês todos se parecem. Vou rezar por vocês quando estiver em Israel.

— Só quando estiver lá? Essa reza vai demorar pra acontecer, então.
— O tempo passa rapidinho.
— Quando a senhora viaja?
— Dez de dezembro. Ficaremos um mês.
— Em Jerusalém?
— Em Jerusalém, mas viajaremos pela região. Quero conhecer a Igreja da Natividade. Quero ir ao rio Jordão, ao mar da Galileia. Quero visitar o Santo Sepulcro.
— Ótimo.
— E você?
— O que tem eu?
— Aposto que ficará em São Paulo, trancado naquele apartamento.
— Provável que sim.
— Por que não viaja pro litoral?
— Não gosto de praia, a senhora sabe.
— Do que é que você gosta? Você não gosta de nada.
— Eu gosto de muitas coisas, mãe.
— Não. Você não gosta de nada. Você é como o seu pai.

Ele não era nada parecido com o pai, mas achou melhor não insistir. Terminou de arrumar a mala, despediu-se da mãe e foi para o aeroporto. Era isso, então. Pela primeira vez em catorze anos, não passaria as festas com a velha. E daí? Nada. Dane-se. Talvez viajasse sozinho, como ela sugeriu. Sonhou durante o voo que Jerusalém era incendiada por Helfferich e seu avô nazista. Acordou irritado, o avião circulando *ad nauseam* sobre Congonhas, à espera de uma brecha para aterrissar. Havia um bom tempo que não pensava em Helfferich. E agora, de repente, lá estava o maldito ateando fogo a Jerusalém. Desembarcou em um péssimo estado de espírito. Não deu abertura alguma para o taxista. Emburrado desde o aeroporto até a portaria do prédio. Recebeu as correspondências acumuladas sem dizer palavra para o funcionário do condomínio e, uma vez no apartamento, escancarou as janelas e se jogou no sofá. Jerusalém. A mãe tinha 86 anos. Estaria com 87 ao viajar. Mais de onze meses de espera. Rio Jordão, mar da

Galileia. Turismo bíblico. Paulo de Tarso: o maior agente de viagens da história. No sonho, Helfferich e o avô ostentavam fardas pretas e coturnos pretos. Brandindo tochas. Jerusalém ardia em chamas. Pessoas corriam de um lado para o outro. Ele descalçou os sapatos. Cogitou ligar a televisão, cogitou ir à cozinha e abrir um vinho, cogitou tomar um banho, cogitou sair para comer, cogitou ir ao mercado comprar sorvete de baunilha, cogitou ir ao cinema. Jerusalém, chamas. Do nada, sentiu vontade de rir. Que bobagem. Toda essa história. Por que sentia tanta raiva? Por que se incomodara tanto? Respirou fundo. Derridiano. Baixista na banda da igreja. Uma piada. Coadjuvante ou nem isso. Sem nome. Inidentificável. Esta não é a minha vida. Este não sou eu. Este não é ninguém. Um personagem de livro. Uma ficção. Uma piada. Mas aquela era a vida *dele*. Helfferich. O mundo dele, o passado dele, a família dele, as neuroses dele, a imbecilidade dele, os erros dele, os constrangimentos dele, a vergonha dele. Helfferich. Ele tinha esse direito. Ele tem esse direito. É embaraçoso, sim. Mas é um direito dele. O direito de se expor. O direito de, ao se expor, esconder-se. O direito de se reinventar, de ficcionalizar a própria vida, de embaralhar as coisas, de confundir. De fazer o que bem entende. Criar, recriar. Inventar. Perverter. Sacanear, parodiar. Escrever. O que mais Helfferich poderia fazer? O que mais lhe resta? E o mais importante: o que faria no lugar dele? Talvez algo parecido. Impossível saber. Não compartilhava dos mesmos pendores e interesses. Todo aquele esforço. Para quê? Seria uma tentativa de perdoar a si mesmo? Se fosse o caso, perdoar-se pelo quê? Por tudo. Sim. Talvez Helfferich se culpasse por tudo. Talvez Helfferich achasse que poderia ter ajudado a mãe, por exemplo. Feito mais pela mãe. Talvez Helfferich quisesse ter confrontado o avô, o amigo corrupto, a esposa do amigo corrupto. Talvez Helfferich se culpasse pelo suicídio da ex-aluna. Talvez Helfferich se culpasse pelo distanciamento. Talvez Helfferich considerasse tudo uma fuga. Talvez Helfferich se visse como um covarde. Não leria o romance outra vez, mas, se o fizesse, talvez não pulasse nenhum trecho e talvez lançasse um olhar mais compassivo sobre Helfferich. Um avô nazista ali, um avô assassino aqui. Feminicida. Em defesa da honra. Mais de setenta facadas em defesa da honra. Ela fez por onde? Como assim? Talvez o avô nazista de Helfferich merecesse setenta facadas. Talvez o amigo corrupto de Helfferich merecesse setenta facadas. Homens que fizeram por onde. E talvez Helfferich *não* merecesse setenta facadas. Talvez merecesse um chute no saco, mas não setenta facadas. Ele bocejou. Sentiu-se cansado. Faria alguma coisa? Ligar a televisão, ir à cozinha e abrir um vinho, tomar um banho, sair para comer, ir ao mercado comprar sorvete de baunilha, ir ao cinema? Não. Não fazer nada. Quieto. Estendido no sofá. Pensando pouco, pensando cada vez menos. Até adormecer. Até sonhar com cidades em chamas. Há sempre uma cidade em chamas em algum lugar. Mariupol, Gaza. Fogo. Embalado pelas chamas, quase pegava no sono quando o interfone tocou.

Você não se lembra? Uma festinha, sim. Aniversário. Bom, você passou seu endereço pra todo mundo no departamento. Eu não quis vir porque fazia pouco tempo que a Sara tinha me chutado e também porque você nunca foi com a minha cara. Achei melhor evitar, sabe como é. Você não gosta de uísque? É um bom single malt. Turfado. Nem todo mundo gosta. Eu trouxe vinho. É seu. O quê? Hein? Como assim? Que porra é essa? Por que eu botaria fogo em Jerusalém? Eu adoro Jerusalém. Eu e o meu avô? E quando foi que você... entendi. No avião. Eu sempre tenho pesadelo em avião. Dou aqueles pulos, assusto os vizinhos. É, eu também tenho a minha cota de sonho maluco. Isso, deixa o vinho respirar um pouco. Você gosta de Tannat? Eu não achava que fosse me deixar subir. Sei lá. Eu liguei antes, mas ninguém atendeu. Liguei anteontem, liguei hoje mais cedo. Aí eu almocei aqui perto e achei que valia a pena arriscar. Fazer uma surpresa. Chegou hoje, né? Onde? Curitiba? Esqueci que você é de lá. *Todos* os anos? Bom, família. Fiquei surpreso com a sua cara quando abriu a porta. Sei lá, achei que ia me dar uma porrada, mas você estava sorrindo. O que eu fiz pra merecer isso? Fiquei surpreso. Hein? Deixar aquilo tudo pra lá? Aquilo tudo o quê? Tá bom. Beleza. Mas é que você nunca foi com a minha fuça. E não gostou do livro, né? Mais ou menos? Beleza, beleza. É tudo bobagem. Não. Não é. Carol. Eu queria... não sei explicar. Bem mais do que Eleonora. Talvez pela forma como. É complicado. Essas pessoas passaram pela minha vida. Não, eu não troquei o nome de quase ninguém. Não dou a mínima. Ninguém lê mesmo. Foda-se. Lá em Goiás? Saiu uma matéria no jornalzinho da cidade. Dei entrevista pra rádio local. Disse que era tudo brincadeira, piada, esse lance do meu avô. É ficção, pessoal. Ficção. Mas os putos nem leram o livro. Os cornos nem sabem o que é ficção. Ninguém mais sabe o que é isso. Ninguém lê porra nenhuma. Foda-se. O quê? Não. Claro que não. Tudo verdade. Nazistão. Inventei uma coisinha ou outra, exagerei isso e aquilo, mas é o que é. Minha tia disse que leu. Não comentou muita coisa. Agora vou escrever uma ficção científica, um romance policial, sei lá, fazer alguma coisa bem diferente disso. Me distanciar dessa merda. Me distanciar de mim. Escrevi um troço aqui, posso ler pra você? Não, não é ficção científica nem policial. Eu tive um pesadelo e escrevi. Vou ler. Está aqui no celular. Pronto? Posso ler? Lá vai. "Era uma vez, e nem foi uma vez tão boa assim, foi uma vez horrível, na verdade, uma vez hedionda, fedorenta, bizarra, uma vez malcheirosa, uma vez com bodum de mertiolate e merda, era uma vez essa vez e, nessa vez que era uma vez, era uma vez um sujeito que ouvia vozes e esse sujeito que ouvia vozes pegou uma faca, e nem era uma faca tão boa assim, não, senhoras e senhores, de jeito nenhum, muito pelo contrário, era uma porcaria de faca, não era uma faca dessas que os soldados de elite usam nos filmes, não era a faca de John Rambo em *Rambo II*, não era a faca do tenente-coronel John Matrix em *Comando para matar*, não era uma faca daquelas táticas, acho que é assim que eles chamam aquelas facas especiais, não era uma faca tática, com aquela lâmina fodástica e serrilhadinha num dos lados, o tipo de faca que você desatarraxa a tampa do cabo e tira uma bússola lá de dentro e se orienta assim no meio da selva ou do deserto ou das cavernas quando os inimigos estão bem próximos, porque os inimigos estão vindo e é melhor você ficar esperto, quase todo mundo tem inimigos, todo mundo que importa tem inimigos, uma pessoa sem inimigos é uma pessoa da qual é melhor desconfiar, até Jesus tinha inimigos, como Caifás, Caifás era um puta inimigo de Jesus, e Caifás era um tremendo cretino, na *Mishná* fazem um trocadilho com o nome dele e chamam o cretinão de 'Ha-Koph', 'O Macaco', uma boa pessoa com bons inimigos tem ou deveria ter uma boa faca, exceto Jesus, é claro, a posse de uma faca talvez zoasse a mensagem de Jesus, Jesus dizendo para a gente amar o próximo como a si mesmo e brandindo uma faca seria esquisito, para dizer pouco, mas estou falando de pessoas normais, terrenas, como eu e os senhores e as senhoras, uma boa pessoa terrena e normal com bons inimigos terrenos e normais tem ou deveria ter uma boa faca, uma faca bacana, e a faca desse sujeito que ouvia vozes não era bacana, não mesmo, a faca que ele pegou era uma faca comum, e não era sequer uma faca muito afiada, porque uma faca pode ser comum e meio gasta, mas afiada, uma faca afiada ainda faz o que se espera dela, isto é, ela corta e perfura, é uma faca útil, uma boa faca, embora comum e meio gasta, mas a faca do sujeito que ouvia vozes era uma faca comum e meio gasta e meio cega, e além de tudo feia, era uma faca muito feia, do tipo que a pessoa sentiria vergonha de levar consigo a uma pescaria, os amigos com tralhas novinhas e facas especiais afiadíssimas, algumas delas táticas, os amigos olhando para aquela faca comum, meio gasta e meio cega, e além de tudo feia, olhando e julgando e rindo e sacaneando, que porra de faca é essa?, vai usar essa faquinha aí?, essa faquinha não abre nem lambari, que faca mais feia você tem, olha como é feia a faca dele, pode até parecer bobagem, mas as pessoas prestam muita atenção nas facas umas das outras, e as pessoas não fazem isso apenas no relaxado e amistoso e aprazível ambiente de uma pescaria, não, as pessoas estão sempre prestando atenção nas facas umas das outras, pois a faca diz muito do caráter do indivíduo, um indivíduo com uma faca comum e meio gasta e meio cega e além de tudo feia é um indivíduo comum e meio gasto e meio cego e além de tudo feio, ao menos de certa forma ou por assim dizer, não literalmente comum e meio gasto e meio cego e além de tudo feio, embora também possa ser, as pessoas estão sempre adiando aquela consulta com o oftalmo, por exemplo, dá uma certa preguiça dilatar a pupila, embora nem sempre a pupila seja dilatada, e assim ficam meio cegas, não é mesmo?, os óculos defasados relativamente ao avanço da miopia, do astigmatismo ou da hipermetropia, e talvez o sujeito que ouvia vozes e pegou a faca, esse sujeito comum e meio gasto e além de tudo feio, fosse também meio cego, porque ele pegou a faca e, ouvindo todas aquelas vozes ou talvez apenas uma voz, sim, podia ser o caso de uma só voz tonitruando dentro da cabeça dele, não são necessárias muitas vozes para enlouquecer alguém, basta uma voz para enlouquecer alguém, uma voz incansável e insistente e desagradável dizendo isso e aquilo, pedindo isso e aquilo, exigindo isso e aquilo, provocando e instigando, basta uma voz tonitruando dentro da cabeça do indivíduo para que tenhamos configurado um caso de loucura esquizofrênica assim bem psicótica, pois as pessoas costumam ou tendem a fazer coisas muito loucas, esquizofrênicas e assim bem psicóticas quando têm uma voz ou várias vozes tonitruando dentro da cabeça, uma voz que não é a voz da própria pessoa, bem entendido, pois estamos sempre ouvindo a nossa própria voz dentro da nossa respectiva cabeça, isso é o normal, o comum, até mesmo o saudável, eu diria, alguém que não ouve a própria voz dentro de sua respectiva cabeça precisa de ajuda médica e psicológica, pode apostar, não sou especialista, mas sei do que estou falando, o problema é quando outra voz ou outras vozes tonitruam dentro da nossa respectiva cabeça, porque essa outra voz ou essas outras vozes, quando tonitrua ou tonitruam dentro da nossa respectiva cabeça, elas nunca são agradáveis ou amistosas, elas nunca dizem coisas bacanas como o seu time será campeão, anota aí os números da Mega-Sena, não esquece de pegar as roupas no varal, acho que a sua vizinha ou o seu vizinho quer transar com você, e se a gente fizesse uma pausa e bebesse um uisquinho?, vou te ensinar a ganhar uma grana extra sem sair de casa, não se preocupe porque o tumor no seu intestino reto é benigno, nada disso, a voz ou as vozes quando tonitrua ou tonitruam dentro da nossa respectiva cabeça, porra, as vozes dizem coisas terríveis, coisas absurdas, coisas nojentas, coisas abjetas, coisas criminosas, as vozes não dizem ajude aquela velhinha a atravessar a rua, as vozes dizem pegue uma marreta e arrebente os joelhos daquela velhinha que quer atravessar a rua para que ela nunca mais atravesse uma rua no pouco que resta de sua vida miserável, as vozes não dizem ajude aquele senhor cego a passar pela catraca do metrô, as vozes dizem pegue uma agulha de crochê e fure os tímpanos daquele senhor cego para que além de cego ele também seja surdo, as vozes não dizem você engravidou a amiga da sua namorada e isso é muito muito feio e é melhor você fazer uma autocrítica violenta e sentir um arrependimento bem sincero e repensar suas atitudes canalhas e suas escolhas estúpidas e confessar tudo para a sua namorada e dizer que sente muito sou uma pessoa imatura boçal babaca irresponsável ao passo que você é uma pessoa madura bacanérrima responsável sensacional e merece alguém maduro bacanérrimo responsável sensacional alguém que não sou eu evidentemente e depois procurar a amiga da sua agora ex-namorada e se desculpar por tê-la embebedado naquele feriadão que vocês passaram na chácara de um parente seu e por ter esperado a sua namorada ir para a cama e por ter levado a amiga bêbada da sua então namorada para a despensa e por ter transado com a amiga bêbada da sua então namorada na despensa e não ter usado camisinha e ter gozado dentro embora ela pedisse especificamente que você não fizesse isso depois de perceber que você não usava camisinha coisa que aliás ela perguntou no começo se você tinha e você mentiu dizendo tenho sim não esquenta vou colocar você deve se desculpar por tudo isso e pedi-la em casamento mesmo que não goste muito dela porque uma criança precisa de um pai e sacrifícios às vezes são necessários, as vozes dizem você engravidou a amiga da sua namorada e é melhor não contar nada para a sua namorada a menos que você queira magoá-la e arruinar a vida dela e se for esse o caso se você quiser magoá-la e arruinar a vida dela conte tudo mesmo e diga que se foda eu também comi a prima da sua mãe e a porcaria da sua professora de pilates e as duas nem sabem chupar uma pica direito e quanto à amiga grávida da sua agora ex-namorada primeiro duvide que o filho seja seu e jogue na cara dela que ela é uma vadia que andou trepando com meio mundo é isso mesmo você não passa de uma piranha e depois encha o saco dela para que faça um aborto e quando ela chorar e pedir dinheiro para o procedimento diga a ela que procure outro otário com quem tenha trepado porque ela trepou com meio mundo você dirá mesmo que não seja verdade ou sobretudo se não for verdade você dirá é óbvio que o filho não é meu e ela se quiser que aborte por conta própria ou tenha a criança sozinha quem se importa e depois te processe e peça um exame de DNA e se for o caso isto é se por azar você for o pai da criança ela que exija uma pensão e que se foda, as vozes não dizem vá à igreja amanhã e confesse e se arrependa de seus pecados e comungue e se esforce para ser uma pessoa melhor, as vozes dizem ouça Burzum e queime uma igreja de preferência com pessoas lá dentro incluindo padres e freiras e o filho coroinha do seu vizinho, as vozes não dizem está vendo aquele candidato a um importante cargo público ele é uma má pessoa e você precisa conversar com as pessoas e argumentar com calma e mostrar que aquele candidato a um importante cargo público é uma má pessoa e é melhor votar em outro candidato que não seja tão má pessoa ou quem sabe anular o voto qualquer coisa é melhor do que votar naquele candidato má pessoa a um importante cargo público desde que o processo democrático seja respeitado e as pessoas possam discordar de forma civilizada e respeitosa, as vozes dizem pegue uma faca nem precisa ser uma boa faca nem precisa ser uma faca dessas que os soldados de elite usam nos filmes pode ser uma faca comum e meio gasta e meio cega e além de tudo feia pegue a porcaria dessa faca comum e meio gasta e meio cega e além de tudo feia e procure aquele candidato má pessoa a um importante cargo público e enfie a porcaria dessa faca comum e meio gasta e meio cega e além de tudo feia no bucho cheio de bosta e ruindade do candidato má pessoa a um importante cargo público enfie a faca com vontade faça isso agora e que se fodam as consequências mas aconteça o que acontecer seu louco desgraçado dos infernos que ouve vozes dentro da sua cabeça aconteça o que acontecer não se esqueça de girar a porcaria dessa faca comum e meio gasta e meio cega e além de tudo feia porque se você enfiar a porcaria dessa faca comum e meio gasta e meio cega e além de tudo feia no bucho cheio de bosta e ruindade do candidato má pessoa a um importante cargo público se você enfiar mas não girar a porcaria dessa faca comum e meio gasta e meio cega e além de tudo feia tudo isso terá sido em vão seu louco burro desgraçado dos infernos que ouve vozes dentro da sua cabeça em vão está me entendendo tudo isso terá sido em vão, porque era uma vez, e nem foi uma vez tão boa assim, foi uma vez horrível, na verdade, uma vez hedionda, fedorenta, bizarra, uma vez malcheirosa, uma vez com bodum de mertiolate e merda, era uma vez essa vez e, nessa vez que era uma vez, era uma vez um sujeito que ouvia vozes e esse sujeito que ouvia vozes pegou uma faca, e nem era uma faca tão boa assim, não, era a porcaria de uma faca comum e meio gasta e meio cega, e além de tudo feia, esse sujeito que ouvia vozes pegou essa faca e invadiu uma festinha muito pobre e muito fodida, uma festinha das mais molambentas, cheia de gente malvestida, maquiada em excesso e ouvindo músicas sem noção, esse sujeito invadiu a porcaria dessa festinha, mas não matou ninguém, só cantou parabéns, comeu uma fatia de bolo, elogiou o bolo, fez uma coisa, agradeceu pela festa e foi embora, pois o sujeito ignorou as vozes, ignorou em parte, e, usando aquela faca comum e meio gasta e meio cega, e além de tudo feia, o sujeito, depois de comer e elogiar o bolo, mas antes de agradecer pela festa e dar o fora, o sujeito fez uma coisa, e essa coisa que ele fez foi sacar a faca comum e meio gasta e meio cega, e além de tudo feia, e fincar essa faca no chão e abrir os braços e, com lágrimas nos olhos, dizer: Eu podia estar roubando, eu podia estar matando, mas estou aqui pedindo a sua ajuda, me dê uns trocados, pode ser moedinha, pode ser vale-transporte, se é que ainda existe vale-transporte, faz muito tempo que não uso o transporte urbano coletivo, fiquei fora por uns tempos, internado em uma belíssima instituição, meus familiares me internaram nessa belíssima instituição para que as vozes que tonitruam dentro da minha cabeça parassem de tonitruar dentro da minha cabeça, e elas pararam por um tempo, foi muito bom, eu adorei ouvir apenas a minha própria voz dentro da minha cabeça, mas agora as outras vozes voltaram, isso talvez tenha a ver com as medicações que parei de tomar porque as medicações me deixavam brocha e me davam caganeiras terríveis, caganeiras épicas, a ausência de libido eu conseguia suportar, pois sou uma pessoa comum e meio gasta e meio cega, e além de tudo feia e maluca que ouve vozes, não é como se eu fosse sair por aí comendo uma mulher atrás da outra, mesmo mulheres comuns e meio gastas e meio cegas, e além de tudo feias, o mais provável é que eu só consiga comer alguém mediante um acerto financeiro prévio, daí eu estar aqui diante de vocês pedindo uns trocadinhos, eu podia estar roubando, eu podia estar matando, mas só quero uns trocadinhos para somar aos trocadinhos que já tenho e, quem sabe, mediante um acerto financeiro prévio, comer uma buceta após todos esses anos afastado do convívio social com as pessoas ditas funcionais ou saudáveis ou sei lá como se chamam hoje em dia, pode ser quanto for, não importa, qualquer valor ajuda, qualquer ajuda é válida, estou aqui pedindo a sua ajuda para completar a mensalidade da academia porque eu quero comer a professora de pilates da minha namorada, não, brincadeira, não quero, não, aquela não sabe nem chupar uma pica direito, estou aqui pedindo a sua ajuda para comprar uma faca dessas que os soldados de elite usam nos filmes, tipo a faca do Rambo em *Rambo II*, tipo a faca do tenente-coronel John Matrix em *Comando para matar*, uma faca daquelas táticas, acho que é assim que eles chamam aquelas facas especiais, uma faca tática, com aquela lâmina fodástica e serrilhadinha num dos lados, o tipo de faca que você desatarraxa a tampa do cabo e tira uma bússola lá de dentro e se orienta assim no meio da selva ou do deserto ou das cavernas quando os inimigos estão bem próximos, porque os inimigos estão vindo e é melhor você ficar esperto, eu podia estar roubando, eu podia estar matando, mas estou aqui pedindo a sua ajuda, e que Deus te dê em dobro e te abençoe e abençoe toda a porra da sua família, amém, porque era uma vez, escuta só isso que vou contar para vocês, já estou terminando, senhor, pare de gritar, por favor, eu podia estar roubando, eu podia estar matando, mas só quero uns trocados e contar essa história para vocês, era uma vez, e nem foi uma vez tão boa assim, foi uma vez horrível, na verdade, uma vez hedionda, fedorenta, bizarra, uma vez malcheirosa, uma vez com bodum de mertiolate e merda, e essa vez foi uma vez tão ruim que acabou com todas as vezes, e a gente se estrepou, todo mundo se estrepou, eles me prenderam e me internaram, foi uma internação do tipo compulsória, por isso me dê uma ajudinha, me dê uma ajudinha para que eu possa procurar uma mulher, uma profissional da área que não sinta um nojo excessivo da minha pessoa, para que, mediante um acerto financeiro prévio, eu possa comer a buceta dessa mulher que não sinta um nojo excessivo da minha pessoa, pois, no momento, não estou ingerindo meus medicamentos e, por conseguinte, ostento esta irrefreável ereção e não passo por nenhum episódio de caganeira, me dê uns trocadinhos ou eu juro que pegarei essa faca que finquei aqui no chão, e vejam, percebam, não se trata de uma faca bacana, não se trata de uma faca tática, é uma faca comum e meio gasta e meio cega, e além de tudo feia, me dê uma ajuda ou eu juro que pegarei a porcaria dessa faca e enfiarei aqui no meu bucho, é, bem aqui, e não se esqueça de girar, seu louco desgraçado dos infernos que ouve vozes dentro da sua cabeça, eu sou uma voz dentro da sua cabeça, eu podia estar roubando, eu podia estar matando, mas só estou aqui falando dentro da sua cabeça, estou aqui implorando, não se esqueça de girar a porcaria da faca, e que Deus te abençoe e te dê em dobro, foda-se, obrigado pela festa, pessoal, o bolo estava mesmo uma delícia e eu realmente preciso comer a buceta de uma mulher profissional da área que não sinta um nojo excessivo da minha pessoa mediante um acerto financeiro prévio, então, por favor, que tal uns trocadinhos?" Gostou? É, o cara da facada. É e não é. É ficção, porra. Nada de mais. Gelo? Não, não precisa mesmo, eu bebo puro, sempre puro. Que tal o vinho? Bacana você me receber. Parecia bem irritado naquele dia. É, quando eu liguei. Eu estava meio de fogo e. Você leu as coisas que. É, a ideia era ser repetitivo mesmo. Sei lá, é um cu contando a história. E o trecho que eu suprimi do livro, que tal? Sei que você era amigo dela e. Não, não vou mudar nada. Como se o livro fosse esgotar a primeira edição. Não, porra, mal vende uns quinhentos exemplares. Ninguém lê porra nenhuma. Resenhas? É, minha agente comentou comigo, eu li algumas coisas. Bacana. Melhor do que ser ignorado, mas não quer dizer nada. Não significa muita coisa. Quantas pessoas você conhece que ainda leem jornal? E, dessas, quantas prestam atenção na porcaria do segundo caderno? É um mundinho bem pequeno. Estreito. E diminui a cada ano. Engraçado como quase ninguém se lembrou do meu rolo. Um pessoalzinho falando merda no Twitter, que nem se chama Twitter mais, virou outra coisa, tem outro nome agora, que idiotice. Talvez isso até ajudasse. Mas ninguém se lembra pra valer, ninguém dá a mínima, tanta coisa acontecendo todos os dias. Dei um pulo em Goiás. Minha tia enrolada com um sujeito, eu meio que sobrei. Eles viajaram agora. Cancún. Mas foi bom. Uns rostinhos conhecidos. Cristian saiu da cadeia. Acho que saiu faz um tempinho, mas eu só soube agora. Eu estava no mercado e o cara se materializou na minha frente. Gordo. Ele engordou na cadeia. Ou talvez tenha engordado depois que saiu. Sei lá quando saiu, não perguntei. De volta à ativa. Trabalhando em Brasília, claro. Não sei pra quem, não quis saber, não perguntei. Aquilo de sempre. Há quanto tempo e coisa e tal. Vamos nos ver e coisa e tal. Assar uma carninha e coisa e tal. Encher a cara e coisa e tal. Os velhos tempos e coisa e tal. Nem sinal de Eleonora. Não falou dela, eu também não perguntei. Eu não pergunto mais as coisas. Eu parei de perguntar. Eu não quero mais saber de porra nenhuma. A irmã dele é prefeita. A irmã do Cristian. Não, claro que ele não leu a joça do meu livro, não deve nem saber da existência da joça do meu livro. Aquela pança, uma papada enorme, os cabelos assim ralos, meio ensebados. Hálito ruim, cheiro de carne assada e Ballantine's. Não disse onde estava nem com quem. Não me convidou. É, no mercado. Comprando mais carne, mais bebida. Operador do esquema. Era assim que os jornais se referiam a ele anos atrás. Operador. Esquema. Foi preso e saiu. Novinho em folha. Acabado, na verdade. Novinho assim em termos profissionais. Continuando de onde parou. Brasília. Operando de novo. Sempre tem um esquema, né? Quando não tem, os caras inventam. É o que é. Foda-se. Você tem alguma coisa pra beliscar? Não, não. Relaxa. Não vou demorar muito. Primeira e última visita. Não vou te incomodar mais. Pois é, um conhecido me arranjou trabalho lá em Goiânia. Faculdade particular. É uma coisa boa, acho. Voltar. Minha tia gostou da ideia. Acho que chegou a hora de voltar. Você não gosta de futebol? Tem uns jogos bacanas do campeonato inglês nessa época do ano. Da FA Cup, também. Não, não tem mais nada pra mim aqui em São Paulo. Viajei um bocado nos últimos anos, depois da pandemia.

Não tinha mais o que fazer. Windhoek. Londres. Osaka. O mundo ficou pior pros brasileiros. É, graças ao miliciano. Ele queimou o nosso filme. Antes, você lembra como era, os brasileiros eram bem recebidos, os estrangeiros viam a gente como criaturinhas meio exóticas, alegres, calorosas, meio chatas, barulhentas, mas inofensivas. O miliciano mudou essa percepção. Agora, os gringos olham pra gente e se lembram dele, é, eles olham pra gente e se lembram da estupidez dele, da cretinice dele, da cretinice dos apoiadores dele, aquele bando de oligofrênicos com camisas da seleção, lembram da burrice dele e dos golpistas, lembram da mentiraiada, lembram dos milicos, da quebradeira, do caos. Não é que me receberam mal pelo mundo, não é que me trataram mal, de jeito nenhum, mas é que agora existe esse *peso*, sabe? As pessoas olhavam pra mim e se lembravam do filho da puta. Eu percebia isso. Eu via nos olhos delas. Esse peso. Essa novidade. É mais ou menos como olhar prum alemão e se lembrar do Hitler, guardadas as mais que devidas proporções. Hitler meio que se tornou a sombra de todo alemão. Hitler sequestrou a sombra de todo alemão. É uma coisa que eles vão carregar pela eternidade afora. Acho que o miliciano é a nossa sombra agora. É uma sombra pesadinha, sabe? Não existe mais brasileiro inocente. Nunca existiu, eu sei. Mas é que agora o mundo inteiro sabe disso. Nosso Éden é um puteiro. Eva é brasileira, a serpente é brasileira, e Adão é um turista endinheirado que pegou gonorreia e depois foi assaltado, espancado e currado por todos os bichos do jardim. O brasileiro tinha fama de inofensivo, mas agora o pessoal sacou que somos tão imundos quanto o resto. A gente não engana mais ninguém. Você me falou desse sonho, eu e meu avô botando fogo em Jerusalém. Eu tive um sonho com o meu avô outro dia. Não, não tinha fogo. Foi um sonho escuro e frio. Foi assim. Eu sonhei que o meu avô chegava lá em Silvânia e parava à beira de um córrego, nos limites da cidade. Não sei onde eu estava, não me lembro, talvez na outra margem, observando tudo. Era um corregozinho de águas muito limpas. Meu avô se abaixou e bebeu um pouco d'água e molhou os cabelos, lavou as mãos, o rosto, depois descalçou os coturnos e lavou os pés. Quando ele terminou de lavar os pés, a água do córrego estava tão suja e pesada que não corria mais. Os peixes boiando na superfície. Então, meu avô enxugou os pés, calçou os coturnos e se levantou, olhando satisfeito para aquela água suja, parada, morta. E eu acordei.

Mooca, 2021-24.

Notas e agradecimentos

As citações de Nietzsche são d'*A filosofia na era trágica dos gregos* (tradução de Fernando R. de Moraes Barros. Hedra, 2008) e, no caso de *A gaia ciência*, do volume dedicado a ele na coleção Os Pensadores (tradução de Rubens Rodrigues Torres Filho. Abril Cultural, 1983).

As referências a Martin Heidegger são de *Pensar e errar: um ajuste com Heidegger*, de Ernildo Stein (2 ed. Unijuí, 2015). Para os trechos dos *Schwarze Hefte*, consultei a *Gesamtausgabe* de Heidegger, *Anmerkungen I-V (Schwarze Hefte 1942-1948)* (Vittorio Klostermann, 2015). O que Heidegger diz a Carnap na cama eu tirei da famigerada carta "Sobre o 'humanismo'" (*Heidegger*. Coleção Os Pensadores. Tradução de Ernildo Stein. Abril Cultural, 1979). A ardente invectiva de Carnap está em "A eliminação da metafísica através da análise lógica da linguagem" (*Erkenntinis*, vol. II, "Uberwirdung der Metaphysic durch Logische Analyse der Sprache"), artigo originalmente publicado em 1932.

As aspas de Peter Strawson podem ser encontradas no estupendo *Indivíduos: um ensaio de metafísica descritiva* (tradução de Plínio Junqueira Smith. Editora Unesp, 2019).

Em se tratando de Ezra Pound, recorri a *The Cantos* (New Directions, 1986), *Os cantos* (tradução de José Lino Grünewald. 2. ed. Nova Fronteira, 2002) e *Poesia* (tradução de Augusto de Campos, Haroldo de Campos, Décio Pignatari, José Lino Grünewald e Mário Faustino. 3. ed. Editora UnB/Hucitec, 1993).

A citação de Varlam Chalámov é do primeiro volume dos *Contos de Kolimá* (tradução de Denise Sales e Elena Vasilevich. Editora 34, 2015).

Fumaça humana, de Nicholson Baker, foi lançado no Brasil pela Companhia das Letras (2010), com tradução de Luiz A. de Araújo.

Agradeço a Marianna Teixeira Soares, minha agente, e ao pessoal da Record, os sensacionais Rodrigo Lacerda, Duda Costa e Nathalia Necchy. Também agradeço à minha esposa, Kelly, e ao amigo Wesley Peres, os primeiros que riram desta maluquice.

Eu não tenho ascendência alemã. E, a exemplo de Leandro Helfferich, ainda não matei ninguém.

André de Leones

Este livro foi composto na tipografia Minion Pro,
em corpo 11/15,5, e impresso em
papel off-white no Sistema Cameron da
Divisão Gráfica da Distribuidora Record.